Best Time

白 马 时 光

"服了吗？陛下？"

"服了，公主。"

栖见 著

桃枝气泡

四川文艺出版社

C O N T E N T S

目 录

耳边呼呼的风声猎猎作响，
陶枝整个人都顺着过山车的轨迹
在防护栏里飘荡。
失重的感觉袭来的那一瞬间，
她一把抓住了扶在旁边的江起淮的手。

"你用车来迎娶，
我带上嫁妆嫁给你。"

"我考够分数了的，你什么时候答应做我男朋友？"

"你提醒我一下。"

"什么？"

陶枝

江起淮

"我到底是什么时候说过，要你考够了分数才做你男朋友的？"

琉璃公主

北方的九月夜风清冷，西城区灯火阑珊，偶尔有两三行人。

陶枝靠在十字街口竖着的红绿灯柱上，看着不远处蹲在路边等人的少年。

少年从口袋里摸出打火机，摁下又松开，暖红色的火苗被他拢在掌心亮起又覆灭，连夜晚的漆黑都被染上一层很薄的光。

非常熟练。

陶枝掏出电话，拨通上一个未接来电。

过了两秒，百米以外的少年低下头看了一眼手机，接起来："喂——"

"你到了吗？"陶枝问。

少年声音含含糊糊的，拖着长调子："到了啊，等你好久了，也就你能让我等着了。

"你说，你小时候上幼儿园天天臭美，还要扎辫子，那会儿就让我等，"他忽然回忆起了过去，"上学了你睡懒觉，我还得等着。就连出生我都得等着你先被拽出去，要不是小爷生命力顽强，我憋都憋死了。"

最后，少年满目沧桑地总结："陶枝，你是我等了一辈子的女人。"

"……"

陶枝翻了个白眼，走过去，抬手一巴掌拍在他后脑勺儿上："有完没完？"

季繁"嗷"了一声，一手捏着打火机，一手举着电话回过头去。

他等了一辈子的女人此时正站在他身后，耷拉着眼皮，没什么表情地睨着他。

季繁仰着头傻笑了两声："嘿嘿，来啦？"

陶枝挂掉电话，拿着手机，也跟着蹲下来。

季繁身子往后侧了侧，拿着打火机把玩的手欲盖弥彰地往身后藏了藏，结果忘了人是站在他身后的。

陶枝低下头，就看着那只拿着火机的手从她的眼皮子底下伸过来，一直耀武扬威地伸到她眼前。

然后"啪嗒"一声，盖子被盖上了。

陶枝："……"

陶枝叫了他一声："季繁。"

"啊。"季繁哆嗦着，人有点儿慌，"我没抽，我这不是戒了吗，就拿出来玩玩，解解瘾。"

季繁赶紧把打火机揣进口袋，乖乖等着她训话。

陶枝瞥了他一眼："戒了还能有瘾？"

"哪儿那么容易……"季繁挠了挠脑袋，"行了，你别骂我。"

"骂你要是有用，你早品学兼优了，"陶枝又翻了个白眼，语气里有毫不掩饰的嫌弃，"我听说你期末考试数学就考9分？你们附中的校霸都这样？"

季繁反问："你考多少？"

"20。"陶枝说。

"……"

季繁一言难尽地看着她，也不知道这人考了个20分怎么就能如此有底气地嫌弃他："我们附中的校霸都考9分。"

陶枝："那我们实验一中的校霸得考 20,你转学过来以后记得想办法把这 11 分补上。"

季繁初中就跟着季槿搬走,当时也是又哭又闹着不想走,几年过去,他在那边有了自己舍不得的朋友和熟悉的生活环境,又要被赶回来了。

他不想回来,陶枝清楚,但这事儿由不得他。

小孩子是没有话语权的,"你想不想"这种事儿对大人的决定毫无影响,让你往东走,你就没法儿往西去半步。

一时间没人说话,两个人就这么蹲在路边,看着夜晚稀稀拉拉的车流发呆,半晌,季繁叹了口气。

"你什么时候回?"陶枝先开口问道。

"过段时间吧,"季繁说,"好像还差点儿手续。"

陶枝单手撑着脑袋,指尖搭在唇边,看着少年那张和她勉强有两分相似的脸,难得大发慈悲地安慰他:"往好了想,以后你就能跟我在一个学校了。"

季繁本来情绪已经平复了些许,闻言又是一阵绝望:"你这么一说我更不想去了。"

"……"

陶枝气得牙根痒痒,磨牙忍住了想打他一顿的欲望,想了想又说:"我们学校还不用写作业,有的时候老师心情好,就不查。"

季繁侧头,一脸莫名其妙地看着她:"什么作业?你还写作业?"

"……"

陶枝觉得自己作为不良少女的尊严在他质疑的眼神下被践踏得体无完肤。

"我当然不写,"陶枝说,"我闲着没事儿干吗写作业?我抄都懒得抄。"

九月二日,开学第一天。

高二 1 班。

清晨的风带着些微凉意鼓着窗帘闯进来，七点一刻刚过，教室里已经坐了大半的人。

陶枝坐在靠墙那列倒数第二排，左手边铺着一叠试卷，答案密密麻麻，右手边是另一叠试卷，空白的。

少女此时正嘴里咬着笔帽，手里攥着支黑笔，飞快地往上面抄答案。她漆黑的眼珠往左边一扫，右边手里的笔"唰唰唰"就是一行，中间几乎没有停顿，流畅得像是刚上过润滑油的发动机，十分熟练且迅速。

一页抄完，她"哗啦"翻到下一页，抬脚踹了一下前排那人的椅子腿儿。

"哐当"一声轻响，坐在她前面的男生椅子往前蹭了一下，赶紧小心地回过头来。

陶枝手上还在奋笔疾书，头也没抬，含糊地问："你以前是老王他们班的啊？"

男生点点头，"啊"了一声。

"他一般喜欢什么时候来收作业？"

实验一中高二分科，十二个理科班，七个文科班，班主任和各个科目的老师也会重新分配。

陶枝以前没上过老王的课，只知道是他教物理的，人挺凶，以前在走廊里经常能听见他在办公室训学生的声音。

新的学期，新的气象，至少得从顺利地交了假期作业开始，她跟季繁不一样，她是个积极向上的不良少女。

她很阳光的。

能抄一点儿是一点儿，实在抄不完那也是没有办法，至少努力过。

分可以低，诚意要到位。

反正季繁现在也不知道。

陶枝本着能抄完一科是一科的想法特地起了个大早来学校写假期作业，她这边飞快地写着填空，前面的男生说话了："王老师一般都掐点儿来，不过有时候也会早到看一下早自习什么的，作业就课前收，"顿了顿，男生补充，"今天第一节课就是物理。"

陶枝笔尖一顿，抬起头来，皱着眉看着他"啊"了一声。

厉双江有点儿意外。

她在学校里还挺有名的，家里有钱，长得好看，还很会打架，是个呼风唤雨还有点儿凶的祖宗。

但这会儿，祖宗正坐在他后排拿着他的语文卷子抄，皱着眉，有点儿苦恼地看着他，愁着全世界高中生都会愁的问题："那怎么办？这也太多了，我抄不完。"

"要不我先抄物理吧，给老王点儿该有的尊重，"陶枝一边把语文卷子扫到旁边一边说，"前桌，物理卷子借我抄抄？"

她还没说完，厉双江已经把物理卷子掏出来递给她了。

陶枝接过来，道了句谢，翻开继续奋笔疾书。

她抄得认真专注，抄得旁若无人，俨然已经到了一种无我的境界。

不知过了多久，她隐隐听到班里有点儿声音，前桌那位借她作业抄的好兄弟一直在咳嗽，她也没在意，此时此刻，她已经完全沉醉于自己的勤奋之中了。

抄着抄着，陶枝觉得好像有哪儿不太对劲，总觉得旁边站着个人。

陶枝手里的笔没停，抬起头来看了一眼，对上了一张满是褶子的脸。

她脑子里还记着刚刚看到的卷子上的最后一个物理公式和答案，手上的动作没停，也没低头，一边和"褶子脸"对视着一边把最后一道题给写完了。

"褶子脸"看着是个四十来岁的中年男子，陶枝在物化生办公室见过几次，初步判断，他就是老王。

王褶子背着手站在她旁边，也不知道看了多久，脸上的褶子都抖了："抄完了？"

"还没。"陶枝说。

"还差多少？"

"刚抄完一半语文和四张物理。"陶枝老老实实地说。

王褶子脸上的褶子又开始抖了。

陶枝也判断不出来他是气得还是在笑，只能保守估计他是被气笑了。

王褶子气得一拍桌子："拿着你的作业给我去我办公室写，写不完就给我待那儿写，哪儿也不用去了，课也别上，饭也别吃了！"

陶枝早就习惯了这套流程，乖乖地从书包里掏出了剩下的几科卷子，顺便摸出了手机藏在袖筒里。

她以前的班主任教英语，物化生办公室没来过几次，也不知道哪张桌子是王褶子的，干脆直接走到办公室窗台前，把手里的卷子都放在窗台上，站着写。

这会儿时间还早，办公室里没什么人，只有角落里坐着的一个女老师，窗台旁边那张桌子前坐着一个男生，垂头也在写着什么东西。

办公桌是对着放的，陶枝和那男生中间隔着两台电脑，桌面被电脑显示屏挡了个七七八八，看不见他在写什么。

但是看不看得见都无所谓，陶枝见识过太多这种事儿，她的好兄弟里有一半都是在办公室补作业、写检讨互帮互助出来的，几乎一眼就看出来这人和她是同路人。

陶枝一瞬间就了然了——也是个没写作业的。

陶枝老老实实地趴在窗台上翻开了物理卷子，先是像模像样地扫了一圈，发现一道也不会，于是干脆地掏出手机，对着卷子"咔嚓"拍了张照，开始搜答案。

写完了四五道题，女老师终于捧着两本书走了。

陶枝侧过头来看了一眼，她的同道中人还在补作业，低着头，脸被显示屏挡着，只露出黑色的短发和握着笔的手。

挺好看的一只手，手指很长，手背消瘦。

她是个手控，对这人的印象顿时就好了几分。

陶枝往前蹭了两步，压着桌沿，隔着显示器俯身凑过去，小声叫了他一声："好兄弟。"

那男生写字的动作没停，也没应声。

补得还挺专注。

陶枝手肘撑着桌面，身子又往前压了压，脑袋从电脑显示屏上面探出去一半，只露了眼睛："你也没写作业啊？"

少年笔尖一顿，抬起头来。

陶枝看清了他的脸，眨了眨眼，下意识吹了声口哨。

清脆的哨声在空荡荡的办公室里显得格外清晰嘹亮。

这人眼睛比手还漂亮，眼窝很深，眼角狭长，轮廓收敛着，眼珠的颜色在日光下有些浅，冰凉透彻得几乎不近人情。

像个琉璃公主。

琉璃公主神情寡淡，没说话。

陶枝回过神来，也不尴尬，想起了正事儿。

他没吱声，陶枝只当他默认了，直接问道："我也没写，你还差几科？我物理之前抄完一半了，等会儿可以借你抄，现在还差语文、英语、化学和生物。"

琉璃公主扬眉，笔尖在桌上轻磕了一下，那双漂亮的桃花眼也跟着略微挑起："等会儿可以借我抄？"

尾音微扬，音色像薄冷的冰线割破了早秋清晨的日光。

陶枝又想吹口哨了。

她感觉这小伙子正在她的每一个审美点上快乐蹦迪。

果然是个没写作业的！

同道中人！

陶枝有种找到了战友的快乐："对啊。"

"……"

陶枝脑袋抬了抬，下巴搁在电脑显示器上："数学、化学和生物，咱俩一人挑一科查，然后换着抄，成交吗？"

琉璃公主："行啊。"

陶枝一喜："那我化学吧。"

"那我生物。"

他放下笔往后靠了靠，倚在椅子上看着这小姑娘像个土拨鼠似的露出半个脑袋掰着手指头指导他："你动作麻利点儿，咱俩能在午休之前抄完。"

土拨鼠这边说着，视线垂下来去看桌面上他刚刚在写的东西，刚模糊扫了一眼，办公室门"嘎吱"一声被推开了。

她来不及反应，还保持着上半身靠在桌边探头跟他说话的姿势，王褶子就走了过来，将手里的书卷成卷儿敲了一下她脑袋。

打地鼠。

"让你来写作业还聊上了？哪儿你都能聊是不是？"王褶子把手里的书丢在办公桌上，抬头看向对面的江起淮，"填完了？"

江起淮将桌上刚刚一直在写的东西递过去。

王褶子接过来看了一遍，点点头："行，我晚点儿再看看有什么问题，回头帮你交上去，"王褶子抬起头来，始终拧着的眉头放松了几分，"我跟附中的刘老师之前是同事，听他提起过你，上学期的市三校模考，你数学满分啊？"

"……"陶枝转过头来，一脸茫然看着他。

江起淮不咸不淡地扫了她一眼："嗯。"

"理综也没扣几分，"王褶子继续道，"附中第一名转到我们实验一中来了，你们刘老师一直说我捡了个大便宜，舍不得你来着。行了，表格填完也没什么事儿了，你先回教室吧，今天开学第一天，你慢慢适应。"

江起淮应了一声，推开椅子转身走出了办公室，和僵硬的土拨鼠擦肩而过。

陶枝："……"

陶枝："？？"

陶枝："？？？"

王褶子转过头来的时候，陶枝还没回过神。

铺在窗台上的卷子被风哗啦啦地鼓起一片，热烈的声音像是对她无情的嘲笑。

一声轻响，王褶子又轻敲了一下她脑袋。

陶枝"哋"了一声，回过神来，抬头眯起眼，脾气有些上来了。

王褶子："怎么着？写作业不让你聊天还不服气？你要揍我啊？"

"……没。"陶枝重新低下头，干巴巴地说。

"行了，先回去上课吧，"王褶子一边从桌上挑出两本书一边说，"今天刚开学，念你是初犯就饶了你，下次再抄作业被我抓着，真让你在这儿趴着写完。"

陶枝应了一声，心道：不抄是不可能的，不让你抓着不就完了。

王褶子："课间找时间慢慢写完吧，交还是要交的啊。给你个时限，这礼拜吧。"

陶枝抬起头来，拖长了声："啊？"

王褶子："怎么着，还不想交了啊？"

"没有没有，保证完成任务。"陶枝垮着脸把窗台上的卷子收起来，捏着几叠卷子逃回了教室。

这会儿早自习快结束了，她慢吞吞地晃悠回自己的位置，旁边坐了个小姑娘，正在看英语书。

最后一排也来了人，靠里的位置空着，靠外的位置上坐了个男生。

陶枝漫不经心地扫了一眼，顿住。

男生也抬起头来。

陶枝眯了眯眼，表情不是太爽，眼神已然是燃起了战斗的意志。

江起淮冷冷淡淡地看着她，停了两秒，然后面无表情地垂下了视线。

陶枝差点儿没忍住把手里的卷子都砸他脑袋上。

她也不知道这个人为什么能这么若无其事地淡定着，明明就在五分钟前还在办公室里把她当傻子一样耍。

但她没能来得及有什么动作，王褙子已经从前门进来了。陶枝没办法，只能先压着火坐下了，手里的卷子"啪"的一声甩在桌面上。

她的小同桌被这一声吓得抖了一下，怯怯地看了她一眼。

陶枝才反应过来，道了个歉："不好意思。"

"没，没事儿……"小姑娘缩了下肩膀，又偷偷看了她一眼，犹豫了一下小声说，"那个，刚刚发了这学期的书，你没在，我帮你领了。"

看看！人与人之间的差距为什么可以这么大？

陶枝看了一眼堆在自己桌子左上角码得整整齐齐的一大摞教科书，觉得自己暴躁的情绪被治愈了几分。

她侧头看了她的小同桌一眼，小姑娘很瘦，长得白净乖巧，留着个娃娃头，看着就是好学生的那种类型。

面前摆着的英语书书皮上写了个名字：付惜灵。

陶枝道了个谢，王褙子在讲台上已经开始做开学动员演讲了，要大家这几天先互相熟悉一下，周五晚自习的时候投票选班长和各个科目的课代表。

陶枝撑着脑袋有一搭没一搭地听了两句，趴在桌子上准备睡上一会儿，等下课再找她的后桌"讲讲道理"。

"之前3班的同学也都知道，我这人比较严厉，"王褙子声音洪亮，"以前你们被惯出来的那些小毛病什么的，到我这儿最好给我收一收，啊。能改的赶紧改，不能改的我帮你改。一个个都不看看自己考的那点儿破分，还好意思不长心呢？"

陶枝嫌他吵，遮住耳朵换了一面，脸冲里趴着。

王褶子："上家学期市三校模考有几个能看的啊？咱班我看了一眼，也就厉双江考得还行，人家附中数学光 140 分以上的就三个，咱们学校呢？拿什么跟人家比？还有物理，那卷子最后一道大题还是我出的，丢人丢到姥姥家了！"

前排厉双江跟他同桌正在小声说话："附中现在也就剩一个了，有一个女生，转学去南方了。"

"还有一个呢？"他同桌也小声问。

"还有一个满分的，就在后头坐着呢，"厉双江说，"回头，看见没，你后边的后边。"

"看见了，我去，这是个学霸啊？"

"附中第一，"厉双江肯定道，"我今天去办公室拿卷子的时候听老王说的。"

"还挺帅，看着挺妖孽的。"

陶枝："……"

这都什么人啊。

陶枝再也听不下去了，她抬起头来。

厉双江和他同桌还保持着扭着半个身子瞻仰学霸仪容的姿势。

陶枝："你们声音有点儿大。"

"……"

"我估计方圆两排以内都听见了，"陶枝不爽的时候一向没什么素质，她面无表情地说，"包括后面那个让你顶礼膜拜的学霸。"

她的小同桌肩膀非常合时宜地又抖了一下。

前排两个人下意识地越过她往后又看了一眼。

学霸没像想象中那样跟个小学生似的端端正正地坐着，他单手撑着下颌有一搭没一搭地翻书，察觉到他们的视线，掀了掀眼皮子，瞥了一眼过来。

"……"

厉双江被这一眼瞟得浑身都冷飕飕的，人一哆嗦，搂着他同桌脑袋转回去了。

物理课是陶枝自封的最好睡的科目，没有之一，又是周一第一节，大清早人正困的时候，所以陶枝睡得昏天黑地。

王褶子嘹亮的嗓门儿都没能把她吵醒。

再被铃声叫醒睁开眼睛的时候上午直接过去了，刚好午休，陶枝迷迷糊糊地坐起来，抬手拍了一下睡得有点沉的眼睛，缓神。

教室里基本上已经空了，只剩下几个没走的，陶枝侧过头，看见付惜灵也还坐在里面。

"你怎么没去吃饭？"陶枝问她。

小姑娘看起来有些为难："你睡着了。"

陶枝反应了一会儿才明白她的意思，她坐外面，她的小同桌想出去的话她得给让路。

"我睡迷糊了，不好意思，"陶枝一边给她让位置一边嘟囔着，刚站起来又想起件事儿，"那你今天一上午都没去厕所吗？"

小姑娘脸直接红了："没，没有想去……"

陶枝眨巴了下眼睛，刚要说话，教室后门有人喊她。

她伸着懒腰走过去，宋江正扒住后门门框伸着脖子往里看。

陶枝拽着他校服衣领子把人拽回来了："走了及时雨，看什么呢。"

"刚刚跟你说话的那个是谁啊，长得挺好看啊。"宋江被她拖着往前走，校服外套拉链没拉，这么一扯直接拽下来大半，"别拽了，别拽了祖宗，衣服掉了掉了掉了，走廊上，干吗呢，拉拉扯扯的成何体统。"

"饿！"睡醒就是最让人开心的吃饭环节，陶枝心情总算是稍微好了那么一点儿，她蹦跶了两下，一边往前走，一边催他，"快点快点，吃饭去了。"

宋江三步并作两步下楼梯："听说你早自习被你们班主任叫办公室

去了？"

陶枝："……不要哪壶不开提哪壶。"

"这不是祝你开门红嘛，"宋江乐了，"新学期第一天就被叫办公室的感觉怎么样？你们 1 班那个老王可凶了，你以后的日子怕是不比从前了。"

陶枝整个人都是蔫巴巴的，懒得理他。

两个人出了教学楼又出校门，坐进学校旁边的一家面馆。

店面不大，已经坐满了，他们走到最里面的那张桌子，三个人在等，其中有一个女孩子，朝着她欢快地招了招手："枝枝！"

面已经上来了，陶枝在她旁边坐下，接过筷子，抬手捞过旁边的醋瓶子，开始往面碗里倒，倒完又开始挖辣椒酱。

"酸儿辣女，"宋江在旁边没忍住嘴贱了一句，"儿女双全啊。"

陶枝放下辣椒罐子，一巴掌拍在他脑袋上。

宋江捂着脑袋"哎哟"了一声："我开玩笑的，您今天这个脾气怎么有点儿大呢。"

"遇到了个讨厌鬼。"陶枝一脸不开心，一边挑葱花一边嘟囔，顿了顿，又抬起头来，"江起淮，听说过没？"

"没有，"宋江咬着面说，"混哪儿的？"

陶枝无语地看着他："人家是附中学霸。"

"……我为什么会知道附中学霸啊？"宋江看起来更无语，"我一个考试考 300 分的为什么会认识附中学霸啊？你问我附中校霸我还能帮你打听打听。"

陶枝鼓着腮帮子看了他五秒。

宋江被她盯得有点发毛："干啥？这人谁啊？这是哪个不长眼的孙子惹着我们实验一中的祖宗了，小的马上帮您端了他。"

"闭嘴吧你，"陶枝叹了口气，低下头继续吃面，"算了，没什么。"

吃完了饭，宋江他们还要去前面的超市，陶枝打了个招呼，就先回学校了。

1班在三楼，她慢悠悠地晃悠回了教室，在班级门口撞见了她的小同桌。

付惜灵背贴着墙站在墙边，头低低地垂着，旁边一个男生正在跟她说话，穿的是高三的校服。

离着有些距离，陶枝没听清他们在说什么，男生笑眯眯地俯身靠过去，小姑娘就跟受了惊似的往后缩了缩，然后摇了摇头。

明显就是不太情愿的样子。

男生又抬手去扯她。

哎哎，怎么还跟小姑娘动手动脚的呢？

陶枝捏了捏耳垂，走过去，不动声色地隔开他的手，侧头看向付惜灵："我要回了，你进去吗？我懒得等会儿再给你让位置。"

付惜灵赶紧点头，垂着脑袋匆匆回了教室。

陶枝把走廊里站着的那人当空气，跟着进了教室，顺手甩上了教室后门。

教室里没几个人，那个讨厌鬼已经回来了，正坐在座位上写卷子。

付惜灵回到自己的位置上，书本摊开着，头垂得很低，娃娃头滑下来，挡住了她的侧脸。

陶枝也不是爱打听闲事儿的人，何况还是个刚认识一天的陌生人。

初秋的正午，日光顺着淡蓝色的窗帘饱满地流淌进来。吃饱了人就有些犯懒，她整个人靠在椅子上，身子往后仰了仰，从桌肚里摸出手机，低头懒洋洋地瘫着玩儿。

教室里一片安静，只有身后的那位公主殿下翻动卷子的轻微声响。

陶枝听着那声音，按手机的动作忽然顿住了。

她把手机重新塞回桌肚里，抬起脚，踩着桌杠微微用力，椅子前腿儿离地往后翘，只有后面两个腿儿着地。

椅背轻撞了下后面那张书桌，一声轻响。

陶枝甚至能听到后面琉璃公主写字的沙沙声顿了顿。

她有些恶劣地勾起唇角，开始晃椅子。像是在坐摇椅，晃来晃去。

晃来晃去。

每次晃动都会发出轻微的撞击声，就这么晃了好一会儿，她听到后面的人终于忍无可忍一般，"啪嗒"一声，把笔丢在了桌面上。

陶枝在心里默数了两秒——

"你有事儿吗？"江起淮的声音压得有些低，音色冷冽，像寒夜里兜头直下的雨。

Bingo（事情如愿时说的"好、瞧"）！

陶枝感觉自己很久都没有这么快乐过了。

她觉得本来也没什么，最开始就是她搞错了，人家根本不是来补作业的，只要他当时简单地说上一句"我不写作业"，那这事儿在办公室的时候就结了。

但这人偏偏话都是顺着她说的，还说他要负责写生物。

结果全是在逗着她玩儿，这不是就有点儿过分了吗？

她是那种有什么事儿不说出来就憋得浑身难受的性格，直来直去习惯了，平时又无法无天的，周围的人也都惯着她。

她很久没有受过这种窝囊气了，所以想想还是算不了的。

陶枝抬着椅子往前挪了挪，身子转过来，长腿一伸，整个人倒了个儿，跨坐在椅子上。

她手臂搭在他桌面上，身子往前靠了靠，人凑近，反问他："你觉得呢？"

小姑娘跟他对视着，瞳仁漆黑，眯着眼时眼形被拉长，翘鼻薄唇，五官显出几分带着攻击性的漂亮。

仿佛博弈一般，两个人谁都没移开视线。

就这么对着互盯了几秒，江起淮蓦地开口："对不起。"

陶枝被这个意料之外的展开弄得直接愣住了："啥？"

江起淮长腿前伸，身子往后靠了靠，整个人舒展开，淡道："早自习时候的事情，我的错。"

陶枝："？"

陶枝万万没想到江起淮竟然给她来这么一招——只要我道歉道得够快，就能把我的对手噎死。

她忽然沉浸在一种不明状况的茫然和满腔怒火无处发泄的憋屈里，一时间一句话都说不出来。

陶枝震惊地看着他。

江起淮毫无情绪地说："我的错，对不起。"

陶枝："……"

陶枝一肚子的话被这一个"对不起"结结实实地全堵回去了。

她买好了喇叭，做好了吹响战斗号角的准备，结果江起淮过来一抬手，直接把她扩音器电源给拔了。

真心实意的也就算了，他这个歉道得，就差在脑门儿上刻上"嚣张"两个字，以及肉眼可见的敷衍。

你道个歉凭什么这么跩啊？！

陶枝叱咤学校旁边的、家门口的大街小巷十六年，什么大风大浪没见过，她跟别的小孩儿打架扯头花的时候江起淮这个书呆子怕是还在学ABCD。

江起淮想在嘴炮上面让她吃瘪还是太年轻了。

她迅速反应过来，调整了一下表情，点点头："行吧。"

"？"

"看你认错态度诚恳，我勉强接受了。"陶枝转过身去，从自己的书桌上抽出一沓卷子，又转过来，丢到他面前。

江起淮垂眸："这是什么？"

"你的生物暑假作业，"陶枝扬眉，"生物你负责，这不是今天早上你自己说的？你不会打算把自己说过的话当放屁吧？"

"……"这下轮到江起淮被噎住了。

"赶紧啊，"陶枝手臂撑着他的桌边不紧不慢地趴下了，懒洋洋地说，"你动作麻利点儿应该能在放学之前写完。"

江起淮伸手捏起那沓卷子，翻开随便扫了两眼，假期的卷子都不难，除了后面儿道大题，剩下的基本上都是基础题："这你不会？"

"你才不会！"陶枝下意识反驳，说完又有点儿心虚。

这鬼题谁能会？

为了掩饰这份心虚，她转过身去，又把物理卷子抽出来丢给他："道歉礼，对不起难道口头说了就完事儿了？既然知道自己错了就来点儿实际行动，江同学。"

江起淮像是在听笑话一样，大概是觉得她的话有点儿过于不可思议了，半晌才道："你觉得我会帮你写？"

"你觉得你不写我会放过你？"陶枝敲了敲桌角，"我这人呢，没什么别的优点，就是心眼儿特别小。"

这能算个优点？

江起淮差点儿气笑了，他舔了下嘴唇："行吧。"

陶枝以为自己听错了，她本来以为他会更难搞一点儿，她眨巴了下眼睛："你写吗？这周之内要写完哦。"

江起淮边翻卷子边"嗯"了一声，算是答应了。

陶枝狐疑地盯着他看了一会儿，看着他翻开了她的物理卷子，捏起笔来，垂下眼，真的就开始看起了题。笔尖划过题干，片刻就勾出个答案来，看起来认真又专注。

陶枝忽然觉得自己是不是真的有点儿太斤斤计较了，可能他早上在办公室也没什么恶意，只是随口说的。

琉璃公主其实也没那么讨厌。

但两科卷子解决掉了的快乐让她懒得想这么多，还是心安理得地交给他写了，快乐地转过头去继续玩儿手机。

睡了一上午，陶枝下午精神了不少，第一节课课间叫来了及时雨，把剩下的几科卷子都给他丢了过去："写了。"

宋江靠着后门门框翻了翻眼皮，一脸蒙："我拿头给你写？这我要是会就有鬼了。"

"文雅点儿，你这人素质怎么这么差？"素质达人陶枝听不下去了，"你找他们随便分分，反正这周之内写完给我就行了。"

"我找谁？我找谁能会写这个？"宋江有些无奈，"行吧，我花点儿钱找人给你写了，你们班老王还查这玩意儿？你们班这么严吗？假期作业这不是收上去随便看两眼意思意思就完了吗？"

陶枝抬手，指了指前门班牌："看见没，高二1班，隐形重点班，懂不懂？"

宋江乐了："看见了，这粥里怎么混进了你这么颗老鼠屎？"

"你才老鼠屎，"陶枝抬脚要踹他，"这问题你问我爹去。"

宋江早有准备，熟练地躲开了，人一下子蹿出老远，在走廊那头朝她摆了摆手里的卷子："尽快给你。"

陶枝把卷子都分配出去，轻轻松松地过了一下午，一直到晚上放学，她刚出校门就看见了陶修平的车。

电话刚好这时候响起，陶枝接起来。

陶修平："对面，看见我没？"

陶枝抬头，看着那辆黑色轿车的驾驶室车窗缓缓降下来，然后伸出了一条手臂，对着她的方向热烈地挥舞。

"……"

陶枝把电话挂了，走过去，打开副驾驶车门，上车，问："大忙人今天怎么有空？"

陶修平启动了车子，笑眯眯地看着她："我宝贝这不是第一天开学嘛，多大的日子，我肯定得亲自来接啊，想不想爸爸？"

陶枝低头扯安全带："不想。"

陶修平："后座有杏林斋的蛋黄奶酥，刚做出来的，应该还热着。"

陶枝飞速扭过头去，伸手把后座的纸袋子扯过来，一秒改口："陶修平同志就是我永远的男神，陶修平同志帅气堪比吴彦祖。"

陶修平笑着抬手敲了敲她的头："没良心的臭丫头，几个月没见着了，你爹还没个吃的重要啊？"

"你也知道你几个月没回来了，"陶枝拆开一盒蛋黄酥，捏起一块来塞进嘴巴里，"皇上都没你忙。"

"这不是家里有个公主要养，不忙养不起啊，"陶修平打着方向盘，"今天想吃什么？我让阿姨煲了个汤，剩下的爸爸给你做。"

"都行，你就做你拿手的那几个吧，都挺好吃的，"陶枝抬起头，口齿不清道，"季繁今天来不来？"

陶修平把着方向盘的手顿了顿："他那边还有点儿事儿，办完了你妈妈把他送过来。"

陶枝没说话，侧过头去，看向车窗外。

高二刚开学，还没有开始晚自习，这会儿天没完全黑下来，蓝紫色的天空透出浅浅的亮，月亮远远地隐约冒出头来。

半晌，陶枝才问："爸爸。"

"嗯？"陶修平应了一声。

"季繁以后都跟我们住了吗？"

"嗯……"陶修平想了想，"应该是吧。"

陶枝转过头来，认真地看着他问："那妈妈以后就自己一个人了吗？"

陶修平沉默了一下，在等红灯的间隙看了她一眼，才小心地说："妈妈应该是有自己的打算。"

"那你们俩以后也不会和好了吗？妈妈不是现在还没有男朋友嘛，"陶枝小声说，"她也没嫁人的。"

车子里的空气仿佛突然之间就凝滞了起来。

陶修平叹了口气，抬手拉过她的手，捏了捏："枝枝……"

"没事儿，"陶枝飞快地打断他，仿佛很怕继续听下去似的，语速很快地说，"我就随口问问，你们俩自己高兴就行，我没有别的意思。"

陶家的宅子还是十几年前的，那时候陶修平赚到了第一桶金买下了这栋房子，从此就再也没搬过。

门口是一个不大的小院子，草坪修剪得整整齐齐，侧边立着个秋千和儿童滑梯，是陶枝之前一时兴起和宋江他们一起搞的。

家里阿姨已经炖好了汤，一进门就闻到了一股浓郁的香气，食材也准备得差不多，陶修平洗了个手下厨，很快几道陶枝平时喜欢的菜上桌。

父女俩吃了顿气氛挺好的晚饭，陶修平又唠叨了几句，叫她好好读书，不要闯祸了，上一个打的人刚赔完钱下一个又进医院了，陶枝听着嗯嗯啊啊地应了几声，终于把这尊唠叨神送上了楼。

她喝掉碗里最后一点儿汤，也上楼回到卧室里，关上房门，躺在地毯上，看着天花板发呆。

夜风鼓起窗纱，房间里有些冷，陶枝打了个哆嗦，也懒得起来拿毯子盖。

她怕陶修平不开心，所以晚上没再提起季槿的事儿了。

但在她的记忆中，陶修平和季槿的感情一直都还不错，她和季繁上初中的时候，两个人分开也是分得毫无预兆。

好像也没什么特别频繁的争吵和不满，两个人看起来都是平平静静的样子，陶枝还记得季槿带着季繁走的那天早上。

天蒙蒙亮，她没下楼去送，站在卧室的窗边，看见季繁不愿意走，站在院子门口哭，一边哭一边喊她的名字。

陶修平将几个大行李箱搬出来,塞进车子后备箱。

季槿站在车边,始终默默地看着。临走之前,她走过去轻轻地抱了他一下。

陶修平的背都是僵的。

小陶枝不懂,她觉得爸爸妈妈既然是喜欢彼此的,为什么还是分开了,她不明白大人为什么可以有那么多的理由和原因,即使还喜欢着对方也不可以再在一起。

她前一天其实偷偷地去问过季槿,是不是喜欢别的叔叔了,女人梳了梳她的头发,对她说:"妈妈喜欢爸爸,也很爱枝枝,但是有些时候两个人不是互相喜欢就可以一直在一起的,枝枝可能要很久以后才会明白。爸爸也爱枝枝,爸爸会对我们小枝枝很好很好的。"

那双和她相似的黑色眼睛以及手指的温度都那么温柔。

小陶枝不明白。

她只知道从那一天开始,以后都不会有人每天早上在她起床的时候亲亲她,给她梳漂亮的辫子了。

陶枝这人心大得很,忘性也大,有什么不开心的事情洗个澡、睡一觉就消失得一干二净了,第二天又是一个元气满满的不良少女。

学霸的效率也确实很高,隔天物理和生物的卷子就全做完给她了,陶枝还特地看了一眼大题,写得满满的。

陶枝放下心来,又等宋江把剩下的几科都给她送过来,周四早上交给了王褶子。

王褶子还挺诧异,这几天的时间他显然已经透过表象看透了陶枝不学无术的本质,也没想到这作业她真能交上来:"真写完了啊?"

陶枝背着手站在他办公桌旁边,老实巴交的样子。

"哟,还写挺满,"王褶子随手翻了翻,"行,我先看看物理的。"

陶枝应了一声,出了办公室。

回到教室还是早自习，她从后门进去，江起淮刚好坐在最后一排，陶枝瞥了一眼他的桌面。

学霸读书确实还挺认真的，这一个礼拜看到他的时候几乎都在看书做试卷，有人来跟他说话虽然也会应，但也不主动。

用厉双江的话来说，就是这附中的学霸有点儿独。

因为他帮自己写了物理，陶枝现在对他的印象好了许多，她向来是个有原则的人，如果江起淮不那么臭屁，她还是乐意跟这位公主殿下多说上几句话的。

这个念头没能存活够四节课。

上午最后一节是物理课，王褶子沉着脸进来了，昨天的一沓子作业被拍在讲台上，照常一本一本翻出来挨个儿点名骂。

陶枝最开始还没当回事儿，反正王褶子每天都黑着脸，厉双江也被点起来批了一顿，陶枝本来听得还挺开心的，下一秒就听见王褶子说："还有你，陶枝，你给我站起来。"

"……"

陶枝脸上的笑容还没来得及收回去，就站了起来。

"本来你今天早上给我交作业的时候我还挺欣慰的，想着你这也算是被周围环境影响开始想好好学习了，我还给你批！看看你这破卷子写的，啊？！没有一道对的，一整套卷子，连选择题都没有一道对的！你给我蒙是不是也能蒙对两道？"

"……"陶枝笑不出来了。

"还有这大题，我看你写挺满，挺像那么回事儿的呢，你给我写数学公式是什么意思？"王褶子气得脸都憋红了，"你是不是以为我没学过数学，我不认识啊？啊？！还有化学公式？你还挺全面啊，几门功课在我物理上全面发展呗？"

陶枝一声没吭，缓缓地转过头去，面无表情看向坐在后面的始作俑者，深黑的眼睛里是一片死气。

如果眼神会说话，那这双眼睛里此时只会有五个字——你已经死了。

江起淮完全不惧她，丝毫没有任何心虚和愧疚的意思，长腿前伸，踩着桌杠和她对视，手里还优哉游哉地转着笔。

"你看你后桌干什么？我说的是你！"王褶子把手里的卷子"啪"的一下拍在讲台上，指着卷面怒道，"你还好意思往后看？就这种程度的物理题，人家江起淮闭着眼睛都能全写对！"

正、副班长

江起淮看着他的前桌浑身僵硬，紧绷的表情里透着极力克制的愤怒，像个地狱里爬出来的修罗似的扭过头来。

那眼神，像是下一秒就会不顾一切冲上来把他给生吃了。

江起淮难得走了个神，突发奇想了一下，他视线往上偏了两寸，想看看这小土拨鼠脑袋上会不会气得冒烟。

如果怒火可以具象化的话。

他不易察觉地微勾了一下唇角，只一瞬，下一刻又恢复成了一副雷打不动的冷淡模样。

陶枝转过去了。

江起淮一边转笔，一边好整以暇地等着听她的解释。

他坐在后面，看不清土拨鼠的表情，只能看见小姑娘肩膀缩了缩。

"老师，我不会写，"陶枝特别小声地说，"我也想把作业写好的，但是我基础太差了。"

还挺能屈能伸。

小姑娘满脸真诚，声音听着也可怜巴巴的，王褶子脸色缓和了几分："不会写也不能瞎写啊，不会的地方可以问同学，也可以问老师，我天天都在办公室。"

"我也不好意思打扰同学，"陶枝表面上老老实实地承认错误，"我太着急了，怕这周之前交不上，后面一着急就乱写了。王老师，我下次一定好好写，就是可能会写得慢点儿，您别生气就行。"

王褶子本来就是个嘴硬心软的，瞧着她认错态度确实很诚恳，又是个小姑娘，脸皮儿薄，火来得快去得也快："你有这个决心就行。老师不怕你们写得慢、错得多，只要心里有学习的念头，那老师和同学们都愿意帮你，你前后桌，还有你同桌，不会的就勤问问。"王褶子语气缓和下来，"行了，你坐下吧，你这个基础确实是个问题，我再想想办法。"

陶枝乖乖应了一声，坐下了。

她坐的时候膝窝顶着椅子边，不动声色地使劲儿往后蹭了一下。

江起淮的书桌猝不及防被顶得往后一歪，桌边成三十度角往上翘起来，摞在桌面上高高一摞卷子压着书滑下来，哗啦啦地掉到地上大半。

江起淮："……"

他俯下身去捡。

陶枝也一副不小心的样子，"好心"地回头单手把着桌边弯下腰来帮他。

头一低下，她表情一秒变了个底儿朝天，一边假装帮忙捡卷子一边凑过去，尽量控制着脾气和音量，咬着牙："我跟你是有什么世仇吗？"

江起淮捡起一张卷子："没有。"

"那你为什么害我？"陶枝压着火小声说。

"你为什么让我帮你写作业？"江起淮也压着嗓子。

陶枝捡了一张卷子，递给他："你不写就不写，都答应我了你还故意写错，你是个人？"

江起淮接过来："不是你威胁我？"

"那是不是你在老王办公室先骗我说你也是来补作业的？"

"我没说过。"

"你……"陶枝没想到江起淮能这么"狗"，她捡起最后一张卷子递过去，火大地瞪着他，"你是没说过，但你当时就是这个意思，你故意误导我。"

两个人钻在桌子底下你递一张我拿一张，小声地嘀嘀咕咕，表面风平浪静，实则暗潮涌动。

江起淮接过来，直起身，将手里的卷子放在桌上。

陶枝也直起身，若无其事地坐了回去。

桌面以上的世界一片平和。

王褶子一边让大家翻开书一边往这边看了一眼，没有发现任何异样。

坐在旁边那排和他们只隔着个过道，把对话听了个一清二楚的两位同学："……"

小学生吗？

陶枝觉得这整整一节课都上得没滋没味的。

虽然平时物理课也没什么滋味，但是她至少能睡觉，今天是气得连觉也睡不着了。

陶枝用胳膊撑着脑袋，手里拿着支笔，假模假样地时不时翻翻书，平均五分钟看一次表，感觉分针像是冻住了。

她抽出手机，在桌肚里给季繁发了条微信。

枝枝葡萄：我败了。

季繁回得很快：？

枝枝葡萄：我们班转来了个人，我斗不过他。

季繁：哪方面的？

枝枝葡萄：他骗我！他跟我玩儿头脑风暴！！他真是好深的心机！！！

季繁：别自找苦吃，动脑的事儿你又不擅长，扬长避短懂不懂，直接跟他干一仗。

陶枝："……"

陶枝不想搭理他了，恨恨地把手机丢回去。想了想，又不得不承认，季繁说得也有那么点儿狗屁道理。

终于熬到了快下课，陶枝抬眼，看着王褶子讲完了书上最后一道物理例题。

"行了，先到这儿吧，今天的作业，把书上剩下的题写完，还有这课搭配的练习册。"王褶子拍拍手上的粉笔灰，往教室外走，"都吃饭去吧。"

王褶子前脚刚走出教室，后脚陶枝霍然起身，椅子往里一甩，木腿儿划着砖面，发出刺耳的"刺啦"一声。

陶枝转身，居高临下地俯视着才合上书的江起淮，杀气腾腾："打一架。"

江起淮略一扬眉，对她这种直截了当的回礼有些诧异："我没空。"

"我没问你有没有空，你可能没听懂，"陶枝耐着性子跟他解释，"我换个说法，你得让我揍一顿。"

江起淮从上到下打量她："你让我跟一土拨鼠打架？怎么打？比打洞还是嗑松子儿？"

"我让你跟……"陶枝一顿，后知后觉地反应过来，眯起眼，"跟什么？土拨鼠？"

陶枝觉得自己脑子里仅存的一根名为理智的神经也被拉断了。

几乎同时，教室后门被打开，厉双江的脑袋从门口探进来："淮哥，老王找！让你过去一趟！"厉双江不知道自己一句话化解了一场灾难，"看他挺高兴，应该是什么好事儿。"

江起淮转身出了教室，厉双江也跟着出去了。

付惜灵坐在那儿，扭头看了看江起淮的桌子，又抬头看向陶枝，琢磨着她会不会趁着桌子的主人不在，下一秒就抬起这张课桌从三楼顺着窗子丢下去。

但陶枝的关注点在别的地方。

她转过头："我长得像土拨鼠？"

付惜灵愣了愣，赶紧摇头："没有啊。"

陶枝又指指门口，整个人还沉浸在震惊之中："他刚刚是不是说我是土拨鼠？"

这个问题付惜灵不知道要怎么回答，好半天，才慢吞吞地憋出一句："土拨鼠挺可爱的。"

"……"

陶枝也不知道自己为什么就被她这没头没尾还有点儿呆的回答给哄住了，她像是忽然泄了气一般，肩膀一塌，重新坐回到座位上，蔫巴巴地说："行吧。"

她侧过头，看着付惜灵从座位底下拿出保温饭盒："你带饭的啊。"

付惜灵"嗯"了一声，拧开饭盒，她这几天跟陶枝熟悉了一些，话也稍微多了起来："你要吃吗？"

实验一中的食堂味道还可以，价格也不贵，出了学校，旁边还有一条小吃街，一整条街都是能吃饭的店面，大家一般都是在食堂吃或者出去吃，自己带饭的很少。

陶枝没什么胃口，摇了摇头，趴在座位上掏出手机给宋江发了条微信，跟他说了一声今天午饭不去了。

刚发出去没两分钟，宋江的脑袋就从刚才厉双江探脑袋的那个位置伸进来了："怎么就不吃了啊祖宗？怎么又不高兴了？"

"别管你爹。"陶枝无精打采地说。

宋江蹦跶进来，怀里抱着两瓶甜牛奶和两盒夹心蛋卷丢到她面前，一屁股坐在她们旁边那排的桌子上："这不是关心一下我爹嘛，一个把吃和睡当成人生最重要追求的人，突然跟我说中午饭不吃了。"

付惜灵捏着筷子补了一句："她上课也没有睡觉。"

宋江肯定道："失恋了。"

"我失你个头，"素质达人不耐烦地抬起头来，皱着眉忽然问他，"及时雨，我长得怎么样？"

宋江跟陶枝小学就认识了，算半个发小，对着这张脸早就看习惯了，也看不出什么眉目来："挺好看啊。"

付惜灵咬着一根青菜又说："她是想问你，她长得像不像土拨鼠。"

宋江摸着下巴："啊？我觉着……"

他还没能"觉着"出来，高二1班的教室后门再一次被人拍开，木门可怜地"嘎吱"一声，是个不认识的男生。

"付惜灵，"男生熟门熟路走进来，"你今天总能跟我吃个饭了吧？"

陶枝侧头。

男生穿着高三的校服，校服外套要穿不穿地挂在身上，白色的袖口上画了个黑色的骷髅头，下身没穿校服裤子，配了条紧身牛仔裤。

老非主流了。

陶枝又看了一眼那张脸，回忆了两秒，想起这人来——走廊里对女生动手动脚的那位。

付惜灵拿筷子的手收了收，身体明显紧绷了起来，她扭头，有些紧张地说："我今天带饭了……"

"非主流"皱起眉，有些不耐烦："你怎么天天都有理由，不是说好了今天跟我吃？"

"对不起，"付惜灵磕磕巴巴地说，"但，我也没跟你说好……"

"那我都跟我哥们儿说了今天带你过去，你这样我多没面子。"男生说着往前走了两步，一把拉开最后一排空着的那张桌子，抬手就要去扯人。

宋江直接站起来，一把按住桌角，客客气气地说："兄弟，小姑娘说了，不愿意跟你去吃。"

"非主流"转过头去："不是，你哪位啊？我跟她说话跟你有什么关系？"

宋江和陶枝一齐转过头去，看向付惜灵确认。

"没有！"付惜灵慌慌忙忙地说，"我没有答应他。"

宋江乐了："听见没？人家不喜欢你，别死缠烂打了。"

"非主流"被驳了面子，涨红着脸直接冲着他过来了，抬起手就要推他："你谁啊，你管闲事儿上瘾是不是……"

陶枝扫了一眼他的位置，抓着他走过来的空手疾眼快地抬脚，朝着江起淮的桌杠往前一踢，桌子连着椅子一齐移了位撞在他身上，宋江趁机一把抓住他伸过来的手腕往前扯，另一只手扣着他脖子"砰"的一声把人砸在桌面上。

"哎，"宋江喘着气笑着说，"你怎么还动上手了呢？"

"非主流"应该也是个会打架的，空着的那只手朝着他肚子就抡了一拳过来。两个人直接在教室后头打上了，桌子和椅子撞得东倒西歪的，"哐当"一声，江起淮那张原本就被踢到中间去的桌子又被撞倒了。

倒了！

江起淮倒了！

陶枝快乐地看着他的桌子翻倒在地，试卷飞了满地，还有两个热血男高中生踩在上头互相比画着拳击加柔道，一步一个脚印地打。

那边宋江照着"非主流"肚子又是一脚，人被踹了过来。

眼看着战火就要蔓延到她这儿来了，陶枝赶紧让开位置，下一秒，"非主流"摔在了她的椅子上。

陶枝靠着墙边站着，不满地指挥他："及时雨你行不行，你往那边踹啊，我们这儿吃饭呢。"

宋江抽空看了她一眼，又被"非主流"招呼了一拳。

紧接着，教室后门今天中午第四次被打开。

江起淮推门进来，刚迈开脚，里面的一片狼藉就让他步子一顿，他站在门口，看起来极为冷静地扫了一圈。

他的桌子翻着，桌肚里的东西全撒了，椅子倒着滑到了教室那头，书包不知道为什么被丢进了墙边洗拖把用的脏水桶里。试卷和书铺了满地，两个男生还踩在上面抱成一团激烈地打滚。

他面前，刚好一张破了洞的物理卷子被风吹起，在他眼皮子底下打着旋儿飘下去，上面印着两个清晰的黑鞋印。

江起淮："……"

这一架，终究还是打起来了。陶枝内心一片安详地想。

虽然我方选手不是她本人，敌方选手也不是江起淮。

不过不要紧，至少江起淮的桌子和所有物都参与其中，而这一切她一根手指头都没动。

有的时候，胜利就是来得如此轻而易举。

她靠墙站在旁边，看着这个平时冷淡得眼睫毛都舍不得抬一下的人这会儿面无表情地站在门口，视线跟着他的物理卷子一齐往下瞟，眼皮子也就跟着耷拉下来，唇角微垂，下颌的线条有一瞬间的紧绷，消瘦的手背上青筋鼓了鼓。

下一秒，江起淮转过头来，看向她。

他站在门口，她靠着墙边，两个人距离很近的情况下，陶枝终于从那双琉璃似的浅淡眸子里看出了几分名为情绪的东西。

他不爽了。

在确定了这件事儿以后，陶枝整个人都爽了。

陶枝看着他，眨巴了两下眼睛，满脸的无辜，像是在无声地说——别看我，我什么都没干。

她还煞有其事地摇了摇头："冲动。"陶枝叹息了一声，"你们男生有的时候就是太容易冲动。"

把自己择得干干净净。

那边冲动分子宋江滚起来又给了"非主流"一拳，脚下的卷子又蹭破了一张，"非主流"骂骂咧咧地爬起来，刚抬起胳膊，王褶子出现在江起淮背后："干什么呢？！干什么！教室里打架！啊？！都给我停了！！"

两位热血男高中生的动作被这一嗓子齐刷刷地制止了，宋江脸上挂了点儿彩，相比起来"非主流"要惨很多，鼻青脸肿地站在那儿。

俩人都不是高二1班的，却在1班教室里打架。

王褶子把人带走了，直接去找他们的班主任。

教室里顿时安静下来，付惜灵吓得还攥着筷子缩在位置上，不敢说话。

江起淮站在原地，也没动。

陶枝环视了一圈教室后面这一块空着的位置，刚刚挤着人还没觉得，现在这么一看，江起淮这满地的东西确实有点儿惨。

她当时踹他桌杠那一脚的时候其实是没往这一茬儿想的，她跟宋江在打架上是老搭档了，配合起来默契没的说。

而且本来打架这事儿，抢的就是个先手。

一片寂静里，她看着江起淮终于动了动，他沉默地走过去，把桌子扶起来，踢回原来的位置，又一张一张捡起卷子和书，丢回桌上，然后，江起淮去水桶里捞他的书包。

那水桶不大，书包还挺宽的，没全掉进去，斜斜歪歪地卡在水桶边上，一小半浸湿了。

江起淮扯着书包带把它提起来，悬在上方，黑色的书包滴滴答答地往下滴着水。水滴得差不多了，他把拉链拉开，将里面浸湿了的卷子和教材抽出来，丢进了旁边的垃圾桶里。

整个过程，他一句话都没说。

他的校服被书包上的水蹭湿了一些，那水本来就不干净，白色的校服外套上脏了很明显的一片，手指也是湿的。

饶是陶枝这么没良心的人，这会儿爽过以后，心里都难得地生出了那么一点儿不太舒服的愧疚感，以及心虚。她总觉得江起淮似乎是知道她干了什么的，只是懒得说。

无论她当时是不是存心，确实是她把他的桌子踢过去的。

陶枝几次想开口，却不知道该说什么，她不太擅长应付这种陌生的局面。

没人说话，空气中弥漫着僵硬和压抑。

付惜灵终于缓过神来了，抬手隔着桌子轻轻戳了戳陶枝的背。

陶枝转过头去，看见小姑娘从下面偷偷给她递了一包纸巾。

干啥？

陶枝有点儿茫然地看着她。

我又没哭。

付惜灵朝她挤眉弄眼一顿疯狂暗示，又看看江起淮。

陶枝恍然，终于悟了，把纸巾接过来，转过身去，她犹豫了一下，将纸巾轻轻地放到他的桌面上。

江起淮垂眸，视线在上面落了一瞬，没有接的打算。

他本来也不是什么性格好的人，这会儿确实是憋了火，真的有点儿烦躁，但面前的两个小姑娘一直盯着他看，似乎就在等着他的回应。

江起淮顿了顿：“谢谢。”他移开视线，冷淡开口，毫无情绪地说。

陶枝摸了摸鼻子，一时间不知道该怎么接话。

江起淮似乎也并没有跟她聊下去的打算，他拎着书包转身出了教室。

一片安静里，陶枝回过头，看着付惜灵，确认道：“他是不是生气了？”

付惜灵点点头：“我觉得是有点儿。”

陶枝也点点头：“他也没有用我们递给他的纸。”

“因为他生气了，”付惜灵哄她，“但他说了谢谢，还是挺照顾女孩子的面子的，所以你也别生气了，这才刚开学，以后大家要当两年同学呢。”

陶枝没说话，视线落在江起淮桌子上那一堆被踩得破破烂烂还脏兮兮的书和卷子上，脑子里闪过他之前在办公室填的那张表格。

虽然只是在她眼前晃了一下，她也只是扫了一眼，但还是看到了上面的几个字。

是一张助学金的申请表格。

江起淮中午走了之后就没回来，下午第一节课下课，陶枝挨个儿往各个科目的教师办公室都跑了一趟，最后去了王褶子那里。

王褶子和宋江、"非主流"两人的班主任都在，她进去的时候王褶子看到她，叫了她一声："陶枝，正好，你给我叫一下付惜灵。"

陶枝应了一声，在王褶子扭头的时候瞪了宋江一眼——女孩子你也交代出去了？

宋江脸上挂了彩，刚去校医室处理过，左半张脸贴了一小块白纱布，造型有些滑稽。

他无辜地摊了摊手，做了一个嘴巴拉拉链的动作，另一只手指了指旁边的"非主流"。

意思是不是自己说的。

陶枝心里"啧"了一声，看了一眼脸肿得像猪头一样的"非主流"，觉得他挨的这点儿打也是太轻了。

她中午的时候问了一下付惜灵具体情况，"非主流"脸长得还行，家里应该也有点儿小钱，据说在高三他们那个小圈子里混得也是风生水起。

然后不知道怎么就看上了小白菜付惜灵，死缠烂打，天天学妹学妹地叫，午休、放学堵教室门，奶茶、零食勤勤恳恳地送。付惜灵越拒绝，他就越来劲儿，还经常说一些恶心巴拉的话。

一节课之后，付惜灵红着眼圈回来了，陶枝桌面上白花花的卷子摊了一桌子，她正一张一张地码齐，一边让位置一边抽空看了她一眼："你哭了？"

"没有，"付惜灵摇了摇头，"我跟王老师解释清楚了，他应该不会罚你朋友，他就是为了帮我。"

"原因不重要，他也动手了，打架挨骂被罚正常，他早习惯了。"陶枝并不怎么当回事儿，等付惜灵进去以后坐下继续捋卷子，熟门熟路地说，

"接下来应该就是找家长，看双方家长的态度，写检讨，周一升旗的时候公开承认错误，罚几周值日什么的。他俩打得也不严重，应该不会记处分。"

付惜灵想起"非主流"那肿得挤成了一条缝都快看不见了的眼睛，也不知道在陶枝心里到底怎么样的架才算得上严重。

整个下午一直到放学，江起淮都没在。

陶修平难得在家里多待了几天，晚上照常接陶枝放学。小姑娘一上车，陶修平就感觉到这小祖宗今天状态不太对。

心情好像不是那么好。

"今天是板栗奶油酥。"陶修平说。

"哦。"陶枝应了一声，低头扣安全带，并没有扭头去拿。

也不往后座扑了，也不说他是全世界最好的爸爸长得像吴彦祖了。

陶修平单手打方向盘，伸手揉了一下她的脑袋："怎么了这是？今天谁惹我们公主不高兴了？"

陶枝没说话。

"又跟人打架了？"陶修平猜测道，"进医院没。"

陶枝不满地抬起头来。

陶修平乐了，故意逗她："怎么，还没打赢啊？"

"我没跟人打架，这才开学几天，我哪有那么容易惹事儿。"

"确实，"陶修平严肃地点头，半真半假地赞道，"我们枝枝就是一个不爱招惹是非的老实小孩儿，一般都是别人先惹你的。"

陶枝叹了口气："宋江今天跟人打架了。"

"嗯，然后呢？"陶修平耐心地问。

"他把我那个讨人厌的后桌的桌子撞倒了，"陶枝没有隐瞒自己的罪行，"是我踢过去的。"

陶修平："……别说脏话。"

陶枝回忆了一下中午的惨状："然后他卷子和书什么的都掉在地上了，

书都脏了，卷子被踩碎了好多。"

"……"

"书包还掉水桶里了，里面的东西全湿了。"

"……那是挺惨的。"陶修平干巴巴地说。

"然后他生气了。"陶枝最后说，"虽然他挺'狗'，但我觉得也罪不至此。"

"那他没揍你？"陶修平看着自己家闺女，真诚地问。

陶枝面无表情地说："他不知道是我干的。"

陶修平有点儿想笑，但他憋住了："嗯……爸爸也不知道该怎么评价这件事儿，但如果他没有做什么特别过分的事儿，我觉得你可以稍微大度一点儿，不用跟他一般见识，反正他都这么惨了。"

陶修平太了解他这个闺女的性格了，八成是觉得有点儿对不起人家，但心里又别扭着不想主动承认。

他直接给了她一个台阶下，陶枝也就坦然地说服了自己，心安理得地下了："行吧，我就不跟他计较了。"

想通了以后陶枝的心情好了不少，晚上回家吃过饭，洗漱以后睡了个好觉，第二天起了个大早，让陶修平送她去学校。

陶修平都还没睡醒就听着她在那里敲门，迅速收拾了一下，打着哈欠下了楼，去车库开车。

陶枝到班级的时候教室里还没坐几个人，她弯腰看了一眼自己桌肚里的东西。

她犹豫了一下，还是从桌肚里搬出了厚厚的一摞书，转过身去，刚要放到江起淮桌上，教室后门被人推开，江起淮走了进来。

他桌子就在后门前面一点儿，江起淮一眼就落在她身上，垂眼看着她："你干什么呢？"

陶枝怀里还抱着一摞书悬在他的桌面上方，动作僵住了。

这人为什么今天来得这么早啊？！

平时他不都是掐着点儿来的吗？！

陶枝尴尬地定在了那里，一时间这书放也不是，不放也不是。

就这么僵硬地站了五秒，反正都被看到了，陶枝干脆破罐子破摔，板着脸咬着牙，一言不发把手里的东西给放下了。

书挺重，落在桌上砸出沉沉的一声闷响。

江起淮扬起眉梢："这是什么？"

"自己看。"陶枝闷闷地说。

她也不看他，沉默地转身扭头坐下，动作一气呵成。

江起淮也拉开椅子坐下，随手翻开她刚放下的那些书看了一眼，最上面是本崭新的英语教材，再往下，全是开学的时候发下来的各个科目的书和练习册。

他昨天丢在桌上的那些破烂儿也都不见了。

书刚翻开，前面的小姑娘忽然转过身，面无表情地又砸了两大叠卷子过来。

江起淮看着拍在他桌面上的卷子，目测了一下厚度，应该是从开学到现在这一个礼拜所有的。

全部都是新的。

她给他弄来了新的试卷和教材。

江起淮怔了怔，终于反应过来，抬起头看过去。

面前的小姑娘黑色的长发利利索索地扎成马尾，脑袋不自在地晃了一下，露在外面的耳朵尖有点儿红。

然后，陶枝第三次朝后头伸出了手。

她这次没回头，只背着手，捏着一张薄薄的纸，摸索着慢吞吞地放在他面前厚厚的卷面上。

似乎是因为背着身看不到，所以不确定有没有放歪，那只小手伸出一根细细白白的食指来，指尖抵着纸片，缓慢地朝他的方向推了推。那张薄薄的小纸片就跟着往前蠕动了一下，停了停，又蠕动了一下，然后躺在他眼皮底下。

陶枝指尖在纸上轻轻地挠了两下，又点了点，示意他看。

江起淮垂眼。

是一张姜饼人形状的便笺，小人的肚子上面龙飞凤舞地写着两个潦草的字，字迹和她本人一样无法无天。

休战。

非常霸道的两个字。

并不是在跟他商量，仿佛只是通知他一声，毫无转圜的余地——我单方面地不跟你一般见识。

正常情况下，江起淮觉得这两个字应该会让他觉得不爽才对。

但是——

他的视线停在那张牙舞爪的"休战"上面，小姑娘白嫩嫩的食指还放在那儿，她不知道他看没看到，指尖又在上面不耐烦地轻轻挠了两下，像是在催他。

江起淮指节无意识地跟着蜷了蜷，突然觉得好像哪里也被挠了似的，有点儿痒。

也不知道为什么，他身子往后一靠，开始笑。

这是开学到现在一个礼拜以来，陶枝第一次听见他笑。

她本来就背着身看不到后面，不知道他是什么反应，干等着也没听见江起淮发出点儿声音来，等得有些烦躁了。

结果等了半天，这人还笑上了。

什么毛病？

她昨天跑遍了每个老师的办公室，跟老师说明了情况，要来开学以后发剩的多余的教材，本来是想放学的时候偷偷塞到江起淮书桌里，但她没能拉下脸来。

早知道还不如昨天晚上就塞给他呢。

好不容易做点儿好事儿，为什么要遭受这种奇耻大辱？

陶枝憋不住了，抽手转过头去，有点儿恼怒地瞪着他："你这什么反应？"

少年靠坐在椅子里，整个人看起来难得地松弛，反问她："你哪儿弄来的教材？"

"关你屁事儿。"陶枝语气很差。

江起淮食指在最上面的英语书上轻敲了一下："不是给我的吗？见面礼？"

"我跟你第一次见面是在周一早上的办公室里，你确实送了我一份大礼，"陶枝面无表情地看着他，耿耿于怀地说，"江学霸贵人多忘事儿，可能记不清了。"

她说着偷偷往他的卷子上瞟了一眼，她的姜饼人便笺不见了。

休战书它不见了！

这人是什么意思，是不是想要撕毁和平条约？！

陶枝想问，忍了忍，还是憋住了。

她是那种表情藏不住事情的人，心里在想什么一眼就能被人看得明明白白，她眼珠子一转江起淮就知道她想问什么。

他又想笑了。

开学这一个礼拜他其实也听到了不少关于这位公主的事儿，家境好，成绩次，学年大榜上回回倒数，打架、惹事儿倒是第一名。

是个叱咤实验一中、呼风唤雨、说一不二的风云人物，非常出名。

就这智商还能当上风云人物？！

江起淮觉得实验一中的校霸们也是没的救了。

他垂眼，看了一眼桌子上的卷子和教材，对于小土拨鼠的认知多了一层。

一朵从小被娇生惯养在玻璃罩里，细心呵护着长大的玫瑰。

　　宋江一直调侃粥里混进了他们这帮老鼠屎不是随口说说的，平心而论，实验一中确实是一所挺好的学校，在全市挤一挤还是能勉勉强强排进前三名的。

　　第一名是雷打不动的附中，常年出高考状元和数学、理综满分选手，是那种谁家小孩中考要是能考上附中家长要连着放七天七夜挂鞭，敲破整栋楼住户家门通知的学校。

　　而江起淮是附中的第一名，上学期的三校模拟出题组故意出得非常难，打算挫一挫这帮小孩儿的锐气，尤其是数学组，但他还是拿了个满分。

　　这么一个人物转学过来，实验一中的高层非常重视。开学第一天，学校的领导班子就已经来 1 班看过两回了，王褶子被校长叫出去开了好几次会。

　　连带着整个实验一中的老师和学生都像是打了鸡血，觉得实验一中的未来无限好，拼一拼的话这一届的升学率能保三争二。

　　虽然明面上没有说，但 1 班的师资力量确实是最好的，任课教师不是年级主任就是学科组长，学习气氛也非常浓郁，就连每天看起来不务正业满嘴骚话的厉双江上课的时候也是两耳不闻窗外事儿。

　　陶枝是整个班级里唯一的异类。

　　但陶枝依然咸鱼得不受影响，她的目中无人已经达到了无论身处何种环境，都可以对周围的一切视而不见的程度，看起来是没救了。

　　王褶子却不这么想。

　　他当了十年的班主任，年年带出来的班级都是拿得出手的，早在开学的时候，他就对每一个学生都进行了了解。

　　陶枝在初二以前，成绩一直都是学校的前几名。

　　他也私下联系过陶修平，两个人电话聊了挺久。

　　陶修平是个非常开明的家长，王褶子从教这么多年，这样的家长几乎没见过几个。陶修平觉得他闺女现在既然不想学习，那他每天硬逼着她也没用，没有什么比让她快快乐乐地长大更重要。但如果王褶子有什么合适的方法能够让陶枝认真起来，他作为家长也十分愿意配合。

王褶子对陶修平的印象非常好，连带着对陶枝也多了些关注。

这小姑娘其实脑子很灵，也有几分小聪明，明明就是找人帮自己写的作业，被发现了还能瞬间编出个合情合理的理由来；故意把上课睡觉的她叫起来回答问题，给她抛个解题思路她就能顺着这个方向磕磕巴巴地说上几句。

王褶子看过她这一个礼拜交上来的数学卷子，后面的几道大题和提高题，辅助线画得其实都是对的，但她算不出来。

几何的天赋很高，代数差得一塌糊涂。

王褶子叹了口气，琢磨着怎么才能让这小姑娘意识到她得开始学习了。

陶枝不知道她找人帮忙写暑假作业这事儿其实早就被识破了，还以为自己的演技完美无瑕得足以瞒天过海，也不知道平时凶恶的老王这会儿正在办公室对着她的成绩单发愁。

这天上课，她难得没有睡觉，单手撑着脑袋要听不听地发呆。

这节是数学课，付惜灵的卷子摊开放在两个人中间，上面是密密麻麻的笔记，字迹清秀。

陶枝昨天只要到了新教材，但试卷很多都是没有富余的了，她也懒得再到处问，直接把自己的卷子翻出来，给了江起淮。

反正放着她也不会做。

讲台上老师讲完了这一段的重点和知识点，又讲了一道卷子上的例题，剩下的题要他们小组讨论一起完成。

小组讨论向来都是前后桌，四个人一组，陶枝他们这组就有些奇特。

1 班的学生人数是单数，江起淮是没有同桌的，陶枝是个废物，所以他们这一组只有付惜灵和江起淮两个人算。

付惜灵默默地松了口气，还好江起淮是个神仙，做题奇快，不然他们的速度会被别的小组拉开一大截。

两个人转过头去，江起淮正在卷面上全神贯注地飞快写着答案，付惜灵有不会的地方提出来他也会给她讲，他讲题不急不缓，声音平淡，言简意赅，效率很高。

一套题做完，小组讨论还在继续。

江起淮终于抬起头来，抽出空看了她们一眼，这才注意到她俩只有一张试卷。

他侧头看向陶枝："你卷子呢？"

陶枝嘴比脑子快，也没多想："喂狗了。"

"……"江起淮用了一秒钟的时间意会到了他是那只狗。

他看着转过身来像一团棉花一样大大咧咧瘫在他桌面上，几乎占了他桌子三分之二的少女，一时间有些无言。

陶枝趴在桌子上："我好无聊。"她翻了个面，"上课好无聊。"

"1班太不好了，上课没人跟我玩儿。"陶枝沮丧地说，"我想念及时雨。"

江起淮看着她毫无自觉地霸占着他的桌子，还在上面打滚，他忽然觉得因为这一套教材和卷子，自己对她的忍耐度是提高太多太多了。

江起淮懒得搭理她，往后翻了一页，继续写后面的提高题。

付惜灵做完了题，也想偷一会儿懒，小声说："你可以跟大家一起学习呀。"

"学习更无聊，还没什么用。"陶枝撇了撇嘴。

"怎么没用，"付惜灵想了想，决定给她灌鸡汤，"我们好好学习，人生以后就可以掌握在自己手里了。"

陶枝并不吃这一套，这话她这几年听都听腻了："再怎么好好学习，人生也不会掌握在自己手里的。"

江起淮笔尖一停。

付惜灵眨巴了两下眼睛。

喜欢的人还是会离开，也会被重要的人抛弃。

"你的人生你自己是抓不住的，学习和不学习也没什么区别，学习还那么辛苦，"陶枝反手给她灌毒鸡汤，"所以还不如从现在就开始快乐，快乐一天是一天。"

付惜灵提醒她："可是现在你也不快乐，你很无聊。"

"因为上课没有人跟你玩儿，"在旁边安静写卷子的江起淮忽然开口，他一边写一边不紧不慢地接话道，"没有一个人跟你玩儿。"

"……你闭嘴。"

一个人要是"狗"，那么无论休不休战他都那么"狗"。

陶枝一整天都懒得再跟江起淮说话。

周五的最后一节晚自习刚开始没多久，王褶子进来，让大家停了笔。

一个礼拜的时间，班级里的人相互之间也差不多都熟悉了起来，王褶子准备用投票的老方法选一下班干部，每个人一票，在纸上写上自己觉得合适的人的名字，然后交上去，唱票。

教室里一下子就热闹了起来。十六七岁的年纪，正是最好的时候，每一个人都在自己的青春里发着光，有好胜心，也有口是心非的腼腆。

先是各个科目的课代表、学习委员，都选完最后再选班长，要选正、副班长两个人。

厉双江前面一个都没选上，但他看着也并不气馁，一脸快乐地转过头来："你们觉得我当班长怎么样？合适吧，咱班还有比我更适合的人？我对学习这么有激情！"

他同桌嘲笑他："做什么梦呢？你看看你那英语考的那点儿破分，让你当班长，咱班的英语不得把总成绩直接拉成倒数。"

厉双江摁着他的脑袋把他按下去不让他说话，继续对陶枝道："老大，透个信儿，你选谁？"

陶枝在纸上大气磅礴地写上了"江起淮"三个大字，还大大方方地让他看了一眼："我选条狗吧。"

厉双江："……"

字条由最后一排的人负责收上去，王褶子一张一张拆开，念名字。

每出现一次，黑板上这个名字下面的"正"字就多出一画来，字条念到接近尾声，江起淮名字下面的"正"字一骑绝尘，远远地甩了剩下的人好几排。

一个没什么悬念了，只剩下另一个。

只有那三四个人的名字，一个咬着一个，票数几乎相差无几。

王褶子念到一半，突然说："对了，忘了跟大家说，两个班长里，我一个选这上头票数最多的，"他敲了敲黑板，"另一个选票数最少的啊。"

全班人："？？？"

有人忍不住在下面喊了一声："王老师，为啥啊？"

"知道你们一个个的都觉得自己厉害，谁也不服谁，"王褶子慢悠悠地又拆开一张字条，"这副班长的票数上上下下的，不也是拉不开吗？多个一两票赢了的，剩下的几个你们服气吗？"

肯定是不服的，只会觉得对方是运气好而已。

"这矛盾不就出来了……厉双江一票，"王褶子一边唱票一边继续道，"而且班长这活儿也不完全是看成绩，学习好我有学习委员，各科特别突出的有课代表，班长嘛，名字能出现在这上头的，那就肯定是有那么一个人是服他的。既然除了那个人，大家都不知道他值得学习的点在哪里，那就干脆站出来让大家看看，是不是？"

王褶子说着拆开了最后一张字条，愣了一下，然后乐了："陶枝。"

一瞬间，上一秒还吵吵嚷嚷的教室突然安静了。

陶枝并没有什么兴趣关注班长竞选，这种浪费时间又麻烦的活儿白给她她都不想干，她都在收拾书包准备放学回家度过愉快的周末了，忽然听见有人叫她，茫然地抬起头。

然后她看见了教室里几十颗脑袋齐刷刷地扭过来，直勾勾地看着她。

陶枝："咋了？"

"班长，有人选你。"付惜灵在旁边小声提醒她。

陶枝后知后觉地反应过来，她皱起眉，也小声说："有病吧？谁选我啊？"

"不知道，你有一票，"付惜灵抬头看了一眼黑板上的那些名字，确认道，"剩下的最少也有两票了，王老师刚刚说副班长选票数最少的。"

王褶子大概也是没想到会这样，站在讲台上拿三角尺敲了下黑板："这回没人不服了吧？"

服。

谁敢不服。

这得服得透透的。

"心服口服，"厉双江抱了抱拳，第一个说话，"我直接下跪。"

"那行，那没异议了啊，"王褶子憋住笑说，"来吧，正、副班长上来，让大家熟悉一下，下礼拜一开始就正式上岗了啊。"

陶枝开始慌了。

她像一个机器人一样机械地站了起来，一步一顿地、不情不愿地往前挪，脑子里只有一个念头——到底是谁，是谁有这么大的狗胆？

她听见她的身后同时传来了椅子被挪开的声音，有人跟在她后面也在往前走。

陶枝："……"

答案是多么明显。

陶枝猛地回过头去，她停得很急，江起淮堪堪收住脚，两个人贴得有点儿近。

陶枝鼻尖几乎抵着江起淮的校服领口，闻到了淡淡的洗衣粉味儿。

她刚想抬起头来，江起淮低声说："走。"

所有人都看着他们，陶枝不情不愿地转身，继续往前走，跟江起淮一前一后地站上了讲台。

王褶子还在说话，陶枝是一句也听不进去，她背靠着黑板，微微偏了偏脑袋，用只有两个人能听到的音量说："你写的我名字？"

"你不也写的我名字？"江起淮也压低了声说。

"……你怎么知道的？"

"我收的。"

"你偷看我写的？老王都说是匿名的了，"陶枝怨恨地指责他，"你好卑鄙。"

"……"

江起淮想起她那一手跋扈至极，个人风格鲜明到一眼就能认出来的字，也是不知道哪里需要偷看。

他没说话，陶枝默认他是心虚了，她继续道："但是这能一样吗？选你的人有这——么多，"她拖长了声，"又不差我一个，而且你们书呆子不是都喜欢当班长吗？你又是书呆子里最呆的一个。"她开始睁着眼睛说瞎话，"我没有藏任何私心，我就是觉得你适合。"

你又是书呆子里最呆的一个。

江起淮品了一遍这句话，点了点头："我也觉得你合适。"

陶枝："？"

江起淮意有所指地说："你这种能折腾别人的人，挺适合当班长。"

他的私人世界

陶枝的名字，江起淮其实也只是随手一写。

他对竞选班长这种事儿没什么兴趣，也没有在高中剩下两年跟同班同学拉近距离的打算，开学一个礼拜，整个 1 班他说过话的人都屈指可数，江起淮也并不在意他们都叫什么名字。

唯一一个记住了名字的，也就只有陶枝，还是因为她实在太能作妖。

王褶子没注意到两个人在背后的小动作，站在讲台前全神贯注地又动员了一通，才终于转过身来："来吧，新班长说两句？"

他还特地往旁边站了站，让全班人都能毫无死角地看到他们。

非常体贴。

教室里顿时安静了下来，没人说话，江起淮冷着张脸站在旁边，看着也没有开口的打算。

陶枝也没指望他真的能说两句，她站在讲台上，看着下面一排排的脑袋，突然有种恍如隔世的感觉。

真是久违了。

上一次面对着这么一群脑袋，还是她上学期跟人打架，周一升旗仪式站在主席台念检讨的时候，这么一晃都已经过去两个月了，当时的场景还历历在目。

陶枝忽然有些感慨。

她往前走了两步，双手撑在讲桌桌面上，先是环视了一圈，然后缓慢开口："同学们。"

陶枝顿了顿。

所有人都在全神贯注地等着她的下文，厉双江甚至连呼吸都屏住了。

"时间不等人，"一片寂静里，陶枝摆了摆手说，"到点儿了，都别傻坐着，放学吧。"

1班全体："……"

王褙子："……"

晚上到家，陶枝第一时间跟她的"饲养员"分享了这个喜讯。

陶修平抽时间在家里陪她待了几天，今天工作有事儿去了外地，晚上一下飞机就接到了她的电话。

电话接通，陶枝也没废话，直接开门见山："陶老板，我当了个班长。"

陶修平沉默了五秒："……你当了个啥玩意儿？"

"班长，"陶枝把书包甩到地上，"我被选上班长了。"

她听见陶修平在电话那头倒吸了一口凉气。

"你被选上你们班的班长了？"陶修平确认道。

陶枝没说话，默认了。

"闺女，"陶修平说，"爸爸可没花钱给你走过这个后门儿，你们这学校进个好班还带送班长的？"

陶枝单手拿着电话，把校服外套脱了随手丢在一边，不满地说："你是什么意思？我是凭借着自己的实力被选上的。"

"哪方面的实力？"陶修平顿了顿，不确定地问，"你不会威胁你们老师了吧？"那语气听起来好像是完全不会怀疑陶枝真的能干出这种事情来。

陶枝不高兴了："陶修平同志，你这个样子说话很伤害我们父女之间的感情，我这个班长是我们班同学一票一票选出来的。"

陶修平："你把你们全班人都恐吓了一遍？"

陶枝决定跟他冷战。

她不说话了，陶修平就在电话那头笑，没再逗她："爸爸开玩笑的，来，跟我详细说说，你拿了几票？让我了解了解我们家公主人缘有多好。"

陶枝："一票。"

陶修平："……"

陶枝盘腿坐在地毯上，正准备把王褶子今天的离奇操作跟他说一遍，嘴巴张开声音还没发出来，陶修平忽然说："枝枝，爸爸接个电话，工作的事儿，等会儿打给你。"

陶枝眨了眨眼："那你——"

她还没说完，那边电话已经挂了。

忙音在耳边"嘟嘟"响了两声，陶枝眨了眨眼，把剩下的半句话说完："先去忙。"

没有回应。

手机屏幕已经黑掉了。

陶枝知道，这通"等会儿"的电话无论她等多久今天都不会再打过来了。

她随手把手机丢在地上，起身下楼准备吃点儿东西。

晚饭阿姨已经弄好了，怕放太久会冷，见她下楼才起锅盛出来，四菜一汤，都是她喜欢吃的。

陶枝拉开椅子坐下，拿起筷子习惯性地戳了戳面前的米饭："张姨。"

张姨正在给她舀汤，瓷白的碗里盛着一颗颗圆圆润润的丸子，番茄切成薄片，汤汁浓香。她闻声抬起头来。

"陶老板说了什么时候回来没有？"

"没说，"张姨动作顿了顿，将汤碗放在她手边，"陶先生工作忙，但还是很疼枝枝的，今天走的时候不情不愿的，但工作催得急，也没办法。"

"我知道，"陶枝用筷子插起一颗丸子咬了一口，跷着腿嚼着丸子含糊道，"他这次竟然在家待了整整五天，整整五天。"陶枝强调，"这也是破纪录了，估计几个月见不到人。"

想了想，陶枝又补充："几个月也有点儿为难他，还是赌个年前吧。"

陶枝吃完晚饭，上楼看了部电影。

小唐尼那版的福尔摩斯，一共两部。全部看完已经凌晨了，陶枝越看越清醒，完全没有睡意，甚至还有点儿饿。

她躺在床上看着天花板干瞪了半个小时眼，放弃了，从枕头底下摸出手机，给宋江发了条微信。

宋江没回。

陶枝等了一会儿，直接打了个电话过去。

响了几声，对面接起来，大半夜扯着嗓门儿号叫，伴随着敲击键盘噼里啪啦的响声："能开吗，能开吗，能开吗？我有大，我有大——喂！祖宗！怎么了啊……我去去去了！"

电竞男孩儿永不为奴。

陶枝抬手拍开台灯，从床上爬起来："及时雨，出来吃夜宵。"

宋江："这都几点了，你出来吃夜宵……AD，AD，AD，先打AD，切后排啊！是不是傻？"

陶枝被他吵得耳朵痛："几点了你还《英雄联盟》，职业选手训练都没你刻苦，赶紧的。"

"行吧，"宋江那边被团灭了一波，看着也是赢不了了，他直接投降，"我换个衣服出门。"

宋江住的地方离她家很近，陶枝穿好衣服下楼的时候他已经在院门口等着了，听见声音抬起头来："我上辈子是不是欠你的？有事儿没事儿就被你叫出去吃夜宵，你是吃不胖，我胖了没人追了咋办？"

"人贵有自知之明，你现在也没人追。"陶枝提醒他。

宋江想想也是："行吧，吃什么？"

"卤煮吧，"陶枝边往前走边说，"万古街那家，好久没去吃了。"

万古街是条挺有名的小吃街，夜宵大排档圣地，几乎没有味道不好的店，下午开始营业，一直到后半夜。整条街的街灯都红得喧嚣沸腾，将浓郁夜色割得泾渭分明。

他们打了个车过去。小吃街里面不能进车，出租车停在了路边，走过去差不多五分钟。

两个人下车慢悠悠地往那边走，陶枝顺便问了一下之前宋江跟"非主流"打架那事儿。

"就还那样呗，写检讨，好好做人，改过自新。"宋江说，"不过你的那个同桌也是挺绝的，你们班老王一给她叫过去，她就开始哭，泪珠子跟自来水似的稀里哗啦往下淌，止都止不住。三个班的班主任都在，她就边哭边说那'非主流'怎么怎么骚扰她，还当着他家长的面。"

宋江幸灾乐祸地说："你是没看到'非主流'他爸妈的表情，当时要是有个地缝，我估计他们都想直接钻进去再封上一层 502。"

他说着说着，突然发现身边没人了。

宋江回过头去，看见陶枝站在不远处，侧着头，没动。

他顺着她的视线看过去。

是一家二十四小时营业的便利店，冷白色的明亮光线穿过巨大的落地玻璃窗，收银的小哥正在扫码，侧脸挺帅。

宋江吹了声口哨，刚想调侃一下陶枝是不是见色起意了，走近又仔细看了看，觉得这人有点儿眼熟。

刚巧，收银小哥抬起头来。

宋江摸着下巴认了半天："这长得怎么有点儿像你之前说的那个谁，附中转来那个？"

他之前去 1 班找陶枝的时候见过一次江起淮，因为这人惹得陶枝开学第一天就发脾气，他就多看了两眼。

宋江转过头来，确认道："是他吧？他怎么在这儿打工啊？"

"我怎么知道，"陶枝收回视线，转身往前走，"走吧，卤煮卤煮。"

宋江并不知道这两个人已经休战了这回事儿："你不是讨厌他吗？之前还让我帮你端了他来着。"

陶枝翻了个白眼："我什么时候让你端了他？而且我跟他已经签了和平……"

她话还没说完，宋江已经冲着店门过去了。

玻璃感应门"叮咚"一声缓缓打开，宋江大摇大摆地走进去。陶枝没来得及拦，一句脏话憋住，僵立在门口，表情都凝固了，几次想要进去，腿迈开，又缩了回去。

纠结再三，她最终选择躲在角落里暗中观察。

也不知道为什么，她突然没头没尾地生出了点儿心虚来，有种偷窥别人的秘密被抓了个正着的尴尬。

便利店里。

宋江正站在收银台前，肆无忌惮地打量着即将被他端了的对象："江起淮？"

他本来长得就不像什么好人，这会儿浑身的恶意噌噌地往外冒，就差把"我是来找碴儿的"几个字拿支马克笔写脸上了。

江起淮掀起眼皮子看了他一眼。

宋江往前走了两步，双手撑着收银台台面靠过去："听说你挺嚣张的啊，附中第一转个学可把你牛坏了，没搞清楚自己几斤几两就谁都敢惹？"

江起淮没搭理他，兴趣缺缺地重新垂下眼，鸦翼似的黑睫下压，投下一片阴影。

宋江独角戏唱得并不寂寞，还在尽职尽责地继续他的角色扮演，完成他的恶霸发言。

他轻蔑地说："说吧，你想要个什么死法？"

"买东西自己进去拿，"江起淮没什么情绪地开口，声音浅淡，带着点儿漫不经心的冷漠，"想打架我四个小时后下班。"

陶枝侧身靠墙，整个人藏在阴影里，隔着玻璃窗看着里面两个人的乌龙对手戏。

她本来应该第一时间冲进去把宋江给拽走的，但几次想要进去，又总觉得步子迈不开。

她视线停在里面的江起淮身上。

少年穿着便利店统一的衬衫制服，身形挺拔瘦削，动作间，衬衣褶皱被骨骼的轮廓撑起，袖子往上折了两折，冷光下皮肤透出一股近乎病态的苍白，神情冷淡又陌生。

有种和在学校里时截然不同的，与世隔绝的疏离感。

这是另一个世界的江起淮。

是他们之间刚刚建立起来的微弱联系还远不足以允许她窥探的，他自己私人的世界。

便利店的感应玻璃门开开合合，两个人的对话隐隐约约地传出来一点儿，陶枝叹了口气，抽出手机给宋江打了个电话。

宋江接起来，背过身去鬼鬼祟祟压低了声音："怎么了？你怎么没进来？"

"赶紧滚出来，不要再丢人现眼了。"陶枝不耐烦地说。

宋江："你不是一直想揍他一顿吗？反正现在也是在校外。"

"早休战了，我现在想揍你一顿，反正也是在校外。"

宋江不情不愿地挪出来了。

陶枝挂掉电话揣进外套口袋，抬起头。便利店里，江起淮也突然扭过头来。

两个人视线撞到了一起，陶枝愣了愣，江起淮视线定了一瞬，漠然地看着她。

那边宋江走过来，大大咧咧地说："怎么了？为啥叫我……"

陶枝一把揪住他的外套袖子，扭头就走。

她步子很急，宋江趔趄了两步才跟上："哎哎，你急什么？那卤煮又不会跑了。"

一直走出这条街，陶枝才慢下来，扭过头："你们俩说什么了？"

宋江回忆了一下："我问他想怎么死。"

"你傻了吧。"陶枝客观地说。

"他说他四小时后下班。"宋江有些无法理解，"他是认真的还是在装？"

陶枝没理他，算了一下四小时后，天都亮了。

平时上课的时候也没见过他睡觉，这人不需要睡眠的吗？

他们坐在卤煮摊子外面的小桌上，陶枝撑着脑袋发呆，店家东西上得很快，宋江还在纠结"虽然你俩休战了，但我战书都下好了，就这么跑了，会不会显得太尿"这件事儿，并且第三次看了一眼表，忧心忡忡地说："只剩三小时了。"

陶枝筷子一放，点点头："你可以坐这儿再等三小时，反正老板也不会赶人。"

宋江："那你呢。"

陶枝站起来往外走，背着身摆了摆手："我回家睡觉。"

宋江："……"

陶枝在家像咸鱼一样不分昼夜地瘫了两天，也不太看时间，睡醒刷刷美剧、打打游戏，困了就继续睡，周末很快混过去了。

昼夜颠倒带来的后遗症就是周一她直接睡过头了，张姨在门口敲了几次门才终于把她吵起来。

陶枝不紧不慢地爬起来洗漱下楼，叼着吐司出门的时候司机刚好在低头看表。陶枝爬上车，从倒车镜里讨好地看着他："顾叔叔，以后我迟到早退什么的这种小事儿，就不用跟老陶说了，你觉得呢？”

司机忍笑：“知道了知道了。”

到学校的时候升旗仪式已经开始了，操场里全校师生按照班级和年级整整齐齐地站着，1 班在高二的第一个。

陶枝从队伍的最末尾穿过去，路过十几个班，走到了 1 班队末。

江起淮站最后一个，他前面是厉双江。

陶枝站在女生那排的最后一个，女生这排比男生少两个人，她刚好在厉双江旁边，厉双江听见声音扭过头来：“早啊，班长。”

陶枝嘴里还叼着没吃完的吐司角角，抬抬手，含糊道：“早。”

“周末作业你写了没？”厉双江问。

陶枝把里面的白色软面包部分吃了，外面一圈浅棕色的角角揪掉，丢到身后垃圾桶里，真诚地提问：“作业留的啥？”

“上周五发的卷子，”厉双江说，“我就提醒你一声，每周一王二上课前都会弄个十分钟的小测，题从周末作业里面抽，要是有错的他还给你出一道类似的，换个答案，还答不对就继续换，非常变态。”

王二是他们班数学老师，叫王杰，3 班班主任，数学学年组长，以折磨学生的手段变化多端闻名，和王褶子齐名，并称“王氏双煞”。

陶枝没听过还有这样的招数：“一直到做对为止？”

厉双江：“一直到做对。”

陶枝没当回事儿：“那不错不就行了？”

抄抄学霸的。

厉双江看透了她在打什么主意：“你别想了，你的前后桌，包括你的同桌，跟你拿到的卷子，可能题都不一样。”

“什么意思？”

“意思就是王二他每次小测，会准备题目不同的四种卷子，每个人拿到的不一定是哪套题。”

陶枝没想到开学第二个礼拜就遇到了这种残酷的考验,一时间不知道在1班剩下的两年要如何混过去。

每天都在跟各个科目的老师斗智斗勇,还要面对尴尬的同班同学。

一整个下午,每一科的小组讨论,高二1班第一排最后一小组的气氛都有些奇怪。

付惜灵话本来就不是很多,江起淮直接约等于哑巴,上周的小组讨论,其实都是陶枝在提一些奇怪的问题才让氛围不那么尴尬,比如,如何解开根号,以及碳酸钙的化学符号是什么。

结果这礼拜陶枝连话都不说了,也不趴桌子了,手肘只撑着她窄窄的椅背,偶尔不小心碰到江起淮的桌子,她就收回去。

因为周末的事儿,她有些不自在。

她想解释一下,又觉得好像说什么都挺奇怪的。

上午化学课下课,陶枝再次鼓起勇气,转过头去,指尖在椅背上面点了点,看了一眼后头垂眼看着单词表的人,欲言又止。

"想要什么直接说。"江起淮突然出声。

陶枝眨眨眼:"嗯?"

"上蹿下跳地扭了一上午了,"江起淮抬起头来,"你有什么事儿求我?"

"什么叫有事儿求你,"陶枝不知道这个人为什么只要一开口就能让人这么上火,她不爽地眯起眼,"我有求过你?"

"你数学考试想好怎么抄了?"江起淮反问。

"他不是错一道出一道吗,那我全错不就得了,"陶枝满不在乎地说,"他还能耗过我?"

你厉害。

江起淮没再说话,重新垂头看书。

陶枝也没有上午那么别扭了,她真心实意地好奇道:"你不用睡觉吗?"

江起淮翻了一页书，明显是理解了她的问题："我只有周末夜班。"

他正面提起了这件事儿，陶枝又开始不自在了。

她清了清嗓子，明知故问："你那天跟及时雨打起来了没有？"

"没有。"

陶枝看着他不咸不淡的样子，又有点好奇："你真的会打架？"

江起淮抬眼："你想试试？"

"你果然是想撕毁和平条约，"陶枝朝他伸出手来，"你把我的诚意还给我。"

江起淮反应了一会儿才知道她这个"和平条约"指的是那张写着"休战"的姜饼人便笺，诚意大概也是指这个。

他点点头，平静地道："你写了个休战，转头就叫人问我想怎么死。"

陶枝想都没想就把宋江给卖了："不是我让他去问的，他这人就是喜欢打架，"陶枝挺严肃地说，"有时候在街上走着走着，随便看见一个人，二话不说就冲上去给人一拳，也不知道为什么。"

江起淮："……"

在一边听墙脚的付惜灵："……"

楼下 8 班，宋江正跟人吹牛呢，吹着吹着忽然打了个喷嚏。

"一想二骂，谁想我了？"宋江纳闷地嘟囔了一声。

上午最后一节课是数学，王二胳膊下头夹着书走进来，手里果然拿着几沓卷子，他把卷子发给了每个小组坐第一排的人："别唠了都，考试了，看看你们交上来的那个破作业做得，我儿子今年初中都错不了那么多题。"

陶枝接过厉双江递过来的卷子，看了一眼。

还剩下三张，果然每张都不一样。

她随便抽了一张从头看了一眼，一共五道题，都是大题，让人连蒙答案的机会都没有。

考试持续了十五分钟。

王二在前面掐着点儿，时间一到，他拿三角尺敲了敲黑板："行了，写到这儿吧，这破题十五分钟还写不完啊？卷子从后往前传。厉双江你后桌等你半天了。"

厉双江把最后一道题写完，放下笔转过头来，接过陶枝的卷子看了一眼。

陶枝卷子怎么拿到手的就怎么交上去了，除了最上面多写了个名字以外，下面的大题一片空白。

厉双江："……"

不愧是班长。

陶枝一手往前举着，一手往后伸，等了两秒，感觉到江起淮将卷子往她掌心轻轻一拍。

她接过来，刚要传上去，瞥见上面还叠着张便笺，姜饼人被人折了起来，从中间腰斩，多了一道折痕。

陶枝把便笺拿下来，卷子递上去，转头："这是什么意思？"

"你的诚意。"江起淮说。

真就还给她了？

"你这是要跟我宣战？都说了不是我让及时雨去找你碴儿的，你这人怎么这么……"陶枝一边说着，一边愤愤地展开了便笺，然后话头一顿。

姜饼人身上，在她龙飞凤舞的"休战"下面，多出了两个字。

不是她的字，字体略微斜着，笔锋凌厉，竖和撇的笔画拉得很长。

准奏。

陶枝："？"

字是好看的，整齐到甚至高矮胖瘦看着都一样，陶枝盯着那两个印刷出来似的字看了五秒，面无表情抬起头来："我突然有点儿后悔没恁惠及时雨多等你四小时，你这个人确实是有点儿欠揍啊。"

江起淮不为所动："别挑我打工的时候。"

卷子传到第一排，王二一组一组地收上去，一边往讲台上走一边随便翻了两页，翻到一半儿，顿了顿，忽然乐了："来，陶枝坐哪儿啊，站起来让我看看。"

陶枝正要回嘴，转过身站起来，脸上的不高兴还没来得及收回去。

王二抬手，抖了抖手里空白的卷子："这什么意思？跟我叫板？挺叛逆啊。"

陶枝撇撇嘴："我不会。"

王二半信半疑地看着她："你不会？我上课前刚批到你的作业，我记得你写得挺好啊，一共也没错几个。"

"老师，"陶枝老实巴交地说，"作业写完可以有各种各样的方法，必要的情况下也可以借助其他人的帮助，但考试就不是那么回事儿了。"

她顿了顿，又小声补了一句："尤其是您这种，前后左右考的都不是同一张卷子。"

王二被她给气得噎了一下："你还挺实在啊，跟我抱怨上了？行了，我也不耽误大家的上课时间了，你下课去我办公室一趟，坐下吧。"

陶枝刚要坐下，王二低着头一边整理卷子一边又说："班长哪两个，我听你们王老师说上周五刚选完是吧？还有我课代表，站起来我看看。"

陶枝站着没动。

她身后，江起淮也跟着站起来了。

王二抬头，江起淮他不意外，数学满分，但看着这两个人一前一后站着，他一时间还有些没搞明白，看向陶枝纳闷道："你咋还站着？"

班里都憋着笑，有几个没忍住笑出了声。

王二也反应过来了："你是班长啊？"

陶枝开始有点儿不耐烦了。

"你们王老师挺有才啊，"王二又乐了，看着江起淮调侃了一句，"你俩当一个官儿的，你怎么还不帮着点儿啊？没事儿给你同事讲讲题。"

他把陶枝的那张卷子抽出来，拍在讲台上："下课把卷子拿回去吧，五道题啊，一会儿让你同事给你讲讲，给你一下午时间，给我整明白了，晚自习去我办公室，我再考你一遍。坐下吧，先上课。"

陶枝麻木地坐下了，内心非常绝望，她抽出手机藏在袖子里，给陶修平发微信。

枝枝葡萄：老爸，我想换个班。

陶修平难得秒回：我看你像个班。

陶枝崩溃道：这个班我是一秒也待不下去了！我想去个学习不好的班！

陶修平：你看我像不像个班，你要不再换个爸？

"……"陶枝刚要回。

陶修平：好好上课，别玩儿手机。

陶枝不知道为什么，自从上了高二以后她的人生忽然就发生了巨变，原本每天旷课罚站考 0 分都没人管，突然之间她就又需要学习了。

每一科老师都像盯着出门没拴狗绳的狗一样盯着她。

简直是酷刑。

这一节课她上得没滋没味的，下课铃一响，她一溜烟从后门直接蹿出去了，速度堪比百米运动选手，还是有天赋进国家队的那种，半秒都没有停顿。

付惜灵目瞪口呆："她今天怎么了，饿成这样了？"

江起淮的卷子被她带起，一角往上飘了飘，他不咸不淡地道："怕被我抓着给她讲题。"

付惜灵："……"

付惜灵是想破了脑袋也想不到江起淮抓着别人给对方讲题是什么样。

吃过午饭，陶枝早早地就回了教室。

江起淮中午的时候一般都踩着午自习的点儿回来，她回去的时候教室里只有付惜灵几个平时自己带午饭的人在。

"枝枝，王老师刚刚来找，说等你回来了让你去他办公室一趟。"付惜灵看见她坐下说，"那个数学卷子，我帮你拿回来了，你还是让江起淮给你讲讲吧，不然你晚自习怎么办？"

陶枝趴在桌子上打了个哈欠，下巴搁在桌面上，垂眼看了一下那张五道题的数学卷。

总有种如果让江起淮给她讲题就输了的感觉。

"要不你给我讲？"陶枝蔫巴巴地说。

付惜灵也蔫巴了："我数学也不是太好……"

"行吧，"陶枝站起身，"等我下午问厉双江。"

她起身出了教室，慢悠悠地往王褶子的办公室走。

午休时间的走廊很安静，大多数人都没回来。陶枝走到办公室门口，门开着一半，她抬手刚要敲门框。

"助学金的事儿我跟李校长说了，已经批下来了，李校长那边的说法是，只要你的成绩能保持住，学校就帮你申请全额奖学金。"

陶枝动作一顿。

王褶子继续道："你在附中的时候也是拿全奖的吧？"

江起淮"嗯"了一声，听起来和平时没什么区别。

"你放心，学校不会让你因为这些事儿操心的，你只管好好学习，拿出成绩来就行，"王褶子语气是难得的和缓，"既然来了实验一中就是我们实验一中的人，可能刚开学融入起来还有点儿困难，但同学们都挺好相处的，熟起来就好了，你有什么不习惯的就直接来跟我说。"

江起淮说了一声"谢谢老师"。

"我之前也给你妈妈打过几次电话，都没打通，你看看你家长什么时候方便，我也想跟她好好聊一聊。"王褶子又说。

江起淮这次接得很快，几乎是脱口而出，声音明显冷了："我没家长。"

带着一点儿这个年纪的少年特有的，硬邦邦的倔强。

陶枝愣了愣。

王褶子也没说话。

陶枝靠在门框上，有些走神，隐约听见里面江起淮又说："那我先回去了。"

"行，你先去吧。"

陶枝瞬间回过神来，办公室里脚步声响起，她有些慌乱地扫了一圈光秃秃的走廊，也是没什么地方可以藏。楼梯口很远，最近的一个教室门离这里也要十几步，怎么都来不及了。

办公室里的脚步声近在咫尺，陶枝几乎来不及思考，她"唰"地转过身，面朝着墙，整个人紧紧地贴在墙面上。

下一秒，办公室门被人推开，江起淮走出来。

陶枝背对着他，肩膀有些僵硬，一动都没动。

寂静了五秒。

她感觉左耳那边从上方传来一点浅淡的鼻息，少年淡淡地开口："你干什么呢？"

陶枝额头抵着冰凉的墙面，逃避地不想回头，声音有些闷："我什么都没听见。"

江起淮似乎觉得有些好笑："你心虚什么？"

陶枝没说话，还是没回头，整个人又往墙面上挤了挤，似乎很希望能够和墙融为一体。

又安静了几秒。

江起淮也懒得跟她耗，转身正要走。

陶枝忽然回过头来，她飞快地瞥了他一眼，然后又重新垂下眼去，看起来非常心虚："我不是故意偷听的。"她小声嘟哝，"对不起。"

江起淮以为自己听错了："再说一遍。"

"我不是故意偷听的。"陶枝乖乖地说。

"不是这个，"江起淮勾起唇角，"后面那句。"

——对不起。

陶枝抬起头来，有些恼怒地瞪着他。

江起淮低垂着头站在她面前，正午的阳光融进窗里，将他一双桃花眼染上了一层温柔的润泽，中和了些许锋利和冷漠。

他的鼻梁也被点上了一点儿光，高高的鼻梁中间有一块小小的凸起的骨骼，唇角挂起很轻的弧度。

陶枝仰着头，有一瞬间的出神。

她忽然觉得自己身体某处重重地跳了一下，有什么东西带着未知的重量从高处雷霆万钧地砸下来，余震带着心脏也跟着颤了颤，血液随之上涌，有小小的火花在脑海里"刺啦"一声，不管不顾地炸了一下。

也只有那么一瞬间而已，下一秒，这种奇异的感觉消失得一干二净。

陶枝眨了眨眼："我不会跟别人说的。"

江起淮并不在乎会不会被谁知道："无所谓。"

看着他一副不知是不在意还是根本不信任她的样子，陶枝有点儿不高兴了："我真的不会跟别人讲的，我都替你保守秘密这么久了。"

江起淮瞥她一眼："什么叫这么久了？"

"我早就知道了，"陶枝干巴巴地说，"第一次见到你的时候，你在填那个……申请表，我看到了。"

江起淮没说话。

这小土拨鼠脾气一点就炸，确实是实实在在地被他气得炸过几回毛了，但这件事情，她没提过。

陶枝似乎是怕他不相信，又强调了一遍："我不会用这种事情来攻击你的，那样很不光彩。"

江起淮低垂下眼。

陶枝继续说："我就光明正大地打败你，总有一天让你对我心服口服，深刻地意识到我的厉害，明白自己根本不是我的对手，然后对我下跪求饶。"

江起淮眼神奇异地看着她，不知道这小疯子又在做什么梦。

陶枝已然陷入了自己的幻想中，一时间没能管住自己的嘴，口嗨得停不下来，她乐颠颠地说："但我并不会原谅你，我一定要把你打得陷进地缝里抠都抠不出来。"

我弟弟没了

分享过秘密的人总是会重新审视两个人的关系，比如，窥探秘密的人会认为自己有了跟对方叫板的底气。

从各个方面来说。

"卷子拿过来。"

"我不。"

"拿过来。"

"我撕了吃了。"

十分钟后的午休时间，陶枝坐在自己的位置上，和江起淮针锋相对。

少年靠坐进椅子，浅褐色瞳仁里那一闪而过的温柔仿佛错觉一样消失得无影无踪，取而代之的是熟悉且漫不经心的冷淡。

江起淮说了两遍，没兴趣再跟她浪费时间："吃吧。"

他说着，坐直了身自顾自翻开书看，放弃了拯救他无药可救的同事。

也不知道她在倔强些什么。

陶枝撇了撇嘴，也转过身去，最后看了一眼空荡荡的前桌，也不知道厉双江干什么去了，还没有回来。

她不情不愿地从桌肚里摸出今天上午数学课的那张小测卷子，"啪"

的一下拍在了江起淮的桌上。

江起淮给她讲题这件事儿，让她觉得他们之间的平等关系要被打破了。

江起淮看了一眼她空白一片的卷子，又撩起眼皮子扫了她一眼，眼神看起来有些刻薄。

陶枝被他这一眼看得又炸毛了："你这是什么眼神？"

"为什么这题还能有人不会……"江起淮顿了顿，"的眼神。"

他说着拿起笔来，看了一眼题目。

右侧给出的坐标轴上已经画好辅助线了，江起淮最开始没在意，觉得她是随便画着玩儿的，看完题以后他顿了顿，抬起头来。

陶枝正懒洋洋地趴在他的桌子上，下巴搁在臂弯里，对着他打了个大大的哈欠，注意到他的视线，她含着刚打哈欠打出来的泪说："看我干啥，做你的题。"

江起淮："……"

小姑娘抬手，指尖抹掉了眼角溢出来的一点儿泪花，然后在试卷上点了点，不满道："这么半天你怎么一个字没写？"

江起淮没答，笔尖敲了敲卷面："你画的？"

"不然你画的？"

江起淮没搭腔，他似乎是在想别的事情，没把注意力放在她的话上，提起笔来开始写题。

陶枝百无聊赖地看着。

这人字很好看，字体长，微微倾斜着，每一个字的大小胖瘦都像是用尺子比着写出来的，整整齐齐一行行排列在纸上，但竖和撇、捺这种笔画，他又习惯性地拉得很长甩出去，多了几分不羁，打破了那种墨守成规的工整感。

陶枝的视线不知不觉从他笔下的卷子往上移了移。

少年写得很专注，睫毛乌压压地垂下来一整片，又长又密，跟涂了生长液似的，让女孩子都有些嫉妒。

她忽然又生出了一点儿没来由的好胜心。

"喂。"陶枝忽然开口。

江起淮没反应，不知道是不是太专注了没听见。

"你把你的睫毛拔下来一根给我看看。"陶枝命令他。

江起淮笔尖一停："你有什么毛病？"

陶枝气鼓鼓地说："我比比我跟你的睫毛谁的更长。"

江起淮没理她，他很快就写完了五道题，最后一个公式列完写出答案，他习惯性地转了一下笔："公式都在上面，自己看。"

陶枝身子往前探了探，歪着脑袋看卷面上密密麻麻的字，一脸的茫然："这都是什么公式？"

整张卷子上五道题，除了最后一道略有些难度，她上面四道题辅助线画得都对，解题方法和思路她是有的，但公式一个都不会。

没见过这种类型的学渣。

陶枝这辈子见过的最无聊的老师是高一的时候陶修平给她请的家教，她后来耗时两个礼拜成功地把人给气走了。

现在她觉得，江起淮讲起题来的无聊程度跟那位家教相比有过之而无不及。

红色的中性笔在一个公式下面画出一横："二次函数。"

"三角函数。"

"二倍角公式。"

陶枝眨巴着眼，在旁边指挥他："你用红笔给我写上，你这么说我也记不住。"

"记不住你就晚自习去数学办公室，让王二陪你背，也不用回家了。"江起淮无波无澜地说，"这个，参数方程。"

铃声自走廊响起，午自习终于结束了。

陶枝长长地松了一口气，抽过卷子转过身来。

下午第一节是体育课，高二以后，体育课能不能上全看命和当天各科老师的心情怎么样，上周他们的体育就被英语老师和物理老师一人占了一半的时间。

这周王褂子看起来没有占课的打算，教室里的人一阵欢呼，一溜烟跑了个精光。

陶枝把刚刚江起淮说的那几个公式在卷子边缘全都标了一遍，才不紧不慢地晃出去。

实验一中的校区很大，体育馆和高二的教学楼隔着一个对角，陶枝抄了个近路，从食堂穿过去又绕过一小片绿化带，走到体育馆的时候刚好打了第二遍上课铃。

陶枝从侧门进去，隔壁室内篮球场地有几个班在打球，她靠边走过去，1班全体已经列队站好了，体育老师正在前面说话，她偷偷摸摸地站到队伍最末，混进人群。

"今天是咱们班的第一节体育课，上礼拜没上是吧？"体育老师看起来五十多岁，说话不紧不慢，笑眯眯的，"既然是第一节课就让你们好好放松放松，体委出列。"

陶枝旁边一个高个儿的男生往前走了两步。

"体委叫什么名？"

"赵明启。"高个儿号了一嗓子。

"照明器啊，名字起得挺好。"体育老师笑呵呵地说。

一个班的捧场王跟着笑起来，赵明启脸有点儿红，不好意思地挠了挠鼻子。

"行，今天第一节体育课，就让你们好好玩玩，体委带着绕馆跑两圈先热热身，"体育老师非常好说话，"跑完就解散自由活动吧，该打球的打球，平时学习也挺累的，今天放你们一马。"

众人欢呼一声，赵明启列队右转出了体育场馆，两圈下来1班这群平时埋在书本里的小娇娇一个个都坐在台阶上呼哧带喘，只有几个精力好的男生还在上蹿下跳。

厉双江在地上坐了一会儿，然后一跃而起，勾着赵明启的脖子："走啊启哥，打球去。"

青春期的男生似乎都对篮球格外热忱，男生三三两两地站起来，呼啦啦地往球馆里拥去。

陶枝蹲在体育馆门口的台阶上，瞥了一眼旁边的江起淮。

没人叫他。

也没人敢叫他。

无论其他人有意无意，转校生总是会被排除在外的一个存在，再加上江起淮这种生人勿近、完全不好相处的性格，平时在班级里除了厉双江这种自来熟的，也几乎没人跟他搭话。

她跑了两圈喉咙有点儿干，起身打算去旁边小卖部买瓶水，站起来的时候又看了一眼旁边的江起淮。

少年穿着白色的校服外套，大概是因为刚跑完步觉得有些热，拉链拉得很低，露出里面的白色T恤。

他几乎没出什么汗，短发稍微有些乱，随着他的动作垂下来遮在眉眼上方，唇角低垂着。

几个男生勾肩搭背地进了体育馆，没进去的也都三三两两地站在一起说话聊天，只有他靠站在墙边，和周围的环境分裂成两片不同的天地。

看起来像个孤零零的小可怜。

陶枝收回视线，手揣进口袋里，慢悠悠地往小卖部走。

这会儿在上课，小卖部里人不多，陶枝买了水回来的时候体育馆门口已经没人了，她从后门进去，看见女生正坐在篮球场边的一排椅子上聊天。

她走过去把水放在长椅旁边，转身去上厕所。

体育馆一共四层，一楼有两个很大的室内篮球场，旁边是室内网球的场地。洗手间在走廊的尽头。

陶枝在门口就听到里面有动静。

她没太在意，推开门径直走进去，里面充斥着几个女生吵吵嚷嚷的笑声，声音很大，还有手机相机咔嚓咔嚓的声音。

"哎，别动啊，我再给你照一张。"

"这张挺好的，我喜欢，回头发给我。"

陶枝最开始还以为她们在自拍，她从隔间出来，走到水池旁边洗手，然后她听到有女孩子很轻的哭泣声。

"你哭什么啊，这不是给你拍得挺好看的吗？"最开始说话的那个女生笑嘻嘻地说，"勾引人家的时候那么不要脸，还反咬一口说人家缠着你，现在人都被你搞得停课回家了，你还装什么可怜？喜欢跟老师告状？"

陶枝皱了皱眉，走过去。

最里面的一个隔间，有三个穿着高三校服的女生围在墙角。

付惜灵蹲在角落里，整个人紧紧地靠着隔板墙，她身上校服和里面的T恤被扯掉了大半，露出内衣和皮肤，平时毛茸茸的短发乱七八糟的。

她下巴被说话的那个女生狠狠掐着抬起来，豆大的眼泪噼里啪啦地往下砸，左脸上有一个红肿的手印，整个人哭得发颤，抽噎着说不出话。

她面前，有两个女生正在举着手机对着她拍，快门声混着恶意的笑声，其中一个女生说："这张也挺好看的，晚上发到学校照片墙上给大家欣赏一下。"

陶枝觉得自己的理智也被咔嚓掉了，她一脚把半掩着的隔板门踹开，门板撞击着墙面发出"咚"的一声响，在空旷的厕所里回荡。

几个女生吓了一跳，举着手机转过头来，陶枝抬手直接把手机抽走，"扑通"两声丢进马桶里。

付惜灵愣愣地抬起头，眼睛红肿地看着她。

陶枝低垂着头，小姑娘就这么看着她哭。

凑近了才看见她唇角破了，渗出一点儿血丝，白皙的颈子上有指甲抓出的血痕。她的眼眶一片通红，泪水无声地往下滑，压抑着狼狈和绝望。

手机"咕咚咕咚"地沉了底，前面两个女生像噪声制造机一样在尖声骂着什么，陶枝全没听清，她脱掉校服外套劈头盖脸地丢在付惜灵的身上，然后扯着两个女生的衣领猛地往前一推。

似乎是没想到她会突然动手，两个人猝不及防往前栽过去，其中一个跌坐在地上，另一个反应很快地伸出手来向前寻找支撑点，然后一巴掌拍进了马桶里。

陶枝按着她的脑袋往里一扎，向前走了两步，捏住最里面那人扣着付惜灵下巴的手腕往外一掰。

女生痛叫了一声："你干什么？！你谁啊！"

陶枝扯着她的手腕就往外拖。

女生趔趄着被她绊倒在地，开始挣扎，长长的指甲抓着她的手臂，深深地陷进皮肉里又划下来。

陶枝白皙的手臂瞬间就鼓起血红的痕迹，有血丝紧跟着渗出来，她却像没感觉到似的，扯着女生出洗手间，直到拖进走廊。

空旷的体育馆走廊顿时充斥着女生的尖叫声和咒骂声，陶枝拖着她穿过昏暗的走廊，走进了灯火通明的室内篮球馆。

声音很快就引来了里面人的注意。

篮球馆里有四个篮球架，分成两个场地，每个场地都有人在打球，旁边的长椅上坐满了在聊天的女孩子，此时纷纷回过头来。

左边的那个场地上，厉双江一个三分进筐，球"哐当"砸下来，落在地上弹了几跳，没人去接，他一回头，就看见陶枝拖着个人走过来。

"我去，班长这是干啥呢？"厉双江往前跳了两步。

陶枝拖着人径直走到球场中间，一群汗水淋漓的男生面面相觑，一脸蒙圈地看着，不知道发生了什么事情。

那个女生还在骂，尖叫声混着哭腔，骂得很不堪入耳，指甲深深地抠在陶枝手臂里，指缝里全是血。

走到中间，陶枝手一松，女生瞬间恢复了自由，一下子跌坐在地。

下一秒，没等她反应过来，陶枝拽着她的衣领把人半扯起来，抬手结结实实地给了她一巴掌。

"啪"的一声脆响，在安静的场馆里回荡。

力气很大，女生的头顺着那股力道猛地往旁边一偏，骂声戛然而止，她抬起头来，脸上瞬间浮现出一个鲜红的手印。

女生终于回过神来，难以置信地瞪着眼前的人，骂道："你他妈……"

"啪"，又是一声脆响，陶枝反手又甩了她一巴掌。

少女居高临下地看着她，脸上没什么表情，漆黑的眼底不含情绪："骂骂咧咧一路了，话怎么这么多？"

女生的头因她的动作被甩到另一侧，眼前花了一下，耳朵"嗡"的一声，脸上传来火辣辣的痛感，她一时间甚至没反应过来自己在什么地方，只是下意识地回嘴："我……"

陶枝在她开口的时候抬手，第三巴掌狠狠地甩上去，手下一点儿都没留情。

女生整个人被甩到一边，彻底跌坐在地上。

篮球馆里一片死寂。

陶枝人蹲下去，看着她，眯起眼来："喜欢打别人巴掌？"

那女生彻底没声音了，她两边脸全肿了起来，眼睛通红，死憋着没哭，整个人都在抖。

"还喜欢脱人衣服，那就在这儿脱吧。"陶枝深黑的眼睛看着她，轻声说，"你刚刚怎么脱别人衣服的，现在就怎么脱自己的，给大家欣赏一下。"

女生抬起头来，死死地咬着嘴唇，难堪和疼痛一起袭来，眼泪终于滑下来了。

陶枝看着她，再次举起手来。

女生下意识一抖，死死地闭上眼睛。

一双冰凉的手捏着她的下巴，托起她的头，跟她十分钟前的动作一模一样。

她闭着眼，感觉到有人靠近。

那人凑近她的耳畔，声音里带着冷冰冰的恶意，犹如恶魔低语："你不脱我就揍你，你磨蹭一分钟我扇你一巴掌。"

橘色的篮球在地上弹了两下，然后顺着场地滚到边缘。

没人说话，也没人知道发生了什么，只有中间几个离得近的听清了，厉双江听着她们的对话猜了个大概。

类似的事情，陶枝以前也不是没干过。

高一的时候，厉双江有一次去老师办公室拿卷子的时候就听说，这届出了两个不得了的闯祸精，跑别的班把人班里的几个男生揍进了医院，因为路过的时候看见他们把同学的脑袋按水桶里了。

后来好像还停课了一段时间，写了检讨，无论出发点是什么，架还是打了。

场地中间，女生浑身哆嗦，漂亮的脸上是鲜红的指印，几乎渗着血丝。

陶枝蹲在她面前，手臂搭在膝盖上："三十秒。"

女生整个人剧烈地颤了一下，哭着抬起头来看向周围的人："救……救我……"

她哭得很惨，旁边一个男生表情里有一丝动容，忍不住抬了抬脚。

又是"啪"的一声，陶枝抬手，一巴掌打断了她没说完的话以及那个男生的脚步。

女生像被折断了一样再次被甩到一边。

陶枝面无表情地看着她，声音平静到没有一丝波澜，手上的力道却一分没少："我让你脱，让你说话了？"

江起淮拎着瓶水，坐在篮球架下看热闹，还看得津津有味。

最让人难以忍受的不是疼痛，而是羞辱，这种当着近百人的面，大庭广众之下的羞辱。

精神上的羞辱更让人崩溃，她很明白这一点。

开学一个多礼拜，陶枝这个在实验一中臭名远扬的不良少女始终表现得挺好相处的。跟所有人都能聊得起来，懒懒散散，喜欢睡觉，一逗就会炸毛，顺着毛耐心地捋捋又很快就好了，像一只暴躁又好哄的大猫。是个性格很明亮的人。

没想到她咬起人来这么凶。

终于有人回过神来，沿着场馆边缘跑去找体育老师。江起淮扫了一眼，叹了口气，还是放下水瓶站起来了。

他走到陶枝旁边，也跟着蹲下："我不想管闲事儿，"他声音低淡，一副丝毫没有被这几乎凝固的氛围影响到的样子，"但老师快来了。"

陶枝瞬间被点醒，她手指一蜷，"啊"了一声，终于露出了一副有点儿苦恼的样子。

她看了一眼被她扇得倒在地上哭的女生，又扭过头看向江起淮，皱着眉，似乎是刚回过神来，后知后觉地说："咋搞？我打人了。"

你还知道你打人了啊！我以为你是要把她给打死在这儿啊！！

厉双江站在旁边，心里默默地咆哮。

陶枝拎着女生的衣领子把她拽了起来，揉了揉她红肿的脸，又伸手顺了顺她凌乱的长发，最后整了整她凌乱的校服衣领。

她像摆弄布娃娃似的折腾了半天，然后问江起淮："看得出来刚被揍过吗？"

厉双江："……"

江起淮："……"

江起淮也看着她，真心实意地发出疑问："你有没有测过智商，去医院那种正规的地方？"

陶枝现在没有心思跟他争口舌之快，上头的火气消下去，理智回笼以后，她陷入了全新的烦恼之中。

她又要被陶修平骂了。

陶修平会不会觉得一个孩子他都管不了，两个就更让人上火？然后就不让季繁回来了。

陶枝长长地叹了口气，忽然认真地叫了他的名字："完了，江起淮。"她第一次如此郑重地叫了他的全名。

江起淮："？"

"我弟弟没了。"陶枝说，"全完了。"

江起淮："？"

陶枝她弟到底是为什么忽然没了，江起淮不知道，他只知道她自己应该是要没了。

体育老师跟王褶子来的时候陶枝刚把付惜灵从女厕带出来，篮球馆人很多，她没从篮球馆那边走，特地从网球场的后门绕出来。

厉双江是跟她一起过去的，没进去，只在后门等着，看见身上披着外套，几乎被陶枝半抱着出来的付惜灵，厉双江瞬间就明白了是怎么回事儿。

他没忍住骂了句脏话。

王褶子也皱着眉，一巴掌拍在他脑袋上："说什么话呢！先带去医务室看看。"

厉双江应了一声，小心翼翼又有些手足无措地扶着付惜灵往医务室走，王褶子又回头看向站在旁边的陶枝。

女生低垂着脑袋老老实实地站在那里，看着挺乖巧。

王褶子气笑了："你跟我回办公室。"

这会儿是上课时间，办公室里没人。王褶子进门，陶枝跟在他后面，轻手轻脚地关上门，走过去。

王褶子没说话。

陶枝背着手站着等骂，一声都没吭。

王褶子拍了拍桌子："怎么回事儿，说说吧。"

陶枝犹豫了一下，不知道该怎么开口，好半天才憋出一句："我打人了。"

王褶子挺平静的："你为什么打人？"

"我看她不爽，"陶枝撇了撇嘴，"想打就打了。"

"是因为上次那事儿吧？"王褶子说。

陶枝抬起头来。

上次宋江和"非主流"打架，付惜灵被叫去办公室哭了一通，后来也不知是因为面子上觉得难堪还是被宋江揍得不轻，那天以后"非主流"没来上课。

宋江这人从开学第一天就惹是生非，家里也有几个钱，没人敢惹，付惜灵不一样。

平时乖乖的一个好学生，不熟的时候话都不怎么说，又总是一个人，安安静静的没什么朋友，是个完美的欺负对象，加上她在女厕时候说的话，陶枝猜测她大概是"非主流"的哪个爱慕者。

"你是不是觉得自己还挺委屈的？"王褶子看着她说，"有什么事儿找老师，跟没跟你说过？"

"说过。"陶枝老实道。

"那你怎么就不知道找呢？"王褶子破天荒地没发火，继续道，"我班里的学生被欺负了，你是觉得我会就这么算了，不能帮她出头？"

陶枝舔了舔嘴唇："当时有点儿上头，就没忍住。"

王褶子点点头："你是上头，你一个没忍住，本来咱们占理的事儿现在理全没了，还特意把人拉去球场里揍是吧？生怕别人不知道是你干的是吧？你挺狂啊，给你爽完了吧？"

陶枝想了想："……也还行。"

王褶子一砸桌子，没憋住火："你还行？！"

陶枝缩了缩脖子。

王褙子被她气得眼前发黑，太阳穴跳着疼："行了，你先回去吧，我想想这事儿怎么办。"

陶枝抬起眼来，巴巴地看着他："老师，我想去看看付惜灵。"

王褙子揉着脑袋朝她摆摆手："去吧。"

陶枝往外走。

她出了办公室，回手关上门，脑子里还想着季繁的事儿，不知道陶修平会不会因为这个生气。

她平时被罚得早就习惯了，不在意会怎么样，但是想到这茬儿，还是有点儿不高兴。

虽然季繁这人烦得不行，嘴又贱，两个人从小打到大，但是他要回家这件事儿，就算她嘴上不说，心里其实还是有那么一点点开心的。

陶枝站了一会儿，终于抬起头来。

走廊对面，江起淮背靠墙站在那里看着她。

小姑娘站在办公室门口，唇角无精打采地垂着，不知道在想什么，没了往日的闹腾劲儿。

如果她有尖耳朵和尾巴，这会儿应该也是耷拉下来的。江起淮突然没头没尾地想。

陶枝看着他眨了下眼："你在这儿干什么呢？"

"听墙脚。"江起淮说。

陶枝想起自己之前听墙脚被他发现的事儿，没忍住翻了个白眼。

这人怎么这么小心眼儿？

她没再接话，转身往校医室走。

"哪儿去。"

"我去看看付惜灵。"陶枝闷闷地说。

江起淮没说话，直起身来跟她一起往前走。

路过的教室里上课的声音隐约传出来，两个人并排沉默地下楼，没人说话。

校医室在高二教学楼和室外篮球场之间，是一栋独立的小房子，他们走过去的时候，看见厉双江蹲在门口的台阶上。

陶枝走过去："付惜灵呢。"

"里边，她是女生，我不方便进去，"厉双江指指身后，"而且我现在火也有点儿大，正好吹吹风。"

校医室有几个房间，平时只有一个校医老师值班。

陶枝推开门，里面没人，隔壁检查室的门关着，付惜灵和校医老师应该都在里面。

陶枝一把拉开帘子，坐在床上，手托着脑袋等。

这张床在最外面，靠着门边，门没关，江起淮跟着走进来。

他是第一次进实验一中的校医室，扫了一眼，看见床边的医务车。

他走过去，背对着她低垂下头，不知道在捣鼓些什么，玻璃瓶子碰撞的声音微弱又清晰，像风铃细腻地回荡。

"你干什么呢？"陶枝好奇地问。

江起淮没答，转过身来，手指捏着几根被碘伏浸透的医用棉签，递过来。

陶枝仰着脑袋，茫然地看着他："干啥？"

"手。"江起淮言简意赅地说。

陶枝下意识伸出手来，才看见手臂上六七道被抓出来的血痕。白皙的皮肤上满布深红的抓痕，看起来触目惊心。有的抓痕很深，当时应该是流了血，现在血迹凝固了。

陶枝愣了愣，是之前那女生抓的。

她当时气得理智全无，没顾得上痛，后来跑来跑去的也就忘了。

大家的注意力都在别的事情上，也没人注意到这点儿小伤口，连她自己都没注意。

陶枝没反应过来，傻愣愣地戳在原地，也没接。

　　她发呆的时间有点儿久，江起淮就这么举着棉签站在她面前等着。

　　好半天。

　　"怎么？"江起淮低垂着眼淡淡地看着她，视线落在她手上，语气里带上了一丝不耐，"还要我帮你擦？"

　　陶枝努力地想象了一下江起淮手里拿着医用棉签帮人清理伤口消毒的样子，觉得实在是有些难以实现。

　　这么离谱的画面光是想象都让人觉得挺恐怖的。

　　江起淮就是那种如果他主动说要帮你，那你就要提防着他是不是在药水里掺了毒的人。

　　陶枝回过神来，狐疑地看着他。

　　江起淮眉心一跳："你这是什么眼神？"

　　陶枝犹豫了一下，还是将信将疑地接过医用棉签。

　　"殿下，"陶枝垂头看着手里的棉签叫了他一声，沉声道，"这个药擦下去，我会死吗？"

　　江起淮无视她时不时蹦出来的奇怪称呼："想太多了，祸害遗千年。"

　　"这个深色的药水是什么？"陶枝换了个战略手段套他的话。

　　"碘伏。"

　　套不出来。

　　陶枝把棉签高举着，对着阳光审视，又打了个直球："你兑了酱油吗？"

　　江起淮感觉自己本就为数不多的、仅剩的一点儿耐心正在燃烧，他面无表情："你演上瘾了？"

　　陶枝撇了撇嘴："你好没幽默感。"

　　浸了碘伏的棉签湿湿凉凉的，刚蹭到伤口，陶枝后知后觉地感受到了尖锐的刺痛，她皱了皱眉，将第一次清理之后染了血的棉签丢到旁边的垃圾桶里。

　　江起淮转过身去，抽了几根新的，动作熟练地拔开碘伏的玻璃盖子，浸透，回身递给她。

陶枝抬眼。

"看什么？"

"我在想，我早上起床的时候应该看看的，"陶枝一本正经地说，"今天的太阳是从哪边出来的。"

耐心耗尽，江起淮转身就走。

他出了医务室，顺便把门给她关上了。

陶枝挑了挑眉，还来脾气了。

付惜灵没受什么皮外伤，但整个人精神状态很差，被留在校医室。王褶子直接通知了她家长。

陶枝陪她待了一会儿，回教室的时候第二节课刚下。

看到她回来，厉双江连忙转过身来："枝哥，付惜灵怎么样了？"

"没什么事儿，等家长来接了。"陶枝被他这一声叫得满脸茫然，"枝哥？"

"从今天起，你就是我大哥，"厉双江双手合十，朝她恭恭敬敬地拜了两拜，"想不到您学习不咋的，成绩稀烂，却有如此一颗侠肝义胆之心。今日近距离一睹我大哥英姿，厉某佩服得五体投地。"

"……"

陶枝一时间也分不清这句话到底是在夸她还是在骂她。

厉双江继续说："您放心，以后有什么事儿您只管吩咐，上刀山下火海，只要您一声令下，小的就帮您办得妥妥帖帖，绝无不从。"

厉双江他同桌在旁边翻了个白眼。

陶枝倒是对他这一番中二发言接受得挺快，她踩着桌杠人往后一靠，点了点头："确实有个事儿交代你。"

厉双江："大哥您说。"

陶枝抬手把自己桌子上的数学卷子往前推了推，潇洒道："先给你大哥讲讲题。"

厉双江："……"

厉双江这人虽然平时看起来不怎么靠谱，但数学成绩还不错，英语和语文却在全班倒数，偏科严重。他讲起题来跟江起淮那种"意识流之过程写给自己看"的类型不同，属于激情澎湃型。

陶枝初中的时候还是会读书的，基础不算特别差，倒也没到听不懂的程度，她用了两节课的时间终于抠明白了五道数学题，暂时放过了她新收的小弟。

而当时篮球馆里的其他人，用这两节课的时间让全校都知道了，高二的那个问题学生跟高三的打了一架。

说是打了一架也不怎么严谨，完全就是单方面的"屠杀"。

这个年纪的小孩儿，一时上头的很多，打架之类的事儿其实也时有发生，但就算平时再浑，都知道叫人放学别走或者约去校外打。陶枝偏不，她在上课时间特地把人拽到最显眼的地方，当众揍了对方一顿。

她闯个祸得昭告天下。

教务处，高二年级主任和高三年级主任对视了一眼，然后齐齐叹了口气。

没见过这么无法无天的。

王褶子跟付惜灵和她家长聊了一下午，在征得同意以后把事情的原委跟校方说了："我们班这个陶枝其实人不坏，平时跟同学相处得也挺好，这次的事儿她出发点本来是好的，就是用错了方法。"

"原因是什么不重要，她这个行为已经产生负面影响了。"年级主任说，"她家长联系了吗？"

王褶子揉着涨痛的脑壳："打过电话了，她爸爸现在人在外地，回不来。"

年级主任冷哼了一声："就是因为这种不负责任的家长多，孩子没人管才这么野。"

王褶子皱了皱眉:"她家长也不是不讲道理的人。"

旁边另一个老师突然问道:"陶枝她家长是不是给学校新图书馆捐款的那个?陶修平吧。"

年级主任意味不明地笑道:"怪不得这么无法无天。"

那老师也笑道:"他跟我一届啊,当年也是实验一中毕业的,学校荣誉室里应该还有他的照片,我们那届的高考理科状元。"

年级主任被噎了一下,没说话。

"我等会儿亲自给她家长打个电话吧,看看这事儿要怎么处理,能不闹大最好,高三明年就要高考了,高二现在也正在冲刺的阶段,无论如何学生的成绩不能受到影响。"王副校长坐在办公桌前,忽然转头看向王褶子,"你们班是不是又有个新学生要来?也是附中转来的吧,那孩子怎么样?"

王褶子表情僵了僵,又开始头疼了:"副校长您可以打电话的时候直接问问。"

王副校长:"?"

王褶子:"那孩子的家长也是陶修平,是陶枝她弟弟,俩人龙凤胎。"

王副校长:"……"

正义使者无处不在

陶枝不知道王褶子到底是怎么周旋的，她这次竟然没被记过，也没停课，只让她写了份检讨。

上次她和宋江因为打人可是一人停了一个礼拜的课，这次没有这个环节，陶枝还觉得挺失望。

又少了一个礼拜玩儿的时间，还得天天上学。

陶枝战战兢兢地等了几天，也没等到陶修平给她打电话，最后还是没忍住，心虚地给陶修平发了条微信。

一直到晚饭前，陶修平才终于给她打了个电话。

陶枝当时正盘腿坐在小沙发上，抱着笔记本看电影，手机响起，她懒洋洋地扫了一眼，看见电话上的名字，顿时一僵。

她给电影按了暂停，接通电话。

"爸爸。"陶枝老老实实地叫了他一声，诌媚道，"您最近好吗？工作还顺利吗？身体怎么样？"

陶修平："听说你又把高三的给打了？"

"……"

"还是一对三？"陶修平继续道。

"……"

"还把人脑袋摁马桶里了？"

陶枝觉得有必要为自己解释一下："我没摁她，她自己没站稳扎进去的。"

"你还挺有理，"陶修平幽幽地叹了口气，"想当年，你爹我也是实验一中的一霸，方圆十个班里没人敢惹，没想到我闺女还真就继承了我的衣钵。"

陶枝顿时就来劲儿了："您也把人脑袋摁马桶里了？"

"不是，"陶修平自豪道，"因为我学习好。"

陶枝朝着天花板偷偷地翻了个白眼，嘴上老老实实地"哦"了一声。

"下次再遇到这种事儿，上头之前先动动脑，这种伤敌一千自损八百的办法对你有什么好处？你当时是爽了，事后呢？你说挨罚的是不是你自己？以后无论是在哪里，类似的事情多了去了。你现在仗着自己年纪小还在学校，可以这样，以后呢，你都揍人家一顿啊？"

陶枝抠着沙发垫子上的毛绒，没出声。

见她不说话，陶修平耐心地说："你现在好好想想，能自己不吃亏，又让欺负人的人受到惩罚的办法，除了揍她一顿还有没有别的？"

陶枝被他说得叛逆情绪有点儿上来了，也懒得好好想想，倔强道："有，我把她脑袋套上揍她一顿。"

陶修平："……"

陶枝把电话挂了，仰头躺在沙发上，盯着白花花的天花板没动。

她发了一会儿呆，然后下楼去吃饭。

晚饭依然是准备好了放在桌上的，张姨大概是去忙别的了，不在，一楼安安静静的，只有她一个人。

陶枝穿过客厅，走到餐桌前，拉开椅子坐下。

米饭也已经盛好了，她捏起筷子戳了戳，抬起头来。

偌大的客厅通亮，深灰色的大理石地面倒映出吊顶水晶灯，冰冷又璀璨。

她把筷子放下，竹制的筷子轻轻地搁在大理石桌面上，发出很细微的一声响，陶枝却觉得那声音大到刺耳，在空旷的空间里安静地回荡，然后消散。就像一块巨石，"扑通"一声砸进了无垠的深海，发出震耳欲聋的声响，然后被吞没，下坠得越来越深，直到消失殆尽。

陶枝低垂下头，视线落在手臂上，几天过去，那些抓痕已经结了薄薄的一层痂，也感觉不到痛了，但她还是觉得手臂好像忽然痛了一下。

陶枝把长袖往下拉，遮住，然后抬手揉了揉眼睛。

她突然觉得有些委屈。

她觉得自己没有做错什么，如果事情再来一次，她大概还是会这么干的。陶修平也并没有说她错了，也没有责怪她，他明明就是在很平静地陈述事实：她用这样的方法解决问题太过冲动，并不是最好的选择。

但她就是突然有些矫情地想难过，这种难过在独自一人下楼坐在餐桌前吃饭的时候达到了顶峰。

她的爸爸，从小到大，一年甚至也见不到几面的爸爸，在知道她跟人打架了以后，没有问她有没有受伤，没有问她有没有被老师骂，没有问她觉不觉得委屈。只是非常平静地告诉她，她还可以有更理智的做法。

陶枝从来没有怀疑过陶修平对她的爱，他像每一个爱着自己孩子的父母一样爱她，即使后来她没有了妈妈，也没有弟弟了，但她还有很爱她的爸爸。

他工作很忙，没有时间陪她，不会像其他同学的父母一样接送她上下学，给她做好吃的饭菜，陪她学习写作业，听她讲学校里发生的有趣的事儿。

她可以让自己习惯这些，她也可以学着去习惯一个人长大。

只是在妈妈带着季繁离开的这几年里，偶尔，在一瞬间，在她回到家，面对着空荡荡的房子时，在她一个人吃饭时，她会感到孤单。

她觉得在长大这条路上，她走得有些孤独。

周一清晨，校园里一片空寂，偶尔有几个来得早的站在小卖部门口等人，住校生吃着早饭不紧不慢地往教学楼走。

陶枝拎着瓶水坐在校门口，脑袋歪歪斜斜地撑着，懒洋洋地打了个哈欠，掏出手机看了一眼时间。

还有三十秒。

二十秒。

陶枝侧过头去，看向校门口的方向。

宋江像上了马达似的一阵狂奔冲进了校门，过铁门的时候奋力一跃，姿势宛如百米冲刺的运动员："吓死我了！"

周围一起进校门的同学被他吓了一跳，直直地往后退了两步。

陶枝面无表情地看着他："你迟到了。"

"我睡过头了，"宋江喘着粗气，辩解道，"而且我也没迟到，我掐点儿到的。"

这祖宗最讨厌的事情之一，就是等人。

但是非常离谱，她喜欢让别人等她。

"行吧，"陶枝勉勉强强接受了，把放在旁边的早餐袋子丢给他，"找我什么事儿？"

"没事儿啊，这不是这两天叫你出来玩儿你也不去，慰问你一下。"宋江接过来扯开，咬了一口包子，含糊道："你今天是不是要念检讨？"

"嗯。"

"写了吗？"

陶枝从口袋里摸出一块奶糖，剥开塞进嘴巴里："没写。"

宋江咀嚼的动作一顿："？"

陶枝也跟着停下脚步："？"

"不是，大哥，"宋江咽下一口包子，"你现在连检讨都不写了啊？"

陶枝叹了口气："及时雨同学。"

宋江警惕地看着她："你又要干吗？"

"你说咱俩这几年，写过多少次检讨了？"

宋江想了想，然后严谨地说："没十次也有八次吧。"

"这不就结了，"陶枝无精打采地说，"写了这么多次检讨，脱稿还不知道说什么的那不是弱智吗？翻来覆去也就因为这么个破事儿，换汤不换药的，背都背下来了。"

上个礼拜才因为打架老老实实写了检讨并且磕磕巴巴地照着念完了的宋江："……"

两个人一边说着话一边进了教学楼。陶枝班级在楼上，她习惯性从后门进去，一推门就看见了江起淮的背影。

陶枝有些意外，公主殿下今天到得还挺早，没踩着早自习铃的点儿来。

班里吃早饭的吃早饭，聊天的聊天，补作业的补作业，江起淮完全不受影响，低垂着头，笔下"唰唰唰"地写卷子。

他做题的时候一向都是这样的状态，整个人都散发着一种"你们这群废物不要靠近我"的气场，连班里最活跃的厉双江都不敢找他多说一个字。

陶枝咬了咬嘴巴里的糖块，悄悄地走过去，站在他身后，略微俯身，脑袋伸过去看他桌上的卷子，无声无息。

江起淮几乎是一瞬间就感觉到了有人靠近。

他倏地转过头来。

陶枝没来得及反应，头还悬在他肩膀上方，下意识地转过眼，对上那双浅褐色眸子时愣了愣。

那双透彻的眼睛不同于平时漠不关心的冷淡，他看着她，眼神锋利冷锐，满是警惕，几乎带着扑面而来的冰冷煞气。

陶枝想躲开，但不知道为什么，当下的那一秒，她整个人就像被定住了一样僵在原地。

　　鼻尖只隔了几厘米，睫毛的弧度近在眼前，甚至能感觉到对方温热的吐息，以及她身上洗发水、沐浴露、洗衣液等混合在一起的甜味。

　　两个人就这么对着看了几秒，陶枝忽然开口："我要斗鸡眼了。"

　　甜味儿混着一点奶香在江起淮的鼻尖弥漫开。

　　"那你能不能让开。"他面无表情地说。

　　他上一刻那种杀气腾腾的紧绷感消失得一干二净，又是一副"你谁""关我屁事儿""离我远点"的讨厌样子。

　　陶枝没动，看着他歪了歪脑袋，悠悠地说："没看出来，殿下您皮肤还挺好，怎么保养的？"

　　江起淮眼皮子一跳。

　　要发脾气了，发脾气了，发脾气了。

　　陶枝见好就收，心情很好地直起身来蹦跶了两下，这几天压抑着的有些烦躁的情绪在这一刻得到了治愈。

　　"没写作业啊？"她指了指他桌上的物理卷子："这个，不是周五留的作业吗？"

　　附中学神·1班典范·教科书级别试卷摧残者·江起淮没写作业！

　　陶枝觉得这事儿的新奇程度可以跟宋江考年级第一一较高下。

　　江起淮没说话，转过头去继续写。

　　陶枝也没继续问下去，她回到座位上，放下书包，拉开拉链。翻了半天，从书包里翻出那张物理卷子，又从桌肚里摸出了一支笔。

　　"咔嗒咔嗒"两下，她摁出中性笔笔尖，转过身去骑在椅子上，把自己的卷子放在江起淮桌上，就这么对着抄了起来。

　　非常自然。

　　江起淮这张卷子写完一半了，她从最开始的选择抄起。

　　小姑娘趴在他的桌子上，手上的动作利利落落，眼睛扫上去字母就跟着勾出来，抄得十分娴熟。

　　江起淮顿了顿，挑眉："我的卷子你还敢抄？"

"怎么，你不会为了迫害我连自己的卷子都故意写错吧？"陶枝头没抬，开始抄填空，她照着之前陶修平跟她说过的话有样学样："这种伤敌一千自损八百的办法对你有什么好处啊。"

江起淮已经开始写大题了，陶枝抄完了填空选择，撑着脑袋按笔，在旁边等着他写。

他做题非常快，眼睛扫一眼，画出几个重点信息就开始动笔，似乎根本不需要思考。陶枝看着就有样学样，他在哪里画线，她就也跟着拿笔在下面画了两道，复制粘贴得非常彻底。

两人就这么一前一后地把两道大题写完，厉双江咬着包子哼着歌蹦跶进来了。

即使江起淮的速度已经堪称恐怖模式了，但做题的到底还是要比直接抄作业的要慢，陶枝正等他写等得不耐烦，看见厉双江眼睛亮了亮："小弟！"

"老大！"厉双江也非常配合，"怎么了老大？"

"物理卷子写了没？"陶枝问。

"写了啊，等会儿，我给你找找，"厉双江一边拉开书包拉链翻一边说，"你直接抄淮哥的不比我靠谱多了。"

"他写得好慢。"陶枝随口说。

厉双江站在过道，把卷子抽出来递过来，陶枝拍了拍他的肩膀："好兄弟。"

"为老大肝脑涂地。"厉双江也郑重道。

陶枝接过卷子，脑袋刚转过来，就看见江起淮抬起头看着她。

陶枝被他盯得有点儿毛，抖了抖手里的卷子："怎么了？"

江起淮不说话。

陶枝歪了歪脑袋，满脸的疑问。

江起淮重新低下头，"唰唰"地继续写："随你。"

陶枝眨巴了两下眼，后知后觉地觉得公主殿下刚刚瘫着的脸上好像是有那么一点儿微不可察的情绪在的。

——你为什么不抄我的？

这什么意思？

嫌我说他写得慢了？

不抄他的他还不高兴了？

这就是学霸令人匪夷所思的自尊心和倔强吗？

陶枝有点儿想笑，她把厉双江的卷子压在下面，没看，重新撑起脑袋等着江起淮写题。

"要抄就转过去抄，"江起淮突然说，"别占着我的桌子。"

陶枝懒洋洋地往下一趴："我这不是在等着你写完嘛。"

"我写得慢。"江起淮淡声说。

陶枝翻了个白眼，有点儿无语："我那是抄得快就随口说的嘛，你这个人怎么这么小气？"

她不说还好，一说话，江起淮直接捏起旁边的一本书，"啪叽"一下把他刚写完的那道大题给盖住了。

陶枝："……"

"我这个人，"江起淮画着下面一道题的题干，语气不咸不淡地说，"唯一的优点就是小气。"

这话怎么听着这么耳熟？

升旗仪式的准备铃打响，班里的人纷纷停下笔来，拉好校服外套拉链往外走。

操场上，各班已经排队站好了。

陶枝要去升旗台上念检讨，她对这道工序轻车熟路到已经没什么感觉了，从1班的队伍里走出来，懒懒散散地上去了。

教导主任站在她旁边，看着她满不在意的样子一脸不满地清了清嗓子。

陶枝赶紧端正了态度，腰杆挺得笔直走到了立麦前。

教导主任这才下了台。

操场上乌压压地站满了人，不时有学生在下面交头接耳，陶枝环视一圈，神情肃穆："各位老师、同学，大家好，我是高二1班的班长。

"我在上周上体育课期间无意中看到有高三某班的学姐犯下了欺负弱小的恶行，一时没忍住就把她给揍了一顿，并且给她的心灵和肉体都造成了不小的伤害，"陶枝淡淡道，"为了给她留几分薄面，我就不点名了。"

王褶子脑门儿上青筋一跳，教导主任脸都青了，一时间不知道该不该上去打断她。

"但是无疑，我的行为也是不对的，面对这种校园欺凌事件，我做出了错误的示范，所以我在此检讨……"

"我不该用暴力来解决暴力，但同时，"陶枝顿了两秒，"我也希望大家以后能够以此为戒，同样的事情不要再犯，要明白厕所并不是法外之地，正义使者无处不在。"

鸦雀无声。

江起淮无声地勾了勾唇角，他旁边的厉双江没憋住，"扑哧"一下笑出声来。

最后，陶枝还恭恭敬敬地鞠了个躬："以上，谢谢大家。"

陶枝鞠完躬又想起了什么，抓着麦站起来，吊儿郎当地又补了一句："对了，PS一下啊，再碰见这种事儿我可能还是会一时忍不住。"陶枝伸出食指和中指，分开屈起，往前指了指，"爷看着你呢。"

少女的声音通过音响传遍了整个操场，中二又嚣张，寂静和笑声以后，所有人都欢呼了起来。

教导主任铁青着脸上了台，王褶子抖着手臂伸手指着她："陶枝！你马上给我下来！"

陶枝从后面绕过教导主任偷偷摸摸地摸下来，又特地绕过王褶子从另一边乖乖地站回了队伍最后排。

厉双江还在笑，站在后面边笑边捂着肚子："不行了，班长，你怎么这么牛啊，让你检讨你怎么还教育起人来了？"

"科教兴国，有些长歪了的祖国树杈子就是得强行修一修，不是吗？"陶枝大放厥词，然后揪着江起淮的校服袖子，藏在他后面贼贼地探出脑袋往外看了一眼，"老王没冲过来打我吧？"

"没有，"厉双江抹了抹笑出来的眼泪，"我们班长说得对，我们班长真是个正义之士。"

陶枝缩着脖子一边观察着王褶子和教导主任的动向，一边小鸡啄米似的点头："对对对，我就是实验一中的守护者，正道的光。"

江起淮垂头，看了一眼自己被她抓得皱皱巴巴的校服外套袖子："再拽掉了。"

陶枝"啊"了一声，松开了手。

江起淮抬手，整了整往一边斜着的校服领口。

他肩背的轮廓裹在宽大的外套里看起来有些单薄清瘦，但骨架很宽，撑起校服的背影很好看。

陶枝往前凑了一点儿，低声说："殿下，我刚刚在上面看见你笑了。"

江起淮沉默了一下，淡淡道："没有。"

"我看到了。"

"你看错了。"

陶枝点点头，也不跟他争："你没笑，我看见狗笑了。"

不出所料，陶枝这一番振聋发聩的自我检讨演讲完，又被王褶子叫到办公室去批了一通。

回来的时候她还挺快乐的，直到看到这节是数学课。

自从上次那个小测以后，王二就跟盯上她了似的，一连好几天对着她一阵穷追猛打，平均一节课要把她叫起来三次。

　　陶枝没见过这样的老师，大多数老师在看到她这个德行以后基本上都实行放任态度，睁一只眼闭一只眼懒得管她了，这"王氏双煞"果然名不虚传。

　　王二一进教室，"咣当"就在数学课代表桌上砸下来两摞卷子："来来来，别唠了，上课了，这都第三周了啊，下周过完又要月考了。一个个的怎么都不知道上火呢？赵明启，你看看你这卷子写的，对的跟错的一样多，你挺讲究平衡啊，但凡你把你打球的时间匀一点儿在学习上，对的都能比错的多一道。"

　　厉双江在旁边呼哧呼哧地笑。

　　"厉双江，"王二又扫他一眼，"你还好意思笑，你数学最后一道大题拿脚写的吧？算的那是什么啊，连第一小问都没写对。"

　　厉双江瞬间就哑火了。

　　王二又拉出来几个批了一顿，扭头："班长。"

　　陶枝提心吊胆地抬起头来。

　　"别着急，没轮到你呢，你后面那个。"王二低头翻开卷子，"周末这套题做得不是你平时水平啊，状态不好？"

　　江起淮没说话。

　　陶枝有些意外地回过头去，江起淮被点名还是头一回。

　　"做题的时候别着急，慢慢来，"王二继续说，"还有他前面那个，你也别看你同事了，抄你也抄得上点儿心，得数都抄错了。我也不给你太大压力，月考你总得给我考个及格吧？"

　　陶枝估算了一下上学期期末的分数和及格分数之间的距离，觉得难度有点儿大。

　　她实在地说："老师，我上学期期末考了20分。"

　　王二沉默了一下，叹了口气摆摆手："成吧，那你这次给我考个40。"

　　陶枝觉得王二还是想得太多了，整整40分！那可不是说考就能考的！

　　她揉了揉鼻子，付惜灵坐在旁边偷偷看着她，抿了抿唇，没说话。

陶枝没注意。

讲台上，王二转圈都批了一遍，终于开始讲卷子了。

陶枝拿起笔来，开始在卷子空白的地方画小人。

一节课下课，她卷子上已经多了一排哆啦A梦，最后一个还没画完，陶枝正在拿蓝色的中性笔给小人脑袋上色。

一张小字条被推过来，小心翼翼地停到她手边。

陶枝停下笔看了一眼，小姑娘的字迹清秀，工工整整地写了一排：**我数学不太好，但是基础的可以教你，别的科目也可以给你讲。**

陶枝转过头去，付惜灵低垂着脑袋没看她，娃娃头把她的侧脸遮得严严实实。

"你怎么不说话，这都下课了。"陶枝好奇地看着她。

付惜灵转过头来，手足无措地看着她，然后眼睛红了。

"我……不好意思跟你说话了，"她声音小小的，带着一点点哽咽，"对不起，我连累你了。"

陶枝摆了摆手："你要是指被罚念检讨这事儿，那我今天早上玩儿得还挺爽的，老王没让我停课回家我还有点儿失落，少玩儿了一个礼拜呢。"

"可是你被王老师骂了，还找了家长，"付惜灵眼圈湿湿的，越说越难过，"你还受伤了。"

厉双江正在发卷子，听见声音转过身来："谁伤着了？"

他看见付惜灵在哭，愣了愣："哎，哎，这怎么了？"

"没事儿，付老师说要给我补习，争取让我数学能上40，"陶枝扬了扬手里的字条，"然后她被自己的善良感动哭了。"

付惜灵被她说得又想哭又想笑。

"那我也可以给你讲啊，"厉双江对于帮助同学这事儿向来很来劲儿，他撅着屁股凑过来，"付惜灵英语不是挺好吗，我可以给你讲数学，两门功课同步学，这不是分分钟就600了。我一会儿跟照明器说一声，放学就不去打球了呗。"

陶枝眼前一黑，想拒绝。

"来，咱们拉个兴趣学习小组，正好付老师也给我讲讲英语，我这个英语成绩天天在及格线下头摩擦，"厉双江兴致勃勃地掏出手机，点开了班级微信群，找到付惜灵和陶枝。班长的微信在群里最前头，陶枝旁边就是江起淮。

把付惜灵和陶枝拉进群里后，厉双江又探头道："淮哥来不来？"

江起淮正在喝水："什么？"

"学习小组啊。"厉双江说，"您加入就是一股强大的战斗力，王牌主攻手。"

江起淮把水瓶塞进桌肚里，兴趣缺缺："不来。"

厉双江捣鼓着手机："行吧。"

陶枝就看着他一边说着"行吧"，一边把江起淮也给拽进去了。

而另一位没看手机，压根儿不知道。

陶枝突然有点儿欣赏厉双江过人的胆识。

厉双江原本计划得挺好的，他晚自习前半小时给陶枝和付惜灵讲数学，后半小时付惜灵给他们讲英语语法。

结果晚自习上课铃一打，王二就像一个阴魂不散的背后灵一样拎着卷子又飘进来了。

他跟王褶子来了一场长达五分钟的晚自习争夺战，最终一人赢了半场，把整节晚自习占得满满当当。

厉双江飞速在群里打字：**出大事情了兄弟们，晚自习无了，只能改天了。**

陶枝是个随时都在玩儿手机的人，第一时间看到这条消息，一时间松了口气。

枝枝葡萄：那改天吧！真遗憾！

厉双江有些意外，他没想到陶枝有一天会因为不能学习而感到遗憾，这是多么难得的瞬间。

厉双江觉得不能打消她这个积极性。

有些时候爱上学习，就是需要这么几个瞬间。

厉双江飞快地改口：要不去我家？我一会儿跟照明器说一声晚上就不去打球了，你们晚上有补习班没有？

陶枝："……"

枝枝葡萄：？

付惜灵也有些迟疑，她其实挺想跟陶枝有一点儿校外接触的，她想报答陶枝，也想让两人的关系慢慢变好。她想跟陶枝交朋友。

但是去男同学家里这种事儿，她不是太习惯。

陶枝侧头看了她一眼，叹了口气。

枝枝葡萄：去我家吧，我爸出差了，家里没人，顺便一起吃个晚饭。

厉双江顿时一跃而起，转过身来，兴奋道："什么？！去大哥家豪宅吗！"

班里一片寂静，所有人都转过头来。

陶枝和付惜灵面无表情地看着他。

王褡子题讲到一半被打断，手里的粉笔头"咔嚓"一掰，熟练地对着厉双江的后脑勺儿丢过去："厉双江，不想听课出去站着，别打扰其他同学。"

厉双江捂着后脑勺儿坐下了。

晚自习下课，陶枝带着她的两个小跟班上了车。

付惜灵有些拘谨地上了车后座，听见陶枝坐在前面叫了一声"顾叔叔"。

司机笑着应了一声，从后视镜看了一眼："枝枝在新班级交到朋友了？"

"嗯，"陶枝应了一声，"我们回家学习。"

"干什么？"顾叔以为自己听错了。

"学习。"陶枝一脸严肃地重复了一遍，对他的反应有些不满。

"行，"司机忍着笑点了点头，琢磨着今天晚上就跟陶修平打个报告，"学习好啊，好好学习。"

陶枝家离学校不远，不堵车的话只有十几分钟车程。

到家后，陶枝推开院门带着他们往里走，厉双江在后面一蹦一跳的："大别'野'！是大别'野'！！"

付惜灵有点儿嫌弃他："你小声点儿。"

厉双江没听见，他脚步一顿，指着院子另一头，掏出手机想拍个照："滑梯！是滑梯啊！！"

付惜灵没搭理他，跟在陶枝后面往前走。

陶枝刷开指纹锁，人先进去，往旁边让了让："进来吧，我家除了我没别人，你们随意就行。"

她话音刚落，客厅里就传出来一声："你怎么这么慢？"

陶枝："……"

季繁窝在沙发里，跷着二郎腿抱着平板打游戏，听到开门声伸着脑袋往门口瞅，声音拖拖拉拉的："我等你一下午了，饿都饿死了。"

陶枝愣了愣，眨巴了下眼睛："你还挺快，手续都弄完了吗？"

"没，还差点儿。"季繁把平板丢在沙发上，伸了个懒腰，起身走过来，抬手揉了揉陶枝的头发，乐呵呵地说，"我这不是想你了嘛，就坐最早的高铁回来了。"

陶枝："撒手。"

季繁："我不，你没想我啊？"

厉双江和付惜灵站在门口，像被人按了暂停键似的，一声都不敢出。

这不是想你了……

不是想你了……

想你了……

厉双江露出了一个跟尖叫鸡非常神似的表情。

他拿着手机跟付惜灵对视了一眼，飞快点开了微信群。

厉双江：这是什么，是什么，是什么！

厉双江：我大哥有男朋友？！

付惜灵：[猫猫震惊表情。]

厉双江：他还说想大哥了！还揉大哥的脑袋！

付惜灵：[猫猫震惊表情。]

厉双江：住大别"野"，家里有滑梯！还有男朋友！

付惜灵：[猫猫点头表情。]

江起准在去做家教的路上才掏出的手机。

晚高峰，路上有点儿堵车，他从书包侧袋里抽出手机，准备给学生家长发个微信，说明一下可能会晚几分钟到。

结果刚把静音关掉，绿色的图标还没点开，他的手机就开始疯狂地往外跳消息。

江起准随手点开，发现是个微信群。

微信好友拉群是不需要同意的，他不知道自己是什么时候被拉进去的。群里非常热闹，嘀嘀嗒嗒不停往外闪着消息。

群里一共四个人，群名叫"美少女正义联盟"。

江起准动作一顿，表情空白了两秒。

美少女正义联盟？这什么玩意儿？

晚高峰的公交车上很拥挤，上班族一言不发地低头玩儿着手机，学生三两一群凑在一起叽叽喳喳，夜风在车厢里流窜，驱散些许的沉闷郁气。

江起淮指尖点着屏幕往下滑了滑，前面基本上都是厉双江在说一些有的没的，一直拉到最后。

对话还在继续。

厉双江和付惜灵两个人有来有回，一个聒噪，另一个就配合，聊得非常顺畅。

全程，这个群里的第三个人都没有出现。

最后一句话是厉双江说的，付惜灵没再回复了。

厉双江：我大哥这个男朋友长得很帅啊，还有点儿眼熟，是不是像哪个明星？

江起淮的目光在那句话上停了几秒，司机突然一脚刹车踩下去，他拉着扶手整个人跟着一晃，视线也跟着离开。

公交车到站的广播声响起，江起淮下了车。

他做家教的这家在一片老别墅区，没有车子可以直达，要走大概十分钟的路程。

　　江起淮过了人行横道往前走，垂眼退出微信群，点开联系簿缓慢地往下滑，找家长的微信。

　　打架、惹事儿、谈恋爱。

　　她还真是一样都不舍得落下。

　　厉双江一条微信打完，刚在微信群里发出去，就后知后觉地顿了顿。他扭过头去，看向旁边的付惜灵。

　　付惜灵也看着他，脸上露出了一个茫然中混着恍然大悟又有点儿不太确定的疑惑表情。

　　两个人对视一眼，都在对方脸上看到了答案。

　　确实长得有点儿眼熟，跟站在他旁边那个被揉脑袋的人特别像。

　　厉双江"啊"了一声，意识到可能是他搞错了。

　　他发出的这点儿声音终于引起了季繁的注意，少年转过头来，有点儿惊讶："这你朋友？"

　　陶枝抓着他的手腕把他乱划拉的爪子丢开："嗯。"

　　"你还能交到朋友？就你这破烂性格，除了及时雨以外还能交到别的朋友？"季繁伸着脑袋看着门口的两个人，"你们如果被绑架了就眨眨眼。"

　　付惜灵眨巴了两下眼睛。

　　"陶枝，"季繁指着她转过头去，指责道，"你这是犯罪。"

　　陶枝一脚踹在他屁股上，不耐烦地说："有完没完，给人拿鞋。"

　　季繁揉着屁股"哦"了一声，颠颠地跑过去拉开鞋柜，抽了两双拖鞋出来放在地上："你们好，我是枝枝的哥哥，比她晚出生二十分钟。"

　　付惜灵认真地说："那你应该是弟弟。"

　　"……"

　　季繁靠在鞋柜上，不满地看着她："你这个小姑娘说话很不近人情啊。"

　　付惜灵顿时有些不知所措。

　　"不用搭理他，他就是嘴贱，"陶枝拽着少年的头发把他脑袋给摁了下去，"玩儿你自己的去，姐姐要跟同学一起学习了。"

季繁被按着脑袋弓着身往前走："学什么习？你打算垂死挣扎拯救一下你 20 分的数学？"

陶枝："考 9 分的人就别说话了吧，差的那 11 分你想好怎么补了吗？"

"校霸就是要有点儿个人特色，你懂不懂？"季繁振振有词，"不能随波逐流，你让我考 20 我就考 20，我校霸的威严往哪儿搁？"

陶枝薅着他的头发："话怎么这么多？让你戒烟你戒了吗？"

"别拽了，别拽了，头发要秃了！戒了戒了！"

"放的是什么狗屁，你当我瞎？茶几上烟灰缸里那几个烟头是狗抽的啊？"

厉双江："……"

付惜灵："……"

两个人沉默地站在门口看着客厅里一阵鸡飞狗跳，厉双江凑过头去小声说："我大哥的家庭环境果然非同凡响。家里有两个小孩儿的都是这样？"

付惜灵摇摇头："不知道，我是独生子女。"

陶枝带除了宋江以外的人回家这事儿确实很新鲜，张姨兴高采烈地进厨房又加了几个菜。

客厅里，两个人终于闹腾完了，季繁躺回沙发里继续打游戏，陶枝带着厉双江和付惜灵上楼进了书房。

厉双江很兴奋，在房间里到处蹦跶，指着墙角展示架上的花瓶："这是不是乾隆年间的那个唐英制点墨锦鲤青花瓷？！"

陶枝："旧货市场淘来做装饰的。"

厉双江："顾恺之的画！这得值八位数吧！"

陶枝："赝品，八百。"

付惜灵从书包里掏出英语试卷："别八位数了，来看看你 80 分的英语卷子吧。"

付惜灵是干什么都认认真真的性格。实验一中的学生水平都不差,老师讲课很快,简单的语法也都一句话带过,付惜灵就掏出笔记本来一点一点给他们画。

一直到张姨上楼来叫他们下去吃饭。

季繁已经在餐桌前坐好了。

厉双江自来熟,跟学霸能说学习,跟学渣能聊球赛、游戏,很快跟季繁打成一片,一边啃着鸡翅一边分析《英雄联盟》最近新出的几个英雄。

一顿饭吃得热热闹闹。

饭后,厉双江跟季繁打游戏去了,陶枝又被付惜灵拉上去背了篇英语作文,再下楼的时候两个少年俨然已经建立起了革命友谊。

眼看着外面天已经黑透了,厉双江才依依不舍地收拾东西,准备走。

陶枝本来想打个电话叫司机送他们回去,但两个人都不好意思再麻烦她,要自己走,怕他们找不到路,陶枝跟着一起出去了。

这一片别墅区建了很久,房子都很老,只有小区中间一个喷泉花园是去年刚翻修重建的。

独栋前面是一排叠墅,陶枝带着他们抄近路穿过去。

厉双江还对他新认识的好兄弟念念不忘:"对了,季繁读哪个学校啊,他上学怎么没跟你一起。"

陶枝把手揣进外套口袋里:"他最近刚转学回来,应该也会来实验一中,之前在附中读了半年吧。"

"附中转过来的,那不是跟淮哥一个学校吗?"厉双江说。

陶枝步子一顿:"对哦。"

厉双江继续道:"那他跟淮哥应该认识啊,感觉两个人都不是那种会在学校里默默无闻的人。"

陶枝翻了个白眼:"这货老风云人物了,打架、闯祸第一名,考试回回倒数。可能也不认识,俩人根本不是一条道上的。"

她说完，厉双江和付惜灵齐刷刷地转过头来，看着她。

陶枝一脸莫名："怎么了？"

"没，"厉双江说，"我刚刚一时间没反应过来你说的是不是你自己。"

付惜灵也跟着点点头："确实是亲姐弟。"

陶枝："……"

陶枝把厉双江和付惜灵送到公交车站，看着他们上了车，在公交车里朝她挥手。

天暗下来，街道上流光闪烁，风有些冷，陶枝蹦跶了两下，将外套拉得紧了些，才转身往回走。

这会儿还不算特别晚，有刚吃过晚饭的人下楼来消食遛狗，店面和小吃铺子大多没关门，拐角处的便利店透出来的光线亮如白昼。

陶枝忍不住多看了一眼。

自从上次出来吃夜宵的时候撞到江起淮，她也不知道为什么，路过这种便利店的时候视线总是会多停两秒，结果这次，还真被她误打误撞给撞到了。

少年还穿着校服，挎着书包，看来是还没回过家，背影清瘦挺拔，透过巨大的落地玻璃窗清晰地映进眼帘。他在里面的冷柜前走了一圈，拿了一盒盒饭去结账。

等着盒饭加热的工夫，他靠站在收银台前，低垂着眼看手机。

便利店里有人出来，门"叮咚"一声，打开又合上，陶枝站在街边，看着里面的人从收银员手里接过盒饭，略微点了点头，收银的小姑娘连忙摆了摆手，偷偷看了他一眼，脸有些红。

江起淮垂头，拿着盒饭走到玻璃窗旁边的长桌前坐下，一边看手机一边掀开了盒饭盖子。

他一个人坐在那里，肩膀略微向下塌着，整个人看起来有种微不可察的疲惫。

看起来像一只孤零零的小狗。

他也一个人吃饭。

陶枝眨了眨眼。

家里还有零食吗？没有了吧……嗯，没有了。

她出门的时候随手拽了件季繁挂在门口的外套穿，尺码大了一圈，冷风鼓起外套往里灌，冻得人一哆嗦。

陶枝缩了缩脖子，走进便利店。

这家便利店很大，她从另一边绕进去，做贼似的在货架间穿梭，手里拎个筐，筐里装满了零食。她最后走到冷柜前，拎出几瓶柠檬茶和酸奶。

结完账，她从袋子里抽了一排益菌多出来，直接用吸管戳开一瓶，咬着根吸管，边喝边走到窗边桌前，把手里的一袋子零食放在一旁，一屁股坐在江起淮身边的位置上。

察觉到有人过来，江起淮的目光终于从手机屏幕上移开，扭头看了一眼。

陶枝没看他，眼睛直勾勾地盯着窗外一只拴着粉色狗绳的大金毛，它停在便利店门口，欢快地自己追着自己的尾巴转圈玩儿。

江起淮捏着筷子挑了挑眉，没说话。

外面那只金毛被他主人拽走后，陶枝才开口："你怎么在这儿？"

江起淮放下手机："我还要问你。"

"叫你一起学习你不来，跑到便利店一个人吃盒饭，"益菌多小小一瓶，陶枝很快喝完，抽出吸管把旁边那瓶也扎开了，"好兴致啊，殿下。"

小姑娘身上穿着的那件外套大了一圈，明显不是她的尺寸，袖子长长一截垂下来，只勉强从袖口探出一点儿白白的指尖，她费劲巴拉地把袖子往上扯了扯，才露出小半只手来。

江起淮想起了那个名叫"美少女正义联盟"的群里的聊天记录，又扫了一眼这件金红色的男款棒球服外套。

像只花里胡哨的孔雀。

她这是找了个什么审美有问题的对象。

他嘴角低垂着，没说话，捏着筷子继续吃饭。

陶枝侧过头来，撑着脑袋看着他，嘴巴咬着吸管玩儿，声音有点含糊："这个点儿才吃饭，你偷井盖去了？"

"我刚下课。"

"你还上补习班？"陶枝有点儿讶异。

"家教。"

陶枝反应了一下，意识到他说的这个"家教"不是他自己上家教课，而是他给别人上课。

她没再多问，只皱了皱眉："这家长怎么回事儿啊，给他家小孩儿上课到这么晚都不留你吃个饭吗？"

江起淮瞥了她一眼。

这土拨鼠虽然吵了点儿，但意外地很有分寸感。

上次撞到他打工的时候是，这次也是。很多事情，在她意识到前面有条线的时候，她就会停。

"所以，"江起淮放下筷子，平静地问，"你为什么还在这儿？"

"我不喜欢一个人吃饭。"陶枝眼巴巴地看着他。

"所以？"

"所以我陪陪你。"陶枝说。

江起淮手指不受控制地蜷了蜷。

他垂下眼，表情淡淡的："不用，回去陪你男朋友吧。"

他这话说得没头没尾的，陶枝愣了愣："什么男朋友？"

江起淮没说话，把手机往前推了推。

手机界面停留在他们之前拉的那个学习小组群里，最后是厉双江和付惜灵刚进家门看到季繁时的对话。

陶枝晚上没有看这个群，刚看到这么一段儿，又想起之前这两个人呆愣愣站在门口一副被雷劈了的莫名表情，一时间有些想笑。

但她更在意的点在别的地方。

"你竟然没有退群？"陶枝划拉了两下把聊天记录看完，抬起头来，"你还翻阅了起来。"

江起淮指着手机："这破群一直响。"

陶枝又看了一眼，果然屏蔽了。

她把手机放到桌上，一本正经地说："殿下日理万机，这种闲杂野史还是少参阅些为好。"

江起淮："？"

"况且，微臣尚未娶妻，"陶枝指尖点了点手机屏幕，严肃道，"这是臣弟。"

江起淮面无表情地看着她："好好说话。"

陶枝早就习惯了他这副冷漠无情的样子，她刀枪不入地继续皮："殿下您还不赶紧用膳吗？再不吃都凉了，前台收银的那位是哪位大臣家的嫡女？看了您好久呢，就等着您再去加热一下盒饭了。"

江起淮刚拿起筷子，压低了声音冷冰冰地叫她一声："陶枝。"

陶枝缩了缩脖子，闭嘴了，移开视线看向窗外，继续喝她的益菌多。

江起淮吃东西的时候很安静，几乎没什么声音。陶枝也没说话，就这么撑着脑袋懒洋洋地看着外面街道上来来往往的行人和人群发呆。

刚刚那只金毛又被他主人给牵回来了，旁边还多了一只萨摩耶跟它互动。

陶枝看得津津有味。

两个人之间一时陷入了安静，但也并不尴尬，甚至还有几分和谐。

这份和谐被电话铃声打破。

陶枝外套口袋里的手机响起，她不紧不慢地把手机摸出来，开口之前还打了个哈欠："喂——"

"你什么时候回来，送个人把你自己也送走了？"季繁一接起电话来就扯着嗓子说。

陶枝又拆开了一包巧克力棒："别管你爹。"

"你看看，你看看你说的这是什么话，"季繁伤心地说，"小爷我这不是关心你一下，顺便跟你说一声，回来的时候帮我带瓶可乐，要百事可乐，不要可口。"

陶枝跟他产生了分歧："可口可乐永远的神。"

"可口可乐没有灵魂，"季繁说，"百事才是真正的王者。"

陶枝："给我喝可口。"

季繁在那头"咔嗒咔嗒"地按着键盘："我现在连喝自己喜欢的可乐的权利都没有了?"

陶枝懒得搭理他，直接把电话挂了。

她起身去货架上拿了瓶可口可乐，结完账把可乐放在桌上，又回来坐下，继续吃巧克力棒。

江起淮就看着小姑娘坐在他旁边，像只仓鼠似的咔嚓咔嚓嗑零食，用眼神询问她：你为什么又回来了?

陶枝食指抵着巧克力棒末端，皱起眉来，有些不满："你怎么总赶人走?"

"不是有人给你打电话了?"

江起淮也快吃完了。

陶枝看了一眼时间，把可乐丢进袋子里："行吧，那我回去了。"她起身往外走，自动感应门在她面前打开，陶枝朝他摆了摆手，"明儿见。"

小姑娘一手揣在外套口袋里，一手里提着个大袋子，蹦蹦跳跳地出了便利店。

外面风有点儿大，树影在昏黄的路灯下摇曳，她头发没扎起来，随意地披散下来，顺着脖颈蜷在衣领里，带着一点点自然卷，被光线染上了一层温柔的绒毛，连带着整个人看起来都柔和了不少。

她拐过街角，消失在视野里，江起淮收回视线，桌上的手机忽然振动了一下，紧跟着微信"叮咚"一声响，江起淮垂头，放下筷子盖好盒饭，拿起手机点开消息。

发现又是那个"美少女正义联盟"。

那个已经被他屏蔽了的联盟。

不知道陶枝什么时候给他把屏蔽取消了，还顺便在群里面发了一句话。

枝枝葡萄：包装纸忘记丢了，帮我丢一下，大恩不言谢。

江起淮："……"

江起淮侧头，看见刚刚她坐过的位置桌子上有一个深蓝色的巧克力棒包装盒。

厉双江第一时间蹿出来：什么什么？什么包装纸？

枝枝葡萄：没你事儿，写你的作业。

季繁第二天早上是被陶枝砸门的声音吵醒的。

他昨天晚上打游戏打到凌晨四点多，人刚躺下，感觉睡着还没一会儿，门就被人催命似的敲。

陶枝端着杯牛奶，一边慢悠悠地喝，一边以十秒钟三下的频率敲他的门："季繁。"

"季繁——"

"季繁啊。"

"季繁同学，该起床了。"

"起床上学了，季繁。"

就这么敲了差不多有五分钟。

房门被人"唰"地打开，季繁穿着条黑色睡裤，光着膀子站在门口，阴沉着脸发脾气："干吗啊！"一脉相传的起床气。

陶枝慢悠悠地喝了口牛奶："七点了，起来上学。"

"我才刚回来！刚回来！"季繁顶着黑眼圈揉了揉睡得乱糟糟的头

发，"我就不能在家休息两天吗？！"

"你这个小同学怎么一点儿都不爱学习呢？"陶枝学着年级主任的语气皱着眉批评他，"既然回来了，当然要第一时间好好读书，难道还能让姐姐大人一个人去上讨厌的学吗？"

"从你昨天晚上特地给我买了可口可乐回来的那一刻起，我们就恩断义绝了，"季繁靠在门框上，半死不活地看着她，"而且我是偷偷回来的，老爸不知道，应该还没跟学校说吧。"

"说了，"陶枝把杯子里的牛奶喝干净，舔了舔嘴角，"我昨天连夜告诉了爸爸这个喜讯，他说今天就跟老王说一声，让你直接去报到。"

季繁："老王是谁。"

"班主任，"陶枝说，"赶紧去洗漱换衣服，不要逼我接盆冷水帮你冲凉。"

季繁把门关上了。

半小时后，陶枝活蹦乱跳地拽着死鱼一样的季繁到了学校。季繁要先去王褶子办公室报个到，陶枝一个人先进了教室。

早自习刚刚开始，班里安安静静的。

陶枝昨天在付惜灵和厉双江的帮助下开学以来头一回写完了作业，摸到座位上后没事情可干，突然觉得有些空虚。

临上正课之前，王褶子回了教室，后面跟着季繁。

"要上课了啊，都精神精神，醒一醒，困的站起来缓缓。赵明启别睡了，昨天你通宵打球去了还是咋的？补作业的也都收敛点儿，趁我发火之前赶紧收了啊。"王褶子拍了拍讲桌桌面，"另外，咱们班转来一个新同学，从今天起跟大家一起学习——班长。"

陶枝抬起头来。

王褶子："下课带新同学去领一下书和校服。"

陶枝应了一声，看了一眼讲台上的人。

新同学靠着黑板站在前面，黑眼圈快垮到嘴角了，困得脑袋一点一点的。

"季繁。"王褶子叫他。

被点名了,季繁强打起精神站直。

"你困得都能站着睡着了啊?"王褶子扫了一圈,往后指了指,"你就先坐那儿吧,学习上有什么问题可以问同学,不用不好意思。"

季繁点点头。

班里只有江起淮旁边一个位置空着,他耷拉着脑袋往后走,拉开椅子坐下,就要往下趴。手臂刚搭在桌子上,脑袋还没来得及往下搁,季繁的动作顿住了。

他像刚反应过来似的,转过头来,看向他的新同桌。

江起淮也转过头来。

季繁看着他。

江起淮看着他身上那件金红色的,花里胡哨的,看起来非常非主流的棒球外套。

季繁从头发到下巴来来回回地打量了一遍,皱着眉,思考了好半天,迟疑地开口:"江起淮?"

江起淮终于把视线从他那件丑衣服上移开了。

季繁:"我去,真是你啊?你怎么跑实验一中来了?"

江起淮扬了扬眉。

那表情就好像在说:你是谁?

季繁刚要说话,讲台上王褶子开始讲课了。

江起淮转过头,瞬间进入了"我在上课,谁敢跟我多说一句话就都得死"的状态,多一眼都没再施舍给他的新同桌。

他的新同桌只睡了三小时不到,也困得头重脚轻意识模糊,并没有多做纠结,趴下就开始睡。

中间的小组讨论都没能把他吵醒。

他睡觉占了整张桌子,付惜灵也不敢说话,不得不拿书垫着卷子写。

一直到下课。

陶枝玩儿了一节课的抽卡小游戏，下课铃一打响，她抽完了最后一张白卡，不高兴地把手机丢回桌肚里，站起身来。

季繁睡得呼噜声都出来了。

陶枝伸了个懒腰，转过身来，一巴掌拍在他脑袋上。

"我去！"少年睡得正香，被她一巴掌拍醒，人吓得一哆嗦，猛地直起身来，"谁打我！"

这一声吼得震天动地，教室里瞬间一静，所有人都转过身来，厉双江正在往嘴里塞威化，大张着嘴巴扭过头，包装纸跟着塞进去了。

陶枝懒得搭理他，拽着他衣领子把他拎出来，椅子丁零哐当地响了一通，季繁看清了人，瞬间就怂了，"哎哎"叫了两声，捂住衣后领趔趄着跟她往外走："慢点儿，慢点儿走，我这衣服刚买的，挺贵呢。"

纪律委员被这一幕震得目瞪口呆："这……咱班是不是又转来了个大哥啊，校霸还得校霸医？"

赵明启在旁边勾着他的脖子："这俩人认识啊？"

"你们俩认识啊？"走廊里，陶枝也问了同样的问题。

季繁小心翼翼地整理他挺贵的衣领子："谁？"

"江起淮，"陶枝从校服口袋里摸出一块奶糖，带着他出了教学楼，穿过绿化带往图书馆那边走，去领校服，"刚刚听你叫他来着。"

"哦，他，"季繁想了想，"应该算是认识吧，我俩干过一架。"

陶枝脚下一顿，以为自己听错了："你俩怎么着了？"

"打过一架，我刚去附中的时候，"季繁把她手里那块奶糖抽走，剥开塞进自己嘴巴里，口齿不清地说，"这个人非常狂，仗着自己学习好装得没边儿了。"

确实。陶枝赞同地点了点头。

"我看不惯他，就故意找碴儿跟他干了一架。"季繁继续说。

这次陶枝没法儿帮他说话了："……真是贱的你。"

陶枝觉得季繁也有点儿太无法无天了，江起淮这种一门心思学习的书呆子他也要欺负欺负。

"结果他差点儿没把我干进医院里，"季繁跟陶枝说话向来是不会顾及面子的，他长出口气，心有余悸地说，"还挺能打。"

陶枝："……"

陶枝："？"

这跟陶枝以为的有点儿不太一样。

季繁这人她多多少少还是了解的，至少在他初中走之前是这样，打起架来跟头小怪兽似的，性格也是很容易上头的类型。

陶枝想象不出江起淮跟人打架打得满地滚是什么样子，他看起来是那种被人碰一下都会觉得自己脏了的人。

没想到还是个武将出身。

"你确定你是跟他打了一架？"陶枝狐疑道。

"这我还能忘吗？"季繁睁大了眼睛，"你以为附中小霸王回回都能失手？他化成灰我都认得。"

陶枝点点头，提醒他："但人家好像不记得你了。"

季繁一噎，不高兴地皱起眉："你怎么回事儿？陶小枝同学，你到底向着谁？"

"这不是向着谁的问题，"陶枝睨他一眼，"你又打不过人家。"

"打不打得过是一码事儿，气势不能输，"季繁头头是道地说，"小爷我就封他为我一生的劲敌了。"

陶枝："……"

陶枝带着季繁去图书馆领了新的教材和校服回教室，少年终于脱掉了他那件嚣张的外套，换上了实验一中高二学生的校服，整个人看起来比之前乖了几分，也顺眼不少。

回来的时候厉双江正在门口跟人说话，看见他双臂高举："好兄弟——"

季繁朝他走过来，也举起双臂："兄弟——"

两个人站在教室后门，深情地抱在了一起："今晚峡谷见？"

季繁拍了拍他的肩膀："可以，我还玩儿瞎子。"

"让我们来一手令对方绝望的中野联动。"厉双江紧握着他的手。

季繁回握住："好兄弟，我懂你。"

"……"

陶枝翻了个白眼，侧身绕过这两个神经病，回到座位上准备上课，余光注意着后边两个干过一架的。

季繁大概是昨天确实熬太晚，困得厉害，也暂时没什么精力跟江起淮计较那些往事。基本上上课铃一打他就开始睡，一直睡了一上午。

其间，英语老师站在他旁边温柔地呼唤了他好几次，都没能把他从甜美梦乡中唤醒。

因为付惜灵每天都自己带饭，陶枝现在基本上会买了午饭回来陪她吃。下课铃刚一打响，几科老师怎么都叫不醒的季繁同学就跟脑子里定了闹钟似的睡眼蒙眬地抬起头来，叫她："枝枝。"

陶枝把书堆在桌子左上角，回过头来："吃什么？"

"都行，"季繁打了个哈欠，"你去哪儿吃？实验一中有什么好吃的吗？"

"我在教室，"陶枝想了想，"今天吃个麻辣烫吧。"

季繁点了点头，站起身来："那你带我去呗。"

江起淮还没走，陶枝犹豫了一下，侧头，开学头一回问他："你要跟我们一起吃午饭吗？"

季繁也想起他的新同桌来了。

少年睡得哈欠连天，闻言转过身，眼一眯，看着他，那双跟陶枝有几分相似的黑眸里充满了腾腾杀气。

他用眼神传递信息：你敢答应一个试试。

江起淮垂着眼皮子合上书，站起来，看都没看他一眼："不了。"

他说完从后门出去了。

季繁的杀气瞬间噎回去了，他转过头，看看陶枝，自我安慰道："他是不是被我的气场给震慑住了？"

"并不是，你只是透明了。"陶枝毫不留情地说。

"我之前就想问，但我太困了没想起来，"季繁看着她，一脸疑惑，"你怎么看起来跟江起淮关系还挺好的呢？"

付惜灵拧开保温饭盒刚夹起一块牛肉，听见这话呛了一下。

陶枝一副见了鬼的表情："你哪只眼睛看出来我们关系好了？"

季繁："他跟你话不是还挺多的吗？小组讨论的时候我隐约听见他给你讲题来着。"

陶枝："……上课睡觉选手就好好睡，不要关心小组活动。"

"你刚刚还邀请他一起吃饭。"季繁一脸不满。

陶枝也眯起眼来："你找我碴儿是吧？我还邀请你一起吃饭了。"

"这能相提并论吗？咱俩不是关系好吗？"

"你是不是脑子睡短路了，我跟你关系好过？"

付惜灵一边吃牛肉，一边津津有味地听着俩人在这里进行小学生水平的嘴仗活动。

教室里的人走得差不多了，除了他们只剩下几个人。她咬着筷子扭头，看见旁边有个女生慢吞吞地走过来，站在过道里，不远不近地停住了脚步，似乎有些犹豫。

付惜灵在桌下偷偷扯了扯陶枝的手。

陶枝回过头来。

付惜灵朝着那个女生的方向扬了扬下巴。

陶枝转头看过去，女生的视线跟她对上，刚迈开的脚步又停住了，她脸涨得红红的，手往后背了背，藏起了什么东西，似乎是犹豫了一下，还是转身小跑着走了。

季繁一脸莫名:"这人咋了? 尿急?"

"不知道,"那女生平时在班里安安静静的, 没什么存在感, 陶枝一时间没想起来她叫什么名, "这人叫李什么来着?"

"李思佳, 英语课代表,"付惜灵又往嘴里塞了块牛肉, 鼓着腮帮子说, "上个礼拜自习课, 我看见她跟学霸在走廊里说话, 脸也这么红。"

季繁一脸疑惑地看着她。

"江起淮同学。"付惜灵解释道。

季繁恍然大悟:"他的仰慕者?"

"肯定是想告白啊,"付惜灵说, "她刚刚不是想给学霸塞情书来着吗?"

这次陶枝也转过头来看着她, 似乎理解得有些艰难:"塞什么玩意儿?"

"情书啊,"付惜灵眨眨眼, "你没看见吗? 她刚刚藏在背后了, 应该是我们都看着她, 就没好意思塞。"

陶枝觉得自己对早恋的认知受到了冲击。

这个年头还有人喜欢用情书来告白的?

午饭吃完午休还没结束, 厉双江跟赵明启几个人勾肩搭背地回来拿球, 看见季繁喊了他一声:"好兄弟! 走啊, 打球去!"

季繁原本还昏昏欲睡, 听见有人叫他玩儿, 立马就精神了:"走走走, 让你三个球。"

几个男生闹哄哄地出了教室, 付惜灵趴在桌子上补觉, 陶枝瘫在椅子里百无聊赖地玩儿手机。

教室里面的人进进出出, 她没怎么注意, 专注地打了一圈麻将, 输了三十万的欢乐豆。

陶枝听见后桌有书本翻动了一下的声音, 轻轻的, 淹没在操场上传进来的说笑声里。她以为江起淮回来了，摸了张牌打出去，转过头。

后桌没人在，桌上的东西主人走的时候什么样，现在也还是什么样。

陶枝没多想，回过头来继续打麻将，又一局，她给上家屁和点了五次炮，把最后一点豆输完，后门被推开，江起淮回来了。

陶枝放下手机，丢进桌肚里，转过头来，直截了当地问："殿下，您选妃了吗？"

江起淮拽椅子的动作一顿："你又演的哪出？"

"好奇一下学霸有没有早恋对象，"陶枝大大方方地说，旁边付惜灵还在睡觉，怕吵着人，她声音放得比平时轻一些，"以及有没有在班里面选妃的打算。"

"没有，不打算。"江起淮一边说着一边扯过午休前没做完的那叠卷子，翻开，然后一愣。

卷子里面夹着一个粉色的信封。

陶枝吹了声口哨。

江起淮："……"

她转过来坐，撑着脑袋故意拖长了声，慢悠悠地说："没——不打算——"

今天天有些阴，云层很厚，阳光一直到正午才从云端堪堪探出点儿头来，见了一点儿稀薄的亮光。

陶枝有些敬佩地感叹道："这妹妹什么时候塞的啊，我都没发现，功力了得。"

江起淮不知道她在那里佩服些什么，连眉头都没皱一下，随手把信封放在一边，继续做卷子。

陶枝瞥他："你怎么还做得下去题呢？"

"我为什么做不下去？"江起淮垂着眼，笔下勾出一个字母。

陶枝没说话，她脑袋搁在他桌子的边上，看看他，眼巴巴地看着他桌上的粉色小信封，又看看他，再看看他桌上的粉色小信封。

视线就这么来来回回扫了五分钟。

江起淮笔尖停了停，终于抬起头来："昨天数学小测的五道题弄明白了？"

陶枝看着他眨巴了下眼，摇摇脑袋。

"练习册写完了？"

陶枝又摇摇脑袋。

"那你在这儿看着我能看明白？练习册是会自己写完吗？"

"无情。"陶枝趴在桌子上指责他。

"……"

"冷酷。"

"……"

"毫无人性。"

"人家小姑娘的心意，你连看都不看，"陶枝叹了口气，"最是无情帝王家，这李淑妃哪儿哪儿都好，偏偏一双眼睛瞎了，看上你这种薄情寡义之人。"

"……"

这小疯子嘴里天天一套一套地给他编设定，这李淑妃又是什么玩意儿？

他搁下笔，人往后一靠："这么好奇吗？"

陶枝："什么？"

"你的这个……"江起淮顿了顿，头一次顺着她的设定往下说，"李淑妃写了什么，好奇你自己看。"

"那怎么行？这是人家偷偷给你的，一片心意呢，你得自己看。"陶枝满脸严肃地教育他。

她也没多想，一时口快继续道："再说本宫大权在握，也是清心寡欲惯了，无心参与殿下的后宫之争。"

她话说完，忽然后知后觉地意识到，这话好像哪里不对劲儿。

陶枝定住了。

两人瞬间安静,空气里充满了尴尬。

江起淮眉梢一挑:"大权在握?"

陶枝张了张嘴,想解释,又尴尬得脑子短路了似的,没说出话来。

"不参与我的后宫之争?"

陶枝搁在他桌边的脑袋往下缩了缩,躲闪开他的视线,耳尖红了。

难得看她吃瘪,江起淮觉得还怪有意思的。

他指尖在桌面上不紧不慢地敲了敲,继续凌迟她:"怎么着,想当皇后?"

拒绝 700 分以下选手

陶枝想把桌上的书都朝他那张嘚嘚瑟瑟的脸上丢过去。

她没想到自己这张神挡杀神的嘴也能有碰壁的一天，还是自己把自己给绕进去的，她尴尬得想钻到桌子底下去，一时间感觉自己说什么都不对。

说多了像狡辩，说少了是心虚。陶枝干脆选择闭嘴，抿着唇瞪着眼前这个胡说八道不嫌事儿大的讨厌鬼，打算用眼神杀死他。

小姑娘一双眼睛狭长微挑，板起脸来确实有几分气势逼人，只是红红的耳朵尖没什么说服力。

她凶巴巴地瞪着他，眼神看起来恨不得把他给碎尸万段了。

江起淮毫不在意，他身子往后懒懒一仰，疏离冷漠卸去几分："还想弑君？"

陶枝："……"

"你怎么还没完没了的，"陶枝整个人连带着气场一齐塌下去，没好气地说，"我这不是一时口误嘛，你不要抓着不放，咱俩都知道我没有这个意思。"

江起淮点了点头："我怎么知道你没有，毕竟你对我的信这么好奇。"

陶枝一噎："我也瞎了吗？"

"不要这么诅咒自己。"江起淮说。

"……"陶枝一口气差点儿没提上来。

午休结束的预备铃响起，走廊里传来厉双江和季繁说话的声音，几个男生抱着球吵吵嚷嚷地回了教室。

季繁一进门就看着陶枝人贴在江起淮桌边，伸着脑袋跟她的后桌说话。

陶枝抬头看了他一眼，跨出椅子"唰"地转过头去："我才不好奇，你自己留着慢慢欣赏吧。"

她动作幅度有点儿大，坐下的时候还撞了一下椅子，江起淮的桌子被撞着，斜着往后翘了一下，叠得高高的试卷和书往下滑了滑。

陶枝趴在自己的桌子上，将憋着的一口气吹出来。

江起淮这个人，虽然性格非常垃圾，锱铢必较，小气又讨人厌，仗着自己学习好就肆无忌惮，疯狂装蒜，但长得确实还是有那么点儿看头的。陶枝心不甘情不愿地在心里默默承认。

再加上成绩好，永远都是一副冷淡理智、高高在上的样子，很有几分男神学霸的假象，会被小姑娘喜欢其实是理所当然的事情。

陶枝在操场上看到过好几次他被别班女生搭讪的情景。

但那只是因为她们没有了解过他，被这个人极具欺骗性的皮囊所迷惑了。陶枝又想，而且高中生怎么能早恋？学生应该以学习为主！

陶枝鼓着腮帮子从桌上拽了本书出来装模作样地看，然后左边的脸颊被人轻轻戳了一下。

"噗"的一声轻响，陶枝嘴巴里憋着的气全数吐了出去。

她转过头去。

付惜灵不知道什么时候醒了，睡眼蒙眬地看着她，一根食指悬在她脸颊边："你怎么不高兴了？"

陶枝愣了愣，直起身："我没有不高兴啊。"

"哦，"付惜灵收回手，偷偷打了个哈欠，"你看起来情绪有点儿低落。"

陶枝："我打架打输了。"

"……你什么时候又去打架了？"

"就刚刚，"陶枝重新趴回桌子上，有些闷闷不乐地说，"是我技不如人，反应慢了半拍，让对手钻了空子，有机会讽我。"

付惜灵一共也没睡多久，算算这十几分钟的时间怎么想也不够陶枝去打一架的，她左左右右地把陶枝看了一遍，问道："那你有没有哪里受伤呀？"

"有的，"陶枝说，"我心口疼。"

付惜灵大惊失色："你心脏被伤到了吗？"

"是的，"陶枝捂了捂胸口，神色认真，"它被言语中伤了。"

"……"付惜灵的表情也跟着认真了起来，她哄着陶枝道："那你要不要跟老师请个假，去医务室看看？"

陶枝倒是没想到还能有这么一招。

去医务室躺着总比在教室里干坐着蹭到下课好。

"我觉得你说得很有道理，当然是要去的，"她从善如流道，"那你等会儿帮我跟老师说一声。"

她说着从桌肚里摸出手机，又揣了几块奶糖，起身蹦蹦跶跶地出了教室。

季繁刚把校服外套脱掉，额头上还贴着张纸巾擦汗，一抬头，陶枝人影都没了。

"喂。"他抬手拍了拍付惜灵。

付惜灵转过头来。

"枝枝去哪儿了？"季繁问。

"她去医务室了，"付惜灵说，"她说她的心脏刚刚被言语中伤了，心口疼。"

刚刚用言语中伤了某人心脏的江起淮："……"

这小土拨鼠还真是无论什么事儿都能见缝插针地用来做逃课的借口。

心脏被伤了的陶枝在医务室舒舒服服地睡了一节课才醒。

她从高一时起就是医务室的常客了，跟医务室老师熟到不行，小姑娘必要的时候可以让自己变得嘴甜又讨喜。

医务室老师也睁一只眼闭一只眼惯着她，象征性地听了听心肺，就由着她自己去里间"休息一会儿"。

陶枝原本是想选最里面一张床的，进去的时候目光落在外侧那张上，又看了看床边靠着墙的那辆医务车。她脚步顿了顿，蹦到外侧那张床上，拉上帘子坐好。

白色的帘子瞬间隔出一个封闭的秘密空间来，一股混合着酒精味和药味的消毒水味在鼻尖弥漫开，切割出一个与世隔绝的小小的私人世界。

陶枝垂下头，坐在床上晃了晃腿，一只手探进另一只校服外套的袖子里，指尖摸了摸之前被抓伤的手臂。

这几天，那里的几道伤不严重的地方结痂脱落，正在长新肉出来，稍微有点儿痒。

她轻轻抠了抠手臂，盯着白色的帘子有些出神。

突然好像没那么气了。

陶枝也不知道自己是什么时候睡着的。

她昨晚睡得挺好的，今天一上午也没有困，大概是校医室的环境太过安静，她原本打算躺着玩儿一节课手机的计划被打乱，直接抱着手机睡着了。

一直到下课铃响起，她拉严了的白色帘子被人"唰"地拉开。

陶枝挣扎着睁开眼，刚睡醒的时候看得不太清晰，隐隐约约看见一个人影站在床尾，手里拽着帘子。

她以为是校医或者季繁，也没在意，打了个哈欠开始揉眼睛，抬起头来打算起身。

"伤养好了吗？"江起淮的声音从床尾传来。

陶枝揉眼睛的动作一顿，指尖蹭了蹭眼角，脑袋重新栽回到枕头里，闭着眼睛说："内伤，非常虚弱，处于濒死状态。"

江起淮把另一半帘子也拉开了，半斜的日光洒在床上。

他问："那怎么办？"

"心病还须心药医，来都来了，你也别白来，"陶枝闭着眼睛笔直地躺在床上，双手交叉放在肚子上，一脸安详地说，"就让我骂一顿吧。"

江起淮意味不明地笑了一声。

陶枝睁开眼睛："你笑什么？"

"我在想，你现在这样躺着，总觉得少了点儿什么，"江起淮居高临下地看着她，刻薄道，"脑袋旁边应该再围一圈白花。"

"……"

陶枝愤怒地从床上一跃而起："你看看你有多恶毒？我这张脸怎么说也得是个白雪公主。"

"行吧，"江起淮看了她一眼，赞同得十分勉强，"苹果吐了起来吧，公主。老王找。"

陶枝本来是想继续跟他对着干的，但她被那一句"公主"给取悦到了。

她不情不愿地爬起来，穿好鞋下了床，慢吞吞地把睡得有些乱的床整理了一下，枕头摆正，出了里间。

医务室老师坐在外间的桌前，正在看书，听见声音抬起头，笑道："睡醒了？"

陶枝眨巴着眼，一脸无辜地装傻："我这不是不太舒服嘛。"

然而，医务室老师一点儿面子也没给她留，点点头继续乐："确实，还睡挺香啊，我进去好几次都没把你吵醒，再睡一会儿都能打呼噜了。"

"……"

被直接揭穿了的陶枝看了江起淮一眼，指尖抓了抓鼻子，小步跑出门："老师再见！"

江起淮跟在后面，关上了医务室的门。

陶枝脚步很快，江起淮也没有追她的意思，但他步子比她大很多，两个人距离倒也没有拉开，始终离得不远不近的，就这么一前一后地往教学楼走。

刚穿过室外篮球场走到小卖部前，忽然有人把江起淮叫住了。

陶枝下意识脚步一顿，转头头去。

李思佳小跑着从小卖部里出来，脸红红的。

她手里拿着两瓶水，跑到江起淮面前，清了清嗓子，把其中一瓶水递过去："江同学，你要喝水吗？"

江起淮垂头，神色淡漠："不用，谢谢。"

李思佳咬着嘴唇，讷讷地收回了手。

她怀里抱着两瓶水，犹豫了一下，磕磕巴巴地小声问："那个信……你看了吗？"

这种场景，陶枝觉得自己应该回避一下，但她也不知道为什么，脚下就跟生了根似的，就这么直直地扎在了原地。

她干脆蹲下去，脑袋扭到一边假装若无其事地看风景，偷偷地听着俩人的对话。

"没有。"她听见江起淮说。

陶枝手肘支在膝盖上，单手托着脑袋，指尖敲了敲腮帮子。

一节课过去了，他怎么还是没看。

李思佳沉默了一下，努力地鼓起勇气来继续说："没看也没事儿的，我就是……其实从你第一天转学过来的时候我就注意到你了，就……挺喜欢你的，"小姑娘脸涨得通红，小声问，"江同学你有没有女朋友？"

江起淮沉默了。

他没有！陶枝一边假装看着对面男生打球，一边在心里说。

沉默几秒，江起淮突然开口："你上次模考考多少？"

这个问题过于奇怪，陶枝愣了愣。

李思佳也愣了愣。

"680。"李思佳说。

她成绩虽然没有拔尖到数一数二的程度，但是也不差，每次考试也都是能在年级大榜上排上名次的。上次三校模考考题每一科都很难，她这个成绩已经非常好了。

而这个年纪的小孩儿，学习成绩无疑就是最大的信心来源。

想到这儿，李思佳又多了几分自信，补充道："英语是年级第一。"

陶枝掰着手指头算了一下，她模考考了 300，这个分数比她高了一倍，还多 80 分。

人英语还是年级第一！

陶枝偷偷地用余光往那边瞥了一眼。

学习好，文静腼腆，长得也挺可爱的。

最后结论——完美女友人选。

她正有些出神地想着，就听见江起淮说话了。

"还没到 700。"江起淮嗓音冷淡，嘴上说着奇"狗"无比的话，语气里却一丝敷衍也没有，"我建议你把心思放在学习上。"

陶枝："……"

陶枝知道江起淮"狗"，但是也没想到他能"狗"到这个份儿上。

虽然换了一种比较温和的方式，但这话就好像是在说——你就考这么点儿分还好意思早恋？

你这点儿分我看不上。

语气和态度看起来还非常认真，并没有瞧不起对方的意思，就是很单纯的拒绝，理由是：你连 700 分都考不到，就别整那些有的没的。

比嘲讽还伤人。

纵然是陶枝这种没什么同理心也不太善良的人，都为这个李淑妃感觉到一阵心痛。

陶枝觉得江起淮要是跟她说这话，她可能会忍不住照着他脑袋来一拳。

果然，李思佳低垂着脑袋不说话了，肩膀还抖了抖。

陶枝琢磨着他是不是把人家小姑娘给惹哭了。

好半天，李思佳又抬起头来，脸红红的，她咬着嘴唇说："我明白了，江同学是喜欢学习好的吗？"

江起淮没说话。

这反应看起来就像是默认了，李思佳点点头，鼓起勇气继续说："那如果我这次月考能考到700分，我希望江同学可以考虑一下我。"

她没再等江起淮的答复，直接跑走了。

江起淮转过身来，就看见陶枝蹲在旁边，手托着脑袋，专注地目视着前方，一眼都没看他。

他还没说话，陶枝立刻此地无银三百两道："我在看高一的打球。"面前室外篮球场里一个少年带球过人，飞快地跑到对面篮筐下高高起跳，手里的篮球被他准确无误地送进篮筐。

陶枝一拍巴掌："好球！"

江起淮："……"

江起淮抬手，在她脑袋上轻敲了一下："走了。"

陶枝捂着脑袋站起来，蹲了太久腿有点儿麻，她原地跳了两下，蹦跶着跟上去。

路上，她侧着头仰起脸来看了看江起淮，没说话。

少年的下颌线条瘦削清晰，蜿蜒到耳际，脖颈修长，喉结凸起，肩宽而薄，白色的T恤和校服外套半掩住锁骨的轮廓。

"看什么？"那张淡色薄唇轻启，带着少年人特有的冰片一般的棱角感，吐字清晰而冷漠。

"我在想……"陶枝懒散地拖着声音，诚实地说，"忽略你的性格，如果光看外表的话，李淑妃会对你死心塌地，也还是有那么几分道理的。"

陶枝其实见过不少帅哥。

高岭之花、冷月寒塘学霸型不是没有，但是江起淮不在这个范围内。

他性格里的棱角其实非常明显，并且他完全没有掩饰这种尖锐攻击性的打算，同理心和共情能力很差，刻薄且不近人情。

陶枝觉得如果把这个人切开，他里面一定是黑的。

但是这画面也太血腥了。

她缩了缩脖子，收回视线："你讲话倒是委婉点儿，给人家小姑娘留点儿面子。"

江起淮侧头："我以为我已经很委婉了。"

哪里委婉了啊？！你真的不是在装吗？！

陶枝翻了个白眼："这也就是我们可怜的李淑妃脾气好、性子软，要是换了别人听见你这话……"

她说着又有点儿好奇："殿下，如果李淑妃下次考试真的考了 700 分以上，你会考虑考虑吗？"

江起淮垂眸："我要是你，现在就会先关心点儿别的。"

陶枝愣了愣："别的？比如什么？"

"比如，"江起淮顿了顿，"找借口逃了一节课以后被班主任找的原因，之类的。"

陶枝："……"

陶枝有些惊慌："老王上节课来班里看了吗？"

"嗯，"江起淮眼睛都没眨，"来了。"

陶枝："……"

两人走进教学楼，陶枝把着扶手不情不愿地蹭上了楼，站在王褶子办公室前快速地思考了一下该怎么办。她抬手，指尖扯着唇角往下拉了拉，一脸虚弱地敲响了门，然后推门进去，蔫巴巴地说："王老师。"

王褶子正在批卷子，闻言抬了抬头："来了？我正想问问你和江起淮这周班会的事儿，开学也快一个月了，你们有什么想法没有？"

"嗯？"陶枝疑惑地抬起头来，"班会？"

"下礼拜就要月考了，我本来打算下礼拜班会动员一下，但你们数学老师刚刚提前把班会课要去了，所以动员会就挪到这个礼拜开。"王褶子一边批卷子一边说，"这个就交给你俩负责了，想想办什么主题，积极向上一点儿的，没问题吧？"

陶枝本来挺心虚地进来，一听不是因为逃课被发现了要批评她，立马站直了："没问题！"

王褶子抬起头来，疑惑地看着她："平时让你干点儿啥你都嫌麻烦，这回咋这么积极呢？"

陶枝一本正经地说："这本来就是我作为班长的分内之事。"

江起淮在旁边很轻地用鼻音嘲讽似的哼笑了一声。

陶枝背着手偷偷掐了他的手臂一把。

王褶子没发现他们之间的小动作："行，那你俩先回去吧，记得和宣传委员也商量商量。"

陶枝应声，先出了办公室。

江起淮跟着出来，带上了门。

他一出来，陶枝就幽幽地说："骗子。"

江起淮往前走。

陶枝："江起淮是个骗子。"

"……"

陶枝："江起淮欺骗单纯少女。"

江起淮："……"他转过头，"这不是想给你点儿紧张感。"

陶枝"哼"了一声，甩头从他旁边大步走过去，高马尾跟着甩了甩，发梢擦过他校服的领口。

江起淮抬手，指尖轻轻蹭了下，脖颈低了低。

有点儿痒。

宣传委员蒋正勋正在做第五次自我检讨，他觉得当时班干部竞选的时候自己是不是就不应该竞选这个宣委。

之前赵明启心很大地调侃他，说他一个男孩子，还叫一个这么硬气的名儿，怎么不爱打游戏也不爱打球，天天就喜欢琢磨这些女生才喜欢玩儿的东西。

蒋正勋觉得赵明启的想法有问题。

男孩子怎么了？男生也可以喜欢画画，喜欢出板报，喜欢宣传组织班级里的一些班会和活动，个人爱好跟性别有什么关系？这种事儿又没什么冲突。

直到王褶子让他跟正、副两位班长合作。

蒋正勋抬眼，看了一眼坐在对面的两个人，江起淮正把自己刚刚出好的班会主题方案递给陶枝："宣传委员写的。"

陶枝下巴搁在椅背上，眼也不抬地按手机玩儿游戏："不跟骗子说话。"

江起淮："……"

他把本子推到陶枝面前："看看，行就定了。"

陶枝看都不看他一眼："也听不见骗子说话。"

江起淮："……"

这都几节课过去了。

江起淮的耐心向来有限。眼看着两个大佬的脸都冷得跟冰块似的，蒋正勋清了清嗓子，从江起淮手里接过本子，小心翼翼地递到陶枝面前，小声开口："那个……虽然可能有点儿幼稚、有点儿老套，但是我自己还是挺喜欢的，班长您看看。"

连"您"都用上了。

陶枝按手机的动作顿了顿，觉得也不好迁怒别人，她把手机揣进校服口袋里，抬起头，接过来看。

蒋正勋策划的这期主题是成长和改变。

每个人的人生都是分阶段的，没有人能一成不变地成长。小的时候想要成为的人可能长大以后就不想了，现在成绩好也不能代表一切。

确实挺土的，但是陶枝喜欢。

她敲着本子抬起头来，看向江起淮："看见没有？"陶枝跷着腿，一字一顿地说，"现在成绩好不能代表一切。"

"……"江起淮懒得跟她计较。

蒋正勋这个班会主题最后的互动环节是写下来小时候的梦想以及现在想成为的人，他眼看着这两个人又要吵起来了，赶紧问陶枝："班长，您小时候有什么梦想没有？"

陶枝转过头来，想了想："很小的时候想嫁给杀鸡的。"

蒋正勋没反应过来："干啥的？"

"杀鸡的。我小时候家里条件挺差，晚饭能吃肉就挺开心，但是我有一个讨厌的弟弟，我要分给他吃。"陶枝嫌弃地看了一眼教室另一端睡得正香的季繁，她伸出三根手指，"我记得我五岁的时候抢不过他，一盘鸡翅我只能抢到三个，剩下的都会被这头猪给抢走。"

蒋正勋："……"

五岁的鸡翅大战你能记到现在啊！蒋正勋在心里默默地想，没敢说出来。

"所以我就想嫁给杀鸡的，或者我自己开个卖鸡的铺子，这样我就可以想吃多少就吃多少，不用跟我那讨厌的弟弟抢鸡翅。"陶枝继续说。

蒋正勋心道：主要原因就是你讨厌你弟弟吧。

他点了点头，赞同道："也是一个很实在的梦想。"

他们正聊着，厉双江的脑袋忽然从江起淮和陶枝身后冒了出来："哎，今天晚上小爷过生日，你们都去不去啊？"

"你早上不是就跟我说过了？"蒋正勋慢吞吞地说着，把本子收起来，"不去。"

厉双江不乐意，瞪着他："你不去我就给你绑过去。"

蒋正勋："那不就结了。"

陶枝转过头来："今天你生日吗？"

"对啊，"厉双江说，"我没跟你说吗？我在我们的'正义联盟'里说过了啊。"

陶枝把那个群的消息提示给关了，还真没印象。

"我刚打球的时候跟季繁说了，他也来。"厉双江半靠在桌子上摇摇晃晃地说，"大哥来吗？"

陶枝没什么意见："行啊。"

厉双江又转头，看向江起淮："淮哥来吗？"

江起淮刚要拒绝。

厉双江皱着眉，一脸严肃地说："淮哥，你这样不行啊，上次团建你就不来，学习虽然重要，但是课外活动难道就不重要吗？你作为我们美少……"

眼瞅着他就要把那个破联盟的全名儿给说出来了，江起淮有点儿脑壳疼，赶紧打断他："几点？"

"就放学以后，"厉双江兴奋道，"给联盟成员一点儿面子，就这么说定了。"

厉双江说完，又飘走喊赵明启去了。

陶枝看看江起淮，压低了声音："我没看那个群，没给他准备礼物。"

江起淮看了她一眼："你觉得我会看？"

陶枝："你为什么没看？我不是已经把屏蔽给你取消了。"

她说完，闭嘴了。

江起淮意味深长地看着她。

"干什么？"陶枝挠了挠鼻尖，"你不是早就发现了吗？"

江起淮侧了侧身："我是发现了，只是没想到你会这么干脆地承认。"

"这有什么不好承认的，"陶枝学着刚刚厉双江的语气，"你作为我们'美少女正义联盟'的成员，确实应该合群一点儿。"

江起淮："……"

陶枝抬手，拍了拍他的肩膀："我们殿下。"

江起淮没说话，不知道她又要作什么妖。

陶枝故意提高了声音："'美少女正义联盟'的扛把子！"

江起淮："……"

厉双江的生日聚餐挑的餐馆离学校不远，走过去就十几分钟。

厉双江人缘很好，呼风唤雨地叫了一帮子朋友，一群男生在前面勾肩搭背地聊游戏、球赛，女生跟在后面聊衣服和最新的漫画、小说。

陶枝咬了颗奶糖，跟付惜灵走在后面，一群人浩浩荡荡地到了餐馆，厉双江提前订好了包厢，十几个人的大圆桌，男生坐一边，女生坐一边。

陶枝站在门口给司机顾叔打了个电话跟他说了一声，最后一个进去。

进去的时候众人刚点好菜，桌前已经坐满聊开了，付惜灵在旁边给她留了位置，位置右边是江起淮。

因为是在包厢里，男生也都肆无忌惮了起来，点了一箱啤酒，男生一人一瓶。

陶枝跟宋江他们一起出去的时候酒也是常点的，她就坐在门口的位置，酒箱就在脚下，她随手抽了一瓶出来启开，慢悠悠地倒进杯子里。

没什么人注意，倒是厉双江看了一眼："大哥喝酒吗？"

陶枝捏着酒瓶子，眨了眨眼："怎么了？"

"没什么，没什么，这不是女孩子随意嘛，不强制，"厉双江赶紧说，"大哥酒量怎么样？"

陶枝想了想，严谨地说："不是那么太好。"

厉双江平时看着大大咧咧的，其实还是挺会照顾女生的。他刚想说"那要不你喝个椰汁什么的"，就听陶枝说："但把你们这一桌人喝进厕所，抱着马桶吐应该也没什么问题。"

"……"

厉双江朝她抱了抱拳。

聊天的工夫，服务生推门进来上菜。

十六七岁的男孩子，去食堂打饭都要打满三勺米，胃口大得跟什么似的，厉双江就点了满满一桌子菜。

服务生一盘一盘地端上来。陶枝坐的位置就在上菜口旁边，每次她都要侧身让一让。她手撑着柔软的椅垫微微侧了侧头，服务生把手里的两盘菜放在桌子上。

付惜灵扫了一眼，"哎"了一声，说："姐姐，这个您多上了一盘吧，我们就点了一盘可乐鸡翅。"

服务生垂头看了一眼他们的点菜单："没错啊，可乐鸡翅两份，"她看了一眼江起淮，"刚刚这个小伙子出来加了一盘。"

付惜灵"哦"了一声，小声跟服务生说了句谢谢。

包厢里乱糟糟的，没人注意到这边。

陶枝侧头，看了一眼江起淮。

这个人从刚刚开始就一直安安静静的，有人跟他说话他就回，没人跟他说话他就在那儿默不作声地吃花生米，和旁边那群张牙舞爪跟猴子似的男生对比十分鲜明。

陶枝正要问他为什么多点了一份，江起淮忽然放下筷子倾了倾身，指尖捏着其中一盘可乐鸡翅的盘边拽了拽，拉到陶枝面前。

陶枝愣了愣。

瓷白的盘子被拉过来，边缘撞到啤酒杯的杯壁，发出清脆又微弱的一声响，淹没在笑声和说话声里。

"吃吧，"江起淮淡声说，"没人跟你抢。"

陶枝有点儿没反应过来。

下午她跟蒋正勋聊到这个的时候，江起淮全程都没说过话，甚至注意力都不在这边，她以为他根本就没在听。

陶枝四下偷偷看了一圈，没人注意到这边。

　　但包厢里面一桌子的人，就她面前端端正正地摆着这么一盘，好像是她的专属似的，感觉有些奇怪。

　　她慢吞吞地伸出一只手来，把那盘几乎贴着她碗边的可乐鸡翅稍微往前推了推，别扭地说："你不要这么明显，好像我很贪吃一样。"

　　江起淮挑眉："那你不是抢不过别人吗？"

　　"那都是四五岁的时候的事情了好吗！"陶枝小声抗议，"我都这么大个人了，哪儿还会为了几个鸡翅打架？"

　　江起淮看了她一眼，怎么看都觉得就算十年过去了，这种事情她也不是干不出来。

　　他点点头："那你吃不吃？"

　　一盘鸡翅盛在瓷白的浅口盘子里，焦糖色的酱汁色泽诱人，香气混合着甜味浓郁鲜美，混着腾腾热气蹿上鼻尖，令人食指大动。

　　点都点了，不吃白不吃。

　　陶枝慢吞吞地拿起筷子伸过去，把最边上的那块鸡翅夹起来，放进碗里托着，然后低垂着头咬了一小口。

　　鲜甜酱汁混着鸡肉，入口嫩滑，汁水在口腔里四溢开来。

　　陶枝狭长的黑眸开心地眯起来，肩膀没忍住轻轻晃了两下，像只吃到了好吃的后十分满足的猫。

　　江起淮看着她，很轻地笑了一声。

　　他第一次知道她吃到喜欢的东西会是这个反应。

　　他靠在椅子里看着她："喜欢鸡翅？"

　　"是肉我都喜欢，"陶枝鼓着腮帮子把骨头吐出来，实在地说，"还喜欢红烧肉、糖醋排骨和番茄丸子汤。不过我们家阿姨做饭有自己的想法，她要荤素搭配均衡，还要换着来的。"

　　陶枝又夹了一块鸡翅，一端塞进嘴巴里，一脸哀怨地含糊道："我爸爸还要求家里每周吃一天素食，明明他自己在外面都不回来吃饭，苦的还是我。"

江起淮看起来也并不同情她每周要吃一天素食的可怜遭遇，无情道："嘴里的东西咽下去再说话。"

陶枝撇撇嘴，专注地继续跟她的鸡翅战斗，还顺便给旁边的付惜灵也夹了一块。

陶枝确实很喜欢吃鸡翅。

整整一盘子的可乐鸡翅，八九个，她几乎一个人都吃光了，最后留下碟子里一堆骨头整整齐齐地排着。

直到那盘子里还剩下最后一个。

陶枝正要夹，犹豫了一下，还是起身从旁边抽了一双新的筷子出来，撕开纸质包装，夹起了那块鸡翅。

她做贼似的，趁着江起淮在跟旁边的人说话，动作很轻地偷偷摸摸地放进了他的碗里。

江起淮余光瞥见她的动作，回过头来。

陶枝筷子还没来得及收回来，被抓了个正着。她迅速抽手，放下筷子，若无其事地说："最后一个了。"

江起淮下巴微抬："没吃够另一盘还有。"

陶枝有些无语："……我难道是猪吗？我都吃了一盘了，而且另一盘的鸡翅和这个不一样。"

陶枝指着他碗里的可乐鸡翅认真地说："这个是我的，我的最爱让给了你，这是神圣并且独一无二的鸡翅，意义非凡。"

江起淮垂眸，目测了一下那块意义非凡的神圣鸡翅，怕是她那一盘里个头最小的一个。

这顿饭吃了一半，男生酒也都喝得差不多，酒量不好的已经开始上头了。平时文质彬彬轻声细语的蒋正勋一只脚踩在窗台上，扯着嗓门儿号了一声："同志们！我今天太高兴了！我们老厉今天过生日啊！"

赵明启在他旁边拿着一瓶啤酒直接对瓶吹了，拍桌附和道："过生日啊！"

135

蒋正勋张开双臂："十六岁了啊！可以光明正大地去网吧了！"

赵明启："去网吧！去网吧！"

付惜灵捧着杯椰汁纠正道："十六岁也是不行的,十八岁才能去网吧。"

厉双江目瞪口呆："这俩哥们儿两瓶啤酒就这样了？蒋正勋你还行吗？"

蒋正勋转过头来："叫大哥！我比你大！"

厉双江："……"

付惜灵夹了一筷子凉菜："蒋正勋喝了酒以后还挺气势逼人的。"

陶枝在旁边点了点头,赞同道："终于能跟他这个名字配上号了。"

"倒是季繁酒量挺好的。"付惜灵说。

陶枝侧头看了一眼旁边的季繁。

他俩初中就分开了,季繁跟着季槿去了另一个城市,也是上高中之后才回来去了附中。陶枝还真不知道他酒量如何,喝酒以后是什么样。

少年难得地没跟那帮男生一起疯,正老老实实地坐在自己的座位上,仰着脑袋靠着椅背,面朝着天花板,眼睛一眨不眨地盯着上空。

他旁边的男生抬手拍了拍他："繁哥你还行吗？你看啥呢？"

隔了一会儿,季繁才缓慢地说："我在想。"

男生："想啥？"

"天上真的有天使吗？"季繁恍惚地说。

男生："……"

季繁看着雪白的天花板,继续道："如果真的有天使的话,那天使的胸大吗？"

付惜灵："……"

陶枝："……"

一顿饭吃完,赵明启已经趴下了,蒋正勋正在旁边扮超级赛亚人,季繁的"病情"比刚刚还要严重几分,拉着旁边那个男生探讨哪个天使胸更大。

女生们结伴去了洗手间。

厉双江酒量倒是还行，跟没事儿人似的起身去结账，一晚上终于第一次掏出手机，刚打开支付宝就发现手机微信上多了一条转账消息。

他之前加了江起淮好友，也说过几句话，两个人寥寥数句聊天记录最下面是一条转账。他愣了愣，先把账结了，回到包厢把着江起淮椅子边凑过去："淮哥，你给我转钱干啥？"

江起淮指了指陶枝位置前面那盘空了的可乐鸡翅盘子："多点了一盘鸡翅的钱。"

"不够吃就多点一盘呗，没事儿啊。"厉双江说，"寿星请客应该的，你怎么一份鸡翅还跟我客气啊。"

江起淮笑了笑，抬手轻拍了他一下："寿星破费了，但这盘鸡翅是我的，收吧。"

厉双江是第一次见他笑，还有些受宠若惊，他挠了挠脑袋，"哦"了一声，老老实实地收下了。

虽然江起淮是笑着跟他说的，但不知道为什么，他总觉得这鸡翅钱不收会出什么大事情。

一行人醒着的搀着晕了的出了餐厅，厉双江左手搀着赵明启，右手挂着季繁。陶枝早早地给顾叔发了微信，车已经在餐馆门口停着了。

厉双江把季繁塞进副驾驶，季繁还不愿意，扯着他的胳膊不让他走，被陶枝一巴掌拍开了。

季繁脑袋上挨了一下，人还晕乎乎的，一脸神秘地小声问她："枝枝，你看天使是看胸还是看腿？"

陶枝费力地把他伸在外面的腿塞了回去："我啥也不看，别发疯了，赶紧坐回去。"

季繁被凶了，委屈巴巴地坐了回去。

陶枝甩上副驾的门转过身来，蒋正勋已经演起了美少女战士，当街就要脱裤子围成裙子穿，被旁边的男生一脸惊恐地制止了。

厉双江还在被赵明启八爪鱼似的扒着，身高将近一米九的体委这会儿正抱着他号啕大哭："老厉！我命苦啊老厉！我这数学怎么就写不对呢？"

江起淮站在旁边按手机，幽暗的光线下手机亮白色的光将他五官的棱角衬得朦胧而深刻。

旁边厉双江无情地把赵明启甩到了一边，八爪鱼没了人可以缠，看见了旁边的江起淮。

"淮哥！"赵明启朝他伸出手来，"我命苦啊淮哥！"

江起淮视线刚离开手机，一抬眼，就看见一个庞然大物朝他冲过来，他下意识往旁边闪了闪身。

赵明启扑了个空，脚下虚浮着没站稳，人直挺挺地倒下去，摔了个狗吃屎。

"……"

陶枝看着这一群鸡飞狗跳的醉鬼有些脑仁疼，他跟厉双江打了个招呼，带着付惜灵先上了车，把人都送回去以后自己才回家。

到家的时候季繁已经在副驾睡着了，顾叔把他背出来，张姨开了门。

一看到季繁，张姨"哎哟"了一声："我的小祖宗们哟，这是什么同学聚会啊，喝成这样，快点儿进来。"

顾叔背着季繁上楼，张姨又去厨房冲了两杯蜂蜜水回来，递给陶枝一杯："枝枝没事儿吧？"

陶枝的酒量其实没比季繁好多少，一瓶啤酒喝完已经有点儿晕了，但她饭前刚吹牛说自己能喝倒一桌子人，也是强撑着到家。

她靠在沙发里蔫巴巴地接过水来喝了一口："我没事儿，您上去看看季繁，别让他吐了。"

张姨应了一声，匆匆上去了。

客厅里安静下来，陶枝把水杯放在茶几上，横躺在沙发里。

水晶灯晃得人更晕了，她抱了个抱枕过来压在脑袋上，翻了个身侧躺着挡住光线，从外套里抽出手机来，然后点开了厉双江的微信，给他转了个账过去。

过了十几分钟，厉双江才回。

厉双江：？

厉双江：不是，大哥，您跟淮哥咋回事儿？

陶枝都快睡着了，被微信消息的声音振醒，扒着手机看了一眼。

枝枝葡萄：？

厉双江：您这个也是鸡翅钱啊？

枝枝葡萄：对啊，今天不是多点了一份儿嘛。

厉双江：甭给了，淮哥结账的时候已经给我了，我也收了。您二位这是整啥呢？寿星还请不起你们一盘鸡翅啊。

陶枝愣了愣。

她退出了和厉双江的聊天界面，点进那个名叫"美少女正义联盟"的群里。

群成员四个，江起淮在最后一个，头像是一堆散乱的拼图块，陶枝看了半天也没看明白有什么意思。

可能学霸都喜欢搞这种奇奇怪怪的东西当头像。

她是没加江起淮好友的，这人在班级群和各个群里也没说过话。陶枝犹豫了一下，还是点进了他的头像，添加了好友，给他打备注。

她等了没几分钟，手机一响，江起淮那边通过了。

陶枝点进去，给他转了个账。

美少女扛把子江起淮：？

枝枝葡萄：鸡翅钱。

美少女扛把子江起淮：不用。

他没收，陶枝也没再说什么，想了想还是问他：你到家了没？

美少女扛把子江起淮：没，快了。

陶枝发了个"OK"的表情包过去。

江起淮没再回。

陶枝退出了聊天界面。

喝了大半杯蜂蜜水又缓了一会儿，她人也清醒了点儿，没什么睡意，开始刷起了乱七八糟的微信公众号。

江起淮到家的时候屋子里一片安静。

晚上不到十点，客厅里灯都关着，只在门口玄关的地方留了一盏昏黄的小灯。江起淮回身，轻手轻脚地关上了防盗门，"咔嗒"一声响。

左边主卧的房门虚掩着，从里面透出一点点暗淡的光线，江起淮轻手轻脚地走过去，推开了一点儿门，看了一眼。

江爷爷坐在床边，还没睡，戴着一副老花镜正在看手里的书，听见声音抬起头来："阿淮回来了？"

江起淮"嗯"了一声："您怎么还没睡？"

"这不是在等你嘛，爷爷得给你留着灯，不然我们阿淮回来，家里黑漆漆的怎么好？"江爷爷放下书，瞅着他，"聚会好不好玩儿？"

江起淮应了一声。

江爷爷把书放在桌上，乐呵呵地看着他："阿淮交到新朋友了？"

江起淮垂下眼，睫毛覆盖下来，很浅地笑了一下。

"交到朋友就好，我们家阿淮这么讨人喜欢，同学都会喜欢跟你交朋友的。快去洗洗睡觉吧，"江爷爷摆了摆手，"早点儿休息，明天上课得有精神。"

江起淮轻关上房门，转身回了卧室。

他把书包摘下来放在书桌上，脱掉校服外套，抽出手机丢到床上。

手机亮了一瞬，屏保上面满满地挤着微信消息。

他刚刚没有看手机，关了静音没听到。

江起淮随手把校服搭在椅背上，走到床边俯身抓起手机，滑开看了一眼，全是同一个人——枝枝葡萄推送给他的公众号废料软文链接：

"这几个信号要注意：如果你身边有人这四点全中，那么可能是孤僻型反社会人格。"

"学生时代最忌讳的五件事儿，占第一位的竟然是——"

"学霸择偶标准——扬言非清华北大美女不娶，最终单身五十年无人愿嫁。"

"奇闻！某高中 700 分以上高分选手，成年后竟去工地搬砖。"

"震惊！沿江高校小伙拒绝女生求爱，理由'你成绩太差'，三天后突然因病猝死曝尸街头！"

江起淮："？"

被诱哄背书

月光像银幕一样顺着木窗洒进卧室，手机屏幕调低了亮度，光线看起来有些微弱。

江起淮静了静，点开了第二个链接。

学生时代最忌讳的五件事儿，占第一位的竟然是——

第一位：眼高手低。

笔者发现，最近不只社会上，高校里的男生也普遍存在这个问题，那就是眼高手低。在感情中，自己喜欢的人不喜欢他，喜欢他的女生他又觉得人家哪里都不好，配不上他。于是不停地要求女性进步，达到自己的标准，以满足自己的……

江起淮眉心一跳，把这篇软文给关掉了。

他没想到自己当时随口说的一句拒绝，现在已经被陶枝上升到了这个高度。

而且真的会有这种公众号推送？

这是她自己现写的吧！

陶枝昨天晚上是在沙发上睡着的，醒来的时候是凌晨五点。

沙发垫子柔软得能让人整个陷进去，她睡得肩膀有些酸痛。房间里开着空调，有些干燥，她渴得喉咙冒烟，摸着嗓子坐起来。

大概是因为她之前把自己整个人埋进了沙发靠垫里，张姨并没有发现她没有回房间。

客厅灯已经关了，整个一楼静悄悄的。

陶枝起身后抬手揉了揉酸胀的后脖颈，拿起茶几上已经凉透了的小半杯蜂蜜水，咕咚咕咚喝了个干净。

缓了一阵儿，陶枝上楼回房间洗了个澡，躺在床上翻滚了一会儿，已经没了困意。

她从桌边摸起手机来，滑开解锁。

手机屏幕上的界面还停留在和江起淮的聊天框，陶枝之前给他发了几个软文链接，没等到回复就这么抓着手机睡着了，现在才看见，这人回复了。

美少女扛把子江起淮：？

枝枝葡萄：？

她以为江起淮现在已经睡了，结果没几分钟，微信提示音又是"叮咚"一声响。

美少女扛把子江起淮：？

枝枝葡萄：？

枝枝葡萄：你不会现在还没睡吧？

美少女扛把子江起淮：醒了。

陶枝看了一眼表，不到六点。这个人真的不需要睡眠的吗？

枝枝葡萄：你起这么早？

江起淮这回没说话，直接拍了一张照片过来。

照片里是一张做了一半的物理卷子，台灯的光线昏暗，混着外面半亮的天光，照片的边缘露出一半他握着笔的手。

陶枝才想起来还有作业这回事儿。昨天玩儿得太晚，她早就忘了这茬儿。

刚洗完澡，反正也睡不着了，陶枝索性翻身下了床，打开灯，拉开椅子坐在书桌前，把书包拉链拉开，抽出书和卷子。陶枝拿起手机，认真地辨认了一下那张模模糊糊的照片上的字迹，然后放弃了。

枝枝葡萄：你拍得清楚一点儿不行吗？

江起淮明白了她的意思。

他好半天没说话，似乎是有些无语。

就在陶枝等得快不耐烦的时候，他发过来一张照片，还是刚刚的物理卷子，这次清楚了很多。

陶枝把那张照片点开，放大，照着一道题一道题地抄。

刚抄完选择，微信又是叮咚叮咚一阵响，江起淮又连着发了好几张照片过来。

陶枝一张一张点开看。

物理卷子的第二张，数学、英语，还有两张生物的练习册。

美少女扛把子江起淮：语文没写。

陶枝眨了眨眼，忽然觉得有些不自在。

昨天晚上他多给她点了一盘可乐鸡翅的时候也是，她只说了一句话他就明白了她的意思；此时此刻也是。

就好像，两个人本来是势均力敌有来有回的对手关系，但他突然很莫名地，慢慢地后退了两步，然后不经意之间，温柔地踩在了什么最柔软的东西上面，让她整个人都跟着往下陷了陷。

陶枝没回复，飞快地照着他发过来的照片把试卷和练习册上的题都抄完，然后抬头看了一眼时间，刚过六点。

她抬起手来捏了捏耳朵，又抓了抓鼻尖，犹豫了一下，拿起手机。

明明是只有她一个人在的卧室，她却不知怎么的，莫名坐直了身子，慢吞吞地打字。

枝枝葡萄：要不要出来吃个早餐？我请你。

美少女扛把子江起淮：？

陶枝也不知道自己是怎么了，只是看着这个问号就一阵心虚，连忙补充道：不是还欠你一盘鸡翅？回礼。

对面沉默了一会儿。

美少女扛把子江起淮：去哪儿？

陶枝松了口气，迅速告诉了他地址，然后把作业塞回书包里，起身换衣服。

她像做贼似的，打开卧室门轻手轻脚地下楼，厨房灯已经是亮着的了，张姨在厨房里准备早餐。

听见声音，她回过头来，有些惊讶："枝枝起来这么早？不舒服吗？"

"没有没有，就是醒了睡不着。"陶枝说。

"行，"张姨点点头，"那你要不再上去躺一会儿，早餐还没准备好，我这也是刚起。"

陶枝摆摆手，走到门口："没事儿，我跟同学约好了，出去吃早饭。"

张姨擦了擦手走过来："那你跟老顾说了没有？"

"没说，"陶枝踩上鞋，"我自己过去就行了，等会儿您跟顾叔叔说一声吧。"

张姨："行，那你出门注意点儿，外套拉好，这个点儿外面挺冷呢。"

陶枝点了点头，挥挥手，拉开门走出去。

初秋的清晨，沉淀了一夜的寒气，风也带着冷意，陶枝不知道这个点儿有没有公交和地铁，也不知道要怎么坐车，就直接叫了辆出租车过去。

陶枝挑了一家二十四小时营业的生滚粥铺子，价格实惠，离学校也不远，她到的时候江起淮已经到了，少年的身形修长挺拔。他站在晨雾里，挎着书包低垂着头。

陶枝小跑过去，走到一半，江起淮抬起头来。

他看起来像是刚洗过澡，漆黑的短发还没完全干透，刘海柔软地垂在眉角额间，桃花眼半垂着，眸光沉沉，看上去比平时多了几分松散随性。

陶枝跑过去，小口小口喘着气："你怎么这么快？"

"刚到。"江起淮开口，声音里也带着点儿懒意。

一阵冷风袭来，陶枝缩了缩脖子，先推开了店门："走走走，我喜欢这家的鲜虾肠粉。"

江起淮跟在她后面进去。

因为时间还早，店里这会儿只零星坐着几桌人。店面不大，一个小二层，装修精致，原木色调的装潢，空气中弥漫着温暖的香气，将在室外染上的寒气驱散了大半。

陶枝挑了一个靠窗的位置，服务生递上菜单。

除了鲜虾肠粉，陶枝还点了个鲜虾生滚粥，又挑了几样早茶点心，抬起头来看向江起淮："你没什么忌口吧？"

江起淮撑着下巴："海鲜过敏。"

陶枝"啊"了一声："可我点了海鲜粥。"

江起淮一顿，看着她："你还怕我抢你的粥喝？"

他说这话的时候调子有些散漫，尾音轻缓，跟平时很不一样。

是还没彻底睡醒吗？

陶枝看着他。

江起淮："怎么了？"

"没什么。"陶枝摇了摇头，重新低下头，想了想，还是把鲜虾肠粉换成了牛肉肠粉。

服务生很快把早饭送上桌，生滚粥冒着热腾腾的香气，海鲜的鲜美味道弥漫上来；小巧的竹制笼屉里盛着豆豉凤爪和蒸排骨，虾饺皇晶莹剔透，奶黄包捏成了胖乎乎的小猪形状，拱着鼻子挤在一起。

陶枝夹了一颗虾饺皇塞进嘴巴里，顺手把那一屉挪到自己旁边，警惕地看了江起淮一眼。

江起淮觉得有些好笑："我又不吃。"

"那不是好吃嘛，"陶枝鼓着腮帮子含糊地说，"万一你忍不住诱惑怎么办？我请你吃个早饭把人请进医院里了。"

江起淮："东西吞下去再说话。"

"……"陶枝把嘴巴里的食物咽下去，指责他，"冷漠。"

江起淮不搭理她，安静地垂头喝粥。

陶枝又夹了一块凤爪放在小碟子里："所以你语文写完了吗？"

"嗯，"江起淮抬眼，"你没写？"

陶枝眨了眨眼，理所当然地说："你没有拍照发给我啊。"

江起淮："……"他顿了顿，"你就不能自己写一科？"

陶枝大大方方："我不会，那些个古诗词我看都没看过。"

"下周末就要月考了。"江起淮提醒她，"班长这次打算考几分？"

"你看看，老毛病又来了不是？"陶枝隔空拿筷子朝他点了一下，"我昨天给你发的公众号推送你看没看？"

江起淮："没看。"

"你怎么都不看啊？"陶枝皱着眉埋怨他，"那可都是小爷我精挑细选出来的，我挑了好久呢，年轻人要听得进去别人的建议，忠言逆耳懂不懂？"

江起淮点点头："那我建议你作业还是自己做做，别到时候月考连你弟弟都考不过。"

他拿数学只考了 9 分的季繁来举例子，陶枝不爱听了。

江起淮慢悠悠地夹了块排骨，把刚刚她说的话还给她："忠言逆耳。"

服务生站在旁边，往这边看了几眼。

少男、少女穿着旁边实验一中的校服，长相都很出挑，非常打眼。

她侧了侧头，跟旁边另一个服务生小声说："你看那边那对小情侣，郎才女貌。"

另一个人点点头："天生一对。"

她们站得远，只隐约听见月考还有成绩什么的："吃个早饭还不忘了聊学习，有正事儿。"

"地造一双。"

陶枝不知道她现在在服务生眼里已经是"那一对学霸小情侣里的漂亮妹妹"人设了，她跟江起淮一边对线一边吃完了这顿早饭，看了看时间，七点多。

她扫完桌边的二维码结了账，两个人出了店门，往学校走去。

从这边走到实验一中十分钟左右，他们来得早，这会儿也不急，慢悠悠地沿着路边往前走。

外面有点儿冷，陶枝本来就怕冷，冻得不想说话。她把校服外套的拉链拉到最上头，下巴整个藏进去，安安静静地走着。

快到校门口时，后面突然传来一阵急促的脚步声。

陶枝侧了侧头。

厉双江在后面一阵猛跑，风似的蹿过来，跑到旁边的时候因为速度太快，差点儿没刹住车，往前趔趄了好几下才停住。

"刚才隔着一条街老看见背影就觉得像你俩，"厉双江气喘吁吁地说，"季繁呢？"

陶枝抬了抬下巴，把嘴巴露出来："昨天喝多了，不知道现在起没起。你怎么来这么早？"

"这不是昨天作业没写，早点儿来补。"厉双江说着，转头看向江起淮，"淮哥昨天还行吧？"

江起淮"嗯"了一声。

厉双江点点头，刚要继续往前冲，脚步一顿，又停下了，他终于后知后觉地反应过来了，看看陶枝，又看看江起淮。

厉双江一脸疑惑地问："但是你俩咋是一起上学的呢？"

他这话问得陶枝和江起淮同时顿了顿。明明也没有什么不对劲儿，但是被他这么一说，又莫名其妙觉得有些别别扭扭的。

"一起吃了个早餐，"陶枝原地蹦跶了两下，冷得缩着脖子，"就西门前面那家生滚粥。"

"嗯！那家粥味道还可以，肠粉也好吃。"厉双江的注意力立刻就被分散了，他摆了摆手，"那我先进去了，我看看照明器和老蒋他们来没来。"

陶枝看着他往前跑，松了口气，用余光偷偷瞥了一眼江起淮。

一顿早餐吃完，他身上那股有点儿懒散的困劲儿已经退下去了，整个人又恢复成了那副寡淡冷漠的样子。

因为刚刚不知道哪儿来的别扭感觉，陶枝没再跟江起淮说话，两个人沉默着进了校园往教学楼走。

七点一刻不到，学校里面还没什么人，四下静悄悄的。直到上了三楼走廊，隔着老远，就听见厉双江在班里的哀号。

陶枝走到教室门口，1 班来的人倒是不少，昨天那群醉鬼这会儿一个个的都在座位上奋笔疾书。赵明启左右手各拿着一支笔，忙得满头大汗眼都不带抬。

看到江起淮进来，他也顾不上江学霸拒人于千里之外的冷漠气场了，不要命地冲过来号了一声："淮哥！"

江起淮走到座位旁边，抬眼。

"淮哥，作业写了吗？"赵明启期待地看着他。

江起淮没说话，直接站着拉开书包拉链，抽出来一沓各个科目的卷子和练习册，都递给他了。

赵明启欢呼一声，颠颠地跑回了位置上，几个人就跟饿狼抢食似的冲过去，前前后后地围了一圈。

陶枝好笑地看了一眼，回到位置上，也拉开书包，想了想，还是抽出了语文作业的练习册，然后慢吞吞地从书包里摸出了一支中性笔。

她翻开了练习册，按着笔端"咔嗒咔嗒"两声，垂下头去看题。

她确实很久没有独自去做完一科作业了。

陶枝也不知道自己到底是怎么了，是因为季繁来了，她觉得作为姐姐总不能连弟弟的成绩都不如，还是因为江起淮的那一句"你就不能自己写一科作业"。

之前关于成绩的事儿，不少人说过她，一直到后来连老师和老陶都放弃了，虽然他们这个年纪还是处于学习成绩和分数说话的时期，但陶枝也并没有觉得自己这样有什么不好。

她隐约觉得自己产生了一点点很细微的变化，长久被封印住的、关于成绩上的自尊心突然蠢蠢欲动了起来。

但陶枝找不到令她动摇的源头。

她正握着笔有些出神，突然感觉到脑袋被什么东西轻轻敲了一下。

陶枝回过头去。

江起淮瘫着张脸，手里拿着一本语文练习册悬在半空，看见她转过身，手低了低，递过来。

陶枝愣了愣："这是什么？"

"语文。"

陶枝没反应过来。

江起淮平淡道："抄是不抄？"

陶枝侧头看了看教室那头正在表演饿狼扑食的厉双江他们："你不是把作业都给他们了吗？"

江起淮手里的练习册又低了低："你语文不是没写吗？"

陶枝低垂着眼，安静地看了那本练习册几秒，忽然抬手捂住了自己的胸口。

江起淮看着她。

"怎么办？"陶枝抬起头来，皱着眉说，"温柔的殿下让人好心动。"

江起淮："……戏少一点儿。"他面无表情地说。

陶枝撇了撇嘴，垂下手，非常阔气地朝他摆了摆："小爷不要，今天的语文作业小爷要自己写。"

她说着转过去认真地看起了题。

第一题，下列加点字的注音，有误的一项是（　　）。

陶枝："……"

她看着下面一排排的生僻字，有些纠结，感觉 A 和 C 都对。

她抠了抠指甲，犹豫了一下，还是慢吞吞地抱着练习册转过身去了。

江起淮正在看单词表，听见动静抬眼看着她，挑了挑眉，那表情好像是在说：你不是打算自己写吗？

陶枝清了清嗓子，把练习册平放在他桌子上，笔尖指着其中一个她不确定的生僻字，小声问他："这个注音对吗……"

江起淮唇角很浅地勾了一下："错的。"

陶枝"哦"了一声，犹豫了一下，选了个 C 出来。

她选完，又抬起头来看他。

"别看我，看题，自己做。"殿下靠着椅背，很无情地说。

陶枝鼓了鼓腮帮子，继续看下一道题。

语文和数学、物理之类的科目不太一样。物理是如果不听课，真的就一点儿都搞不明白；而语文，除非基础特别特别差，不然练习题还是可以做一做的。

陶枝几道题做完，还真就投入进去了。

江起淮抬了抬眼。

小姑娘侧着身子趴在他的桌子上，笔的末端抵着下巴尖儿，长长的睫毛低垂着，嘴唇轻轻抿起来，黑发散下来几缕碎发贴着白皙的脖颈，看起来专注而认真。

写到了古诗词填空，大概是因为没有背过，她皱了皱眉，纠结地咬着下唇，半天没有动笔。

"以尔车来，以我贿迁。"江起淮突然说。

陶枝抬起眼来。

她长了一双很漂亮的眼睛，睫毛浓密得像小刷子，眼形狭长，眼尾微微挑起，勾出几分媚气和攻击性。那双黑眸却明亮干净，瞳仁黑漆漆的，带着不染纤尘的纯粹感，仿佛能净化世间所有罪孽。

江起淮看着那双眼睛，声线低冷，缓慢地说："你用车来迎娶，我带上嫁妆嫁给你。"

清晨的风鼓起淡蓝色的窗帘，教室的一端吵吵嚷嚷，另一端却一片静谧。

陶枝觉得自己的心跳漏了一拍。

两个人对视着，仿佛过了一个世纪那么久，又仿佛只过了几秒。陶枝反应过来，他只是在翻译这句古诗文的意思。

她眨了眨眼睛，将后半句写下来，她一个字一个字地写，脑子里不受控制地盘旋着少年刚刚说出的话，以及这四个字的意思。

——我带上嫁妆嫁给你。

笔尖顿了顿，停搏的心脏跟着重新开始跳动，然后一下一下，一声一声，波涛汹涌般愈演愈烈。

陶枝没来由地有点儿慌，她觉得自己哪里不对劲儿，需要制止一下，清醒一点儿。

她选择了她最拿手的办法。陶枝没拿笔的那只手偷偷缩到桌下，然后对着自己的肚子无声地顶了一下。

她早饭吃得本来就有点多了，这么一拳下去，胃里的食物都在搅动。

"呕。"陶枝没忍住干呕了一声。

静谧就这么被打破。

江起淮："……"

陶枝："……"

　　陶枝费劲儿巴拉地终于写完了语文练习册的时候，教室另一边厉双江他们也刚好鸡飞狗跳地抄完了作业。

　　教室里的人已经来得差不多了，厉双江屁颠屁颠地把江起淮的作业抱回来还给他，顺便抱了抱拳："淮哥，大恩大德吾等无以为报，以后有什么吩咐您尽管说。"

　　江起淮还没说话，陶枝抱着写完的练习册转过身去，拍了一下他的胳膊："老王来了。"

　　厉双江飞速蹿回到了座位上。

　　双休日前的最后一天课，所有人的状态都有些懈怠，就连上课时候的注意力和专注度都降了几分。

　　付惜灵昨天晚上睡得也有点儿晚，这会儿精神不太集中，撑着脑袋偷偷打了个哈欠。

　　季繁直接就没来。

　　陶枝凭借着自己的实力写完了一科作业，这种感觉对于她来说实在是久违了，导致她一上午都很快乐。明明也只睡了几个小时，却也不觉得困，精精神神地上了几节课。

　　语文课，陶枝就老老实实地用红笔跟着对答案。

　　练习册上每过几道题就要被红笔画上一道改成正确答案，虽然江起淮帮着她做完了作业，但还是和她平时抄来的正确率相差甚业。

　　答案对完，陶枝一边翻着页一边欣赏了一下，觉得这个正确率对于她来说已经很可以了。

　　陶枝对自己十分满意。

　　下课铃刚一打响，她就迫不及待地抱着练习册转过头去，想要跟江起淮分享："殿下！"

　　物理课代表几乎同时喊了一声："淮哥！"

　　陶枝停住话头，江起淮抬起头来。

　　"老王找，好像是因为物理竞赛的事儿。"物理课代表说。

江起淮点点头，站起来，垂眸看了陶枝一眼。

陶枝朝他做了个"请"的手势。

江起淮出了教室。

陶枝抱着练习册转过身，指尖在本子上敲敲敲。结果一整个课间结束，一直到王二抱着卷子进了教室，江起淮都没回来。

王二作为实验一中著名的"王氏双煞"一员，细心程度可以跟王褶子一较高下，不会放过任何一个犄角旮旯。他站在讲台上，环视了一圈，喊了一声："班长。"

陶枝抬起头来。

"你后桌呢？"王二问。

"被物理老师叫去了。"陶枝说。

王二点点头，又问："季繁呢？"

这种事儿陶枝可太熟悉了，她跟宋江一个班的时候，彼此都没少给对方打过掩护。

"他早上拉肚子拉脱水了，躺在地上起不来。"陶枝脸不红心不跳地说。

王二摆了摆手："行，那咱们就先上课吧，昨天你们的作业我看了一眼，我发现你们普遍都写得挺好啊，赵明启，你对一半错一半的气势哪儿去了？准确率这么高，生怕别人不知道你是抄的是吧？你好歹抄错两道啊。"

赵明启心虚地挠了挠脸。

王二挨个批了一圈以后，江起淮从后门回来了。

陶枝又开始蠢蠢欲动了，她从桌肚里掏出语文练习册刚要转过去跟他显摆显摆，后门又被人胡乱敲了两下，季繁拖着书包进来。

他宿醉之后脸色不怎么好，还有些迷糊，一看就知道是刚睡醒没多久的状态。

王二转过头去："你咋不等我下课再来呢？"

　　季繁站在前面拍了一把脸，哑着嗓子扯着七扭八歪的谎："老师，我阑尾疼，刚从医院回来。"

　　王二："……"

　　陶枝："……"

　　陶枝千算万算也没算到季繁这节课会来，本来想着等会儿就跟他串个供，微信还没来得及发，他就把自己当靶子给送出去了。

　　王二点了点头："阑尾炎啊。"

　　季繁也点了点头。

　　"那医生跟没跟你说，阑尾炎能拉肚子拉脱水？"王二继续说。

　　季繁一脸迷茫："那也不能吧？"

　　王二气笑了，指着门外："出去站着去，等我下课了跟你好好聊聊。"

　　季繁一脸莫名地出去了。

　　"班长，"王二又叫了一声，"你出去陪陪他。"

　　陶枝："我？"

　　"我什么我，说的就是你，"王二说，"你俩还挺团结啊，睡懒觉还帮着打掩护？你什么时候给我弄清楚了阑尾炎能不能拉肚子什么时候再进来。"

　　"……"

　　陶枝认命地扯了个本子，又摸了支笔，慢吞吞地出去了。

　　季繁正靠在墙边玩儿手机，看见她出来，乐了："你怎么回事儿啊？"

　　陶枝一脸不满："我为什么要陪你出来站着？你自己旷课还要连累我！"

　　"那你为什么早上自己走了？"季繁说，"抛下我自己来，我还没说你。"

　　陶枝懒得搭理他。她今天心情很好，即使被季繁拖累着出来罚站了也没能影响到她雀跃的心情。

　　她走到旁边站着，靠着墙也从外套里摸出手机，然后给江起淮连着发了好几条微信。

学霸上课的时候是从来不会看手机的，等了一会儿，江起淮没回。

陶枝掏出本子，翻开搁在窗上，捏着笔仰起头，在上面"唰唰"地写。

实验一中的教室靠着走廊的那面墙也是有窗的，教室靠前的地方和靠后各开一扇，一般是王褶子用来偷偷摸摸地监视学生们在别的课上有没有好好上课的。

靠近后门的那扇窗，刚好就开在江起淮和季繁的那个位置。

陶枝抵着玻璃写了一会儿，然后"啪叽"一下把笔记本拍在了窗户玻璃上，发出了很轻的一点点声音。

付惜灵听见了，抬起头来看了一眼，然后回手轻轻地拍了一下江起淮的桌子。

江起淮看过去。

付惜灵朝上指了指。

江起淮抬眼，看见陶枝脑袋抵着笔记本，本子上面用中性笔写了字，大概是怕他看不清，她还来来回回地描了几遍，加粗了笔画。

那一页上面只写了大大的两个字：殿下！

江起淮："……"

陶枝等了五秒，把本子拿下来，见他抬头看到了，埋头继续写，然后又贴上玻璃窗。

我好开心啊！

陶枝又把笔记本扯下去写字。

窗户有些高，她写得有点儿吃力，举着笔记本的手有些酸，她用脸抵着，大大的双开页笔记本几乎把她整张脸都遮住了。

我语文就错了十九道题！！

江起淮没忍住弯了弯嘴角。

陶枝第四次拉下本子来，又开始写着什么。

王二终于注意到了这边的动作，他一边若无其事地继续讲课，一边拿

156

着书慢悠悠地走过来。

江起淮往前瞥了一眼，转过头去不再看向窗口，低下头继续看书。

但陶枝不知道，她没往里看，只听着教室里传出来王二的讲课声，以为里面一切安全。

她写完，再一次把笔记本贴上玻璃窗。

王二已经走到了江起淮桌前。

窗外的少女用额头抵着笔记本，上面"你看一眼手机"六个大字后面还带着三个巨大的感叹号，字里行间都洋溢着喜悦。

王二讲课的声音终于停住了。

陶枝顶着笔记本等了一会儿，终于察觉到教室里的讲课声消失了，她从笔记本上方探出一双眼睛来，好奇地往里看。

王二一手拿着书，一手伸出来敲了敲江起淮的桌角："江起淮。"

江起淮叹了口气，抬起头来。

"你同事在外面让你看手机呢。"王二和蔼地说。

陶枝在看见王二走过来的时候，第一时间把本子给拉下去了。

小姑娘整张脸都被遮得严严实实，只一双眼睛从上头露出来。被抓包以后，她露出了一个惊慌的表情，然后整个人直接蹲下去，瞬间从窗口消失了。

王二看着觉得好笑，转过头来，继续问江起淮："手机呢？"

江起淮从书包侧袋里摸出手机，递过去。

王二捏在手里摆弄了两下："没开机啊。我们班长就是不一样，上课不玩儿手机、聊天、发短信，靠传小字条维持同事关系？"

厉双江憋着笑鼓了鼓腮帮子。

"你俩前后桌传传也就算了，一个都跑外边儿站着了还搁这儿给我传呢？啥紧急信息啊？革命友谊十分坚定啊。"王二继续说。

厉双江憋不住了，"扑哧"一下笑出声来。

"行了,也别舍不得,隔着个教室整得跟生离死别似的,"王二摆摆手,"出去陪你同事站着去吧。"

江起淮:"……"

江起淮随手从桌上抽了一本书,然后起身出去了。

他一出班级门就看陶枝蹲在墙边,怀里抱个笔记本,蔫巴巴地耷拉着脑袋。

听见声音,她抬起头来,露出了一个有点儿心虚的笑:"来了?吃了吗?"

江起淮:"……"

季繁蹲在另一边,似乎对江起淮被陶枝连累着拉扯出来这件事情很满意,头一次乐呵呵地看着他:"三缺一啊,再整一个出来就可以打麻将去了。老厉呢?赶紧让他别学了。"

陶枝讨好地往旁边蹦了蹦,把自己罚站的宝地让出来一点儿给江起淮,仰着头看他,迫不及待地问:"我写的字你看见了吗?"

江起淮低垂着眼:"看见了。"

"我就错了十九道题!"陶枝压低了声音,有些兴奋地说,"我可以及格!"

"语文拿个基础分还是很简单的,还剩一周也来得及,"江起淮手里的书卷了卷,轻轻敲了一下她的脑袋,"拿去背。"

陶枝不满地捂着脑袋,也没来得及跟他计较,抓着书扯过来问:"这是什么?"

"语文书?"陶枝翻开来随意看了两眼,"这么多怎么可能一周背完?"

江起淮也跟着蹲下来,从她手里接过书,又朝她伸出手来。少年的手干净修长,骨节分明,掌纹很利落,手指微曲着前伸过去,带着几分散漫随意。

陶枝没反应过来:"嗯?"

江起淮手指略曲着，勾了勾："笔给我。"

陶枝把手里的笔递过去。

江起淮翻开了书，找到第一篇古诗文，笔尖扫过一行行字，然后在有些句子下面画了一道横。

他速度很快，手下的笔没有停过，几乎都是扫一眼的工夫就画一道。没一会儿，一整篇就被他挑拣完了，又翻到另一篇。

"这些句子基本上都是重点，默写一般都会在这个范围里出，你来不及背全篇就先把这些句子默下来，"江起淮一边画一边说，"不能只背，注意有些生僻字要会写。"

陶枝看着他，没说话。

江起淮抽空瞥了她一眼："干什么？"

"没什么，我在想，"陶枝慢吞吞地说，"我为什么要背这些东西？"

江起淮垂着眼："你想不想下次错十五道题？"

陶枝噎了一下。

"都背下来，可能只错十道。"江起淮低声诱惑她。

陶枝："……"

她有些心动了。

这种看着卷面上的错题和红笔的字迹一点一点减少的愉悦感，她已经很久没体会过了。

"好吧，"陶枝撑着下巴，闷闷地说，"那你快点画，我背东西好慢的。"

江起淮用了半节课的时间，在自己的语文书上将所有的重点句子都给她画了一遍。

直到下课铃响起，季繁被王二拎着耳朵拽走。

陶枝和江起淮因为罪不至此，而且江起淮的手机连机都没开，王二只把陶枝的手机给没收了。

两个人回了教室，陶枝看着江起淮安全躺在桌面上的手机，不服道：

"为什么王二只没收了我的？"

付惜灵回过头来，小声说："可能是因为他成绩好？"

陶枝怒了。

现在，她在学校里的漫长时光没有宋江陪她玩儿了，只有手机陪伴着她度过一节又一节课，结果现在连手机都被没收了。她失去了唯一的伙伴。

陶枝看着江起淮重新把手机丢进书包里，愤恨地说："成绩好有特权吗？"

付惜灵点点头："成绩好就是有特权啊，你要是能考年级第一，你就可以去王老师办公室，把成绩单拍在他桌子上命令他，"付惜灵清了清嗓子，趾高气扬地说，"把我的手机还给我！"

她声音有点儿大，江起淮坐在后面抬了抬眼。

付惜灵脸红了，瞬间捂住嘴巴缩成一团。

陶枝很委屈，明明是她跟江起淮两个人都犯了错，王二把他的手机也没收也就算了，偏偏只没收了她自己的。虽然她是主动的，江起淮是被动受害者，说是这么说，但陶枝的心情还是很难以平静。

陶枝转过身来，撑着脑袋命令道："你去把手机给王二送去，让他也没收你的。"

"……"

江起淮用"你在做什么梦"的眼神看着她。

"那你去找王二，把我的手机给要回来。"陶枝任性地说。

江起淮重新低下头，在英语单词表里的单词下面画线："自己去要。"

陶枝委委屈屈地瘪了瘪嘴，肩膀往下一塌："殿下，我没手机了，我才刚充了五十万的欢乐豆打麻将用，我没有麻将打了。"

"没了正好，"江起淮头都不抬，"这个礼拜把你的语文背完。"

他画完了最后一排单词，把英语书合上，递给她。

陶枝眨了眨眼，接过来："干什么？"

"重点单词和基础词汇。"

　　陶枝翻开看了两眼，表情有些凝固："你不会觉得我一个礼拜能看完这些吧？"

　　"没指望你背完，"江起淮放下笔，身子往后靠了靠，活动了一下长时间握笔有些酸麻的指关节，"能看多少看多少。"

　　陶枝皱完眉头皱鼻子，挑挑剔剔地翻着，半天没说话。

　　就在江起淮以为她会把五官全部皱一遍的时候，陶枝终于抬起头："我把这些单词都看完，能考年级第一吗？"

　　江起淮扬眉："志向这么远大？"

　　陶枝哀怨地看着他，幽幽地说："毕竟年级第一可以不被老师没收手机。"

　　"……"

　　江起淮点点头，风轻云淡地说："只要有我在，你就不可能。"

　　他说这话的时候语气再平常不过了，好像这是理所当然没有任何不对的事情。

　　陶枝没忍住翻了个白眼，又开始装了。

　　周五最后一节课是班会。

　　王褶子最后用了蒋正勋之前的那个主题，只在最后加了一个小小的互动环节，给每个人发了一个信封，分别在两张纸上写上自己六岁时候的梦想，以及现在十六岁的梦想。

　　写好的纸塞进信封里，然后封死保存好，不可以拆开来看，当作送给未来的自己的一封信。

　　陶枝小时候的梦想是嫁给杀鸡的，不知道为什么，这事儿被班里一半的人知道了。陶枝合理怀疑是蒋正勋喝醉了以后透露出去的。

　　写信的时候，厉双江还特地转过来，笑嘻嘻地叫她："老大，你现在还想嫁给杀鸡的不？"

　　陶枝面无表情地看着他："好大的胆子，你敢嘲笑你老大？"

"是小人冒犯了。"厉双江恭恭敬敬地低下了头，转回去了。

陶枝用笔的末端戳着下巴，"咔嗒咔嗒"地摁，撑着脑袋有些走神。

她没了手机，一整个下午都蔫巴巴的，没什么精神。

她是个及时行乐的人，只要现在开心就好了，对未来没有什么规划。没什么喜欢的事情，没有偏爱，也没什么想从事的行业。

非要说的话，倒是有一个，今天下午才冒出来的：想当年级第一把手机要回来。

陶枝垂下眼，她的笔记本下面垫着两本书，重要知识点下面有黑色中性笔画出来的标注。

陶枝有些出神，直到王褶子的声音在讲台上响起，她才回过神来，笔尖在纸上点了点，随手写了一行字上去。

陶枝把两张纸折好，塞进信封里，然后封上，随手夹在了下面的那本英语书里。

等到班里的人都差不多写好，王褶子看了一眼时间，提前了十分钟让他们放学。

陶枝还惦记着她的手机，王褶子一声令下，她迅速把书塞进书包里，拽上书包带就冲出了教室门。

数学办公室在二楼楼梯口，陶枝背着书包停在门口，扒着门框往里面瞅。

办公室里面只有几个老师在，王二的那张桌子前没人，但东西还没收拾，应该是在上课还没走。

陶枝在门口等了一会儿，借机在脑内演练了一下等一会儿该怎么说，怎么卖惨把手机要回来。

她靠着墙正摇头晃脑地想着，面前忽然阴影一晃，头顶上方传来一道声音："等谁呢？"

陶枝抬起头来。

江起淮站在她面前，低垂着头看她。

　　教学楼走廊昏黄的光线被他遮挡得严严实实，少年逆着光，五官都隐匿在阴影里，长睫在眼尾勾勒出长而深的轮廓，瞳仁因为灯光的照射看起来深得发黑。

　　陶枝再次被美色诱惑了两秒，才开口："等王二，我想把手机要回来。"

　　江起淮点点头："英语背完了吗？"

　　陶枝现在心里想的全是等会儿要怎么跟王二卖惨，没有心情考虑英语的事情。她看着走廊那头的教室，等着王二下课，心不在焉地说："没有没有，那么多我还能一下午就看完吗？"

　　江起淮手揣进校服外套的口袋里，修长手指捏着一部银白色的手机，抽出来，在她眼前晃了晃。

　　陶枝视线一下子顿住了——她的手机。

　　她开学才刚买的最新款手机。

　　她里面拥有五十万欢乐豆的手机。

　　陶枝抬起眼来，呆滞地看着江起淮："你什么时候搞到手的？"

　　"下午。"江起淮说。

　　陶枝向前走了两步，抬手就要去拿。

　　江起淮长臂跟着她的动作往上一抬，手机在他手里像坐跳楼机似的"嗖"地被提上去，擦过少女柔软的指尖，没被她够着。

　　少年个子高，手臂往上一抬，手机就高高地悬在她头顶，近在眼前却触手不可及。

　　陶枝侧目，恼怒地瞪着他。

　　江起淮指尖捏着手机，懒洋洋地晃了晃，不紧不慢地说："什么时候把书背完，什么时候给你。"

奖励小朋友

陶枝一脸震惊："我为什么一定要全都背完才能拿回我——的手机？"她特地强调一般加重了"我"这个字。

"你不是让我帮你画重点吗？"江起淮说。

陶枝的脑子有些空白，她完全不记得自己什么时候说过让江起淮帮她画重点的话。

"我课时费很贵的，"江起淮继续道，"你折现也可以。"

陶枝懒得搭理他，蹦起来去够他手里的手机。

江起淮手臂轻飘飘地往上提了提，陶枝再次抓了个空。

放学的铃声响起，学生们陆陆续续地从教室里出来，楼上也开始下来人。少年手臂高举，指尖捏着手机像逗着她玩儿似的晃来晃去。

陶枝四周看了一眼，不少人在好奇地往这边瞅。

她拽着江起淮的校服袖子把他拉下了楼："殿下，您能不能稍微讲点儿道理？语文和英语一共有那——么多，"她拖长了声，"今天可是周五，我肯定是要周末回家背的呀。"

江起淮垂头睨了她一眼："你回家没人看着会看书？"

陶枝心虚地鼓了一下腮帮子，拒绝正面回答这个问题："那我总不可能一个周末都不用手机！很不方便的。"

江起淮被她扯着下楼，没说话。

陶枝看了他一眼，觉得他有些动摇，有理有据地继续道："而且我如果有什么不会的问题，没有手机也没有办法问你。"

两个人跟着小拨人流走出教学楼。高二刚开学，还没有开始上晚自习，夜幕将至未至，云层稀薄，天空是一种高饱和度的蓝紫色。

校园道路两旁的行道树在路灯的光照下映出繁杂树影，江起淮踩着碎影想了片刻，平淡道："那你今晚背完吧，也就这么点儿内容。"

陶枝："……"

也就这么点儿内容。

讨厌的学霸。

晚上七点半。

市中心的街道上车流如织，周五晚上尤其热闹，街灯闪烁，行人成群，笑闹声此起彼伏。

陶枝塞着耳机坐在咖啡店角落的一张沙发椅里，面前的桌子上摆着一杯咖啡和几本书。笔记本摊开在面前，上面抄写的古诗文和英语单词满满当当，字迹凌乱。再旁边，放着一个 MP3。

陶枝垂头默背了几行，脖子有些酸。她抬起头来，伸手按了按，四周看了一圈。

这家店的人还是挺多的，隔壁那桌，一个男人抱着个笔记本电脑正在噼里啪啦地打字，再旁边两个小姑娘也摊着书在学习。

陶枝从来没想过自己有一天会在咖啡店学习，成为咖啡店氛围组的一名荣誉会员。

耳机里的音乐声隔绝了周围的噪声，陶枝垂眼，看了一眼手边放着的那个小小的、正方形的、黑白屏的东西。

也是没想到江起淮竟然会随身带着 MP3 这种东西。

桃枝气泡

她看了一眼咖啡店操作台后正在煮咖啡的少年，一时间也没理清她为什么会到江起淮打工的地方来学习。

有什么不会的没法儿用手机问他，那就直接在这里当面问。好像合情合理。

更让陶枝没料到的是，当她以"店里太吵了，我需要安静的环境，所以要用手机来听歌"为由，有理有据地跟他要手机的时候，这人能从书包里摸出一个MP3来给她。

什么年代了，还有人会用MP3这种东西。

还是最老的那种款式。

挺复古。

她摘下耳机，揉了揉耳朵。

前面一桌，几个女孩子笑闹的声音立刻传过来，她们一边笑着说话，一边时不时地瞥向操作台前的江起淮。

少年穿着深咖啡色的统一工作装，他肩宽而薄，穿这种容易勾勒出身形的衣服很干练好看，少了几分在学校里时的少年气，多了一点儿利落的成熟感。

陶枝看了一会儿，瞅着个江起淮抬眼看过来的空当，举起手来懒洋洋地晃了晃。

江起淮端着咖啡杯看了她一眼，跟旁边的一个服务生说了两句话，放下杯子走过来："怎么了？"

陶枝撑着脑袋，跷着二郎腿晃来晃去："你什么时候下班哦？"

"十点关门，卫生做完差不多十一点。"江起淮站在桌边，把她铺得乱七八糟的点菜单之类的东西都码到一起，竖起来在桌面上磕了磕。

陶枝点点头，放下笔，人往沙发椅里一靠："我用脑过度了，需要补充糖分。"

江起淮垂头看了一眼被她划拉得乱七八糟的笔记本："你背了几个单词了？"

166

"八个。"陶枝仰起头来，一脸骄傲地说。

"……"

江起淮叹了口气。

"你那是什么反应？"陶枝又不满意了，"学霸瞧不起人是吧？这才过去多久，我背八个已经很极限了，需要一块芝士蛋糕补充一下脑力和体能。"

江起淮没说话，把收拾好的菜单收走了。

陶枝："？？？"

我点块芝士蛋糕怎么了？！又不是不付你钱！

陶枝看着他走掉，重新拿起笔来，在刚刚背完的那个单词后面画了一道，重新塞上耳机。

没一会儿，一个穿着服务生制服的女孩子端着一碟小块芝士蛋糕走来，安安静静地放在了桌上。

陶枝抬眼。

奶黄色的芝士看起来柔滑软糯，下面一层焦糖色薄底，陶枝拿起旁边的小叉子切了一小块塞进嘴巴里，开心地眯起眼睛，晃了晃。

心情好的时候投入一件事情里，效率其实可以更高。

陶枝虽然说着自己背东西慢，但其实她心里明白，她脑子不算笨，如果真的让她用心去做一件事情，她也不是做不好。

江起淮大概没真的觉得她能一天看完这些重点，陶枝也不知是跟他较着哪股子劲儿，等她解决掉书上所有划出来的古诗文和英语单词，摘掉耳机的时候，咖啡馆已经安静下来了。

整个店里只剩下了零星几桌还在低声聊天的人，巨大的落地玻璃窗外夜幕低垂，江起淮正在跟旁边一个看起来和他年纪相仿的服务生说话。

陶枝手肘支着桌面，撑着脑袋看着他。

他靠站在咖啡机台子旁边，低垂着头听着那男生兴致勃勃地说着什么，唇边挂着一点儿很淡的笑，他不时接上两句，整个人看起来懒散随性。

咖啡馆暖黄色的灯光柔和温暖，角落里一台黑胶唱片机缓慢地滑出缱绻的纯音乐，整个店都沉浸在一种静谧而柔和的氛围里。

似乎是注意到了她的视线，江起淮蓦地抬起头看过来。

少年浅褐色的桃花眼内勾外翘，眼角略微挑起，冰冷的眸色在那一瞬间突兀地给人一种柔软又暧昧的错觉。

陶枝像是被什么东西电了一下似的，有些慌乱地匆匆移开了视线。她若无其事地扭头看向窗外，余光瞥见江起淮站直了身子走过来，终于想起她来了。

他走到桌边，垂着眼："背完了？"

"没有。"陶枝连头都没回，几乎没过脑地脱口而出。

这话说完，江起淮倒是没什么反应，一副无波无澜早知如此的样子，陶枝自己倒是愣了愣。

她不知道自己为什么会这么说。

就在几个小时前，她还恨不得能够得到一只哆啦A梦，骗两片记忆面包吃，让她一瞬间就背下来这些玩意儿，然后拿回手机，回家躺在沙发里看电影、打游戏，不用在这里坐着当咖啡馆气氛组看这些讨厌的书。

但是此时，也许是芝士蛋糕的味道很好，也许是少年刚刚靠站在咖啡机旁看过一眼时，一瞬间错觉般的，有些温柔的眼神，好像是被蛊惑了似的，她突然有那么一点点不太想走了。

这片刻的工夫，咖啡馆里最后一对男女也收拾好了东西推门离开，刚刚跟江起淮聊天的男生叫了他一声，江起淮走过去，开始整理操作台。

陶枝想了半天没什么结果，干脆放弃了。她一向不喜欢深究这些事情。

她推开椅子站起身来伸了个懒腰，把空了的盛芝士蛋糕的盘子和空咖啡杯拿起来，送过去，隔着台面往里瞧："你要下班了？"

江起淮应了一声，没抬头。

陶枝抬手，指尖挠了挠鼻子，又清了清嗓子："那，我等你一会儿？"

江起淮动作顿了顿，抬起头来，看了她一眼。那表情，好像下一秒就可以听到他吐出冷冰冰的两个字：不必。

刚刚那一眼果然就是她的错觉。

陶枝不等他说话，直接转身，又重新蹦跶回她坐了一晚的位置上。

她百无聊赖地翻了一会儿书，慢悠悠地把堆了满桌的书和笔记本装好，江起淮那边也差不多结束了。

他推开旁边的一个小门走进后间，换了衣服回来。

陶枝挎着书包站起来，指了指大门。

江起淮抬脚先出了门。

门一推开，室外的冷气扑面而来，和温暖的室内形成鲜明对比。陶枝把外套往上拉了拉，垂眼看着几级矮矮的台阶一级一级地蹦下来。

市中心的夜里人流交织，江起淮站在明亮的咖啡店门口等着她慢吞吞地往下蹦跶，没有说话。

这个点儿应该已经没有公交车和地铁了，陶枝跳下最后一级台阶，仰起头来："你怎么回去？"

"夜间公交。"

陶枝眨了眨眼："会通宵开的吗？"

"嗯，"江起淮往前走，"到凌晨四点。"

陶枝眨巴眨巴眼睛，意图非常明显。

江起淮侧头："想坐？"

"我没坐过！"陶枝立刻说，"跟白天的公交车有什么区别吗？有双层的吗？我想坐第二层！"

"没有区别，也没有第二层，"江起淮无情地打破了少女的幻想，"你家住哪里？"

陶枝亦步亦趋地跟着他："就上次在便利店遇到你的那附近，那边有停车站吗？"

明明是再普通不过的东西，少女却新奇得跟发现了新大陆似的。

江起淮觉得有点儿好玩儿："有。"

"那走吧，快走吧，"陶枝催他，急切地快步往前走，"公交站在前面吗？"

几乎没用等，两个人走到公交站点的时候车子刚好开过来。

上车后，陶枝挑了一个靠窗的位置，江起淮坐在她后面。

她坐公交车的记忆已经是在挺久以前了，后来陶修平有了司机，陶枝上下学就都有了人接送，平时跟宋江他们出去玩儿也都会打车过去。

晚上的公交车跟白天的不一样，车厢里灯光通亮，里面一共也没几个人。公交车不紧不慢地穿梭在街道上，城市璀璨的夜晚一幕幕在眼前铺展开。

陶枝扒着窗户看了好一会儿，正看得入迷，后座的人屈起手指在窗面上敲了两下："你下站下车。"

陶枝回神，转过身去扒着椅背看他。

江起淮挑眉。

"那个……那个，那个。"陶枝眨巴着眼睛说。

"哪个？"江起淮明知故问道。

"手机！"陶枝拍了拍塑料椅背，"你不打算还我吗？"

江起淮："你背完了吗？"

背完了啊！！！陶枝噎住了。

刚刚那样说只是因为她当下不想走，话脱口而出的时候连她自己都没反应过来，自然也没深思熟虑到想起手机这回事儿。

陶枝有些骑虎难下，一时间不知道该怎么说。

总不能承认她刚刚是骗人的吧？

"重要的是结果吗？重要的是过程，我不是也有努力背了吗？"陶枝愤愤地说，"连幼儿园的老师都知道教小朋友从小明白努力的重要性的道理。"

公交车在红灯前停住，绿灯亮起又缓慢地往前开，眼看着窗外的风景逐渐熟悉起来，江起淮还是没反应。

陶枝脾气有些上来了，她甩头转回去："算了。"

大不了她重新买一个！！！

但她的麻将是游客登录的！！！

她损失了五十万的欢乐豆！！！

要整整十块钱！！！

陶枝脑门儿贴在车窗上，听着公交车广播里温柔的女声报了站名，提醒乘客提前往后门走。

陶枝刚要起身，身后的人朝前伸出手，手指间捏着一部银色的手机，递到她面前。灯光流水一般划过他冷白的手背，指骨消瘦，手指修长干净。

陶枝愣了下，转过头去。

江起淮见她没反应，拿着手机晃了晃，催她。

陶枝撇了撇嘴，学着他刚刚那副讨厌又冷漠的语气赌气地说："我书没背完呢。"

她在那里幼稚地耍公主脾气，江起淮作势就要收回手："那别要了。"

陶枝赶紧从他手里把手机抽回来。

五十万欢乐豆重归故里，陶枝刚刚那点儿别扭消失得一干二净，她高兴地把她心爱的手机开机，说："你这个人怎么这么喜怒无常？我之前发你的那个公众号链接你看了没？你这也是孤僻型反社会人格的一种表现。"

非常典型的得了便宜还卖乖。

江起淮看她垂头拿着手机摆弄，摇头晃脑的，开心得跟个小傻子似的，压住唇角说："努力过的小朋友应该得到一点儿奖励。"

陶枝跳下公交车，在车站前停了停，然后沿着街边往前走。

夜间公交擦过她继续往前行驶，街道两边各有一家二十四小时的便利店亮着灯，照亮了昏黄的路。

陶枝成绩好的时候，离现在太久，已经记不太清。她隐约记得，成绩出来时可能还是会得到夸奖的，慢慢地，这好像就变成了理所当然的事情。

倒是季繁偶尔有哪一次考试及格了，季槿就会非常高兴。

没有人告诉过陶枝，只要努力过，就算没有得到好成绩，也是值得得到奖励的。对她而言，现实里的每一件事儿都在告诉她，始终总是结果比过程更重要。

陶枝没想过自己有一天会在江起淮这里得到另一种答案，也没想过有一天，她会因为这种事情，以这种方式，得到一点儿小小的肯定。

心脏似在胸腔里乱窜，她伸手，轻轻拍了拍胸口，像是在安抚着一只慌张的小怪兽。

江起淮只是顺着她"连幼儿园的老师都知道教小朋友从小明白努力的重要性的道理"那句话说下去了而已，她不知道自己有什么好无措的。

只是在那一刻，那一瞬间，被他那双琉璃似的透彻眼睛看着的时候，她的心脏还是会跳得非常快。

冷风袭来，冷却了发热的头脑，陶枝深吸了一口凉气，抬手揉了揉脸颊，唇角不受控制地一点一点扬起。

她哼着歌，心情很好地蹦跶着往家里走。

进家门的时候，季繁正抱着手机盘腿坐在客厅地毯上，打110报警。

门锁"丁零"一声响，陶枝拉开门走进来，就听见季繁的声音严肃而郑重："对，对，十六岁，女孩子，从放学到现在，失踪了四五个小时了，我怀疑是被人暗杀了。"

"什么自己吓自己？绝对不是的，警察叔叔，她平时性格还挺招人烦的，树敌不少。"

陶枝踩上拖鞋，伸着脖子往客厅里看了一眼。

季繁声音一顿，直勾勾地看着她："……不好意思警察叔叔，人回来了，误会一场，麻烦你们了，祝你们事业有成。"

季繁把电话挂了，手机丢到一边，面无表情地看着陶枝。

陶枝也面无表情地看着他："你干什么呢？"

"报警，"季繁说，"给警察叔叔打电话，跟他们说我姐姐失踪了四五个小时，不知道还活没活着。"

陶枝："？"

"其间微信不回，QQ没反应，打电话过去电话还关机。"季繁继续说。

少年板着张脸看着她，声音倒是挺平静的。

"我手机之前不是被王二没收了就一直关着机嘛，"陶枝懒得跟他一般见识，把书包丢在一边的沙发上，抬手去够茶几上的椰汁喝，"而且我放学的时候跟顾叔说过了呀，我去跟同学学习去了，晚点儿自己回。"

"我知道，"季繁人砸到沙发里，"顾叔说是个男生。"

陶枝拉易拉罐拉环的动作顿了顿。

季繁又爬起来凑过去，警惕地看着她："你是不是又交新男朋友了？"

陶枝一口椰汁差点儿没从嘴里喷出来。

"什么叫'又交新男朋友了'？"陶枝抬手，戳着少年脑门儿往后一怼，又给他重新戳回沙发里，"我真的是去学习的，你以为我像你呢？正事儿不干，身边花花草草一堆一堆的。"

"我这转学了不是也啥都没了吗？"季繁挣扎着再一次爬起来，突然正经地看着她说，"枝枝，你别喜欢男人了，男人没一个好东西。"

陶枝："……"

陶枝不知道她这个弟弟突然又发什么疯。

"我长这么大见过的最好的男人就是老陶同志了，不还是说分就跟妈妈分开了？"季繁漫不经心地说，"男人心里总是会有比爱情更重要的东西。"

这是季繁头一回提起这件事儿。

他搬回来一个礼拜没问过一次陶修平，陶枝也没提起过季槿。

大概双胞胎之间还是有那么一点点心灵感应的，虽然她跟季繁的默契度从小就低得令人发指。少年看了她一眼，说："妈妈现在挺好的，她说她最近有点儿忙，过几天抽个时间来看看你。"

过几天来看看你。

就好像是对一个亲戚家的小孩儿说的客套话。

陶枝捏着椰汁罐子的手指缩了缩，然后把椰汁放在茶几上，垂眼起身，拽起书包带子："困了，今天起太早，"陶枝打了个哈欠，懒洋洋地说，"早点儿睡吧你，别没事儿干折磨警察了，你这叫报假警，要被抓起来做思想教育的。"

季繁趴在沙发上动作很大地朝她做鬼脸。陶枝假装没发现，上楼回卧室，关上了房门。

她把书包随意丢在地上，然后走到床尾的小沙发前，整个人呈"大"字形躺倒。

之前在外面折腾着的时候还没什么感觉，这会儿一个人安静地躺下来她才觉得累。

陶枝觉得自己这一天过得实在是一波三折。

她抱着抱枕摸出手机，点开，欣赏了一下她回到手上的五十万欢乐豆，然后又点开微信，给江起淮发了个信息。

枝枝葡萄：嘀嘀。

美少女扛把子江起淮：1。

陶枝双臂高高举起，看着手机，屏幕亮了一会儿，然后灭掉。

她把手机丢到一边，翻了个身，脑袋埋在柔软的沙发背里。

莫名其妙地，心情好像比刚刚好了一点儿。

陶枝是被闹铃声吵醒的。

柔和的音乐声从她身底下隐约传出来。陶枝半眯着眼，迷迷糊糊地伸手摸了好半天，才从屁股下头抽出手机，关掉了闹钟。

她将手机丢到一边，翻了个身，打算继续睡。

周末的清晨一片静谧，陶枝睡得嗓子有些痛，浑身发酸。她撑着手臂起了起身，才意识到自己没盖被子就这么在沙发上睡了一晚。

连衣服都没换。

她揉着眼睛坐起身来，缓了一会儿，光脚走进浴室。

大理石地面冰凉的触感冲淡了睡意，她洗了个澡，换了一套居家服，有些头重脚轻地走下了楼。

张姨正在拿着吸尘器打扫卫生。

陶枝一般周末都是会睡懒觉的。早餐还没有弄好，看见她下来，张姨有点儿惊讶："枝枝起这么早？"

陶枝"嗯"了一声，声音哑得有些吓人。

张姨赶紧走过来："枝枝怎么了，感冒了？"

"好像有点儿。"陶枝带着鼻音说。

"那等会儿张姨给你煮个粥，吃完了你吃点儿药。"

她点点头，吸了吸鼻子，走到厨房，从冰箱里拿出一盒牛奶，倒进玻璃杯里塞进微波炉。

等牛奶的工夫，季繁晃晃悠悠地下了楼。

少年带着青黑的眼圈进厨房倒水，看起来挺精神："你怎么起这么早？"

陶枝看了他一眼，嗓子疼得不想说话。

季繁有些稀奇地看着她："精神这么差，你也通宵打游戏了？"

微波炉"叮咚"一声转好，陶枝回身，端着牛奶上了楼。

季繁被彻底无视，打了个哈欠看向刚走进厨房的张姨："她怎么回事儿？"

"有点儿感冒，"张姨洗着锅说，"我等会儿煲个粥，再冲个冲剂给她送上去，这几天咱们吃点儿清淡的。"

季繁点点头，举起手来："我给她送。"

陶枝这一病就病了好几天。

本来以为只是因为换季又一晚上没盖被子着了凉，结果第二天晚上还发起了高烧。

顾叔连夜接人去了医院，回来后又找了家庭医生挂吊瓶，热度才退下去。

她在家里休息了几天，季繁就给她当了几天跑腿的。

卧室里，陶枝蔫巴巴地缩进被子，嫌弃地看着小托盘上的一碗白粥："太烫了。"

季繁舀起一勺来，给她吹了吹。

"都冷了，"陶枝嫌弃地说，"你怎么不放冰箱里拿出来再给我喝？"

季繁："……我现在脑子里就八个字——忍辱负重，以德报怨。"季繁把勺子放下说，"你还记得我小时候有一次发高烧，你是怎么对我的吗？"

陶枝哑着嗓子："我细心地照顾你？"

"你怕我传染你，给我戴了五个口罩。"季繁一边舀着粥一边说，"差点儿没把小爷给憋死。"

陶枝有些想笑："那时候我不是小嘛，你帮我跟学校请假了没？"

"请了，"季繁说，"王褶子还不相信我，给老陶打了个电话确认。这学校也太变态了，怎么连不学习的也管啊？王二现在抓不着你开始来折磨我了，天天让我上黑板做题。"

季繁哀怨地叹了口气："你这两天能好吗？快点儿回来帮我分担一下火力。"

陶枝没说话，看着他。

少年一边说屁话一边小心地用勺子搅着粥，热腾腾的雾气后他低垂的眼睫，看起来难得地安静。

"季繁。"陶枝忽然叫了他一声。

季繁没抬头："嗯？"

陶枝问他："你这次回来还会走吗？"

季繁愣了愣，抬起头来，有些嘲讽地笑了笑："谁知道，我说了算吗？"

"你别走了，"陶枝半张脸缩在被子里，小声地说，"姐姐想看着我们阿繁长大。"

她从来没说过这种话。少年的耳朵尖瞬间通红一片，他把手里的粥碗往托盘上一放，有些不自然地别开了视线："只比我大二十分钟的人就别装大人了，快点儿喝你的粥！不然我就真给你放冰箱里了啊！"

陶枝在家里躺了几天才好利索，周五跟季繁一起去了学校。

实验一中的第一次月考在"十一"长假前的最后两天，陶枝缺了一周的课，再去学校的时候月考座位表已经出来了。

考场按照上学期期末考试的成绩来分，1 班的学生基本都在前面几个考场。

陶枝上学期的考试差不多都是睡过去的，理所当然在最后一个考场。江起淮和季繁是转学来的，没有成绩，跟她在同一个考场。

整个 1 班就他们三个人在最后一个考场，跟这个好学生扎堆的大环境显得有些格格不入。

厉双江一见她就直接张开了双臂："老大！好久不见，你又变漂亮了。"

陶枝抬手，在他背上猛拍了一下。

厉双江被拍得整个人往前蹿了一步，捂着胸口咳嗽："我们老大还是那么元气十足，我放心了，你不知道你没在的这一个礼拜繁哥被'王氏双煞'折磨成什么样。"

季繁坐在后头有气无力地摆摆手："我在学校被折磨完还要回家被这个病号折磨，我们家枝枝发个烧就是公主，她要星星，小爷都得上天给她摘下来。"

厉双江闻言又跑到最后一排去拥抱季繁，给他一个来自好兄弟的贴心安慰。

厉双江：“繁哥，你才是真正的男人。”

季繁：“老厉，还是你懂我。”

两个男生在那里深情地抱成一团，旁边坐着个天然大冰柜，连看都没看他俩一眼，不受到任何影响地释放着冷气。

陶枝看了他一眼。

她跟江起淮最后的对话还停留在上次那个言简意赅的"1"上，她人在家的时候也没闲着，在"美少女正义联盟"里和厉双江、付惜灵俩人聊得热热闹闹，也没见这人在里面说过一句话。

厉双江跟季繁抱在一起对着恶心了好一会儿，终于撒开了手，问江起淮："对了，淮哥，你明天月考是不是不来？"

江起淮应了一声："嗯。"

陶枝愣了愣："还能这么光明正大地逃考试？"

"淮哥要去那个竞赛吧？时间冲突了，王褶子说让他晚上来学校单独把上午的考试补上，好像是这样。"厉双江说。

陶枝有些难以置信，竟然会有人明明能逃掉考试却偏偏不，非得晚上来把考试补上。

一定要装得很会考试的样子，这也是学霸的一种修养。

季繁因为几百年前打架没打过江起淮，在遇到他的事情的时候心眼儿就会变得特别小，不放过任何一个可以找碴儿的机会，也不知道是在嘲讽谁，在旁边说着风凉话："你以为所有人都和你一样，能考300分就不考310，人学霸可是1分都得争取，懂吗？"

陶枝翻了个白眼："换你能光明正大地旷考试，你逃不逃？"

"一码归一码，"季繁一脸理所当然地说，"我当然逃。"

陶枝："……"

分了文理科以后月考只占一天时间，上午考语文和英语，下午考数学和理综，考试时间比平时的到校时间要晚一点儿，八点钟开始。

178

　　陶枝和季繁早早到了教室，最后一个考场的氛围在哪个学校都差不多。季繁在 1 班艰苦的环境下被折磨了半个月，回到了熟悉的环境终于如鱼得水，跟他前后左右的差生们聊得热火朝天。

　　陶枝按照座位号找了一圈，她的位置在倒数第二排靠中间的地方，后面隔着几个人是季繁，季繁再后面的桌子空着，应该是江起淮的位置。

　　还没到考试时间，教室里的座位空着一半，好多人还没来。

　　监考老师来了一个，坐在前面看手机，另一个还没到。

　　陶枝从空空的书包里掏出中性笔和涂卡笔，又抽了张白纸。

　　监考老师抬头看了一眼，拖着声说："到了的同学不要大声喧哗，手机该交的交上来啊，后面那个男生，别唠了，一早上就看你上蹿下跳地到处唠，你是交际花啊？"

　　陶枝从校服口袋里抽出手机滑开，刚要关机，想了想，先点开了微信，打算给奖励过她的某人送去一点儿宝贵的祝福。

　　枝枝葡萄：我怕昨天的祝福太早，又怕上课铃响起的鼓励太晚，因为监考会没收手机，所以在那个时刻来临之前，给您送上最真挚的祝福，祝您的竞赛成绩金鸡独立，鹤立鸡群。

　　江起淮那边应该也还没开始，没两分钟，陶枝的手机就振了一下。

　　美少女扛把子江起淮：先看看你用的成语，然后担心一下你自己的语文考试。

　　还是那么刻薄。

　　陶枝撇了撇嘴，继续打字。

　　枝枝葡萄：担心担心自己吧，殿下，本宫当然早有准备。

　　她一行字打完发出去，想起了之前这个称呼导致的乌龙，脑袋一空，也不知是在心虚些什么，赶紧飞快地解释。

　　枝枝葡萄：我这个"本宫"是公主大人的意思，公主也都是这么自称的！希望你的想法不要那么肤浅。

　　她刚想顺便帮他科普一下，其实"殿下"这个称呼也是"公主殿下"

的意思。她之前关于"李淑妃"的事情只是发散了一下思维。

其实咱俩是异父异母的好姐妹,我是绝对没有非分之想的。

嗯,合情合理。

陶枝指尖点了点手机屏幕,戳开对话框,她刚想继续打字,手机在她手里又轻轻振了一下,打断了她的动作。

陶枝目光往上移了移,看上去。

美少女扛把子江起淮:嗯,那考好点儿,公主大人。

我没什么女朋友

江起准估题非常精准，卷面上所有需要背诵的题目以及生僻字，基本上都在他给她画出来的范围内。

陶枝以前是懒得写语文试卷的。和别的科目不一样的是，语文试卷要写的字数多，写起来特别累，末了还要写超过八百字的作文。

简直是精神和肉体的双重折磨。

她很久没有这么专注地写过试卷。

每一道题都看，每一道题都努力写完，还认真地分析了作文的文体。

陶枝回忆了一下她初中的时候写作文用的几段式模板——开头引出主题，中间段展开论述，结尾总结抒情。

倒也算很流畅地写完了。

她放下笔的时候还有几分钟考试结束，班里几乎没人在动笔了，前面一排排全是趴在桌子上睡觉的脑袋。

陶枝活动了一下有些发酸的手指，又扭了扭脖子，看见坐在她旁边那排的宋江正一脸震惊地看着她。

陶枝挑了挑眉，和他用眼神交流：干什么？

宋江做了个口型：你咋写这么久？

因为我爱学习。

公主大人都爱学习。

陶枝扭过头去，没理他，把试卷往前翻了两页，检查了一下她前面写的题。

考试结束铃响起时，坐在后排的监考老师起身收卷子。

刚一收完，宋江就蹦跶过来，一屁股坐在她桌子上："我观察了你一整场考试。"

陶枝把桌上的笔和纸整理了一下："你观察我考试干什么？"

"看你最近无声无息地这么出息，连考试都有劲儿了，"宋江上下瞅了她一圈，"我们陶总打算重回巅峰了？"

"随便写写，"陶枝摆了摆手，"这不是季繁回来了，我总得比他多考两分。"

陶枝又一脸欣喜地说："及时雨，季繁数学只能考 9 分。"

宋江挖苦她："那你还有什么好担心的呢？你上次比他高 11 分呢。"

陶枝欣慰地看着他："我的意思是，这个学校终于有人能取代你万年倒数第一的位置了。"

宋江："……"

语文和英语是陶枝仅有认真复习过的两科，再加上有点儿基础，她还是可以拿到分的。

一天考完，她自我感觉还是十分良好的，上午努力局，下午尽力局，能拿到的分都尽量拿了，理综和数学实在算不明白的东西，她也不强求，三短一长选最长就好。

重在参与，分数什么的那些都是虚的。

因为"十一"长假串休，明天是他们假期之前在学校的最后一天。最后一科考完，王褶子提前把他们都召回了教室，让他们把桌椅什么的归位。

陶枝和季繁晃晃悠悠回去的时候，班里已经回来不少人了，几个人凑在一堆，拿着演草纸在那里对答案。

江起淮一进门，就遭到了厉双江和赵明启的围堵。

也就只有他们俩而已。

江起淮以前是附中的，虽然说声名远扬，但他转到实验一中来以后，也没正经地考过一次试，而平时的作业和小测又看不出来什么。

1 班的学生，随便拎出来一个，成绩都是很拿得出手的。好学生总是有种自己的傲气，虽然平时学霸学霸地叫他，但是没有过亲身感受，对于江起淮，他们也就没有那么亲近，也不那么服气。

只有厉双江他们这种缺根筋的，才会觉得我们淮哥就是最牛的，更别说上次生日聚餐他们和江起淮算是熟悉起来了。

他们说得最多的还是理综和数学，陶枝是一道题都没听懂。她从教室后头找到了付惜灵和自己的桌子，一手一张拉回来。江起淮在那头一边跟厉双江说话，一边也拉回了桌子。

他之后要补考，厉双江也没打扰太久，问了几道题就走了。

王褶子还没回来，班级里闹哄哄的一片，陶枝又把椅子拉回来，倒着坐，转过身来："殿下。"

江起淮垂头。

"这次考试应该是比上学期的模考简单一点儿的吧？"陶枝问他。

江起淮"嗯"了一声。

"那……"陶枝试探性地问他，"李淑妃平时成绩也挺好的哦？"

江起淮拖着椅子过来，挑着眼梢看着她。

陶枝清了清嗓子，继续说："那李淑妃这次也可能考到 700 分的哦？"

江起淮勾了勾唇："那你去问问她。"

"我干吗要问她，我是在问你。"陶枝严肃地说，"之前不是你自己说的，要考到 700 分才会考虑一下接受人家的告白吗？"

江起淮在记忆里搜寻了五秒，确定自己是没有说过这话的。

他的沉默在陶枝看来就跟默默认了似的。

江起淮这人就是喜欢学习好的。李思佳长得可爱，性格也挺可爱的，如果再能考个 700 分，那就是无可挑剔了。

完美符合江起淮的择偶标准。

陶枝根本想不到有什么理由拒绝，如果她是男的，她也喜欢李思佳那样的女孩子，乖乖巧巧的小白兔，遇到喜欢的人也会勇敢地说出来。

陶枝皱着眉，绞尽脑汁地思考着该怎么说才能让他打消这个念头时，王褶子进来了，叫他出去补考。

江起淮从桌肚里摸出两支笔，跟着王褶子出去了。

王褶子站在门口，拍了拍第一排的桌子："行了，别对你们那个破答案了，明天就能出成绩，也不差这一天，赵明启你号啥呢，有这个工夫号，下次考试之前多做两道题。收拾好了就都放学吧。"

陶枝最后看了一眼门口，慢吞吞地收拾自己的书包。

实验一中老师批卷子的效率很高。第二天一早，陶枝刚一进班，就看见厉双江在班级里跳舞。

"我刚刚去问了一下老王！卷子已经批完了，上午出成绩单！"厉双江兴奋又忐忑地说，"老王今天对我的态度简直就是和颜悦色，我物理是不是考满分了？"

他同桌翻了个白眼："你能不能不要天天做梦了？"

付惜灵点点头："你肯定可以考满分的呀，你物理这么好，没问题的。"

厉双江感激地看着她。

厉双江的同桌往后指了指："看见没，专业捧杀选手付惜灵同学，现在给你捧得越高，你等会儿就摔得越狠，把你的自尊心从二十楼丢下来砸得粉碎，拼都拼不上。"

厉双江顿时就萎了，表情看着有些受伤。

付惜灵也挺委屈的，她是发自内心说的这话。

老师把卷子拿回家连夜批完，一上午的时间整理、拆封、列成绩单、排大榜。上午最后一节课，王褶子手里拿着成绩单进来了。

王褶子今天看起来心情挺好的，表情不像往常那样皱着，脸上的褶子都少了。

陶枝侧着头，跟付惜灵小声说："看来考得还行，老王可以改名了，不用叫王褶子，叫王拉皮儿。"

付惜灵捂着嘴没忍住地笑。

王褶子站在前面拿着成绩单，清了清嗓子，等班里安静下来，才开口："这次考试的题比上次期末模考要简单很多，咱们班的同学成绩普遍也都还可以啊，一共有四个 700 分以上的，其中一个数学和物理都满分，总分 711，也是年级最高分——江起淮。"

王褶子朝这边看过来。

全班也都跟着他看过来，厉双江在前头啪啪啪地鼓掌，江起淮目光平平，表情半点儿波动都没有，看起来就跟是在问他今天吃不吃炒饭一样平常。

王褶子说："还有三位同学，吴楠 702，厉双江和李思佳 701。厉双江你这个英语可以啊，进步神速，英语老师刚刚还特地来跟我表扬你了，继续保持。"

厉双江中气十足地应了一声。

陶枝什么都没听进去，她脑子里只有刚刚王褶子说的那句话。

李思佳 701。

李思佳 701。

701。

王褶子清了清嗓子，又继续说："还有一位同学，我要重点表扬一下，虽然分数不高，但是进步很惊人，陶枝。"

陶枝还在梦游，呆愣愣地抬起头来。

"语文 110，英语 118！"王褶子大声地说，那样子看起来就跟陶枝考上了清华似的。

陶枝从梦游里清醒过来，反应过来后，陷入了另一种恍惚里。她心脏在怦怦地跳，声音大让她感觉周围的声音相对都小了很多。

她听见季繁在后面惊呼了一声，厉双江转过头来目瞪口呆地看着她。

她刚来1班的时候，也不是没有听到过其他人在背地里偷偷议论她。说她成绩差，说有钱就是可以为所欲为进好班，不知道1班的总分要被她这个不学习的拖累成什么样。

学校里总是这样，好学生看不起差生，差生也看不惯好学生。

这样的议论陶枝听习惯了，所以当时听到的时候，她都没什么感觉。

直到这会儿，她才隐约地意识到，她当时可能还是有一点点介意的。

不然她现在为什么会觉得，好像还是有那么一点点开心的？

原来努力过的小朋友，真的可以得到这么一点点，小小的奖励。

王褶子低头又看了一眼成绩单，看着她40分的数学和加起来才100多分的理综，叹了口气："就是你这个偏科偏得有点儿严重啊。"王褶子开玩笑道，"数学和理综上还得下点儿功夫，努努力，怎么着，嫌我长得丑，不爱听我的课啊？"

陶枝还陷在自己的小世界里，都没意识到他在说什么，只听到还得努努力什么的，迷迷糊糊地点了点头，应了一声："啊。"

全班人："……"

王褶子："……"

在月考成绩的事儿上，王褶子没有耽误太多时间，他把成绩单贴在前面小黑板上，之后就继续讲课了。

陶枝过了差不多半节课才回过神来，王褶子似乎对她只考了30分的物理非常不满，一节课叫了她好几次。

下课铃一响，陶枝努力克制住从椅子上蹦起来的冲动，一脸淡定地转过头去，抬手拍了拍江起淮的桌子。

江起淮抬起头来。

陶枝趴在他的桌子上笑眯眯地瞅着他，摇摇摆摆地晃着脑袋，看起来尾巴要翘到天上去了。

江起淮合上书，看着她这副摇着尾巴求表扬的模样，忍不住笑了一声。

他刚要说话，李思佳从另一头小跑过来，轻轻拍了拍他的椅背："江同学。"

江起淮转过头去。

小姑娘脸有点儿红，看起来又高兴又有点儿害羞，指了指后门门口："我能跟你说两句话吗？"

她说完，红着脸低垂着头先走出去了。

江起淮顿了顿，放下笔，椅子往后滑了滑。

陶枝整个人都像被按了暂停键。

她刚刚太开心了，完全沉浸在自己的快乐里，把这事儿忘了。

她心里忽然慌了一下，瞬间坐直了身子看着江起淮。少年滑开椅子，不紧不慢地站起了身，就要往外走。

陶枝慌忙中来不及多想，一把抓住了他的袖口。

江起淮脚步一顿，回过头来。

小姑娘死死地拽着他的校服袖子，直直看着他，皱着眉问："你要早恋了吗？"

江起淮挑了挑眉。

陶枝硬邦邦地说："江起淮，你不可以早恋。"

她脑子有些乱，一时间也想不到任何可以阻止他的理由，只能硬着头皮、口不择言地胡编乱造："你不能因为别人考到了 700 分就跟人家谈恋爱，你这样是不负责任，难道以后谁考 700 分你就跟谁谈恋爱吗？那我要是也能考 700 分呢？"

她说完，江起淮眼睫轻抬，表情凝固了一瞬。

陶枝的表情也凝固了，脑子里"嗡"的一声炸开了，然后尖叫鸡在身体里顺着每一个器官乱窜。

我在说什么啊？啊啊啊！

正是午休的点儿，教室里乱哄哄的，一堆人挤到前面去看成绩单。厉双江从他们身边一边大吼着"干饭了"，一边冲出了教室。

陶枝急中生智，不等他说话，另一只手指着刚冲出后门的厉双江，匆忙地开口："要是这样的话，那厉双江也考了700分，你现在就跟他谈恋爱！"

江起淮："……"

陶枝也不知道自己在说什么了，她干脆破罐子破摔、视死如归道："反正男生总比女生好吧。"

江起淮："……"

江起淮不知道她到底是从哪里看出来的男生总比女生好。

他回忆了一下厉双江那个憨憨，还不如女生呢。

学生们陆续走出了教室去食堂吃饭，走廊外面闹哄哄的，说笑声断断续续地传进来。

门外李思佳还在等着，陶枝就这么拽着江起淮的袖子，有些不知所措。

她现在的行为在江起淮看来，应该是无理取闹，甚至匪夷所思的。她根本没什么资格管他的事情或者替他做决定，他俩之间其实也没那么熟。

他们只是认识了才一个月的，对彼此都不太熟甚至最开始关系还不是很融洽，普通前后桌同学而已。

她有些太逾越了。

在意识到这一点以后，陶枝触电般地撒开了紧紧拽着他校服袖口的手指，然后蜷着手指慢吞吞地缩了回去。

她低下头整理了一下刚刚突如其来的混乱情绪，浅浅地吐出一口气，才抬起头来。

江起淮还没走，耷拉着眼皮子站在她旁边看着她。

陶枝朝他摆了摆手，飞快地转过身去："殿下快去吧，别让李淑妃等太久了。"

她一边说一边趴在桌上抽出手机开始玩儿，打麻将的 APP 被打开的声音欢快地打破了让人有些难以读懂的气氛。

陶枝心不在焉地开了一场川麻换三张的匹配，听着身后脚步声响起。

紧接着走廊上传来很轻的女孩子说话的声音，声音被淹没在脚步声和吵闹声里，听不真切。

陶枝忍不住往门口稍微斜了斜身子，还是没听到。

"耳朵都要伸到教室外面去了。"付惜灵突然说。

陶枝猛地坐正了，若无其事地继续玩儿游戏。

付惜灵把保温饭盒拎出来，扭开盖子。自从上次陶枝在女厕帮了她的事情被她妈妈知道以后，她妈妈每天都会多给她装好多饭菜，让她邀请陶枝一起吃。

她从里面抽了一层米饭给陶枝，好奇地问："你为什么那么在意学神和李思佳谈恋爱的事情，你是不想让他耽误学习吗？"

付惜灵惯会给人找台阶下。

陶枝接过米饭，赶紧顺着她的话点了点头，顺口胡诌道："这可是我们班的年级第一，恋爱影响学习。"

陶枝拧开了装米饭的盒子，鼓了鼓腮帮子："不过是我管闲事儿了。"

付惜灵又抽了装鸡翅的盒子出来："朋友劝朋友也不算是管闲事儿呀。"

陶枝咬着筷子："我们俩也只能算是普通前后桌关系。"

"可是我觉得学神是把你当朋友的，"付惜灵垂着头把保温盒一个一个抽出来，一本正经地说，"他也就只有你在的时候才会显得稍微好说话一些，厉双江之前还跟我说，如果不是因为有你，他是不敢跟学神搭话的。"

付惜灵抬起头来："我觉得他就是因为把你当朋友了，才开始融入这个班级了。"

陶枝有些心不在焉地咬着筷子，没有说话。

不知道为什么，付惜灵这个关于江起淮把她当朋友了的结论，好像并没有让她觉得有多开心。

但总比不算太熟的前后桌关系要强一点儿。

一顿午饭陶枝没滋没味地吃完了，饭后陶枝整理好了桌子，趴在桌上睡了个午觉。

她睡得迷迷糊糊的，没睡太死，隐约能听见外面有人回来又出去，听见后桌的椅子被人挪开，又拉过来，最后没了声音。

陶枝没回头，也没问江起淮和他的李淑妃谈妥了没有，结果怎么样了。

就算江起淮真的同意了，700分以上选手的学霸爱情故事，郎才女貌，金童玉女，共同进步一起成长，也是一段美谈。

只是她以后就得避避嫌了，人家是有女朋友的人了，和别的异性总是要保持一点儿距离的，她不能总找他玩儿。

想到这里，陶枝没来由地又有点儿闷得慌。

正午的日光洒过来，透过薄薄的眼皮。闭上眼睛，陶枝感觉自己的眼前是一片浅红色的世界。她把校服外套脱下来往上拉了拉，盖住脑袋，继续睡觉。

一整个下午，陶枝都没什么精神。

下午上数学课的时候，王二还特地把她叫起来调侃了两句，对于她语文和英语能考到100多分，数学只给他考40分这事儿表达了极大的不满和醋意。

月考结束，马上就是"十一"的七天长假，所有人都松懈了下来，以至于老师们上课讲试卷的效率也不高。王褶子见状，干脆把最后一节课取消了，给他们上体育活动课。

男生出去打球，女孩子不想动的就窝在教室里聊天。

陶枝坐起身来伸了个懒腰，穿上外套出了教室，准备去小卖部买瓶酸奶喝。她出了教学楼，穿过校园里长长的林荫道走到尽头。

小卖部里闹哄哄的，几个男生抱着球倚靠着玻璃柜台，一边喝水一边聊天。

陶枝绕过他们，从冷柜里拎了一瓶芦荟酸奶出来，付了钱，拧开，慢悠悠地出了小卖部往前走。

厉双江他们在另一边的室外篮球场上打球。

篮球穿过半个球场拍在地面上，季繁抬手捞过来，熟练地带球过人，抬手送进篮筐。

江起淮也在跟他们一起打。

陶枝没见过江起淮打球，这个人平时除了学习，就好像没有什么其他的娱乐活动一样。他们大概是几个人分了一队在打小比赛，江起淮和他们不是一队。

陶枝往旁边扫了一眼。

球场周围的花坛旁边蹲坐着一群女生，李思佳也在里面，手里拎着一瓶矿泉水。

这就开始了——你打球来我欢呼，顺便给我男朋友拿着水。

陶枝朝着天空翻了个大白眼，正烦着，听见季繁喊了她一声："枝枝！"

陶枝回过头来，一颗橘黄色的篮球正对着她的面门直冲而来，在她眼前瞬间放大，眼看着就要砸在脸上。

江起淮长臂前伸，朝着这边速度很快地扑过来，但也还是来不及的。

陶枝下意识侧了侧头，躲开那颗看起来下一秒就会砸断她鼻梁的篮球。她没拿酸奶的那只手朝后伸，白皙的手掌钩住球往前猛的一带，卸掉了前冲的速度，球被拍在脚边的地面上，然后高高弹起。

季繁骂骂咧咧地停下脚步，江起淮站在她面前轻喘着气，额头上有一层薄薄的汗，胸膛随着呼吸低低起伏着。

陶枝眼神很轻地瞥了他一眼，将喝了一半的酸奶放在花坛上，然后动作娴熟地运球，往前走。

她擦着江起淮一路运球走到篮球场地，在三分线前站定。两只手抱着球转了两圈，然后她轻轻吐出了一口气，高高跳起，抬臂把球甩了出去。

篮球从她手里飞出去，在空中划出了一道流畅的抛物线，然后稳稳地落进篮筐。

"哐当"一声响，打破了球场上的安静。

厉双江和赵明启他们还是一脸被震住了的表情。

季繁站在旁边笑了一声，扯着衣服下摆擦了一把汗："怎么着，手痒了？"

别人不知道，他清楚陶枝球打得挺好的。

她运动天赋从小就高，小时候家旁边没什么同龄的女孩子愿意跟她一起玩儿，她就跟季繁和宋江他们一起打球。

排球、篮球、羽毛球，季繁一次都没有赢过陶枝。后来他们长大了，男孩子的体格优势开始占上风，陶枝才一对一打不过他了。直到初中的时候他们开始打台球，陶枝又开始把他按在台球桌上摩擦。

季繁小时候还挺不服气的，总觉得对于这个人来说，好像没有什么事情她做不好，他无论在哪一点上都比不过她。

后来他慢慢地开始觉得有点儿自豪。

旁边厉双江终于回过神来，一边号叫一边大鹏展翅般扑过来："我大哥牛啊！大哥来打一场不？"

陶枝看了一眼球场上的人，江起淮已经回来了，手里拎着她刚刚放在旁边的半瓶酸奶，俯身垂手放了她脚边的花坛瓷砖上。

陶枝没看他，问厉双江："你们人不够？"

"够。"厉双江笑嘻嘻地说，"但是我们可以把季繁踢出去坐冷板凳，你替他打。"

季繁震惊地看着他："你这个人怎么只见新人笑不见旧人哭？没了我你们怎么打过江起淮？九个球里他进了一半！"

季繁指着陶枝："而且她打控球后卫的好吧，跟我的位置又不冲突！

你让我们 PG（控球后卫）去坐冷板凳去。"

被厉双江拉来凑人数打控球后卫的蒋正勋在旁边狂乱点头："我同意，就让班长来替我打吧，我想回班里睡一觉。"

"你想得美！"厉双江指着他，"你有点儿坐冷板凳看饮水的自觉，你就在旁边看着，帮大哥看着酸奶。"

蒋正勋在球场上到处跑和看酸奶之间权衡了一下，然后果断地选择了后者。

厉双江跟其他人招呼了一声说要换人，陶枝被季繁扯着过去时，余光瞥了一眼旁边的江起淮。

虽然只是体活课随便打打，但他们还是搞得有模有样的，不知道从哪里整了个口哨来。

因为没有时间限制，他们是计分制的，先进十个球的队算赢。

比赛开始，季繁跳球。少年弹跳能力很强，手臂勾着往后一带，就把球抢到手了，然后运着球往对方篮下压。

江起淮和赵明启一组。赵明启作为体育委员本来就是全能，反应非常快，两个人迅速靠过去，一前一后把季繁防得死死的，半点儿空隙都没有。

季繁做事情是那种攻击型的性格，不会考虑任何防守方面的事情，他侧头看了一眼，手臂高高扬起，直接把球猛地砸到了篮板上。

篮球结结实实地砸上篮板，发出巨大的"咚"的一声响，接着弹了出去。江起淮抬起头来伸臂，指尖往前勾了勾，还是没来得及，球擦着他的指尖飞了出去。

他往后看了一眼，在所有人都没赶过去的时候，陶枝已经站在了球的落点上，就好像是她早就知道季繁会这样干了一样。

赵明启目瞪口呆地跟防："这就是双胞胎的默契？"

江起淮已经跑过去了。

他速度很快，陶枝几乎刚摸到球，他人已经压过来了。少女动作迅速而利落，漆黑的眼睛看着他，平静得有些冷漠。

江起淮动作顿了一瞬。

陶枝舔了舔嘴唇，用这一秒的时间擦着他跳出了防守范围。

控球后卫这个位置，在球场上是整个队伍进攻的发起者，通过观察球场上队友的位置分布迅速布置、组织进攻和防守，可以算是整个队伍的大脑。

陶枝余光扫了一眼江起淮，速度飞快地往篮下压。

她倒也不是很喜欢打球，小时候还是很喜欢的，长大了以后她打不过季繁了，让人很没有成就感，而且还会流很多汗。

但这会儿江起淮跟她不在一个队里。

陶枝也不知道是从什么时候开始，心里就压着一股憋憋屈屈的气，怎么也撒不出来，让她觉得很不痛快。

想赢他。

想让他跪在篮筐下面跟她求饶。

想赢得他心服口服，五体投地叫她"爸爸"。

想把他踩在脚底下踩躏。

江起淮他们队回防很快，陶枝接近一米七的个子，在一群男生里就像一个闯入巨人丛林里被包围的小不点儿。

她运球重新压回对面篮筐下时，抽空回头喊了一声："厉双江！"

厉双江已经站在三分线前了。

陶枝抬手，做出了一个手背向前、掌心勾球朝后的动作。

所有人都往后看向了厉双江的位置。

陶枝手腕倏地一转，瞬间改变了动作。她余光瞥见江起淮朝前伸出了手，正好挡在球路的正前方。

陶枝心里一慌。

下一秒，江起淮的手臂往下移了移，陶枝手里的篮球脱手而出，擦着他的手指径直往前，飞向了篮筐下的季繁。

季繁就像闪现了似的，人站在篮筐下高高起跳，把球捞过来，然后在空中"哐当"一声砸进筐里。

蒋正勋在旁边扯过哨子，手舞足蹈地吹了一声："这是假动作吗？刚刚那个是什么假动作？我没看到过！"

尖锐的哨声在室外球场响起，远处的厉双江还没反应过来，远远地朝她号叫："老大！您连自己人都骗的吗！！我以为你要传给我的啊！"

赵明启也没反应过来："这就是双胞胎吗？啊？？？"

江起淮撑着膝盖站在旁边喘气。

陶枝也在喘气，她长长吐出了一口气，平复了一下呼吸，扭头："这是第几个球？"

"十个！"季繁蹦跶起来，"赢了赢了！照明器你们几个别装死！请客喝水！喝水！"

厉双江也在后面蹦着高喊："别装死！哈根达斯！哈根达斯！"

陶枝甩了甩马尾，走到江起淮面前。

江起淮撑着膝盖，抬起眼皮子。

她绑起来的长发因为刚刚剧烈运动，现在有些乱，碎发被汗打湿了黏在额前，红润的唇瓣微张着小口调整呼吸。

她像一只斗胜了的猫，翘着尾巴居高临下地看着他："服了吗？殿下。"

江起淮看着她，笑了一声。

他声音有些哑，冰凌似的声线被蒙上了一层雾气一般，带着不均匀的喘息声，低低沉沉的："服了，公主。"

哈根达斯冰淇淋，八十克小盒装零售价三十九块钱，实验一中的最高礼遇。

小卖部里吵吵嚷嚷。

赵明启一边心疼地看着自己空空如也的可怜小钱包，一边把厉双江的脑袋往玻璃柜面上按。季繁左手拎着瓶运动饮料站在冷柜前纠结着该选哪个口味，纠结了半天，未果，季繁皱着眉看向赵明启："我能不能一种口味拿一盒？"

赵明启立刻捂紧了自己的小皮夹子，当场耍毛，也不管对方是不是校霸、凶不凶："你眼珠子长头顶了吧！贪不贪哪！只准给我挑一盒！！"

陶枝手里拿着一盒草莓味的冰淇淋靠在窗边，看着另一头鸡飞狗跳，随手又挖了一小勺冰淇淋塞进嘴巴里。

草莓的清甜味道混合着奶香，口感绵密，冰冰凉凉地在舌尖融化开。

陶枝开心地眯起了眼睛。

江起淮站在柜台前准备付钱，拿着手机点开了"扫一扫"，突然顿了顿，扭过头来问她："喝什么？"

说好了输的那组请赢的那组每人一瓶水、一盒哈根达斯，厉双江和季繁几乎都挑了果汁和运动饮料什么的，准备好好坑他们一笔，就陶枝还没挑。

陶枝抬起头来在货架上扫了一圈，想了想，说："农夫山泉吧。"

赵明启指着她，愤愤地看向厉双江他们："看见没有？一块五毛钱的矿泉水！这才是胜者应该有的气度，王者风范！"

江起淮垂头，从旁边纸箱里抽了一瓶矿泉水出来，付好了钱，递给她。

陶枝接过来，说了声"谢谢"。

她其实很不爱喝水，喜欢喝甜的、酸的这种有味道的东西，平时也经常买些酸奶、果汁之类的喝。

江起淮抬了抬眼，随口问了一句："今天怎么喝水了？"

陶枝手里拎着瓶农夫山泉，没拧开，拇指和食指捏着瓶嘴抬起手臂，在他眼皮子下头晃了晃："知道农夫山泉的广告语是什么吗？"

"味道'有点儿甜'。"陶枝优哉游哉地说，"这就是胜利的甘甜之水，懂吗？"

她的心情这会儿比上午好了那么一点儿，拎着红白色的瓶子大摆锤似的晃悠，继续羞辱他："问题不要这么多，失败者没资格提问。"

江起淮："……"

江起淮不知道这祖宗今天冲劲儿怎么这么大。

小卖部的空调吹得里面暖洋洋的，几个人窝在里面吃完了冰淇淋。吃完差不多也快到下课时间了，男生抱着球勾肩搭背地回了教室，陶枝吃得慢，不紧不慢地跟在后面，准备回去收拾书包放学回家。

一进教室，王褶子抱着几大摞卷子站在讲台上等着他们。

桌子上已经铺了好几摞刚发下来的其他科目的卷子，白花花堆了一桌，赵明启哀号了一声："这比去年'十一'的时候多太多了吧？"

"高一和高二能比吗？去年就跟你们小打小闹一下，你觉得还能一直这样？"王褶子瞪了他一眼，不怀好意地哼哼笑着，拍了拍面前的试卷，"你现在觉得多，等高三了你就会发现，你一天就得做完这么多卷子。物理课代表在不在？物理作业也给他们发下去。"

物理课代表吴楠抱着卷子过来，把卷子分给每组的第一桌，一排一排让他们传下去。

陶枝将手里没开的矿泉水塞进桌肚里，撑着下巴等前面的人传卷子过来。

王褶子安排完出了教室，临出去之前站在门口叫了她一声："班长——副的那位，跟我来一下办公室。"

陶枝起身，跟着王褶子出去了。

办公室里没有其他老师在，静悄悄的。陶枝跟着王褶子走到办公桌前，她看着王褶子坐下，从桌子上折起一沓卷子递给她："刚刚班级里发的那些卷子上面的题可能对你来说有点儿难度，你挑着做就行，做不完我也不说你。这个是我整理出来的物理卷子，上面考察的知识点是从高一到现在的，都是一些基础题，你把这个做了。"

陶枝眼前一黑，表情瞬间就垮下来了："啊？"

"啊什么啊？你语文和英语能考上 100 多分是因为有初中时候的基

础做积累，理综、数学你试试？物理就给我考 30 分你还好意思跟我在这'啊'？"王褶子卷着卷子敲了一下她的脑袋，"回头复印一份给季繁，让他也做做，进了我 1 班的门还想把剩下两年混过去？让他趁早认清现实。有我微信吧？"

陶枝把卷子接过来，老老实实地点了点头："有。"

王褶子点点头："假期的时候也别放松，是提分的好时候。你要是不想上补习班，有什么不会的直接在微信上找我，打电话也行。这种基础分拿起来都不难，稍微用点儿功你现在这个阶段的分数可以提得很快。挺聪明的脑子，基础也不差，别浪费了。"

陶枝抱着卷子，霜打的茄子似的蔫蔫巴巴地出去了，刚刚那点儿赢了江起淮的喜悦被残酷的现实冲刷得一干二净。

她回教室的时候，已经放学了。陶枝把桌上的卷子收拾起来塞进书包里，又摸了一遍桌肚确定没落下什么东西，抽回手时，一道冰凉的触感擦过指尖。

陶枝顿了顿，把那瓶矿泉水抽出来，看了几秒。

她下楼出了校门，季繁坐在车里玩儿手机，听见车门被拉开的声音抬起头来，往里面坐了坐。

"你怎么还拿着一瓶水啊？"季繁放下手机，指了指她手里的水瓶，"一瓶破水你还要拿回家喝？"

"谁说我要喝了？我要摆在书架上供起来，下面拿笔写上'手下败将江起淮'。"陶枝关上车门，扬了扬手，"战利品，懂吗？"

"懂了，"季繁点点头，继续玩儿手机，"不过江起淮确实挺吓人的，你那个假动作骗得所有人都以为你要把球传给厉双江呢，就他跑前面去了。我当时以为那个球得被他截下来呢，结果还是差了点儿。"

陶枝愣了愣，仔细地回想了一下。

她当时离江起淮很近，两个人几乎是擦肩的距离，她看得其实比季繁要清楚。

那个球，他确实是可以截下来的。

只是当时在球场上每一秒都很紧张，她一心想着这个球传出去就能进，所以根本来不及思考这么多。

本来已经过了的细节，被季繁突然给提起来了。

陶枝忽然觉得有点儿烦，连带着手里的这瓶水都显得十分碍眼。

陶枝皱着眉，顿了顿，将那瓶矿泉水随手丢到了车后座的角落里。

　

陶枝这个"十一"长假过得非常无聊。

她把家里上学期高一的物理、化学、生物、数学这几门科目的书从床底下、杂物间的犄角旮旯里翻出来，从第一课开始翻起，翻了三天，还跟付惜灵打电话借来了高一的笔记。

王褶子的卷子整理得确实非常详细，第一页是基础的知识点，后面有配合着知识点出的基础练习题。题型都很常规，倒也不会让人看不懂。

　

当天下午，沉寂了几天的"美少女正义联盟"再次有了声音。

厉双江因为这次月考考得不错，假期过得非常悠闲，跟家里人来了个两日周边自驾游，一天发十条朋友圈，配图全是老年人游客风景照。

他刚回家待了一天就待不住了，先是在小群里疯狂刷了一波屏。

厉双江：兄弟们！！！

厉双江：我胡汉三回来了！出去玩儿吗？

厉双江：去不去快乐谷啊？听说"十一"好热闹的。

然后又在班级大群里刷了一波。

厉双江：明天快乐谷团建一日游！

他正在里边发消息发得热火朝天，王褶子从群里冒出来：作业都写完了吗就快乐谷？厉双江你这两天挺潇洒啊，怎么着，还打算顺便环游下全世界？

厉双江瞬间安静如鸡。

他把刚刚群里说要去的人拉了个小群，顺便把陶枝他们也拉进去了。

他拉群的时候，陶枝还在咬着指尖跟王褂子的卷子战斗。等陶枝再拿起手机时，里面的群消息已经 99+ 了。

陶枝点进去看了一眼，都是熟人。赵明启对于这种除了学习以外的活动向来很积极，最先响应了厉双江的召唤。

这里面竟然还有江起淮。

厉双江还在群里 @ 了他俩——

@ 枝枝葡萄 @ 江起淮，淮哥和老大别不说话，就等你们俩了，去不去啊？

陶枝看着她跟江起淮的名字挨在一起被 @ 出来，觉得有点儿怪怪的，她不受控制地抬手挠了下鼻尖，才继续往下划拉。

江起淮：不去。

是的是的，人家学霸忙着跟女朋友过快乐"十一"呢。

陶枝捏着鼻子，从嘴巴里"噗"地吐出一口气来，想了想，然后打字。

枝枝葡萄：几点？

厉双江：早上十点咋样？那边人应该很多，我们早点儿过去，十点多过去应该没啥人排队吧？

枝枝葡萄：起不来。

群里顿时出现了两个来自付惜灵和赵明启的"+1"。

厉双江少数服从多数，做了妥协，最后定下十一点钟在快乐谷门口集合。

季繁当天已经提前约了以前在附中的朋友，陶枝跟张姨和顾叔都说了一声要和同学出门。张姨以为她要去跟同学野餐，上午给她弄了一堆三明治和切好的水果，用保鲜袋套着装进了保鲜盒里。

陶枝看着她细致地弄了一上午，也不好不拿，背着一包吃的上车过去了。

　　她到的时候，人已经到得差不多了。付惜灵老远就认出了车，小跑过去在路边等她。

　　陶枝一下车，付惜灵上来就跟她来了个拥抱。付惜灵穿着短裙长袜，脑袋上还戴着个米奇的小耳朵，看起来比在学校的时候有活力很多，小小一个笑眯眯地看着她："同桌！想你！"

　　厉双江在门口朝她招了招手。

　　两个人走过去后，陶枝跟其他人也打了个招呼。结果她发现他们继续站在原地聊天，没有要进去的意思。

　　她侧头问："还有人没来吗？"

　　"等淮哥。"厉双江看了一眼表，"应该也快到了。"

　　陶枝脚步一顿，瘫着张脸："他不是说不来吗？"

　　厉双江咧嘴一乐，自豪道："700 分的厉双江同志有搞不定的人吗？我昨天晚上又给淮哥打了个电话，成功地把人给带上了道。"

　　陶枝整个人都没表情了。

　　厉双江还在那边一副求表扬的样子，噼里啪啦地念叨："我动用我的三寸不烂之舌，说连我们陶总都来了，我们'美少女正义联盟'怎么能少了您——"

　　付惜灵看了一眼陶枝，又看了一眼一无所察的厉双江，偷偷地从背后伸手戳了他的腰一下。

　　厉双江被打断，一脸莫名其妙地看着她："你戳我干啥？"

　　付惜灵偷偷翻了个白眼："蠢死了，你 700 分怎么考的？"

　　无端被人身攻击了的厉双江："？？？"

　　陶枝心不在焉地听着他们聊天，垂头摆弄着手里的门票。

　　薄薄的纸片被她卷成一圈套在手指上，又放开。她就这么玩儿了一会儿，听见旁边厉双江喊了一声："淮哥！"

　　她下意识抬起头来。

　　江起淮从远处街边走了过来，十月初的秋天，他穿了长外套，里面是白色的薄毛衣，整个人从远处看显得清瘦修长。

陶枝默默地收回视线，扭开头，漫不经心地看向另一边。

人到齐，厉双江把票给到江起淮，一行人过闸机入园。

他们买的是通用票，所有的项目全都可以不限时、不限次数地玩儿。陶枝把票递过去，工作人员把票撕了，在她的手腕上戴了一个彩色的手环。

接近中午十一点，整个游乐园里都非常热闹。路边停着一排排卖炸鸡、热狗之类的小吃车。每走一段路，就有人扎着一大把花花绿绿、造型各异的气球在路边卖。

陶枝走在最后面的边上，跟江起淮隔着几乎一个斜对角的距离。

平时在学校里总是凑在一起的两个人这会儿中间隔着好几个人分开走，一个冷若冰霜，一个面无表情。

江起淮也就算了，他的脸一直都瘫着，跟平时差别也不大。陶枝看起来却跟平时不太一样。

即使是厉双江这种脑子缺根弦的，都察觉到了好像气氛有点儿不对劲儿。

他默默地侧头，跟付惜灵小声说："这俩人咋了？吵架了？老大都不主动找淮哥说话了。"

"那学神也不主动跟我们枝枝说话。"付惜灵不满地说。

厉双江左右瞄了一眼，忽然计上心来，指着路边的一家卖炸鸡块的店："有人想吃吗？"

赵明启第一个举起手来："我！我！老厉请客吗？"

"我请我请，冲，搞它！"厉双江一手拉着赵明启，另一只手拽着付惜灵，把两个人连拉带拽地扯到了旁边的炸鸡块摊子前。

陶枝都还没反应过来，身边的人已经空了。

她扭过头，隔着本应该站着三个人的空间，自进来起第一次看了江起淮一眼。

两人的视线撞上。

少年浅色的桃花眼毫无情绪，平静地看着她。

陶枝皱了皱眉，一时间不知道该不该移开视线，总觉得先避开就输了。

可她也不知道自己在赌什么气。

她有些出神，后面冲过来一群小朋友，看起来都是八九岁的年纪，一人拿着一个气球咯咯笑着从两人之间的空地跑过去。这群小朋友跑得很快，陶枝没注意，胳膊被其中一个小朋友擦着往旁边撞了一下，趔趄了两步。

江起淮大步跨过来，抬手拽着她的外套袖子，往自己这边扯了扯。

陶枝回过神来，堪堪稳住脚步。

几乎只是一瞬间，江起淮的手已经放开了，垂眼看着她："发什么呆？看路。"

语气还是冷冰冰的，甚至还带着一点点不易察觉的责备和不满。

他凭什么责备她啊？又凭什么不满？

陶枝憋了好几天的那股火忽然没缘由地蹿上来了。

她向来都不是能忍的性格，有什么不痛快、不爽的事儿就一定要发泄出来。她抬手，往上扯了下唇角，尽量让自己的语气听起来自然一点儿："殿下今天怎么自己来了？"

您的李淑妃呢？

江起淮平静地看着她，那表情看起来还有些不解。

其他人已经走在前面了，只有他们俩落单走在最后，陶枝也没追："上周打球的时候，那个球你能拦下来的吧？"

她低垂着头，慢吞吞地说："你本来都猜到了我是假动作，你可以截的。那个球谁进谁就赢了，但你觉得对手是个小姑娘，跟一小姑娘打球，放个水也没什么，是吧？因为是放水了才输的，所以就算是当着女朋友的面也没那么没面子，是吧？"

他可能跟大多数人的想法没什么区别。

因为是女孩子，所以球一定打得没有男生好，甚至不可以会打球。

因为是女孩子，所以放放水让着点儿，不认真对待也无所谓。

陶枝忽然觉得自己之前的那顿叫嚣，在江起淮看来可能挺蠢的。

人家都是故意输的，就她在那里认认真真地以为自己真的赢了，像笑话一样。

空气里弥漫着甜滋滋的棉花糖味和香喷喷的炸鸡味，旁边旋转木马欢快的乐声清晰入耳，五光十色的彩灯在日光下微弱地闪烁着。

少女耷拉着脑袋站在他面前，完全没了之前在球场上居高临下看着他的嚣张，整个人看起来又难过又失落，和周围欢快的环境有些格格不入。

半晌，江起淮才开口："我没什么女朋友。"

陶枝愣了几秒，抬起头来，仰着脸看着他。

她的唇角微微向下耷拉着，表情蔫巴巴的，漆黑的眼睛却亮亮的，长长的睫毛扬起，在日光下看起来毛茸茸的，让人觉得有些痒。

江起淮顿了顿，叹了口气："也不是因为对手是小姑娘。"

游乐园里音乐声和笑闹声此起彼伏，江起淮低垂着眼，声音很淡，几乎要淹没进背景音里："我放水是因为你当时看起来不高兴。"

　　江起淮后面的话，陶枝囫囵听了个大概，她的思维还停留在他的上一句话上面。

　　——他没女朋友。

　　陶枝仰着脑袋，克制着没让到嘴边的问题脱口而出。

　　字面上的意思就是——我没有女朋友。

　　但江起淮之前自己说了，连 700 分都考不到的女生不能做他女朋友，后来李淑妃说如果她能考到 700 分让他考虑一下的时候，他明明也没有说不行。

　　所以 700 分只是一个入门门槛、基本条件？

　　不是，兄弟，你这人也太能装了。

　　陶枝一肚子的火被江起淮前半句"没有女朋友"兜头直下浇灭了一半，另一半在消化他后半句"放水是因为你当时看起来不高兴"的时候缓慢地燃烧殆尽。

　　最后还剩下一点儿噼里啪啦在灰烬里乱蹦的火星子，名为"不知道为什么莫名有点儿尴尬和别扭，甚至感觉有些丢人"。

　　她不知道该怎么处理这种情绪，眨巴了两下眼，问他："李淑妃哪里不好？"

江起淮瘫着张脸，显然是没太明白她这句话到底想表达个什么意思。

陶枝垂头，掰着手指头给他一条一条地列："长得可爱，性格也很讨喜，成绩也好，能考 700 分，全校都没几个人能考到 700 分。"

江起淮敛着睫："确实。"

"但是早恋确实不好。"陶枝一边偷偷看了他一眼，一边飞快地说，"而且你们俩学习又都这么好，万一之后你沉迷女色天天只想跟女朋友谈情说爱、无心学习了怎么办？"

陶枝一脸凝重地教育他："殿下，男人还是要以学业为重。"

远处几个人终于发现两个人掉了队，站在前面不远处朝他们挥了挥手，隔着人群喊了一声。

陶枝转过头去，厉双江他们已经买了炸鸡回来了，付惜灵手里还拿着两支大大的粉红色棉花糖。

陶枝蹦跶过去，付惜灵递了一支给她，她接过来，用指尖捏着一小块扯下来塞进了嘴里。

甜滋滋的味道在口腔中蔓延。

陶枝晃悠着脑袋往前走。

厉双江在旁边和付惜灵对视了一眼，然后挤眉弄眼了好半天，看了看走在前面心情明显好起来了的陶枝，又扬了扬下巴指指从后面刚赶上来的江起淮。

付惜灵一脸茫然地看着他。

厉双江叹了口气，用很小的声音说："这两尊大佛这是好了？"

"不知道，"付惜灵也小声说，"可能刚刚和好了吧。"

厉双江摸着下巴琢磨："就这么一会儿的工夫？老大看着也不像是好哄的人啊。"

付惜灵也是个会哄人的，陶枝刚开学天天跟江起淮鱼死网破的时候，付惜灵也没少哄着她，很明白陶枝是什么性格。

她表面上看着凶，其实人挺简单的，两句话就能让她重新开心起来，非常好哄。

付惜灵咬了一口棉花糖，追着陶枝往前走了两步："你要是能看出来，世界上就没有直男了。"

被丢在原地的厉双江："……"

厉双江不明白，他明明才是为老大和她后桌的关系鞠躬尽瘁，出力最多的那个，但为什么受伤的总是他？

尽管天气还比较凉爽舒适，但"十一"长假中午的快乐谷就像一口大型的焖锅，完全可以用来下饺子。在门口的时候人还不多，越往里面走，人群就越密集。

热门的游乐设施前面都排着长长的队伍，巨大的悬挂式过山车吊着一排排的人呼啸着飞速掠过钢架，带起上面一片惊声尖叫。

厉双江问了几个大家都想玩儿的项目，最终确定了在午饭之前希望可以排到最高的那个过山车和鬼屋。

这个游乐场的鬼屋很大，而且排队的人也要少一些。蒋正勋和另一个女孩子死活也不要进去，主动要求去过山车那边帮他们排队，剩下的人则去了鬼屋。

赵明启和厉双江冲在了最前头。付惜灵看着也是一脸淡定，她胆子小，陶枝本来以为她会怕，还特地拉着她站到了自己前面。

排到他们的时候，工作人员微笑着带他们进去。木门"嘎吱"一声被推开，往前走，里面是一个光线幽暗的山洞，山洞的尽头是五扇一模一样的木门。

工作人员简单地介绍了一下。

这个鬼屋一共有五个主题，每一个主题都不一样。游客要两个人组成一个小队依次选一扇门进去，然而不是成功出去了就算完，每一个小队都有任务，要从里面带一样东西出来，并且按照提示操作，不然是出不去的。

厉双江分了一下队，怕女生组在一起会害怕，所以一个男生和一个女生一组。

陶枝虽然说心情明显好了起来，但一直到现在也没跟江起淮说过话。厉双江看了她一眼，特地问了一句："大哥，你跟淮哥一组行吧？"

陶枝看看旁边的付惜灵："我可以跟灵灵一组，万一她害怕怎么办？"

"没事儿，我跟她一组。"厉双江转过头去，付惜灵正在好奇地抠山洞墙壁上的石灰。

厉双江："你看她看着像害怕的样子吗？"

陶枝点点头，也没什么意见。

她拿上工作人员递过来的耳机和对讲机，挑了正中间的那一扇门，也就是第三扇门走过去，推开。

陈朽的木门发出"嘎吱"一声响，声音回荡在空旷的空间里，听起来有些瘆人。

视线一瞬间暗下来，陶枝小心地往前走着，慢慢地等到视觉适应了光线。

眼前屋子里的灯光幽微得几乎可以忽略不计，石雕的墙壁上只亮着一根白色的蜡烛。整个屋子全部都是石砌的，中间放着一口雕工精致的石棺，墙边还立着另一个。

陶枝环视了一圈，歪了歪脑袋："这是个……墓室吗？"

"嗯。"江起淮站在她身后，应了一声。

陶枝走到石棺前，拿起上面放着的一卷做旧羊皮纸，丢给江起淮。

江起淮接过来，展开来大致看了一遍："说是西周的一个地方王太子的墓。后来墓里来了一伙儿盗墓贼偷走了他的冠冕，这太子怨念化鬼，把那群人都困死在里面了，冠冕也不知所终，墓也变成了死墓，只有戴着冠冕的太子本人才能出去。"

他言简意赅，陶枝听得目瞪口呆，指着他手里那卷羊皮纸："西周墓？西周墓用羊皮纸记笔记？这人历史是赵明启教的？"

江起淮将手里的羊皮纸卷起来："赵明启历史好像还行，之前打算去学文，没拗过他家长。"

陶枝点点头："那就是厉双江教的。"

她走到那口看起来肃穆得有些瘆人的石棺前，石棺的棺盖并没有盖死，她扒着缝隙好奇地往里瞅。

这种主题鬼屋最吓人的不是鬼，而是任何突然出现的东西。

比如门后，比如这种密闭的狭窄小空间里。

她的胆子倒是肥得不行。

江起淮站在旁边垂眼看着她，陶枝往里瞅了半天，抬起头来，指着里面："殿下，这个太子有好多个脑袋。"

江起淮俯身靠过去往里看了一眼，里面是一棺材的人头骨，白花花的，堆得满满的，眼窝处两个黑漆漆的洞直勾勾盯着露出缝隙的地方。

正常来说，这个设计已经足够瘆人了。

两个人就这么跟这一棺材的头骨对视了十几秒。

陶枝扒着棺材边突然小声问："这是塑料的吗？"

"石膏的吧。"江起淮说。

陶枝"哦"了一声，指着头骨旁边埋着的一个金色的圆环状的东西，更小声问："那个不是他的冠冕吗？"

江起淮朝着她指向的位置看了一眼，淡淡地点了点头："是。"

"那这不是没丢吗？我们找什么？不是他的冠冕吗？"陶枝的声音小得几乎听不见了。

"应该是幌子，可能要找别的东西。"江起淮侧了侧头，看着她，"你为什么声音越来越小了？"

陶枝伸出一根食指抵在唇边，凑到他耳边说："我怕吵醒了沉睡在里面的亡灵。"

江起淮："……"

藏在另一个石棺里等着的工作人员："……"

209

陶枝完全沉浸在主题里，戏瘾上身，继续道："一山不容二虎，一个墓里有两个活着的殿下，你们俩打起来怎么办？你打不过他怎么办？"

江起淮："……"

陶枝叹了口气，皱着眉有些发愁："我可真替你担心。"

江起淮抬手敲了一下她的脑袋，面无表情地说："别演了。"

陶枝撇撇嘴，撑着石棺边站起身来，朝着墓里另一口直立在墙边的石棺走过去。

藏在里面的工作人员从缝隙看到她走过来，紧了紧手里的道具。

虽然这两个小孩儿的胆子看着确实肥，但是他对接下来的设计还是挺有信心的。

这一口石棺同样没有盖死，而且从严格意义上来说，比起石棺，它更像个铁处女，棺盖像一扇门一样，就差在上面贴着一张字条——翻我。

陶枝乐了，转过头去："殿下！你看这西周的棺材还有翻盖儿的，比某些手机还高级。"

工作人员："……"

能不能别磨叽？

你就赶紧翻吧！

陶枝把手抠进棺材盖的缝隙里，呼了一口气，将盖子翻开。

即使她已经做好了心理准备，还是实实在在地被里面突然出现的东西吓了一跳。

那个人形生物大概是个僵尸的模样，整个人就像刚从硫酸海里爬出来的，身上一块块地往下滑落猩红色的东西，绿色的长发下露出一双黑洞洞的眼眶，勉强能辨别出来的五官往下流着"血"，"血"滴答滴答地滴在石板地面上。

棺门被拉开，僵尸缓缓地抬起头来，离着咫尺的距离，几乎脸贴脸地看着陶枝。

陶枝顿了一秒，然后张开嘴："啊——"

她满脸惊恐地尖叫着，刚刚若无其事的样子消失得一干二净。工作人员还没来得及得意地等着她扭头撒腿逃跑，就看见她一边尖叫着一边甚至还往前走了一步。

她飞速抬手，拽着僵尸脑袋上的绿毛猛地往下一扯，同时抬腿提膝，一边叫着一边将手里揪着的脑袋砸向了自己的膝盖。

"刺啦"一声轻响，僵尸的假发被她扯掉了。

僵尸也发出了一声惨叫。

两个人的叫声叠在了一起，几乎像是一个信号一般，天花板上突然吊下来一群僵尸。他们张牙舞爪地下来，看着眼前的场面，又看看蹲在地上捂着鼻子的同类，夸张的动作停住了，有些没反应过来。

陶枝吓得脸都白了，也顾不上其他的，她大叫了一声："对不起！我没用力的！！"

然后她转身，扯着江起淮扭头就跑，生怕被身后的僵尸们追上。

虽然说理智回来以后她知道这是人扮演的，但这扮相也太吓人了，第一时间生理性恐惧下做出的反应根本控制不了。

他们跑过墓室另一端的石砌门斗，江起淮回头看了一眼。

僵尸们并没有追过来，他们正围在那个被揍出鼻血的同类旁边查看情况。

穿过门斗后是一段幽邃的石廊。石廊设计得狭窄而逼仄，几乎没有灯光，墙壁上绿色的人影影影绰绰地飘来飘去，不时有窸窸窣窣的声音在身后响起，瘆得人头皮发麻。

因为身后没有僵尸追过来，他们躲过了一段从地下抓过来的手以后顺利地穿过了整条长廊，来到前面另一个石室。踏进去的一瞬间，陶枝听见"叮咚"一声响，系统提示的女声不知在哪个角落温柔地响起："顺利通过黄泉回廊，取得任务物品——西周王太子视若珍宝的假发。"

陶枝："……"

江起淮："……"

　　陶枝垂头，看着手里刚刚打僵尸的时候从僵尸头上抓下来的那顶翠绿色的假发，沉默了。

　　什么？？？

　　任务物品是西周王太子视若珍宝的假发？

　　他们所处的这个墓室看来很接近出口了，里面没有别的东西，尽头有一扇木门，跟进来的时候经过的那扇木门长得一样。门缝里渗进来丝丝缕缕的亮光，是出口的地方。

　　石室的正中间摆着一张老旧的红木桌子，上面依然放着一卷羊皮纸。

　　进来的时候，工作人员介绍说要按照里面的提示操作才能出去，陶枝和江起淮站在原地等了一会儿，那个系统提示没再说话了。

　　江起淮顿了顿，走到正中间的那张桌前，拿起了桌子上那卷羊皮纸，展开，扫了一遍："跟前面那张的内容一样。"

　　"就一开始进来的那张？"

　　"嗯。"

　　陶枝仔细地回忆了一下之前江起淮说的话。

　　"墓也变成了死墓，只有戴着冠冕的太子本人才能出去。"

　　陶枝忽然福至心灵想起了什么，她抬起头来，眼睛都不眨一下地看向江起淮。

　　江起淮显然也是猜到了她的想法。

　　他站在原地没动，眼神冷酷，警告道："陶枝——"

　　"殿下，牺牲一下！"陶枝没等他说完就两步蹦跶过去，一手搭着他的肩膀凑上去，拿着假发的那只手臂高高举起来。

　　少女纤细的身体猝不及防地贴上来，隔着衣料带来柔软的触感和淡淡的甜香味，白嫩的耳郭擦着他的唇角，有些微凉。

　　江起淮僵在了原地。

　　陶枝趁势将手里的假发扣在他脑袋上。

　　"咔嗒"一声响，尽头的木门应声开了，提示音的女声再次响起："石墓将在十秒内崩塌，请探险家们迅速离开。"

陶枝赶紧拽拽着江起淮的外套袖口小跑到门口，推开木门走了出去。

室外的阳光迎面扑来，洒在身上，长久沉浸在黑暗中的视觉被强光冲击着，一时间晃得人有些眼花。

陶枝抬手半遮住眼睛，适应了片刻，才看清外面的景象。

他们出了鬼屋，站在鬼屋后门的台阶上，正对面是一堆卖东西的小商贩推车。

江起淮站在她旁边，阳光下的一双桃花眼浅浅地眯起，头上戴着一顶翠绿翠绿的假发，长及腰间。

再旁边，是厉双江、赵明启、付惜灵他们，所有人都已经从鬼屋里出来了，靠站在旁边的栏杆上一边等他们一边聊天。

在江起淮踏门而出的那一刻，聊天声戛然而止。

所有人都扭头看向这边，厉双江正在说话的嘴巴还没来得及合上，他看着江起淮和江起淮脑袋上翠绿的长发，呆滞地站在原地。

他似乎是想说话，嘴巴嚅动了一下，没发出声音来。

沉默。

安静。

一片死寂中——

鬼屋后门卖小吃的铺子前走过来一对母子，小男孩儿看起来五六岁的样子，一脸惊奇地看着江起淮，肉乎乎的小手指过来，兴奋地大声说："妈妈！那个哥哥留着绿色的长头发！奇奇怪怪的！"

女人对他们露出了一个抱歉的笑容，一手扯着她儿子的手臂匆匆地走过去，另一只手捂住了他的眼睛，小声说："低头，别乱看奇奇怪怪的人。"

女人带着小男孩儿逃荒似的走掉以后，气氛显得更加凝固，连空气都冻住了。

厉双江他们几个大气都不敢喘，虽然这段时间跟江起淮慢慢地熟悉起来了，但也只是稍微而已，并没有摸准这位大佬是个什么脾气。

　　陶枝看了看旁边一脸僵硬的同学们，又看了一眼站在她旁边的江起淮，有点儿想笑，但她憋住了。

　　她上上下下地打量了他一圈，那顶假发大概是因为被用过很多次，绿毛已经很乱了，刘海张牙舞爪地支棱着，看起来神似初中那会儿走在时尚最前沿的某一群青少年。

　　但意外地，居然还挺帅。

　　果然发型还是要看脸的。

　　陶枝清了清嗓子，开口打破了沉默："殿下，您这个造型还挺别致，介意我拍张照吗？"

　　江起淮："……"

　　江起淮觉得自己跟陶枝认识以后，脾气好得简直惊人。

　　他面无表情地把脑袋上的绿毛扯了下来，工作人员刚好从前面走过来，找他们归还任务道具。

　　这个鬼屋设计得很别致，每个主题屋里的任务道具都不同——厉双江他们的任务道具是一个铁牙缸，赵明启那一组是一个破破烂烂的布娃娃。

　　江起淮把绿色假发递给工作人员，陶枝在旁边不好意思地摸了摸鼻子："那个，刚刚我们那个主题屋里有个工作人员，因为太吓人我就轻轻地打了他一下，他没事儿吧？"

　　工作人员愣了愣，笑道："他刚刚已经出来了，没什么事儿，就流了点儿鼻血，已经止住了。"

　　陶枝有些愧疚："实在对不起，我就是被吓到了，一时没忍住。"

　　工作人员："……"

　　正常女孩子被吓到了应该转身就跑啊小姑娘！

　　不说女孩子，男孩子也应该是这样吧！

　　蒋正勋那边打了个电话过来说过山车的队排得差不多了，厉双江领着一群人告别了鬼屋，临走之前，陶枝还在跟工作人员对着鞠躬："实在不好意思，要不叫下救护车去医院看一下吧，费用我来出。"

工作人员也跟着她鞠躬："真的没事儿的，其实鬼屋里面扮鬼的工作人员平时有个磕磕碰碰都很正常。"

"真的很抱歉！"陶枝唯唯诺诺。

"您太客气了。"工作人员受宠若惊。

他们走出去老远，陶枝还在朝工作人员挥手。

江起淮看了她一眼，眼神看起来似乎是觉得很稀奇。

陶枝侧头："你那是什么眼神？"

"没什么，"江起淮收回视线，不紧不慢地往前走，语气漫不经心，"只是没想到你也会道歉。"

"我当然会的好吧，那不本来就是我把无辜的僵尸给打了吗？"她一边倒着往后走一边说，"我之前不是也跟你道歉了？"

江起淮点了点头："休战？"

陶枝噎了一下。

"我说的是之前在老王办公室门口！"她咬了一下腮帮子里的软肉说，"休战就是休战，殿下，希望你大度一点儿，以前的事情过去了就让它过去吧，我都已经不跟你斤斤计较了，你还有什么不满？"

她一副很大度的样子，支棱着"小翅膀"在那里扑腾，江起淮看着觉得有点儿好笑。

因为在鬼屋里折腾了一遭，少女白嫩的小脸看起来红扑扑的，黑眸明亮。

江起淮忽然想起十几分钟前，她踮着脚偏头凑过来的时候，耳郭贴着他唇角的微凉温度。

前边付惜灵站在卖小东西的摊子前叫了她一声，陶枝转过身去，小跑到付惜灵旁边，蹲在一堆花里胡哨的小玩意儿前认认真真地挑拣着。

她长发没扎起来，脸颊两边的碎发被她随意地别在耳后，侧脸的线条看起来柔和又灵动，耳郭白腻圆润。

江起淮抬起手来，拇指轻轻刮了一下下唇唇角。

蒋正勋他们排的过山车是悬挂式的，一排七八个人，陶枝一上去，就直奔前面第一排的位置。

过山车的第一排因为没有阻挡，视野最宽阔，所以是最刺激的位置。陶枝坐在最边上，慢吞吞地把上面的防护杠拉下来扣住。

然后，她朝江起淮招了招手。

江起淮走过去，在她旁边坐下，扣下了防护杠。

因为脚是悬空的，旁边不少人怕把鞋子甩掉，干脆脱掉了。陶枝也很干脆地把鞋子丢在下面，看起来很从容。

江起淮以为这小土拨鼠没什么怕的东西，直到过山车开始倾斜着向上缓缓爬坡。

高度一点儿一点儿升起来，过山车的悬挂吊杆随着重力微微向下倾斜，然后下面的人变得越来越小，最后五官都变得模糊起来。

耳边机器的声音"嘎嗒嘎嗒"响，陶枝有些紧张地咽了咽口水，套着彩虹色袜子的脚丫子跟着晃荡了两下，忽然开口："殿下，你要是害怕就叫出来。"

江起淮侧了侧头："我什么时候说怕了？"

陶枝往下看了一眼，声音开始有些发抖了："我们今天中午吃的是什么来着？"

江起淮："……"

"今天中午还没吃饭。"江起淮提醒她。

陶枝脑子有些短路，根本没听清楚他说了什么，白着一张小脸壮胆一般大声说："我们吃的牛肉面吗？"

江起淮："……"

过山车升到了最高点，然后停住了。

两秒钟后，顺着高高的钢架飞快滑下来。

　　耳边呼呼的风声猎猎作响，陶枝整个人都顺着过山车的轨迹在防护杠里飘荡。

　　失重的感觉袭来的那一瞬间，她一把抓住了扶在旁边的江起淮的手。

　　江起淮一顿，侧过头来看着她。

　　少女漆黑的长发被吹得乱糟糟地往后飞，她眼睛睁得大大的看着前面，唇色浅淡发白，右手死死地抓在他手背上。陶枝指尖冰凉，瘦白的手掌上血管的纹路近乎透明，骨骼绷得根根分明。

　　后排有人在尖叫，有人高举着双手大声地欢呼，陶枝什么都听不见了，眼前的景色在急速后退、旋转，风撞得她眼睛有点儿疼。

　　呼啸的风声里，她隐约听见一道平静而清晰的声音在她耳边很轻地响起。

　　"陶枝，闭眼。"

　　她像是被蛊惑了一般，听话地闭上眼睛。

　　世界陷入一片黑暗，所有的感官都变得更加敏锐了起来。她感觉到僵硬的右手手下抓着的东西传来暖洋洋的温度，然后那温度翻转着，很轻地覆盖上了她的手背。

　　一瞬间的温暖。

　　陶枝怔了怔。

　　过山车的速度很快，一圈跑完只有几分钟的时间，到后面速度渐渐地慢下来，高度也在降。

　　陶枝睁开眼睛侧过头。

　　她的手紧紧地抓着江起淮前面的扶手，将他的位置霸占了个彻底。少年的手把在后面一点儿的位置，指关节擦着她的手腕。

　　指尖明明被风吹得冷到发麻，与他触碰到的那一点儿皮肤上却觉得有些烫，像是有一簇火苗顺着那一点儿急促地燃烧起来，透过皮肤渗进血管，然后在她的身体里横冲直撞。

　　陶枝猛地缩回了手。

桃枝气泡

过山车缓缓地停下来，压在身体上的防护杠弹起来，车上的人陆陆续续踩上鞋下去。

陶枝坐在原地还有些发愣，被袜子包裹着的脚趾不安又无措地蜷了蜷。

旁边的工作人员手里拿着个大喇叭催促他们尽快离场，陶枝回过神来，慢吞吞地踩上鞋站起身来，跟在江起淮的后面往下走。

他的外套因为太长，上来的时候脱掉了。白色的薄毛衣很宽松，显得他肩背很宽，从脖颈蜿蜒到肩膀的线条瘦削又漂亮。

他们走下台阶后，江起淮回过头来。

他漆黑的短发被吹得凌乱，露出饱满的眉骨和额头，平时的清冷感被中和掉，整个人显得有些散漫。

他抬眼看着她，淡声问："还行吗？"

陶枝的心脏"怦怦"地跳了两跳，整个人像是被一道惊雷炸醒，脑子里只有两个字——完了。

完了完了完了完了。

她梦游般地下了台阶，下面厉双江和赵明启他们还在兴奋地嚷嚷着没坐够，付惜灵没上去，将手里的外套一个一个给回去。

陶枝抬起头来，看着江起淮，喃喃地叫了他一声："江起淮。"

江起淮平静地看着她，等着她的下文。

"我以后再也不想吃牛肉面了。"陶枝虚弱地说，"我现在想起这三个字就胃疼。"

江起淮："……"

快乐谷餐厅区主题牛肉面馆。

陶枝瘫着张脸站在门口，店面两边充气的卡通人物气球迎着风欢快地舞动着。

陶枝不知道厉双江这个挨千刀的为什么突然就提议中午吃牛肉面，最

218

离谱的是其他人居然还附和了他，觉得这个提议非常精妙。

去游乐园为什么要吃牛肉面啊？

真的有人大中午的在游乐园里找牛肉面馆吗？！

众人快乐地哼着歌进去了，陶枝叹了口气，准备看看这家店除了牛肉面有没有盖饭什么的，就看见江起淮也站在原地，没有动。

陶枝仰头看向他，指指店门："吃吗？"

江起淮侧头："你又想吃了？"

他的语气非常平淡。

但陶枝不知道为什么感觉自己在里面听出了几分嘲讽和挖苦的味道。

她清了清嗓子，拖长了音："如果你不想吃的话——"

陶枝把背上的小包包摘下来，从里面掏出了一盒用保鲜盒装着的三明治，递给他。

江起淮垂眼，接过来，然后看着她抽回手继续翻。

陶枝又从包里拽出来一盒水果，她抬起头来，真诚地看着他："我们可以吃三明治和水果。"

江起淮："……"

他对吃什么倒是没什么意见。

在过山车上的时候，小姑娘吓得也是够呛，不像闹着玩儿的，看样子是真不想吃。

店里不让外带，江起淮拿着装着三明治的盒子，走到旁边的休息区找了个空的小桌子，在桌前坐下。

陶枝也跟着他走过去了，她拆掉了保鲜盒的盖子，将里面包好的三明治递给他。

张姨的手艺一直不错。烤得略微有些焦黄的面包片里夹着培根、鸡肉、蔬菜和蛋，一刀切下来侧面看起来五颜六色的，精致得可以拿去摆到橱窗里卖。

两个人就这么默默地、安静地吃着，陶枝没说话，江起淮就更不会说话了。

陶枝忽然开始后悔跟江起淮两个人单独吃东西了。

她觉得有那么一点点的小别扭，这种别扭从刚刚在过山车上开始，到现在都没有彻底消散。

右手手背上似乎还残留着某种温度，但当时失重带来的恐惧在陶枝心里刻下了太深的印象，导致陶枝根本不确定当时那一瞬间的牵手是不是她的错觉。

她想问问江起淮，但这个问题实在是让人觉得有点儿难以启齿。

小姑娘嘴巴里叼着一小块三明治，跷起的腿在桌子下面不停地晃荡，脚尖踢到了对面的人好几次。

她毫无所察，心不在焉地吃着东西，眼神有些空。

她的焦躁和走神显得非常明显。

直到陶枝又是一脚晃过去，江起淮第四次看了一眼自己的裤子，觉得再不提醒她一下，他这三明治吃完就可以给裤子换个颜色。

他开口："想什么这么走神？"

"我在想……"陶枝眼睛直勾勾地看着远处高高的摩天轮，声音还有些飘，"你刚刚是不是握我的手了。"

江起淮动作一顿，掀起眼皮子看着她。

陶枝整个人也暂停了，她眼神慢慢聚焦，然后回过神来，目光终于从摩天轮上移过来了。

陶枝的耳尖慢慢地红了。

但问都问出来了，说出去的话泼出去的水。

陶枝干脆也豁出去了，大着胆子非常理直气壮地指责他："你趁机占了我的便宜。"

她嘴巴里面还塞着食物，声音有点含糊，腮帮子被撑得鼓鼓的，很像一只嘴巴里塞满了食物的小仓鼠，让人想对着她鼓鼓的脸颊戳一下，试试是什么触感。

江起淮指尖微动，食指和拇指捏着三明治的保鲜袋子捻了捻，才开口："谁占谁便宜你搞清楚了没有？"

陶枝张了张嘴："啊？"

"是你吓得拽着我的手。"江起淮说。

陶枝眼睛睁得圆溜溜的，一脸难以置信的样子："我？我？我根本没害怕好吧？我有什么好怕的？我又不是没坐过过山车。"

江起淮听着她叽叽完，点了点头没说话，只抬了抬没拿食物的那只左手，给她看罪证。

他手背上还有一点点浅浅的指甲掐进去的时候留下的浅红色印子，那痕迹几乎已经淡得快看不见了，但他皮肤白，稍微有一点点红沾上去就非常明显。

铁证如山。

压得人毫无翻身的余地。

陶枝："……"

陶枝一脸呆滞地看着他，神情混杂着懊恼、震惊以及一点儿大概是她自己都还没反应过来的窘迫，一时间没能说出话来。

江起淮桃花眼低垂着，微扯了一下唇角，语气淡淡的："小流氓。"

谁家的小土拨鼠

陶枝他们吃好饭回去的时候，厉双江他们刚好站在牛肉面面馆前，掏出手机来给他们打电话。

手机在口袋里振了两下，陶枝接起来，看着厉双江在不远处举着手机，他的声音通过听筒传过来："喂，老大，你回来了没？"

"回来了。"陶枝说。

厉双江："你在哪儿呢？淮哥跟你在一起没？"

陶枝侧头，看了江起淮一眼，面不改色道："没有啊。"

她刚说完，厉双江转过头来，看见他们走过来。

厉双江："……"

"老大你咋还骗人呢？！"厉双江对着话筒说，"你们怎么没来一起吃牛肉面啊？"

陶枝把电话挂了，走过去："太油了，吃了点儿清淡的。"

厉双江"哦"了一声，点点头，上下仔细看了她两眼："老大你没事儿吧？是不是刚刚那个过山车坐得你不太舒服啊？脸色怎么看起来这么……"

这么红润呢？

厉双江话头一停。

陶枝的脸色这会儿实在是算不上不好，不知道是不是因为下午的太阳太足，照得她的脸蛋红扑扑的，连着耳朵都有点儿红。

虽说她跟江起淮两个人是一起回来的，但不知道为什么，厉双江总觉得他们之间的气场有点儿奇奇怪怪的，说是尴尬也不像，倒不如说是有点儿心虚。

而且像是陶枝单方面的。

厉双江默默地凑到陶枝旁边，低声说："你又惹淮哥生气了啊？"

陶枝觉得他这个说法听起来还挺让人不满的："什么叫我又惹他生气了？难道我还天天找他碴儿了吗？"

厉双江惊觉自己说错话了，立马高举双手："绝无此意。"

付惜灵在旁边听不下去了，拎着瓶矿泉水挤过来，递给陶枝："喝水。"

陶枝接过来，喝了两口。

付惜灵仰着脸看着她："哪里不舒服？胃吗？恶心吗？现在想吐吗？"

陶枝有些想笑："没有，就是不是特别想吃牛肉面，去吃了点儿别的。"

付惜灵点点头，走到她旁边去，默默地挽着她的手臂。

游乐园里下午的人要比上午多一些，热门的项目前排队也比刚刚要长了一截，不过排队等着的时候大家聊聊天、拍拍照，过程倒也不无聊。

他们排了三四个项目以后，天开始黑起来了。

园里的灯亮起。

厉双江抽出手机看了一眼介绍表说："八点钟的时候会有烟火秀，看吗？"

"挑个最爽的位置看，高的。"赵明启来劲儿地说。

他今天一天都最活跃，东跑西颠地撒欢，这会儿看着还十分精神，仿佛完全不会觉得累。

陶枝已经有些累了，她走到旁边的长椅上坐下，听着他们讨论等下去哪里看烟花。

她手肘撑在膝盖上，单手晃荡着手里的水瓶，看见江起淮在那边跟厉双江说了两句话，然后转身走了。

陶枝站起身来，打了个哈欠走过去："定好没？"

"去坐摩天轮！"厉双江说，"照明器刚刚算了一下时间，到时候卡着点儿去。八点钟的烟花，我们就在摩天轮的最高点上看。"

陶枝应了一声，欲言又止。

"淮哥晚上还有事儿，就先走了。"厉双江又说。

"……"

陶枝别开脸，撇了撇嘴："我又没问他。"

快乐谷的摩天轮据说是整座城市最大的摩天轮，直径近百米，有四十几个玻璃全景舱位，一个舱位可以坐六个人。

在这儿排队的人也很多，赵明启早早地蹲守在排队入口，捏着手机掐着表算时间。

时间差不多，他直指着前面，一声令下："兄弟们！冲啊！！！"

厉双江身上背着陶枝和付惜灵两个人的包，他把包一左一右在胸前交叉成一个斜十字打头阵。一群人冲向排队口，那架势就像生化危机现场版丧尸围城，吓得摩天轮排队口的工作人员往后退了一步。

夜色里的摩天轮像一个巨大的圆形夜光表盘，霓虹灯缓慢地变换着颜色，照亮了摩天轮周围的一片空地。陶枝跟着付惜灵上了同一个舱位，厉双江、赵明启和蒋正勋坐在她们对面。

摩天轮渐渐上升，缓慢得几乎让坐在里面的人感觉不到它在移动。陶枝将额头靠在冰凉的玻璃窗面上，看着外面发呆。

在他们的舱位上升到某一高度的一瞬间，摩天轮左边的游乐园的小广场上传来很微弱的声响，烟花从地面升上夜空，然后在半空中炸开，炸开了云层，点亮了夜色。

舱位里的几个人欢呼着贴向窗口，拿出手机来拍照。

陶枝听见有人叫了她一声。

她回过头来，付惜灵正举着手机对着她，手机的闪光灯在眼前一闪，紧跟着"咔嚓"一声传进耳膜。

陶枝还在愣神，并没有意识到她是这张照片里的主角。

直到厉双江的脑袋凑过来，摸着下巴看着付惜灵手机里的照片点评："我们老大只要不开口说话，那就是实验一中女神级的人物。"

付惜灵听着不是太满意，认真道："明明说话的时候更好看。"

"是是是，"厉双江点点头，指着她手机，"这张照片你发我呗，我今天把咱们出来玩儿拍的照片整理一下发个朋友圈，刚好凑个九宫格。"

付惜灵很干脆地拒绝了："不要，我要自己留着。"

厉双江："付惜灵同学，您这就小气了啊，大家都有欣赏美的权利。"

付惜灵举着手机继续拍窗外的烟花："不要。"

"哎，你拍的烟花为啥也比我拍的好看这么多？你干脆打个包都发我吧。"

"不。"

陶枝听着两个人在那里叽叽喳喳地打嘴仗，扭过头去继续看夜景。

付惜灵最终没能扛住厉双江的死缠烂打，把今天一整天出去玩儿拍的照片打包发到了微信群里。陶枝晚上到家的时候，季繁正坐在沙发上翻着群里的照片。

陶枝去厨房倒了杯水走过来，站在沙发后，探头过去看了一眼。

白天的照片里有几张拍到了江起淮，季繁指着照片里的人："他也去了？"

陶枝嘴巴里含着水，应了一声。

季繁滑过几张在摩天轮里拍的烟花照，看到她的那张照片："你这张还挺有欺骗性的。"

陶枝喝着水说不出话来，抬手拍了一下他的脑袋。

　　季繁捂着脑袋"嗷"了一声，刚要说话，一楼走廊旁边洗手间的门被推开："小繁，纸巾放在哪里了？妈妈给你换一下。"

　　陶枝愣了愣，转过头去。

　　女人穿着一件藏蓝色的长款连衣裙，妆容精致，皮肤好得仿佛岁月在她身上留不下任何痕迹，和几年前陶枝印象里几乎相差无几，熟悉到有些陌生。

　　两双相似的黑眼撞在一起。

　　女人看着她，也愣了愣，好半天才笑道："枝枝回来了？"

　　陶枝端着水杯站在原地，没说出话来。

　　季槿慢慢走过来，站在她面前："我们枝枝长大了，现在跟妈妈一样高了。"

　　陶枝的嘴唇动了动，明明刚喝过水，吐出的音节却有点儿哑："妈妈。"

　　时间是最锋利的武器，能将一段关系削得苍白如纸，也能将一个称呼削得生涩晦暗。

　　哪怕这个人和她血脉相连，是她曾经最亲近的人。

　　陶枝立在原地，一时间不知道面对这样的情况，自己应该做出什么样的反应。

　　似乎是看出了她的无措，季槿微微倾身，拉起了她的手，往前走了两步："也变漂亮了，妈妈第一眼差点儿没认出来。"

　　季繁随意地趴在沙发背上，手拍了两下沙发："你们干吗站着说话？"

　　季槿瞪了他一眼，拉着陶枝绕过沙发在季繁旁边坐下。

　　陶枝僵硬地坐在她旁边，将手里的水杯放在茶几上，转过头来。

　　"我把小繁转学办手续要用的东西送过来。他跟我说你跟同学出去玩儿了，我就想着等你回来，看看你，"季槿含笑看着她，"看看我们小枝枝变没变样。"

　　"何止是变样，"季繁在旁边摇头晃脑地说，"还变得更能欺负人了。"

　　季槿转头，在他手背上轻拍了一下："你有点儿男子汉的样子，多大的人了，还天天吵吵闹闹的。以后跟枝枝一个班，多跟你姐姐读读书，好好学习，别一天天就想着玩儿。"

季繁冤枉地抗议道："那我这个年纪不正是玩儿的时候？大好的青春哪能都浪费在书本里？再说枝枝现在也回头是岸了，她已经悟到了青春的真谛，开始享受起了生活，上次考试也没比我高多少分。"

季槿愣了愣，下意识看了陶枝一眼，有些意外。

季繁说这话的时候没过脑，说完以后才意识到自己可能说错了话，他抿着嘴唇，也不说话了。

客厅里一时间陷入安静，没人再出声。

陶枝垂着眼，手指蜷在一起，指甲深深掐进掌心里。

她忽然觉得非常难堪。

她不知道是因为季槿和季繁相处时的那种熟悉亲昵，跟和她说话时小心翼翼的生疏截然不同，还是因为季繁在季槿面前提起了她的成绩。

她成绩不好这件事情，在家长会的时候她没觉得难堪过，闯了祸被学校通报点名批评的时候没觉得，被同学们背地里说是关系户才进好班的时候也没觉得。但是在此时，她觉得如果面前有个地缝，她一定会钻进去，连带着她那点儿被敲得粉碎的自尊心一起。

季槿是该觉得意外的，毕竟以前她和陶修平还没分开的时候，她去参加的所有家长会和看过的成绩单，陶枝都是第一名。

而在离开的这几年里，她也从未参与和了解过陶枝的任何成长，以及变化。

季繁自觉说错话了，在季槿上手准备揢他的一瞬间从沙发里弹起来，借口尿急飞快逃离了犯罪现场，想给她们俩留下点儿独处的时间。

客厅里只剩下陶枝和季槿。

季槿没待多久。两个人坐在沙发里说了一会儿话，季槿接了个电话，挂掉以后转过头来："也挺晚了，妈妈就先走了。"

陶枝点点头，站起身来。

季槿穿上外套，陶枝把沙发上的包递给她，走到玄关开了门，把她一直送到了院子门口。

陶枝跟在女人身后，刚刚还没注意到，这会儿从后面看，季槿比她印象里好像要瘦一些。

两人在院门口站定，季槿转过身来，眼神温和地看着她："小繁刚刚说的话，你不要放在心上，成绩对你们来说也不是最重要的东西。妈妈希望枝枝能快快乐乐的，枝枝如果觉得现在这样更轻松一点儿，那也没什么。"

陶枝垂着头："嗯。"

季槿的语气始终温温柔柔的："枝枝要好好吃饭，不要像小时候一样挑食。"

陶枝又点点头，小声说："你也要好好吃饭。"

季槿看着她。

陶枝还是没抬头，她咬了咬嘴唇，声音很轻地说："你瘦了好多。"

季槿的手指动了动。

她似乎是想抬手抱抱陶枝，最后还是没有，只是笑着说："我们枝枝现在学会关心人了。"

直到季槿转身离开，陶枝才抬起头来。

夜雾浓重，她看着女人的背影消失在夜色里，站在铁门门口没有动。

树影摇曳，秋天的夜里刮着冷风，落叶被风卷得贴地打滚。陶枝出来的时候没穿外套，只穿了一件薄毛衣。她站在原地习惯性缩着脖子打了个哆嗦，却很奇异地也没觉得有多冷。

她曾经也不是没想过，就算季槿和陶修平分开，对于她来说也许不会有什么不一样。

季槿还是她的妈妈，还是可以和她说话，和她见面，跟她说自己在学校遇见的那些事儿。只是可能见面的次数会变少，聊天也没办法那么频繁了。

可是事实上，很多东西就是会不一样。

从最开始的一周一个电话，她会滔滔不绝地和季槿说很多话，会问季槿什么时候回来看她，到后来的几个月一次。再然后，除了逢年过节的时候一个短暂的电话或者一条简单的消息以外，再没有其他联系。

陶枝没有问过为什么，大人的世界里有太多他们小孩子不懂的理由和借口。

即使她内心深处很清楚，季槿大概只是因为不够想念她。

就像当年被季槿选择的是季繁，不是她一样。

她抱着胳膊靠着铁门缓慢地蹲下去，皱起鼻尖，深深吸了一口气，眼眶狠狠地在手臂上蹭了蹭，毛衣的衣料蹭得她眼皮有些发疼。

直到有脚步声由远及近地传来，然后停住，无声地消失。

有人站在她面前。

陶枝刚要抬起头，就听见一道熟悉的声线伴着风声在距离她很近的身前响起："谁家的小土拨鼠？"

陶枝抬起头来。

江起淮还穿着下午走时穿的那套衣服。他蹲在她面前，视线平直地看着她，声音清清冷冷的，带着一丝微不可察的调笑："大晚上不回洞里睡觉，在这儿吹风。"

小区里灯光昏暗，前面不远处小花园里小路上蜿蜒着的地灯像一串串联的荧烛，秋叶拢在路灯下被剪出碎影。

江起淮逆着光，在陶枝抬起头时，他看清了她的表情。

江起淮顿了一下。

小姑娘抱着手臂蹲在门口，漆黑的眼在光线下泛着湿漉漉的润泽，眼皮有些红，眼珠却一片清明地看着他。

少年出现得有些意外，陶枝看着他，明显没太反应过来："你怎么在这儿？"

她的声音有些哑。

江起淮往里面那排独栋别墅的方向抬了抬下巴："我在这边做家教。"

陶枝反应慢半拍地"哦"了一声。

上次在门口的便利店看到他的时候，他好像是说过在这边做家教，只是没想到是一个小区。

她抬手看了一眼表："都快十点了，你怎么这么晚下课？"

"假期，家长加了一个课时。"江起淮说。

陶枝又点了点头，反应有些木讷。

江起淮没再出声，也没走。

两个人一个不说，另一个也就不问，就这么蹲在院门口吹风，一时间没人说话。

陶枝忽然觉得她跟江起淮之间其实是有一些默契在的。

比如，他也有很多事情被陶枝撞见，她不会问。

现在他也不会。

对江起淮而言，这些事情也许都不算什么，但是在陶枝看来，这大概也算是彼此狼狈的瞬间。

是他们跟在学校里截然不同的另一面。

而这些瞬间，只有彼此知道。

这个认知让陶枝从进家门那一刻起就有些糟糕的心情变得稍微好了那么一点点。

刚刚的情绪一点儿一点儿地平复下来，陶枝后知后觉地开始有些冷，她吸了吸鼻子："那你吃饭了没？"

"还没，"江起淮看着她，"找不着家了？"

陶枝抬手，指了指身后。

江起淮往后扫了一眼，半真半假地说："我以为你出门夜跑，在家门口迷路了。"他看着她，顿了下，"还不穿外套，体质不错。"

陶枝撇撇嘴："殿下，嘴巴不要那么毒，我本来刚刚打算邀请你进来吃个晚饭的。"

江起淮点点头："现在？"

"现在，"陶枝深吸了一口气，站起身来。由于蹲得太久，腿有些麻，她靠在铁门边单手撑着膝盖揉了揉发麻的小腿，"要来吗？"

江起淮抽出手机来，看了一眼时间。

将近晚上十点。

"不了，"他站起身来，低垂着眼，"等下随便吃点儿。"

陶枝琢磨了一下他这个随便吃点儿，大概就是像上次一样去便利店买个盒饭饭团什么的吃。

"行吧，"她原地跳了两下，"等我一下。"

她转身推开院门往里跑，飞快地跑进家门，在玄关门口搭着的衣服里随便扯了件外套套上，又跑出去。

江起淮没走，垂着手站在门口，眉目低垂地等着她，看上去莫名有些乖。

她走过去，他抬起眼来。

陶枝抬手往前一指，大步流星走在前面："走吧，小爷今天心情不好，请你吃个晚饭。"

说是晚饭，这个点儿大部分餐馆已经停止接客了。

但陶枝是个夜猫子，她经常大半夜跑出去跟宋江他们吃吃喝喝，对于哪些好吃的馆子几点关门无比清楚。

出了小区大门后，沿街走了差不多十分钟，拐进一个小胡同，穿过胡同，是一片老式居民楼。

江起淮就这么跟着她七拐八拐地走。

老居民区的光线很暗，路灯时不时"刺啦刺啦"地响起一声来。朱红的墙皮脱落得斑驳，墙边堆着报废的自行车。

猫咪趴在破旧的纸箱子里，听见声音懒洋洋地抬起头，眯着眼看过来一眼。

陶枝走在江起淮旁边，指着旁边最里面的一栋老房子说："以前我家就住这栋，后来卖掉了，搬到了现在住的地方。小时候我跟季繁就在楼下这个自行车棚里玩儿捉迷藏，跟邻居家小孩儿打架，没人能打得过我们。"

"那群小孩儿打输了就只会回家哭，然后邻居阿姨就会跑到我们家来找我妈。"陶枝继续说，"我妈妈从来都不会骂我，邻居阿姨也不会跟女孩子计较这些，反正无论闯了什么祸都是季繁的错。"

直到后来，陶修平和季槿准备分开。陶枝那天晚上早早地上了床，睡到半夜醒过来，她觉得肚子饿，想下楼去看看有什么东西可以吃。

她轻手轻脚出了房间，路过主卧的时候，听见陶修平和季槿在说话。

"枝枝这孩子一直懂事儿，成绩什么的都不用操心，你照顾她我很放心。"季槿温和地说。

陶修平沉默半晌，才哑声道："枝枝是女孩子，跟着妈妈会被照顾得细致一点儿，我不会照顾人，而且比起我这个一年也见不到几次的爸爸，她更喜欢你。她现在也大了，我觉得我们要问问她，还有小繁，也尊重一下他们的意见。"

季槿叹了口气："但小繁跟枝枝不一样，他从小就是个不让人省心的，我不亲自看着他，放心不下，我一定是要带着他的。"

陶枝那天晚上在门口站了很久。

后来季槿和陶修平说了些什么，她已经不记得了，或许根本就没有听进去。她一直站着，听着他们交流的声音慢慢地停下来，整个房子里再次陷入一片寂静。

她回到房间里，关上了门，躺在床上看着天花板发呆，也没有哭。

季槿很努力地做到了一碗水端平，她有两个孩子，十几年来她一直将自己的爱平分给了他们，没有让任何一个小孩子觉得自己是不被爱的。

陶枝不知道是不是因为调皮捣蛋的孩子更容易被偏爱，但是直到那时候，她才明白，其实很多事情即使你已经非常想要做到了，心里面也总是立着杆秤的。它非常清晰且残酷地，给每一个人都标注着他在你心中的地位和重量。

而这种重量，唯有在面临离别的时候，你骗不了自己。

陶枝跟江起淮说了很多小时候的事情，她好像在每一个路过的墙角都有回忆，江起淮话不多，他就安静地听着，偶尔应声。

他们穿过了小区走到街上，前面的路亮起来，两边的小商铺鳞次栉比，每一家都亮着灯，多数是卖吃的。沿街道两边的小吃车一辆接着一辆，拥挤得几乎没有可以通行的地方。

夜色深浓，整条街却亮如白昼。

江起淮跟着陶枝在人群中穿行，走到尽头的一家烧烤店。

这家店店面不大，生意却很好，只有最里面一张小桌子空着，老板在食客之间穿行，不时跟他们开开玩笑聊两句，看起来关系熟络。

陶枝一进门，老板就看见她了，朝她摆了摆手："小陶枝来了，好久没看见你了。"他看了一眼跟在陶枝身后进来的江起淮，"带朋友来的？小宋呢？今天怎么没来？"

"没叫他，带我朋友来吃点儿东西。"陶枝笑眯眯地走进去，在最里面那张桌子旁边坐下，江起淮坐在她对面。

陶枝从老板手里接过菜单，递给江起淮一份。她没看自己的那份，掰着手指头就噼里啪啦地点了一堆。

点完后，她转过头来："你要主食吗？他们家炒牛河特别好吃。"

江起淮点点头，看向店老板："要一份炒饭吧。"

陶枝："……"

陶枝朝着天花板翻了个白眼。

店老板哈哈大笑："这小伙子挺有意思的啊。放心，我家炒饭也一样好吃，你们坐着先等会儿啊。"

陶枝回身，拿着杯子去前面的小吧台上接了两杯花果酒回来，递过去一杯："老板自酿，仅此一家，别地儿都没有的，尝尝？"

江起淮接过来，放在桌子上往前推了推："明天有家教。"

陶枝抿了一口自己的那杯："明天也有？那这不是晚上才上课吗？"

"上午有个英语。"

陶枝："还真是九门功课同步教学，你有多少个家教要上啊？"

"就这两个，"江起淮说，"假期上课会有额外的课时费。"

陶枝抬起头来看着他："殿下，你到底为什么这么缺钱？"

"不要问这种何不食肉糜的问题。"江起淮也看着她，"你为什么大晚上不穿外套出来夜跑？"

江起淮这种成绩能在市里排上一二的，各个学校肯定抢着要，助学金估计不用申请也是学费全免。再加上实验一中也算是财大气粗，奖学金最上面的那一档数额不低，他平时学习要用的教辅材料甚至包括基本生活所需要的开销大概都是够了的。

就算家里条件不是特别好，他也不至于这么拼。除非还有什么别的理由。

陶枝没再问下去，两个人之间那种微妙的，互不关心的默契之墙被推着晃悠了两下，然后稳稳地继续耸立着。

食物很快上来，陶枝撸串，江起淮吃炒饭。他似乎对肉类的兴趣不大，更喜欢烤蔬菜。

陶枝拿的那两杯花果酒全进了自己的肚子，她喝起来的速度比平时快了很多，等她反应过来的时候，已经开始有点上头了。

她托着下巴看着对面的人，开始和他谈心："江起淮，你有没有后悔转到实验一中来了？"

江起淮拿着勺子："为什么？"

陶枝歪着脑袋，想了想说："比如，实验一中的教学质量相对于附中来说，确实还是要差一点点的。"

"无所谓，哪里都一样考。"江起淮语气平平。

陶枝扩写、翻译了一下他这句话——无所谓，哪里第一名都是一样考。

陶枝抬手，又指指自己："那还比如，认识了个很麻烦的人。"

江起淮看了她一眼，又看了看她面前已经空了的两杯花果酒。

小姑娘看着和平时没什么不同，黑眼微扬，唇角微微向上翘着抿起来，指尖搭在脸颊上一下一下地敲，就是眼皮红了。

江起淮第一次见有人喝花果酒会红眼皮。

之前厉双江过生日的时候，听她放出去的豪言壮语，还以为她酒量多好，结果也就两杯。

他视线落在她的指尖上，说了一句什么，店门口吵吵闹闹地走进来几个人，声音很大，淹没了他的话，陶枝没听清。

她好奇地探身过去，在酒精的作用下，她的舌尖已经开始发麻了，她含含糊糊地问："你说什么？"

店门口那几个男生走进来，其中一个认出了她，叫了她一声："陶枝？"

陶枝转过头去。

男生的长相是那种有点儿硬气的帅，他戴着银色的耳钉，穿着黑外套，从露在外面的 logo 可以看出，他从头到脚穿的全是名牌，就像一行走的人民币。

"人民币"走到他们的桌前，近距离确认了一下，确实是她。

"你为什么不接我电话？""人民币"面无表情地说。

陶枝一脸茫然："什么电话？"

"什么电话？""人民币"难以置信地看着她，"我给你打了五十几个电话，五十几个！"

陶枝想了想，一脸认真地说："那可能是因为我把你拉黑了。"

"你——""人民币"一脸要被她气得噎过去的表情，他对上少女一脸无辜的样子，一时间没能说出话来。

对面瓷白的勺子和盘子碰撞，发出微弱而清脆的声响。

"人民币"侧过头去，看见了对面的江起淮。

他直接气笑了，指着江起淮质问道："你一句分手就想轻轻松松把我给甩了，结果没两个月又换了个新的？"

他这话信息量很充足，江起淮抬起头来："前男友？"

一句话问得无波无澜，陶枝却莫名有些心虚，她小声说："分手了的，分手了。"

"五十多个电话，"江起淮指责她，"小没良心。"

"我哪里没良心了？"陶枝不满地嘟哝道，"那不是都分手了嘛……"

两个人在那里旁若无人地你一句我一句，"人民币"被无视得很彻底，他气得想笑，抬手要去扯人："你单方面说要分手我同意了？陶枝，你出来我们好好聊聊。"

陶枝的衣服袖子被人扯住，她反应慢半拍地眨了眨眼睛。"人民币"力气不大，她的手臂被提着软绵绵地往上抬了抬，人站起来。

江起淮看着她被拉住的袖子，平静问："你要去吗？"

陶枝终于后知后觉地反应过来，把手往回抽了抽，整个人看起来还迷迷糊糊的："不要，没什么想聊的。"

江起淮往后滑了滑椅子，站起身来，不动声色地挡在陶枝和"人民币"之间。

陶枝顺势往后退了一点儿，整个人藏在少年身后，手指揪着他背上的衣料，只探了个脑袋出来。

"人民币"看着他，耐着性子说："兄弟，我是她前男友，没打算干什么，就想跟她聊几句。"

他看着不像什么坏人，说话也客客气气的，一副商量的语气。

江起淮点点头，也看着他："人是跟着我出来的，我也得看住了原原本本给送回去。就算你是现男友，也得等她酒醒了再来跟我要人。"

　　"人民币"跟陶枝认识，是因为一次出去玩儿，过程还挺巧的。陶枝是跟着朋友一起去的，他那天刚好也被朋友叫去。

　　他们约在了一个小广场的篮球场碰头。

　　陶枝跟她朋友先到了，蝉鸣声聒噪的盛夏，少女靠站在篮球架子下面玩儿手机，抬起头朝他这边看过来的时候表情冷淡、眼神高傲。

　　"人民币"被惊艳了，"人民币"一见钟情了。

　　"人民币"觉得自己活了十七年，头一回明白什么叫心动的感觉。

　　他向来都是个行动派，既然喜欢第二天就去追了，陶枝答应得也很爽快。

　　两个人确定关系以后吃了三次饭、看了两场电影、拉过一次手，"人民币"还沉浸在恋爱的快乐中无法自拔的时候，陶枝把他给甩了。

　　"人民币"当时的心情是崩溃的，他觉得自己遇到了情场骗子。

　　他给陶枝打了五十多个电话，被拉黑以后想去她家找她问清楚，死也求死个明白，结果发现他连她家住在哪儿都不知道。

　　上天待他不薄，让他在几个月后和她在这个小小的、破旧的、不起眼的烧烤店里偶遇，"人民币"不想放弃这个机会。

　　陶枝也不知道事情为什么会这样发展。

　　烧烤店破破烂烂的四人小桌前这会儿围坐着五个人，陶枝坐在最里面。她看了看坐在她旁边的江起淮，又看了一眼坐在她对面的前男友。

　　"人民币"和他的两个朋友跟他们一起挤在一张桌子周围，又点了一大桌子的烧烤，还接了好几扎花果酒过来。

　　他这两个朋友也是自来熟的，除了最开始对峙时有些尴尬以外，一坐下就如鱼得水了起来，一副在座的各位都是兄弟的样子。

　　"人民币"悲情地一言不发，拿起酒就喝。

　　几扎酒下肚，"人民币"话开始多了起来，他看着陶枝："陶枝，我真的想不明白你为什么要跟我分手。"

陶枝撑着下巴，困得眼睛都要合上了："我觉得我们不合适。"

"哪里不合适？""人民币"不同意她的看法，"你看，你家有钱，我家也有钱，门当户对。"

这个是实话，"人民币"家庭条件挺好的。

陶枝点了点头。

"我长得不差吧，你也好看。从颜值上看，咱俩旗鼓相当。""人民币"继续说，"不然你当时为什么答应我？"

这个也是实话，陶枝又点点头："因为你长得是我喜欢的类型。"

"你当时说我长得像金城武！""人民币"沉痛地说，"你说你想体验一下跟明星谈恋爱的感觉！结果你把明星给甩了。"

陶枝耷拉着眼睛，嗫嚅道："那我后来近距离仔细看你，发现也不是那么像……"

"而且，你学习也不行。""人民币"一拍桌子，提高了声音，"以后我考 20 你考 25，你倒数第二我就倒数第一，有来有往，其乐融融。"

"人民币"的朋友："……"

江起淮："……"

江起淮从来没听过有人能把成绩差这件事儿说得这么理直气壮、这么唯美凄婉，一时间觉得陶枝的这前男友在脑回路上面跟陶枝还是有那么点儿共通之处的。

陶枝想说"我现在不考 20 分了，我上次月考考了 40 呢"，但她眼皮子已经开始打架了，脑子里混混沌沌地开始冒星星，只目光蒙眬地瞅着他，没说出话来。

"陶枝，我想不到我们哪里不合适。""人民币"最后总结，"我们是天造地设的一对，这是良配。"

陶枝点点头，强打起精神来："是我一时鬼迷心窍，被你的皮相迷惑了答应了你的告白，但后来相处下来我觉得……"

"人民币"抿着唇，紧张地看着她："你觉得？"

陶枝歪着脑袋，苦恼地想了一会儿。

她当时本来觉得这人挺好的，长得确实有点儿像金城武，而且那会儿连宋江都谈过恋爱了，她还没谈过。直到后来俩人约会去看了场电影，陶枝正津津有味地深陷在剧情中无法自拔时，"人民币"在一片黑暗中突然握住了她的手。

陶枝当时的第一反应就是拽着这个不知好歹的家伙给他来个过肩摔，摔进马桶里清醒一下，然后她反应过来这人现在和她是男女朋友关系。

陶枝当时忽然意识到自己的行为是有点儿不妥的。

男女朋友这种关系，跟她和宋江、和季繁之间的那种联系都不一样，和她本来以为的那种，有一个人陪她一起聊天、一起打游戏、一起看电影就可以了也不同，他们是要有其他接触的。

她之前没谈过恋爱，也没人教过她这些，这种事情她也没法问陶修平。

所以她亲身体会了一下，这种特殊关系和她之前一直以为的是不同的。

当天晚上，她给"人民币"发了八百字的小作文，诚恳地表达了自己的歉意和错误，希望两个人可以回到朋友关系。

陶枝觉得她这辈子都没这么诚恳过。

烧烤店里，陶枝看着"人民币"，努力地想了一会儿，最后费劲巴拉地说："我觉得你个子太高了，跟你站在一起让我很有压迫感。"

"人民币"："……"

"人民币"从来没因为这种原因被人甩过，一时间也迷茫了，他指着江起淮："他不也挺高的吗？"

"他……"陶枝看了江起淮一眼，犹豫道，"他就是看着显个子，其实穿了二十多厘米的内增高呢。"

陶枝一脸严肃地说："他只有一米六。"

"人民币"："……"

江起淮："……"

饭吃得差不多后，陶枝站起来跟老板说结账，还准备顺便把"人民币"他们的也一起结了，当作赔罪。结果到了小吧台才反应过来，她出门的时候走得急，手机放在沙发上没拿。

不过陶枝和宋江他们常来，跟店老板很熟，所以之前在店里办了个私人小会员，存了钱在会员里面。她现在只要直接报手机号，收银员从里面扣钱就可以了。

收银员算了一下，里面剩下的钱还差个零头，老板挥挥手直接给陶枝抹了。

"人民币"和他朋友已经喝高了，这会儿正在致敬他逝去的青春，顺便在他朋友的怂恿下加了最近正在追他的小姑娘的微信号。他加完把手机往旁边一丢，又一把扯住了他朋友的手，沉重地说："你说一米六多好。"

"……"

"我也想就长一米六。"

江起淮："……"

陶枝仰着脸哼着歌，已经默默地溜出了店门。

江起淮跟上去，刚一出门，就看见小姑娘拐着 S 弯在往前走，眼看着就要往墙上撞。江起淮指尖拽着她的外套袖子把人给拉了回来。

陶枝歪歪斜斜地往前走，走着走着就一点儿一点儿地靠了过来。两个人距离越来越近，她的手臂靠着他的手臂。

陶枝身上带着淡淡的酒气。

接近十二点，夜市上也没什么人了，街上空荡荡的，只有路边的大排档还开着。陶枝垂着脑袋，打了个酒嗝。她看见一家便利店，直冲过去。

刚好有一辆车呼啸而过，江起淮原本拽着她袖子的手改抓着她的手臂。

他语气很冷："干什么？"

"我想喝个酸奶……"陶枝小声说，看起来有点儿委屈，"你那么凶干什么？"

"……"

江起淮的手松了松。

陶枝慢吞吞地跑进便利店，走到冷柜前面，背着手领导似的巡逻了一圈，然后指着最上面那层的酸奶，指挥道："我要喝那个。"

江起淮看了一眼："自己拿。"

那个酸奶在最上面那一排，陶枝想拿到得稍微踮一下脚，平时也就是一抬手的事儿，但是喝了酒，就比较娇情，她不想动："我够不着。"

"我也够不着，"江起淮说，"我只有一米六。"

"……"

陶枝鼓着腮帮子看着他，不开心地说："殿下给我拿。"

她的声音带着喝醉了以后黏糊糊的味道，尾音翘着，像在撒娇。

江起淮顿了顿，明明一晚上一滴酒也没碰，却觉得指尖有点儿麻。

他半天没反应，陶枝撇撇嘴，放弃了，走过去刚想自己拿，结果从她身后更高的地方，少年的手臂自她身后伸过去，在她之前拿起了那瓶酸奶。

陶枝整个人被拢在冷柜和他的身体之间，洗衣粉的味道带着点清洁感混合着体温从身后传来，陶枝本来就反应慢了半拍的大脑彻底停摆。她定在原地，几秒钟之后才回神。

江起淮已经拿着那瓶酸奶走到收银台结账了。

他抽出手机，点开微信，陶枝那边已经跑过来拿走了酸奶，她把塑料盖子掀开，又撕开了上面的锡纸层："你怎么又给我拿了？"

"不跟酒鬼一般见识。"

收银员在收款码上扫了一下后，江起淮收回手机，退出付款界面，然后看见微信群正在往外噼里啪啦地弹消息。

是之前厉双江组织大家出去玩儿时拉了班里十几个人进去的那个大群，他一晚上没看微信，群消息已经 99+ 了。

江起淮本来以为里面大概都是去游乐园玩儿的内容，结果就看见季繁在里面发了一条：她也没带手机，不知道人去哪儿了，再不回来我要报警了。

江起淮一顿，点进去，从最新消息的顶端开始翻。

季繁不知道是什么时候被拉进来的，他们在群里聊了已经有半小时了，原因是陶枝不见了。

季繁本来打算下楼看看季槿和陶枝聊完没有，结果一下去客厅里没人，陶枝的外套不见了，手机被丢在沙发上没带。

他以为是因为他说错了话，陶枝心情不好出去逛了，结果等了一小时她也没回来。

他发微信给厉双江，厉双江又发微信给付惜灵，然后厉双江索性就把季繁给拉进群里了。

微信群的消息还在往外跳。

季繁：我刚刚问了及时雨，及时雨说陶枝也没去找他，这人人间蒸发了？到底是干吗去了？？？

江起淮侧头，看了一眼被误认为人间蒸发了的某人。

陶枝倒着坐在便利店窗前桌边的椅子上，像个小朋友一样两只手捧着酸奶盒子，低垂着眼喝酸奶喝得认认真真，看起来有点儿乖。

江起淮重新垂头，打字。

江起淮：喝酸奶。

季繁：？

蒋正勋：？

付惜灵：？

赵明启：？

厉双江：？？？

厉双江不知道江起淮今天为什么如此亲民，连喝酸奶都要在群里通知他们一声。

厉双江：淮哥，那您先喝着。

江起淮："……"

　　陶枝的酸奶喝得见底，她仰着头，努力地喝着瓶子里的最后一点儿酸奶。

　　江起淮举起手机，对着她"咔嚓"拍了一张照片，发到群里。

　　群里顿时又是一排排的问号，一个一个蹦出来刷屏。

　　厉双江：淮哥，老大跟你在一起？

　　江起淮：嗯。

　　季繁发了一串问号以后开始发省略号了。

　　不是，你俩为什么在一起？

　　你俩为什么半夜十二点还在一起？

　　你俩大半夜的都不回家在外边约好了一起喝酸奶？

　　季繁努力地咽下了一肚子的咆哮，最后很艰难地挤出了一句语音："行吧，她什么时候回来？"

　　江起淮公放了这句话给陶枝听。

　　陶枝把最后一点儿酸奶喝干净后，胃也舒服了不少，她心满意足地舔了舔嘴角："我喝完就回去。"

　　江起淮继续垂头打字。

　　江起淮：她说喝完就回去。

　　江起淮：喝完了。

　　季繁："……"

和李淑妃打赌

江起淮这条微信发出去后，过了几秒，微信又响了一声。

季繁发了个好友申请过来。

江起淮对他这个同桌还是有几分印象的，这人是他一个朋友的朋友的朋友，大概就跟二姨夫家大表姐的堂哥家小孩儿差不多，俩人之前好像打过一架。

江起淮通过了季繁的好友申请，季繁立马发了几个字过来：你们在哪儿？

江起淮发了个定位过去。

季繁：我十分钟到。

江起淮抬头，看了一眼坐在旁边的陶枝。

小姑娘酸奶喝完了，把瓶子放在旁边的桌子上，正撑着脑袋笑眯眯地看着他，抬手拍了拍自己旁边的位置，示意他过去坐。

江起淮走过去，把空酸奶瓶子丢进垃圾桶，在她旁边坐下。

陶枝伸长了脖子看着他的手机："你有没有看到我们发在群里的照片？"

江起淮："没有。"

"里面有你呢。"陶枝困得打了个哈欠，抬手揉了揉眼睛，"你错过了晚上的烟花，我们在摩天轮上看的，大家都看了，就你没看见，不过我们拍了照片。"

她在那里絮絮叨叨地对他说："你应该看看的，很好看。"

江起淮没说话，把手机放在一边，也没有要去翻的意思。

陶枝看了他一会儿，有些失落地垂下了脑袋，用只有她自己能听见的声音很小声地嘟哝："枝枝也很好看。"

季繁对这一片熟门熟路，过来没用十分钟。

他一脚踏进便利店的时候，陶枝就看见他了。陶枝蹲在椅子上喝酸奶，朝他招了招手。

季繁喘着气走过来，撑着桌边等气喘匀，看向江起淮："她不是喝完了吗？"

"又买了一瓶。"江起淮说。

季繁："……"

季繁点点头，掏出手机来："一共多少钱？我转你。"

"不用。"

季繁也没强行给，道了声谢，抬手揉了一把陶枝的脑袋，拽着她胳膊把人拽起来了："行了，别喝了，喝那么多酸奶你也不怕闹肚子啊？回家了。"

陶枝被他拽着站起来拉出了便利店，临出门之前，她回头看了一眼。

江起淮坐在桌前看着她，眼神静静的。

他看着少女出了便利店的感应门，在街上手舞足蹈地蹦跶，然后被季繁不耐烦地一把捞回来，最后消失在街口。

"十一"黄金周过得很快，在所有人觉得假期才刚刚开始的时候，七天已经过去了，寒假前最长的一个假期逝去得无声无息。

陶枝的后三天过得也非常无聊，她用了一天时间醒酒，剩下两天看书。

宋江来找她约的所有娱乐活动她全部推了，理由是"十一"人太多，不想出去被挤。

"不去。"

"怎么又不去？"

"我有社交恐惧症，有点儿怕生，"卧室书桌前，陶枝咬着根棒棒糖在翻物理卷子，电话开了免提被她放在旁边，"也不喜欢人多的地方，性格比较孤僻。"

宋江："……"

宋江一句脏话噎在嗓子里，最终还是没忍住："你有个锤子的社交恐惧症，怕个球的生！你最近天天在家大门不出、二门不迈的到底是为了什么？"

陶枝转着笔，笔尖在最后一道选择题上停了停，勾了个字母出来，悠悠地说："为了更伟大的事业。"

"……"

宋江憋憋屈屈地把电话挂了。

开学的头一天，陶枝终于把王褶子单独给她的那一套试卷给解决掉了。

虽然都是一些基础题，她依然做得头发掉了一把，就着付惜灵的笔记才勉勉强强做完。因为没有答案，也不知道正确率怎么样。

错就错吧，反正也是给糊弄完了。

陶枝得过且过地想。

周一一早她一到教室，就看见厉双江他们在黑板前忙活。讲台上摆了一块小小的黑森林蛋糕，黑板上被人用粉笔画了一个大大的日历。赵明启他们一人拿着一根蜡烛，站成一排面对着黑板上的日历，一脸严肃。

厉双江一声令下："一鞠躬。"

一排人齐刷刷地对着黑板拜了一拜。

他们二鞠躬的时候，陶枝凑过去看了一眼："他们干吗呢？"

"祭奠他们已经逝去了的美好的'十一'长假，"付惜灵在旁边说，"早上还特地跑去买了块蛋糕回来。"

"神经病。"

陶枝不能理解这些男生的行为艺术，翻了个白眼回到座位上。

假期结束，日复一日的学习生活再次重启。第二节课下课，八卦小能手蒋正勋带了个最新消息回来。

隔壁文科 1 班的年级第一作弊被发现了，所有考试成绩全部取消，被拉下了学校的百名榜。

蒋正勋进班说这事儿的时候，陶枝正趴在桌子上听着厉双江跟他同桌斗嘴，赵明启在旁边添油加醋。厉双江跟他同桌为了一道数学题的答案争得脸红脖子粗，从得数到底是多少上升到了人身攻击。

"我刚去语文组拿卷子的时候听到的，具体是怎么回事儿我也不清楚。反正就是这个叫赵什么桥的文综作弊，然后不知道怎么让人发现了，被匿名举报了。"蒋正勋坐在桌子边一边咬着薯片一边说，"然后学校调了监控，还把他叫过去问了，确实是作弊了。"

"赵百桥，"厉双江说，"以前是我们班的啊，成绩也还行吧，但确实也没到年级第一这个程度。我以为他是最近进步神速呢，而且这人是年级主任她儿子吧？"

"对对对，咱们这一级的年级主任。"蒋正勋说，"据说年级主任在办公室当时就扇了他一巴掌，给好一顿骂，当时各科老师全都在呢。这个赵什么桥——"

厉双江："赵百桥。"

"赵百桥，"蒋正勋说，"当时哭得地动山摇的。"

这个事儿虽然是文科那边的，却闹得不小。

考试作弊这事儿常常会有，但是年级前几名是作弊得来的，这种情况在实验一中还是第一次见。

一般来说，学习好的学生，都不屑于靠这种作弊得来的分数拿成绩，一拿还拿个年级第一。

而且这人又是年级主任的儿子。

年级主任这人，平时严厉又刻薄，逮着一点儿茬儿都能把你叫到办公室去骂一顿。整个高二几乎没人喜欢她，她又喜欢穿粉裙子，坊间人送外号"实验一中乌姆里奇"。

实验一中每次月考会贴前一百名的成绩单，当天中午，"实验一中乌姆里奇"黑着个脸站在高二教学楼一楼的百名榜前，指挥着两个学生把榜单撕下来，换了新的。

一群人大中午的不吃饭，说说笑笑地在后头围观。

厉双江拉着江起淮他们，路过的时候也看了一眼，赵明启在旁边"啧啧"两声："乌姆里奇的脸这次也是丢尽了。"

他们旁边刚好站着1班另外几个刚下来的女生，里面有李思佳和吴楠，吴楠一向是很严肃的性格，皱着眉说："这种突然进步几十分的情况听起来就很不靠谱，学习是稳扎稳打的事儿，怎么可能一飞冲天？"

李思佳在旁边挽着她的手，小声说："那咱们班不是也有这种的吗，平时也没见怎么学习，一下就能从五六十分考到一百多……"

她声音不大，但也足够旁边的人都听见了，厉双江他们愣了愣。

她这话指向性太明显，放眼望去1班整个班，横着竖着数能对上号的也就只有一个。

原本一直在看手机的江起淮蓦地抬起头来，情绪不明地看了她一眼。

李思佳的目光和江起淮对上，她慌乱地移开了视线。

旁边另外一个女生意味深长地"哦"了一声："那位啊，人家花钱进的，跟年级主任的儿子怎么能是一个咖位，说不得。"

厉双江皱了皱眉："老大不是这种人。"

女生翻了个白眼："怎么就不是？每天作业不也都是抄的，考试就能改邪归正了？"

赵明启在旁边"哎"了一声，笑嘻嘻地说："这话就不对了啊，我也抄过淮哥的作业。"

"作业归作业，这是两码事儿。"厉双江也有点儿不乐意了，"那我有的时候没写完还会抄一下呢，按你的意思我 700 分也是作弊来的啊？咱们班谁没早自习抄过作业？你没补过？"

女生一脸不屑："男生嘛，颜值就是正义呗，反正长得好看就行了。"

厉双江说不过她，憋得脸都红了，半天没想出来怎么反驳，赵明启在旁边扯了扯他："老厉，算了。"

江起淮转身，往楼上走。

他逆着人群上了三楼。

1 班教室里安安静静的，只有几个人。陶枝和付惜灵坐在一起吃盒饭，两个小姑娘不知道说起什么话题，咬着筷子笑成一团。

看见他站在门口，陶枝抬起拿着筷子的那只手朝他招了招："怎么着殿下，忘拿东西了？"

江起淮没说话，似乎只是确认一下她在不在，转身关上后门又走了。

陶枝和付惜灵面面相觑。

陶枝眨巴了两下眼："这人什么毛病？"

付惜灵也眨巴了下眼："天才的世界，我们凡人可不知道。"

陶枝不知道中午楼下发生了什么，但她又不是傻子，一下午的时间，她也能感觉到有什么东西不对劲儿。

比如一到课间，那些围在一起的女生看向她的次数明显多了起来，每次一对上她的视线就赶紧移走，继续说话。

陶枝对于各种视线的注视早就已经习以为常了，无关紧要的人她也并不在意，继续该干什么干什么，并不受这些闲杂人等的打扰。

但是厉双江他们对她的态度都明显殷勤了起来。

整个下午，一会儿赵明启过来给她送个酸奶，一会儿厉双江给她送包软糖，连蒋正勋这种平时长在座位上动都懒得动一下的都跑过来跟她谈心："班长，您下午没听到什么吧？"

"听到什么？"陶枝一边在手机上打麻将一边漫不经心地问。

蒋正勋松了口气："没什么。"

陶枝："说我月考作弊？"

蒋正勋："……"

坐在前面竖着耳朵的厉双江瞬间转过头来，一脸紧绷地看着她。

陶枝皱着眉思索了一会儿，打出去一张三万："我又不是聋子，他们那么大声，生怕班里还有人不知道似的。听见了一半，另一半猜出来的。"

蒋正勋有些尴尬地摸了摸鼻子："你别听他们的。"

陶枝抬起头来："你怎么不也怀疑一下？我这个分——"她顿了顿，然后一脸满意地说，"嗯，考得是挺好的。"

厉双江："……"

付惜灵在旁边没忍住抿了抿嘴角，偷着笑。

蒋正勋有些一言难尽："你连平时班会主题都懒得想，班长该干的乱七八糟的活儿全丢给我了，估计也是懒得作弊。"

陶枝刚想说话，赵明启抱着球冲进了教室，朝她走过来："班长，老王找。"

班里的人顿时齐刷刷地扭过头来。

陶枝放下手机，没什么表情地站起身来出去。走到教师办公室门口，她敲了敲门。

王褶子正坐在桌前写教案，听见敲门声抬起头来："进来吧。"

陶枝走进去，老老实实地站在桌前，等着领导发话。

王褶子放下鼠标，滑着椅子转过来："有同学跟我匿名反映了一下，说是对你月考语文和英语的成绩有一些质疑。"

陶枝点点头："我知道，估计分数刚出来那会儿就有了，只是因为文科班这事儿今天才有人敢说出来。"

王褶子有些意外地看着她："你倒是也稍微委屈一下啊。"

陶枝也学着他的表情："那您倒是也怀疑我一下，毕竟我开学头一天就抄作业被您给逮着了。"

王褶子被她气笑了："老师相信你的人品，而且你之前的成绩单我都看过了，也跟你爸爸沟通过，你能考这个分数我觉得是情理之中。叫你过来是想跟你说，不要受到一些言论的影响，另外——"

王褶子表情一变，把旁边的一沓卷子往她面前一拍："你这个物理写的是什么玩意儿，基础题还能给我错成这样？回去都给我改了，错的题在错题本上再做十遍，明天我来查。"

陶枝："……"

陶枝抱着卷子面如死灰地回了班，一推开教室门，就看见吴楠和厉双江正在吵些什么。

两个人都站起来了，厉双江气得面红耳赤，吴楠一脸冷静地抱着手臂："我从来没背后说过别人坏话，但这件事情你问问班里有几个人觉得没问题？你跟她关系好就能不分黑白了？"

"我什么时候——"厉双江的声音都提高了，付惜灵在旁边拍了拍他的胳膊。

厉双江转过头来，看见门口的陶枝，没说完的话吞进肚子里，烦躁地抓了一把头发。

吴楠也转过头来，看见她进来，冷笑了一声："班长既然回来了，那就自证一下清白，如果确实是我们误会你了，我跟你道歉。"

陶枝把王褶子给她的物理卷子放在桌子上，走过去。

她个子跟吴楠差不多高，隔着张桌子，眼神不避不让地看着吴楠："所以是你举报的吗？"

陶枝的长相本来就有点儿凶，平时说说笑笑的时候看起来机灵又好说话，好像对什么事情都不太在意。这会儿安静下来，深黑的眼窝直勾勾地看着人的时候，压迫感才出来。

吴楠没说话。

教室里没人说话，该看热闹的看热闹。半晌，桌椅碰撞的声音轻轻响起，李思佳在吴楠旁边站起来，小声说："是我跟王老师说的。"

陶枝转过头去。

"不是吴楠说的，是我上次去英语办公室整理成绩，看到你上学期期末考试的英语试卷，"李思佳抿着唇看着她，眼睛有些红，"我觉得你的进步幅度不合理。"

所有人都有些意外。

吴楠是那种平时有什么看不惯的就会直接说出来，谁都不惯着的性格，但李思佳平时不声不响，连话都很少，是班里公认的乖宝宝。

陶枝也挺意外地看着她："李淑妃，怎么是你啊？"

李思佳有些茫然。

厉双江也挺茫然地转过头来："老大，你叫谁？"

江起淮叹了口气，把手里的卷子卷成卷儿，抬手从后面轻轻敲了一下她的脑袋："好好说话。"

陶枝"咝"了一声，抬手揉了一下头发，撇了撇嘴："李思佳同学，你是不是英语最好来着？"

付惜灵侧头，小声说："她是英语课代表，上次单科年级第一。"

陶枝点点头："那就英语吧。"

李思佳愣了愣："什么？"

她比陶枝要矮了一头，陶枝垂眼看着她，不紧不慢地说："我下次月考英语单科成绩如果比你高，你就去学校广播室开麦给我道歉。"

陶枝想了想，还觉得不够得劲儿，补充道："再给我写八百字的检讨，班会的时候朗读一遍。"

"我真是无语了！"

课间休息，厉双江站在过道上，双手撑着江起淮的桌边，满脸的震惊过了一节课都没缓过来："你知道李思佳月考英语考了多少吗？老大？143 啊老大！"

厉双江指指付惜灵："付惜灵英语多好你亲身感受过吧？她上次也就才考了 140！"

付惜灵在旁边有些委屈，小声地说："什么叫才 140，也挺好的了好吧……"

陶枝趴在江起淮的桌上，表情恹恹地看着他："你先不要那么激动。"

"我不激动？我天——143！大小作文加起来一共就扣了 6 分，听力只错一道！"厉双江又指着坐在陶枝后面的江起淮，继续说，"你后面这位、年级第一、六科扛把子、无所不能的这位，英语 142！比她还少 1 分！你居然去跟她打了这个赌？！"

"那她不是英语最好吗？"陶枝慢吞吞地说，"我当然是要在她最拿手的领域赢了才更有成就感。"

付惜灵在旁边赞同地点了点头："就是就是。"

厉双江眼前一黑，差点没被她俩气得厥过去："问题是——"

"问题是到了高分段想要提分很难，一个月想从 118 考到 140 几乎不可能。"付惜灵接话道。

厉双江在旁边打了个响指。

"不过，"付惜灵想了想继续说，"我觉得这个赌也没什么，枝枝考得比她高的话就最好，就算考不过她，能拿个 100 多分也是足够证明她这次真的没作弊呀。枝枝也没损失什么。"

厉双江闻言，瞬间抬起头来。

他眼睛都亮了，整个人像是重回了人间："原来是这个道理？"

"不是这个道理。"陶枝抬起头来说。

厉双江和付惜灵转过头来，面露疑问地看着她。

"这人要面子得很，"一觉睡醒错过了大戏刚从赵明启那儿听来了个前因后果的季繁打了个哈欠，替陶枝翻译道，"她既然说了她要考过这个姓李的，就不会考虑第二种办法钻这个空子。"

陶枝看向厉双江，也学着他刚刚的样子打了个赞同的响指。

厉双江一脸蒙地看着她："所以……"

"所以，"江起淮写完数学卷子上的最后一道大题，把卷子折起来丢在一边，放下笔，人往后靠了靠，"你还是赶紧看看你考得稀烂的卷子，想想一个月内这 20 多分要怎么提。"

陶枝："……"

陶枝又重新趴回去了，没骨头似的长在了江起淮的桌子上，恢复成了刚刚那副死鱼相。

她都好几年没怎么认真学过英语了，突然一下让她考个这么高的分数，心里也开始没底："殿下，我这个牛这次是不是吹大发了？"

江起淮笑了一声："我看你说的时候挺爽的。"

陶枝想了想，还是点点头："是挺爽的，如果再来一次我估计还是会选择先吹完。"

"这不就结了，"江起淮靠在椅子上，风轻云淡地说，"考就行了。"

他的语气自然得就好像是在说：不就是清华，上就完了。

厉双江："……"

厉双江也不知道是他自己疯了，还是这个世界疯了。

学校总是藏不住秘密的地方，两节课以后，高二 1 班整个班包括全体教师团队都知道，1 班的倒数第二和英语单科年级第一打了个赌，倒数第二扬言要在下次月考中英语考到 140。

其中大多数人都在等着看笑话。

下午第三节课是英语，英语老师蒋倩一还特地注意了陶枝一下，一节课点她起来念了好几次课文。

蒋倩一教了十年的英语，也是个挺有经验的特级教师。学生只要站起来说两句，听发音她就能大概听出来这个学生是什么水平。

她之前没关注过陶枝，也只跟王褶子他们聊天的时候聊起过几句。

结果叫起来一听，蒋倩一还有些意外。

虽然陶枝有些单词读得还挺磕磕巴巴的，但是一口英式发音居然非常标准流畅。学校课本教的是美式，高中的学生接触的大多是美式发音，蒋倩一很少听见有学生喜欢说英式。

但想起她的月考英语卷子，蒋倩一摇了摇头。

她现在跟李思佳的距离也不是一点儿半点儿。

英语课一下课，宋江就直奔 1 班。他风风火火地冲进了后门，降落在陶枝面前。

陶枝的英语书还没合起来，宋江一掌拍在了她桌上："听说你跟你们班英语第一打赌，说英语考不过她就跪在广播室门口扇自己十个巴掌？"

陶枝："……"

陶枝也不知道为什么去广播室道歉就这么莫名其妙地被传成了去广播室门口扇自己巴掌。

她面无表情地纠正他："不是我们班第一，是年级第一。"

宋江说："那你心里到底有底没有？"

"没有。"陶枝老老实实地说。

宋江爆发出了一阵毫无人性的大笑："那你很牛啊大哥！"

他跟陶枝是发小，大概是学校里除了季繁以外唯一一知道陶枝以前也是个小学霸的人。宋江很没有同情心地说："没事儿，不就是英语，你初中英语考满分、作文回回被复印下来给全校当例文的时候，这年级第一还不知道在哪儿玩儿泥巴呢。你怕啥？干她就完了。"

顿了顿，宋江补充道："虽然你现在就只能考 50 分。"

"……"

陶枝翻了个白眼，指着他："及时雨，在我耐心耗尽之前我希望你识相点儿自己消失，不然我现在就把你的脑袋塞进桌肚里。"

宋江朝她敬了个礼，麻利地滚了。

陶枝把手边的书和本子推开，手臂前伸着，整个人瘫在桌子上，长长地叹了口气。

这个她一时兴起打下的赌，似乎就这么板上钉钉了。

陶枝在吹完牛爽过以后，终于后知后觉地开始忧郁。

她有点儿后悔了。

她的英语确实本来也是她最拿手的一科，是她每次学校里、市里各种比赛，大大小小所有考试的成绩单上分数最漂亮完美的一科。

但那已经是以前了。

陶枝很清楚，时间不会给任何一个人特殊优待。它看到你拿出多少努力，就会给你多少回报。

而在她荒废掉的这三年里，时间不会将这份被她抛弃的回报返还给她。

陶枝进入了一种全新的，近乎癫狂的状态里。

一大早，季繁洗漱完毕，哼着歌下楼，准备吃个早饭去学校，卧室门一打开，就听见一楼正公放着英语听力。

优美而公式化的女声字正腔圆地从餐厅传来："请根据你听到的对话和问题，选出最恰当的答案……listen to the dialogue..."

季繁："……"

季繁抓着头发下楼，看见陶枝坐在餐桌前，面前摊着张试卷，她一边咬着面包片一边拿着一支笔，在上面勾选项。

张姨站在一边，看见他下来，打了个手势。

季繁走下来。

张姨走到他旁边，低声说："起来啦？今天想喝牛奶还是喝粥？我都做了一份儿。"

季繁也小声说："皮蛋瘦肉粥？"

"唉，"张姨凑到他耳边，"咸菜要不要？"

"行，我今天早上还想吃酸黄瓜。"季繁继续小声道，"您为什么这么小声说话？"

"这不是怕打扰到枝枝学习，"张姨恨不得钻进他耳朵里说话，"头一回见她这么用功呢。"

季繁心道，我也是头一回见。

以前她天天考第一的时候，季繁都没见过她吃早饭的时候还要做听力。

季繁走到餐桌前，特地很大声地拉开椅子。

椅子腿划着大理石地面发出"刺啦"一声，陶枝像是没听见似的，毫无反应，低垂着眼盯着卷子上的题。

季繁把脑袋凑过去："你不是吧，还差这一会儿吗？"

"闭嘴。"陶枝头也不抬地说。

季繁闭嘴了，接过张姨端过来的粥，安静地吃饭。

他一顿早饭伴随着叽里呱啦的仿佛在念天书的声音吃了一半，陶枝终于做完了一套听力。她把听力关掉，又把卷子折起来塞进书包里，终于抬起头，看了他第一眼。

陶枝一脸讶异："你今天怎么吃得这么慢？"

"我没胃口，"季繁指着她的手机，"这女的磨叽得我现在有点儿犯困。"

"早上听听力效果最好。"陶枝站起身来，走进客厅抓起校服外套套上，"行了，别吃了，破酸黄瓜天天早上吃，你也吃不腻。"

季繁三两口解决了碗里的粥，小跑过去跟在她后头穿鞋。

等他上了车，陶枝已经坐在车后座掏出了英语书，在背单词。

季繁："……"

季繁没有想到，这匪夷所思的清晨只是个开始。

到了学校以后，陶枝早自习在做英语卷子，物理课在背英语课文，数学课在写英语作文。

语文课，陶枝头也不抬地做着英语阅读理解。付惜灵终于有点儿看不下去了，凑过去小声叫了她一声："枝枝，你要不休息一会儿？"

陶枝没听见，飞快地在文章中挑出题干里出现的关键词，在下面画了一横。

付惜灵抬手，伸出一根食指来，轻轻地戳了一下她的手臂。

陶枝才扭过头来，有些茫然："嗯？"

付惜灵："你休息一会儿，你都看了一上午的字母了，你不晕吗？"

陶枝眨了眨有些酸涩的眼睛："也还好。"

付惜灵撑着脑袋："你其实也不用压力这么大，李思佳上次也是她考得最好的一次了，估计是因为作文压得比较准。她英语正常情况下应该是跟我差不多的。"

陶枝点点头，然后继续垂眼做题："那也跟我差了很多。"

付惜灵愣了愣。

她跟陶枝认识的时间不长，却也见过她的很多面了，第一次知道她原来是会因为这种事情这么较真的性格。

付惜灵没再说什么，只是默默地把自己的英语笔记和重点单词本都找出来放在她的桌子上。

陶枝这种状态一直持续了几天。

其间她借来了付惜灵的英语笔记，要走了厉双江的词组本，骗去了蒋正勋的满分作文范文精选集。

季繁这几天每天伴随着播音腔女声朗读英文起床，整个人经历了从惊讶到崩溃再到现在逐渐趋于麻木的状态。并且他惊恐地发现，陶枝非但没有腻味的迹象，甚至还越战越勇，每天都把单词背得有滋有味的。

这天下午第三节课，王褶子大发慈悲给他们串了一节体育课，男生们欢呼一声，抱着球冲出了教室。

十分钟不到，教室里的人走得干干净净，只留下几个平时喜欢长在椅子上的同学坐在座位上弄自己的东西。

陶枝出了教学楼，去小卖部买了瓶果汁和一点儿小零食，上楼的时候刚好看见李思佳进了王褶子的办公室。

办公室的门没关死，她路过的时候，隐约听见王褶子的声音从里面传出来："我也联系教务处那边调了当时最后一考场的监控录像，陶枝同学当时没有任何的违纪作弊行为，她的成绩……"

陶枝脚步没停，眼睛往里面瞥了一眼。

李思佳背对着她，低垂着头，看不见是什么表情。

她没在意。

就算李淑妃现在知道了她没作弊，赌也已经打了，说出去的话泼出去的水，没有她没作弊打赌就不算数了的说法。

李淑妃怎么认为，陶枝从一开始就不在意。无论别人怎么想，她的行为都不会有任何改变。

她进了教室带上门，班里剩下的那两个人也已经走了，江起淮背靠着墙坐在季繁的位置上，正在看书。

陶枝有些惊讶："你怎么没出去跟他们打球？"

江起淮头也没抬："不想动。"

陶枝点点头，重新回到自己的位置上。她拧开果汁盖子，喝了两口果汁，然后翻出了之前没做完的那套英语卷子。

她刚写完了阅读理解，该写大小作文了。

陶枝掏出手机，打开闹钟的 APP 定了个时间，开始写作文。

她脑子里挺清楚自己的优势和薄弱的地方在哪儿，阅读理解除了考验词汇量，还要靠技巧。她语感不错，因为喜欢看英美的电视剧和电影，听力也不差，虽说听力做起题来跟看电影还是有很大区别的，但提高起来也可以很快。

只是她几年没怎么好好背过单词了，词汇量的积累还停留在初中阶段，大小作文不太行，写出来的作文用的语法和单词都简单得跟小学生看图说话似的。

这几天她也看了不少作文集，每天投入时间最多的一块就是大小作文，写完了就让付惜灵帮她修改，但这会儿付惜灵不在。

她写完了最后的大作文，手机上的计时器还剩下两分钟不到。

陶枝放下笔，抖了抖手里的卷子，把自己刚刚写的从头又看了一遍。

夕阳低垂，云层厚重而艳丽，火烧云染红了半边湛蓝的天。安静空荡的教室里，她的身后传来一道轻微的书页翻动的声响。

陶枝拿着卷子的手指一顿，犹豫了一下，转过头去。

江起淮垂眼看书，神情专注而认真，睫毛柔软地压下来，被落日染成了温柔的金棕色。

陶枝把手里的卷子举起来，遮住了半张脸，只露出一双眼睛在外面，转过身看着他，然后很刻意地清了清嗓子。

江起淮抬起头来，淡淡地看着她。

少女露在卷子外面的黑眼对着他眨巴了两下："殿下，忙吗？"

江起淮扬起眉梢。

"不忙的话，看看作文？"她有些讨好地说，"please（请）。"

江起淮将手里的书搁在桌上："想起我来了？"

陶枝有些不明所以。

江起淮懒洋洋地直起身来，语气低慢："你找蒋正勋，找厉双江，恨不得每天二十四小时扒着付惜灵过日子的时候，怎么就没想起我来？"

江起淮身子往前倾了倾，抵着桌边凑近了看着她："求求我就这么难？"

他说这话的时候，语气很淡，和他往常的样子没什么区别，也没带着什么别的情绪，陶枝却觉得心里没缘由地乱了两拍。

少年上半身靠着桌子，校服外套拉到一半的金属拉链碰到木制的桌边，发出很轻微的一声响。

十月中旬，秋风带着冷意刮着窗外金黄的树叶，教室里开了空调，暖洋洋的。

她举着卷子，人往前凑。在很近的距离下，她看见了少年一双桃花眼里含着的浅淡色泽。

江起淮长了一双多情的眼睛，眼尾微长上扬，眼睑的弧度略微弯起。他专注地看着人的时候，很容易给人一种很微妙的温柔的错觉。但他五官凌厉清冷的棱角感，以及整个人的气质和性格，却跟这双眼睛南辕北辙。

陶枝藏在卷子后面的唇角不自然地抿了抿。

"那你帮不帮我看……"她小声说。

江起淮伸出一只手来，掌心向上摊开，修长的手指动了动："拿来。"

陶枝把手里的作文递给他。

江起淮接过来，翻了一页，先从小作文开始看起，他低垂着眼，神情专注。

陶枝两只手臂搭在他的桌面上，下巴搁上去，眼巴巴地等着。

江起淮看完了小作文，不咸不淡地评价道："我小学就不用这种语法了。"

"……"

陶枝不想听他讥讽，翻了个白眼："别装，这至少还是初中的语法。"

"基础还可以，病句不多，但语法和单词用得都太简单，作文想拿高分光能正确叙事不够，"江起淮抬起头来，指尖屈起，轻弹了一下她的卷面，"新颖观点输出，高级的词汇、词组和语法，高光点，你全没有。"

陶枝决定收回之前的想法，这个人跟温柔之类的词沾不上半点儿关系。

她被他从头打击到尾，有些蔫巴巴的："你干脆说我写的就是坨屎。"

"那也不是，你这作文放在初中还是够看的，"江起淮顿了顿，补充说，"初一吧。"

陶枝："……"

羞辱谁啊！！！

我都高二了！！！

陶枝冲着他不高兴地皱了皱鼻子，被连嘲带讽地点评了一通以后也不端着了，趾高气扬地说："那你给我改。"

江起淮被她命令式的语气弄得好气又好笑："课时费二百。"

陶枝一噎，难以置信地看着他："你做家教做上瘾了？谁的钱你都赚啊？"

"友情价，"江起淮悠悠道，"正常工作日要加钱。"

陶枝没说话，在心里把"友情价"这三个字来来回回地滚了几遍，尤其重点读了"友情"两个字，突然觉得不是太爽。

两个人你一句我一句地杠，教室门突然被推开，李思佳大步冲进了教室。

陶枝抬起头来，看过去。

李思佳似乎也没想到教室里有人，她愣愣地看着陶枝，眼睛通红，眼角还挂着泪珠。

陶枝也看着她，眼神很平静。

江起淮看都没看她一眼，甚至没有抬头，并不在意她进没进来、在不在场，他抽了一支红笔出来，在陶枝的卷子上画出一句，帮她改作文："第一段太平了。"

在江起淮眼里，李思佳好像就是一个无关紧要的人。

她也确实，只是一个无关紧要的人。

江起淮这个人心高气傲，有着足以和他实力相匹敌的自负和傲气。他站在山巅，立于顶点，所以站在他下面的人，他是看不见的。

这是理所当然的事情。

他这样的人，就是值得最好的。

所以她很努力很努力地学习，她考到了 700 分，她在年级大榜也排上了前几名，少女情窦初开的怦然心动让她想要变得更好，让他有一天能看见她。

但他看不见。

他根本不在意她的存在和她的进步，却愿意帮助根本不值得他关注的另一个人学习。

他给她改作文，帮她画重点，给她拿酸奶，和她一起打篮球，课间跟她聊天，偶尔可以看见他对她笑。

甚至在陶枝无理取闹地缠着他的时候，在每一次李思佳都以为他已经开始不耐烦的时候，他只是有些头疼地叹了口气。

就好像，陶枝对于江起淮来说是个例外。

她明明没有站在山巅，她只是站在山脚下，却依然可以张扬又强硬地挤到他眼前，得到他所有的关注。

李思佳承认自己是有私心的，她从来没有做过跟老师举报这种事情，但是当怀疑的对象是这个例外的时候，她有些忍不住地觉得不甘心。

明明是个每次考试都只有五六十分的人，明明每天上课不是在睡觉就是在玩儿手机的人，明明就没有付出过任何努力的人。

李思佳非常清晰地记得，当老师在讲台上说陶枝英语考了 118 分的时候，江起淮笑了一下。

他极轻极慢地勾了一下唇角，也勾出了她藏在内心深处的那一点儿从未有过的阴暗。

她咬住嘴唇，含在眼角的眼泪不争气地，一股脑地滚落下来。

陶枝看着她哭，"哎"了一声。

江起淮终于抬起头来。

李思佳抬手使劲儿抹了一下眼睛，深吸一口气走过去，站在他们面前。

少女哭得梨花带雨，鼻尖通红，声音也带着哽咽："是我误会你了。"

陶枝有些没反应过来。

"我自顾自地觉得你平时不努力，觉得你的成绩不真实，觉得你的分数是抄来的。"李思佳吸了吸鼻子，红着眼睛看着她说，"我只是……我当时只是……"

她说不下去了，眼泪又开始往下掉。

陶枝转过身，从桌肚里摸了半天，摸出一包纸巾来，递给她。

李思佳接过来，小声说了句"谢谢"，她的脸涨得通红，羞愧得再也待不下去了，拿着纸巾冲出了教室。

陶枝有些傻眼了："哎，我想让她拿一张呢，怎么全给我拿走了？"

江起淮："……"

陶枝重新转过身来，看着江起淮给她改作文。

他看得很快，红色的笔尖在作文里穿梭，划掉了太简单的句子，圈出了语法用错的句子，勾掉了可以替换的单词。

满满一篇黑色字迹的作文很快被红色代替，几乎是通篇的红。

陶枝撑着脑袋，想起了刚刚李思佳哭得惨兮兮的样子，叹了口气："李淑妃给我道歉了。"

江起淮没说话。

"李淑妃还哭了。"陶枝继续道。

"你还有心思关心别人，"江起淮头也没抬地说，笔下迅速地给她改了个病句，"这破作文。"

陶枝又想翻白眼了："那我不是没想到她会道歉嘛。"

江起淮终于抬起眼来："那赌还打不打？"

"打，"陶枝说，"一言既出，驷马难追，不过就不用去广播室道歉了。"

她想了想，补充道："但八百字的检讨还是要给我写的。"

江起淮不知道这公主哪儿来的自信就觉得自己一定会赢，明明前几天还趴在桌子上哀号说她后悔了。

他开始看她的作文结尾，但是实在写得太烂，他看不下去了，干脆在下面空白的地方另起一行给她写了个新的。

写完后，他把卷子往前一推，朝她扬了扬下巴。

——拿去。

陶枝接过作文，又看了一眼手机上的时间，刚好下课铃打响。

1 班的同学陆陆续续地回了教室，陶枝也没转过去，就着他的桌子看被他修改后的，黑色的字迹被红色海洋淹没了的作文。

"词汇量不行，"江起淮从旁边拿起刚刚看了一半的那本书，继续看，"慢慢来。"

"我现在每天背三百个，"陶枝一边看他新写的末段，一边说，"加上复习的。"

江起淮看了她一眼："你背得完？"

陶枝没抬头，只略微扬了扬眉，露出了一个毫不掩饰的嚣张表情："还行。"

江起淮轻笑了一声，垂头继续看书。

等他低下头，陶枝低垂着的眼微微地抬了抬，偷偷地看了他一眼。

她藏在桌子下面的那只手，在大腿上轻轻抠了抠。

人一旦专注地陷入某件事情当中，就会觉得时间过得非常快。

北方十月干燥的秋风吹到月底，下周又是月考。

季繁现在已经练就了一副金刚不坏之身，经过了漫长的英语听力的摧残，陶枝下次能不能考 140 分他不知道，他现在就是有一种谜之自信，觉得自己也能考 140 分了。

第二天是周六，季繁通宵打完游戏睡了个懒觉，起来的时候已经快下午一点了，楼下静悄悄的，没有女人念英文的声音。

季繁听习惯了，没听到突然还觉得有些寂寞。他打着哈欠、支棱着鸡窝头下了楼，张姨看见他给他去热午饭。

季繁环视了一圈，没在餐桌前看见陶枝，一回头，看见她整个人瘫在客厅沙发里，面前的茶几上铺了满满一桌面的卷子。

季繁吓了一跳，揉着脑袋走过去，随便扫了一眼她的卷子。

基本上都是作文，上面密密麻麻都是红笔批改的痕迹，陶枝最近的卷子基本上全是江起淮给她讲的。

陶枝躺在一边，一张试卷盖在脸上，整个人悄无声息。

季繁俯身，拽着她的卷子边牵起一点儿来，好奇地看着她："您在这儿干吗呢？"

陶枝睁开眼，目光幽幽地看着他："思春。"

"……"

季繁："大姐，这都秋天了。"

陶枝叹了口气，拽着卷子又重新盖回去了："别理我。"

"不是，"季繁坐在她旁边，"你谈恋爱了？"

"没有。"陶枝的声音闷闷的。

季繁："那就是有喜欢的人了？"

"……"

等了半天，陶枝不说话了。

季繁悟了，点点头："单恋？"

沉默两秒。

陶枝抬手，一把将卷子给抓下来，撑着柔软的沙发垫子扑腾着坐起身来，一脸恼怒地看着他。

季繁笑了："你瞪我干啥？瞪我也没用啊。"

陶枝还是瞪着他，不说话。

季繁凑过去："真有喜欢的人了？"

陶枝一口气泄出来，她有些苦恼地抓了抓头发，表情还有些茫然："我不知道。"

她也不知道自己到底是真的不知道，还是在下意识地装作不知道。

之前在过山车上那次，从过山车上下来的时候，她脑子里只有一个想法。

完了。

也许就是从那个瞬间开始，又或者是在更早之前。

总之在她意识到的时候，那个人对她而言已经不是单纯的、简单的前后桌朋友关系。

她见到他会开心，见不到他会好奇他在做什么，甚至连在听别人聊天提起他的时候，她都会想要凑过去听听。

在他这段时间帮她改卷子的时候，她看着他，脑子里会冷不丁地冒出：这个人真好看。

——诸如此类的念头来。

陶枝垂眼，看着茶几上被她铺得满满的卷子，每一张上面都是相同的两个人的笔迹，一个黑色一个红色。

这人明明就不在这个房子里，但是他的气息此刻又好像在她眼前铺天盖地地、肆无忌惮地刷着存在感。

她烦躁地重新栽回沙发里，拽过旁边的卷子，再次把脸盖起来。

卷子上红色的笔迹柔软地贴上她的嘴唇。

陶枝又触电似的，唰的一下把那张卷子给扯下来了。她从沙发上爬起来，连滚带爬地冲进了洗手间，连拖鞋都来不及穿。

洗手间传来哗啦啦的水流声，伴随着少女有些懊恼的号叫。

季繁坐在沙发上，一脸蒙地听着她在里面神经病似的扑腾。

陶枝洗了把脸出来，人已经冷静下来了。季繁坐在餐桌前，一边看直播一边吃午饭。

陶枝上楼，冰冷的指尖掐了一把脸上的肉。她深吸了一口气，坐在书桌前抽出一套卷子开始做。

一套卷子做完，她又抽出英语书开始背单词。

她背东西很快，手里捏着笔在草稿纸上写几遍划一行。几页背完，太阳已经落入了地平线。

陶枝放下书，人往后靠了靠，闭上眼睛揉了揉酸痛的脖子。

她起身下楼。

厨房里张姨正在做晚饭，哼着歌穿梭在冰箱和操作台之间。张姨看见她下来，喊了她一声："枝枝下来了？晚饭马上好了。"

陶枝应了一声，视线不受控制地移到茶几上那一堆卷子上面。

她在原地站了两秒，几乎是没过脑，她走到玄关，随手拿了件外套，朝厨房喊了一声："张姨，我晚上不在家里吃了！"

张姨探出头来："怎么了？约同学了？"

"嗯。"陶枝踩上鞋，出了家门，穿过小区走到大街上，抬手拦了辆车。

她在上次和宋江去吃夜宵的那条街下了车，前面就是遇到江起淮打工的那家便利店。

天色昏暗发红，路灯亮起，陶枝沿着街边踩着自己朦胧的影子往前走。

前面便利店的灯光明亮。

陶枝忽然意识回笼，反应过来自己到底在做什么。

她刚刚甚至没有多想，只是看着茶几上的卷子，想起了这个人，几乎没有思考就直接冲出了门。

她想亲眼看看他，就好像看着他，有什么东西就能完全确定了似的。

她忽然有些后悔没带着刚做完的那套卷子出来。

这样的话，不就什么理由都没有了吗？

陶枝懊恼地站在街边，停住了脚步。

要么就干脆点儿直接问他算了。

殿下，您还纳妃吗？

您看您现在后宫如此空虚，我们俩一个公主一个殿下，要不凑一块将就将就？

这也太傻了。

她站在路边垂着脑袋叹了口气，顿了顿，继续往前走，一直走到便利店门口。

陶枝轻手轻脚地走到窗边的墙根下，然后做贼似的，伸出一颗脑袋，偷偷摸摸地往里面看了一眼，很快又缩回去了。

便利店里跟之前相比，没什么变化。收银台后站着一个小姐姐，陶枝并没有看到江起淮。

她也只是上次在这里碰见了他一次，只知道他在这里打工。

她往外站了站，趴在玻璃上再一次往里看，里里外外地找了好半天，就差把脑袋穿过玻璃伸进去了。

身后车流来来往往，夜色一点点地暗下来。陶枝余光瞥见便利店玻璃上映出后面停了一辆车，车门打开，车上有人下来。

她没在意，额头贴在玻璃上，一个一个挑着里面的店员，想看看有没有自己没看到的死角。

正在她想着要不要去之前市中心江起淮打工的那家咖啡店看看的时候，身后传来"砰"的一声车门关上的声音。

她再次在玻璃窗面上扫了一眼。

两个人影站在路边，其中一个高一点儿，肩背宽阔挺拔，身形有些熟悉。

陶枝顿了顿。

她的视线从店里面彻底收回来，看着那个人影慢慢地走过来。

距离拉近，他的五官也在玻璃窗面上逐渐清晰——黑色短发，高挺鼻梁，轮廓棱角瘦削的下颌线条。

他身上还穿着那件熟悉的，上次去游乐园的时候穿的长外套。

那人走近，然后停住脚步。

陶枝整个人都僵硬了，她还保持着刚刚的姿势直挺挺站在原地，浑身的血液顺着脚底板直蹿上脑瓜顶，带着被抓包的慌张和心虚，耳尖热得发烫。

江起淮站在她身后，清冷的声音在她耳畔无波无澜地响起："你找什么呢？"

陶枝在"假装没听见他的声音、没看见他转身就走"和"转过身来直面痛苦"之间犹豫了三秒后，觉得前者稍显刻意，更为尴尬一些。

她抵着玻璃窗面静了两秒，然后一点儿一点儿地回过头来，她甚至觉得身体僵硬到能听见自己转动间骨骼发出的"咔嗒咔嗒"声。

陶枝转过头来，看着江起淮，露出了一个假笑："来啦？"

江起淮没什么情绪地看着她。

陶枝维持着笑容强勾起发僵的嘴角，抬起手臂来，在他的肩膀上拍了两下，自然道："好好干，啊。"

"……"

江起淮那一瞬间以为她是这家便利店的老板。

陶枝下意识就想溜，刚刚的那点儿冲动、满腔孤勇全被他吓了个一干二净。她也不知道为什么明明自己都还没彻底捋明白的事情，非要找到人家面前来，看着他然后确定些什么。

都怪他给她改作文时候的样子看起来太好看了。

都是他的错。

陶枝有些气鼓鼓地想。

她的脚还没迈开，江起淮身后走过来一个老人。

老人六十多岁的样子，看起来精神矍铄，一双眼睛笑眯眯地看着她，开口问道："这是同学？"

江起淮"嗯"了一声。

陶枝才反应过来，连忙朝老人问好："爷爷好。"

"哎，你好，"老人慈祥地看着她说，"你是来找阿淮玩儿的？"

"……"

不是，我就是来看看他的工作进展。

江爷爷一句话让陶枝再次进退两难了起来，她想了想，还是慢吞吞地点了点头。

见她点头，江爷爷看起来似乎很高兴的样子："来玩儿好，阿淮在新学校也交到朋友了。"

陶枝下意识看了江起淮一眼。

少年低垂着眼，冷冰冰的气息消失殆尽，看起来很安静。

不知道是不是陶枝的错觉，站在老人身边的时候，他会给人一种收敛起锋利的壳，变得柔软起来了的感觉。

孤狼变成了小金毛。

陶枝有些稀奇，她惯会讨老人欢心，笑着道："爷爷，江起淮在学校里人缘很好，大家都喜欢找他玩儿。"

在早自习抄作业的时候。

江爷爷更高兴了："阿淮性子好，从小就讨人喜欢。"

"……"

陶枝一时间也不知道说什么，她根本无法把江起淮跟"性子好"以及

"讨人喜欢"这两点联系起来。

江起淮抬眼，一看她那副一言难尽的表情就知道她在想什么，他叹了口气："外边风大，先回吧。"

江爷爷点了点头，又看向陶枝："小姑娘晚上吃饭了没？"

"还没呢。"

江爷爷："那走吧，上去吃个饭再跟他玩儿，爷爷给你做好吃的。"

陶枝："啊？啊……"

啊？

江起淮家就在这条街上，从便利店旁边拐进一条小胡同，可以看到一片老式的居民楼。朱红色的墙漆斑驳，水泥砌成的步梯上面贴满了小广告，层高略低，楼道里狭窄逼仄。

他家在三楼的最后一户，陶枝站在门口看着江起淮用钥匙开门，跟在最后走进去。

她也还没反应过来事情为什么发展成了这样。

江起淮站在门口开了灯。

吸顶灯顿时在客厅里洒下暖黄的灯光。

客厅很小，一眼就能看到头。餐桌摆在门口，往里有一张红木质地的旧茶几，旁边的沙发上铺着洗得发白的沙发布。

陶枝只扫了一眼，就没再乱看，乖乖地低头换鞋。

她进去脱掉外套，没再乱丢了，叠好放在一边，然后坐在沙发上，两只手放在膝盖上。

像个老老实实的小学生。

江爷爷洗了个手，问她有没有忌口，然后进了厨房。

江起淮跟在后面进去，从厨房里倒了杯水给她。

陶枝接过来，小声地说了句"谢谢"。

江起淮转身又进厨房了。

水温很热，驱散了刚刚站在外头沾上的满身凉意。陶枝捧着玻璃杯小口小口地喝，偷偷地往厨房的方向看了一眼。

门没关，江起淮站在水槽前洗菜，又从冰箱里掏出一块红红的什么肉出来。

他关上冰箱门的时候，往外看了一眼。

陶枝赶紧缩回脑袋，低头看着自己水杯里的水。

厨房里不时传出说话声。

陶枝犹豫了一下，放下杯子，走到门口探着脑袋："要我帮忙吗？"

江起淮拖出砧板开始切菜："回去坐着吧。"

"你也出去，这么大的个子占地方。"江爷爷不乐意地赶他，"人家来找你玩儿的，今天老爷子给你们露一手，你别在这儿抢我风头。"

陶枝"扑哧"一声笑出来。

江起淮无奈，放下手里的东西洗了个手出了厨房。

陶枝靠在墙上，笑吟吟地看着他。

"笑什么？"

"没什么，"陶枝还是笑，"只是没想到我们平时踉到天上去的殿下，在家里是个乖宝宝。"

江起淮没忍住"啐"了一声，抬手敲了一下她的脑袋，往里走。

陶枝捂着脑袋跟着他："你干吗总敲我脑袋？会敲笨的！"

"我打地鼠。"

陶枝不乐意了，跟在他后面张牙舞爪地无声做鬼脸。

江起淮突然转过头来。

陶枝的动作立马静止，脸上表情一绷，一脸平静地看着他。

江起淮无声地勾了下唇角，走到卧室门口，推开门往旁边让了让。

卧室属于比较私人的地方，陶枝站在门口，犹豫了一下，没进去："我可以进去吗？"

"还要我请你吗？"

"也不是不行！"陶枝认真道。

江起淮没搭理她，径直走进去。

陶枝跟在他后面进去。

他卧室的空间也不大。窗边摆着一张床，床头是书桌，墙边立着衣柜。对面一整面墙前立着一个巨大的书架，上面的书塞得满满当当。

比起陶枝摆满了破烂的卧室，他的房间看起来整洁干净又平平无奇。

唯一的亮点是书桌旁边的墙面上贴了满满的照片。

陶枝没想到江起淮还有这样的一面。

她感动地说："没想到我们殿下这种冷漠又孤高的少年也有如此一颗细腻脆弱的文艺青年心。"

"别犯病。"江起淮走到桌前，从桌上堆着的一堆卷子和书里翻找了一下，然后抽出一本书来，递给她。

"这是什么？"

陶枝接过来，看了一眼——《王前雄365系列——英语作文精选集》。

陶枝："……"

陶枝抬起头来，看着他的眼神像是看着一只地狱里的魔鬼："我来你家玩儿，你让我看作文精选集？"

"你还有时间玩儿？"

"……"

行吧。

陶枝走到书桌前坐下，翻开了他的那本作文精选集。

江起淮出了卧室。

陶枝有些看不下去，一想到自己现在正坐在江起淮的书桌前，待在他的卧室里，就觉得心里痒痒得不行。她装模作样地翻了两页后，把书放在桌子上，站了起来。

她走到他那一小块贴满照片的墙边。

他选的照片都有点儿奇怪——拼了一半的拼图，玩具赛车的遥控器，小胡同里趴在围墙上晒着太阳睡觉的狸花猫。

　　在浅色底色的照片上，能看见左下角被人用黑色的笔写了几个小小的字，要近看才看得清。她没有去看，总觉得这是属于他一个人的秘密。

　　最下面贴了一排夜空。

　　陶枝一眼就认出了他们上次去游乐园，在摩天轮上面拍的那张。

　　当时付惜灵在群里发了十几张照片，里面也包括了付惜灵偷拍她的那张。

　　江起淮只挑了一张贴上去，透过摩天轮舱位的玻璃窗，可以看见天空中举行着盛大灿烂的仪式，明净的夜色里绽放出大朵璀璨的花，将夜空染上斑斓的光点，星火闪耀。

　　除此之外，镜头里再也没有其他的。

　　他没有选有她的那一张。

　　陶枝垂下眼睫，抿了抿唇。

　　虽然这是理所当然的事情，虽然在她意料之中，但当下亲眼确认了这个人并不喜欢她的时候，她还是觉得有些闷。

　　好像有一根细细小小的刺在心尖上轻轻扎了一下，不明显，甚至稍纵即逝，但那种细微的小小痛感却在身体里蔓延开，让人从头到脚都难过。

　　她也确实没有什么值得他喜欢的地方。

　　她性格不可爱，成绩也不好，长得好像还可以。除此之外，她没有任何能拿得出手，让他刮目相看的东西了。但他长得那么好看，大概在这个世界上，外表是他最不在乎的东西。

　　陶枝重新走回书桌旁边，拉开椅子坐下，垂头看面前摊着的英语作文精选集。

　　一个个字母在她眼前飘过，她却忽然都不认识了。就好像江起淮就高高地站在面前，冷眼看着她，嘲笑着她的不自量力。

　　卧室门被推开，江起淮走进来的时候，就看见少女趴在桌子上，有一搭没一搭地翻着面前的书。

听见声音，她懒懒地抬了抬眼，瞥了他一眼。

少年身上还带着点儿凉意，大概是刚出过门。陶枝没问，收回视线继续发呆。

眼前的书桌上被放下了小小的一盘草莓。

陶枝愣了愣。

鲜红的草莓一颗颗摆在透明的玻璃果盘里，上面挂着剔透的水珠，颗颗饱满，颜色嫣红，只看着仿佛就能感觉到甜酸的汁水在口腔里溢开。

她很喜欢草莓，在学校里也经常会买草莓味道的糖果和牛奶什么的。

她眨了眨眼，抬起头来："你出去买草莓了？"

江起淮"嗯"了一声，坐在床边随手扯了一本书，瞥了一眼她手里的作文："十几分钟了，还是这篇？"

陶枝没注意他说什么，只觉得刚刚扎在心里的那根小木刺突然扎了根，然后慢悠悠地长出了一株小小的、嫩绿色的芽出来，最后抖了抖。

刚刚那股憋得她整个人发闷的难过一点儿一点儿地缓慢消散掉了。

她放下书，捏起一颗草莓咬进嘴巴里。

冰冰凉凉的甜味在口腔里漫开。

她吃了两颗，就没再吃了，抵着盘子往江起淮的方向推了推，继续看书。

卧室里开着明亮的台灯，两个人凑在灯下各看各的书，一时间都没说话，卧室里的气氛静谧安静。

陶枝看完了两篇作文和逐段分析的点评，有些困了。她撑着脑袋打了个哈欠，偷偷地看了他一眼。

她占了他的位置，所以他坐在床边，长腿向前伸展开，低垂着眸，专注地看着手里的书。

他果然还是很好看。

他就是很好看，专注做事情的时候尤其好看。

陶枝收回视线，默默地想。

那些照片上的小字是他的秘密，她现在也有了一个属于自己一个人的秘密。

就好像两个人又多了个共同点。

这个认知让陶枝又开心了起来。

过了一会儿，江起淮的余光没看到她再拿草莓了。

他抬起头来："不好吃？"

陶枝趴在桌子上，"嗯"了一声，反应过来他在说什么。

她看了一眼那盘漂亮的草莓，依依不舍地说："挺好吃的。"

江起淮以为她是因为马上就要吃晚饭了，所以留着肚子。

"但这个很贵，"陶枝抬起头来，深黑色的眼睛看着他，睫毛柔柔地扬起来，慢吞吞地说，"我想留给你吃。"

江爷爷做的饭菜味道非常好。

陶枝的嘴巴是被张姨从小养刁了的，吃东西很讲究。此时有些狭小的四方小餐桌上，摆着几道简单的家常菜。陶枝闻着香味就觉得饿。

厨房里，江起淮把最后一道菜盛盘端出来，红烧鸡翅裹着酱汁堆在盘子里，陶枝眼睛放光，忍不住笑眯眯地看着他。

江起淮特地把那盘鸡翅放在她面前。

"阿淮说你喜欢这个，"江爷爷也笑眯眯地看着她说，"尝尝爷爷的手艺。"

陶枝"唉"了一声，拿起筷子后先给老人家夹了一个："您先吃。"

江爷爷笑得眼睛弯弯，连说"好"。

陶枝抬头，看了一眼坐在对面的江起淮。这人冷冷淡淡地一言不发，坐在那里吃青菜。

跟江家爷爷性格一点儿都不像。

一顿饭吃得其乐融融，陶枝本来就是话多的性格，把老人家哄得一晚上嘴角就没放下去过。

饭后，陶枝陪他下了会儿棋。

她象棋下得很烂。小时候跟陶修平学过，陶修平完全不让着她。她下不赢，就气得直哭，陶修平就在旁边看着自家闺女放声大哭，还哈哈笑。

江爷爷会让着她，于是两个人下得有来有回，陶枝终于感受到了一点点象棋带来的乐趣。

江起淮从卧室出来，看着客厅里一老一少坐在棋盘前说说笑笑，停住了脚步。

客厅里光线温暖柔和，电视柜上淡淡的檀香燃出一条细线，香气弥漫。少女撑着脑袋皱眉看着棋盘，细白的手指搭在棋子上，想动。

"哎，"江爷爷道，"考虑好了啊，你炮过来，我可要跳马的。"

小姑娘被提醒了，动作又顿住了，有点儿苦恼的样子。

客厅里的空调烘得人暖洋洋的，让人有些发懒。江起淮站在那里，斜靠着墙面看了一会儿。

某一刻，他突然觉得眼前的画面温馨又和谐。

是他十几年来从没见过的光景。

陶枝一直待到了晚上八点多。

她玩儿得正开心，但老人家睡得早，而且在男生家里待到太晚也不合适，几盘棋下完，陶枝看了一眼时间，起身告辞。

江爷爷舍不得她，把人送到了门口，一直让她过几天有空再来玩儿。

陶枝笑着答应下来，江起淮关上门。

楼道里瞬间安静下来。

棚顶的钨丝灯泡光源很暗，陶枝站在门口，看着江起淮转过身来。

少年高高大大的，将她整个人笼罩在阴影里。陶枝垂着眼，看着水泥地面上两个人重叠在一起的影子，有种隐秘又快乐的满足感。

她走在前面，江起淮跟在她后面下楼。陶枝故意走得很慢，一步一步踩着影子往下走，江起淮也不催她。

两人沉默着一路走到胡同口，没人说话。

穿过小胡同，眼前的街道明亮起来。周末的晚上正是热闹的时候，人群穿行。

陶枝侧头看了一眼旁边的便利店，才开口："你不在这里打工了吗？"

"嗯，没时间。"

陶枝点点头，没再问，站到路边等着拦车。

江起淮站在旁边，手里拿着一本书递过来。

他一直走在她身后，陶枝刚刚都没有看见他拿了什么东西。她接过来，看了一眼，是她刚刚在他家看的那本英语作文精选集。

陶枝仰起头来看着他："我家里有一本了，从蒋正勋那儿骗来的！"

"这本更适合你，"江起淮没什么反应，顿了顿，又说，"他的那本你可以还回去，性价比不高。"

"哦，"陶枝懵懵懂懂地点了点头，"那我周一还给他。"

刚好有空车过来，陶枝招了招手，上了车。

她坐在后排，跟司机报了个地址就重新靠回去，翻看手里的书。

直到车子从江起淮面前驶过。

陶枝往车子的后视镜里瞄了一眼，远远地看见少年转身离开。

她到家的时候，季繁正躺在沙发里玩儿平板、吃水果，听见开门声，少年仰着脑袋看了她一眼："今天怎么这么早就舍得回来了？"

陶枝怀里抱着书，走到他旁边坐下，美滋滋地翻了翻。

茶几上的卷子还摆着，她的东西一般没有人动。陶枝把书放在旁边，将卷子一张一张地收起来。

她做的这些卷子，上面的红色批改痕迹从最开始的满篇到后面已经越来越少了，陶枝将卷子立起来后，在茶几上磕了磕，码整齐，然后堆在旁边。

她重新靠回沙发里，继续看她的宝贝作文精选集。

季繁探头过来："这是啥东西？"

"看不懂就不要看了。"陶枝悠悠地说，"这不是你这种智商水平能理解的东西。"

季繁看着那书眼熟，认了半天，想起来了："这不是江起淮的书吗？那天我看他看来着。"

就像是少女的小秘密被戳中了似的，陶枝顿时不自在起来，她抬手一巴掌拍在季繁的脑袋上："我就不能自己买了一本一样的吗？"

"我——"季繁捂着脑袋坐起来，"你买一样的就买，你打我干啥？！"

陶枝没理他，自顾自地翻开，她之前都是跳着页随便翻的，这会儿到家打算一页一页慢慢地欣赏。

她翻开书皮，干净的扉页上用黑色中性笔随意写了个字——江。

季繁："……"

陶枝："……"

季繁抬起头来，狐疑地看着她。

陶枝面无表情，抬手指着他："别多话，闭上你的嘴。"

公主教训得是

　　下周就是月考。

　　这次月考依然是只考一天。只剩下一周的时间，陶枝把时间分块，用了两天重点看了作文，又单独分模块把剩下三天平均分给了阅读和单选听力，她没再做整套的试卷，怕做出来以后成绩达不到标准影响到月考的考试心情。

　　付惜灵看起来比她还要紧张，平时上课比谁都认真的小姑娘这会儿连课都听不下去了，一会儿抓着她讲讲语法，一会儿又问她今日份的单词背完了没有。

　　陶枝其实自己心里也没底，但付惜灵的理综稍微有些薄弱，陶枝不想付惜灵因为自己而影响成绩，只能摆出一副非常有自信的样子，好像她能考 150 分一样。

　　1 班的学生和老师就看着她每天都优哉游哉的，跟个没事儿人一样，好像完全不觉得紧张。

　　考试的前一天晚上，陶枝失眠了。

　　临睡前，季繁敲门进来给她送了杯牛奶，陶枝没喝。她在床上翻来覆去地滚了两小时以后，沮丧地坐起来。

　　原本这只是她跟李淑妃打的一个赌，陶枝觉得没什么。但是现在，这件事情又变得不只是一个赌这么简单了。

　　陶枝想能尽量地考得稍微好一点儿。

　　她这次必须考好。

　　这样她才能让自己稍微有那么一点儿闪光的地方。

　　也只有这样，她才能变得稍微配得上江起淮那么一点点。

　　她烦躁地抓了抓头发，起身下床，拿起桌上的牛奶杯咕咚咕咚地一饮而尽。

　　牛奶已经凉透了，冰冷的液体顺着喉管滑进胃里，陶枝觉得更清醒了。

　　她拍开台灯，坐在书桌前背了一会儿单词。直到眼睛开始酸涩，她抬起眼来，看见了桌面上的那本作文精选集。

　　陶枝放下笔，拿起了那本书，翻开。

　　少年平时卷面上的字迹像是印刷出来似的，工整漂亮，大概是为了尽可能地不扣分，私底下写的字就随意了很多，笔锋凌厉大气，一个"江"字被他写得气势磅礴，仿佛江河湖海都包容了进去，波涛和浪潮像是画卷一般在她眼前铺展开来。

　　陶枝盯着那个字看了一会儿，忽然有些理解李思佳的执着。

　　喜欢一个很优秀的人的时候，就是会觉得有些自卑，会想拼命地追赶上他的脚步，和他并肩。

　　即使她这一个月几乎没干别的，每天就是在做卷子、背单词，还是觉得不够。

　　她拿着那本书走到床边，想了想，将书放在了枕头底下，然后枕了上去，盖好被子，闭上眼。

　　高密度的物质会向密度低的地方流，知识应该也是一样的！等她一觉睡醒，书里所有的内容就全都流向她的脑子里了。

　　嗯。

　　五小时后，陶枝在闹钟响起之前醒过来。

　　她眯着眼睛，躺在床上缓了一会儿神，清醒过来的第一反应就是——高密度的物质会向密度低的地方流的知识是骗人的。

　　她的脑子里根本就没有作文。

　　因为上次月考她的英语和语文把总成绩往上拉了不少，陶枝这次不在最后一个考场了。考场里没有熟人，连闹闹腾腾的季繁都不在了。陶枝坐到自己的座位上，把手机交上去，等着监考老师进教室发卷子。

　　英语考试在下午。

　　陶枝上午考完，没有再临时抱佛脚看书，回考场趴在桌子上补了个觉。

　　考场里静悄悄的，她睡得很熟，没有听见任何声音。

　　江起淮吃完午饭路过的时候往里看了一眼。

　　少女侧头趴在桌子上，脸颊藏进臂弯里，脸上软软的肉被压着，嘴唇微微嘟起来，长长的睫毛覆盖住下眼睑。

　　考场里的窗户开着，正对着她的位置，被她压在手臂下的草稿纸被风吹得哗啦啦地卷起来。她睡得似乎有点儿冷，皱着眉缩了缩脖子，脑袋一偏，换了个方向。

　　陶枝被考试预备铃吵醒。

　　她抬起头来的时候，考场里的人已经都回来坐满了。后面那位兄弟打了一中午的球，脱掉了校服外套，只剩下里面一件，正嚷嚷着："谁把窗户全关了？"

　　他俯身过来抬手开窗的时候，监考老师走进来。

　　陶枝坐起身来，抬手拍了拍脸，又喝了两口水，清醒过来。

　　一下午的考试结束，静谧的实验一中又重新活过来了。

　　考生照例是要回班级里把桌椅摆齐。陶枝回班的时候，教室里一堆人凑在一起拿着张草稿纸对答案。

　　季繁看了她一眼，非常自觉地把她的桌子和椅子都给拖回来了，做了个"请"的手势。

陶枝扬眉看着他："何事让你如此殷勤？"

"这不是考了一天试，觉得你辛苦了嘛。"季繁小心地观察着她的表情，"感觉怎么样？"

"什么怎么样？"陶枝装傻。

"就感觉啊，"季繁说，"你这人不是感觉最准了吗，觉得能行不？"

"不知道，"陶枝打了个哈欠，拽着他的书包带往外走，"回家了回家了，饿死了。"

一连几天，家里早上照常放着英语听力，区别只是陶枝没再在吃早饭的时候做听力题了。

季繁有些蒙："不是，这考试都结束了，你怎么还听着呢？"

"习惯了，"听力刚好切到下一段，陶枝咬着三明治抬起头来，"学无止境懂不懂？"

季繁不懂这个，他只知道学海无边无际，他成天痛苦地在海里翻滚，怎么也翻不上岸。

陶枝看起来跟平时也没什么区别，依然该干吗干吗。她把借来的笔记和作文书挨个儿还回去，但江起淮的那本，她出于私心留下了。

她去教辅店找了一圈，买了一本一模一样的还给他。

她还书的时候，江起淮没接。

陶枝拿着那本书在他面前晃了晃："那我放这儿了啊。"

江起淮抬起眼来，突然没头没尾地问了一句："蒋正勋的那本，你还了没？"

陶枝歪了歪脑袋："还了啊，怎么了？"

江起淮收回视线，唇角无意识地勾了勾："没事儿，拿回去吧，这本我看完了。"

您的脑子是机器吗？

存档、备份、保存了就忘不掉了啊？

陶枝翻了个白眼，把作文书给他放在桌上了。

江起淮翻开看了一眼，顿了顿，表情没什么变化。

陶枝有些心虚。

这本一看就是新的，上面也没有他的名字。

但江起淮没说什么，她也就没问，心里的小人扎上草裙跳起了舞。偷偷藏着他的作文书这件事儿，于她而言，像占了天大的便宜似的。

实验一中的卷子批得很快，第二天月考成绩就下来了。

当天下午最后一节课，王褶子拿着成绩单进来的时候，甚至都没像平时那样整顿纪律，整个班瞬间就安静了下来。

"这次的题整体都比上次要难一些，上次看你们刚开学网开一面给你们点儿甜头尝尝。果然，有些同学就开始飘了啊，考个 700 分觉得自己是成仙了是吧？"王褶子说，"厉双江，倒退 20 分的感觉怎么样啊？"

厉双江下午已经被王褶子找去谈过话了，已经知道了自己的成绩。他挠挠脑袋，看着也没怎么失落的样子，小声说："680 不也挺好的吗……我的真实水平也就这样了。"

他的同桌在旁边笑了一声。

王褶子："成绩我就不念了啊，总体来说分数都没有上次高。咱们班 700 分以上的只有一位，我也不用说是谁了，你们心里都清楚。"

所有人都扭过头来，看了一眼江起淮。

被注视的对象八风不动地靠在椅子里，没任何反应。

王褶子继续道："不过我们班长——"

江起淮和陶枝一起抬起头来。

"副的那个，"王褶子看着她说，"你们王老师让我问你，是不是对他有什么意见，你上次那个数学成绩还能有退步空间呢？"

王褶子皮笑肉不笑地说："我也想问问你，你这个物理，满分一共就100 分，还没考到你最低分的极限呢？"

季繁在后头笑出了声，陶枝仰头望天，站起来乖乖地听训。

"行了，学委下课把成绩单贴在前面，你们自己看吧。"王褶子把书翻开，"先上课。"

陶枝坐下了，抽出了物理书和练习册。

她一节课上得神游天外，心里像是长了草似的，又像是有一只小爪子在心里左挠挠、右抓抓。一会儿盼着快点儿下课让她去看看成绩，一会儿又觉得这节课干脆就这么上下去算了，让她永远都不知道自己到底考了多少。

一节课好不容易熬过去了。

下课铃响起，没人像往常一样急着收拾书包赶紧放学回家，所有人都一窝蜂跑到前面去。

学习委员先看了一眼成绩单，愣了愣，走过去把成绩单贴上墙。

一堆人头凑了过去，不时有视线在她和李思佳之间来回扫。

陶枝慢吞吞地装好了书包，犹豫着是直接回家问季繁，还是过去看看。

"走呀。"付惜灵先忍不住了，小声催她，见她没反应，站起身来扯着她的手把她拉到成绩单前。

陶枝站在人堆后头，掁着唇看了一眼。

实验一中的成绩单列得很细，包含了各科成绩、总分成绩，不仅体现了班级排名，其中每一科的后面还体现了单科年级排名。

第一行还是那个名字，江起淮就像一座山一样稳稳地压在上头，他的名字后头跟着许多个阿拉伯数字1。

陶枝垂眼往下扫过去，在第六的地方看到了李思佳，她的英语是141，英语单科成绩排名跟江起淮并列年级第一。

她心里猛的一跳，视线再往下，在倒数的位置看到了自己。

她直接忽略了其他科目，找到英语——139。

单科年级排名第三。

　　清晨，高二教学楼走廊里读书声阵阵传来。李思佳站在讲台上，带着大家读英语单词。

　　班级里的人趴着的趴着，吃早饭的吃早饭，一串单词读得稀稀落落。李思佳是个好脾气的，没说什么。学委听着站起来，说了一声："大家都好好读啊，小心点儿一会儿王老师过来发现你们偷懒。"

　　赵明启闻言赶紧把没吃完的包子装进纸袋子里，塞进桌肚，拿起英语书装模作样地读。

　　厉双江举着书挡住脸，转过头去，看着身后空着的桌子问："老大还没来？"

　　付惜灵摇了摇头："发微信了，没回。"

　　她扭过头去，看了一眼，季繁也没来。

　　厉双江叹了口气。

　　昨天成绩单一贴出来，全班都震惊了。厉双江在前面直接蹦了起来，他趾高气扬地看着吴楠和李思佳，自豪和得意都写在脸上了："看见没？我们家班长一个月能进步 21 分，英语单科成绩排年级第三！请问你们上次进步 21 分的时候是哪年哪月？"

　　吴楠的表情有些僵，李思佳低着头，没说话。

　　旁边还有个女生不服气地说："她说她能考过佳佳，但是确实没考过，有什么好嚣张的？"

　　吴楠皱着眉拉了她一下："别说了，确实是我们的错。"

　　蒋正勋坐在旁边的桌子上，笑着用和和气气的语气说："除了淮哥和课代表，也没看还有人分数比 139 高，我看看啊……"他跳下桌，走到黑板前，在贴着的成绩单上找着刚刚说话的那个女生的名字，"顾娜娜，120，考得挺好啊，也就跟我们副班长差了小 20 分吧。一个月就也能考到了，加油。"

　　顾娜娜被他冷嘲热讽气得脸色青一阵紫一阵，不说话了。

　　没人觉得陶枝没考过年级第一是什么笑话，这是意料之中，但她能在一个月内直接飙到 139，拿到仅次于江起淮和李思佳的分数，这是个大意外。

她的分数短时间内能有这样的跨度，就算是一直看着她有多用功的厉双江他们，都觉得震撼。

赵明启在旁边长长地松了口气，说了一句"牛"。

所有人都齐齐往后看，想去找陶枝的时候，发现后面连她的人影都没了。

付惜灵一个人站在后面，人还有点儿愣。

厉双江有些疑惑："老大人呢？没来看成绩？"

"看了，"付惜灵讷讷地说，"然后走了。"

她都没反应过来。

她看到陶枝的英语成绩的时候，开心得差点叫出声，结果侧头一看，少女低着眼，唇角低低地垂着，一句话没说，转身走了。

她背上书包，走得无声无息。

付惜灵想要去追，被后头的江起淮拦了拦。

付惜灵又看了一眼陶枝的成绩，除了英语这一科，她剩下的所有学科分数都比上次要低，总成绩跟上次月考也差不多。

她抿了抿唇，听着旁边厉双江手舞足蹈地炫耀，高兴得就好像他这次超过了江起淮拿到了年级第一似的。

男生的神经总是有些大条，大概无法马上理解。

陶枝把这一个月所有的时间都给了英语，她没有觉得自己在打一个根本不可能赢的赌，在所有人都不相信她能成功的时候，她是真的倾尽全力地在努力，想要实现她说的话。

甚至可能她根本没有去想，这只是打了个赌而已。

她现在一定非常非常难过。

一直到早自习结束，陶枝都没有来。

王褶子进教室的时候，看了一眼后面的空座位，没说什么，若无其事地开始上课。

但是很明显地，班级里大多数人都有些心不在焉。厉双江隔一会儿就回头看一眼陶枝的空桌子，王褶子也一反常态没有骂他。

男生粗到堪比炮筒的神经终于开始上线，一直到下课，厉双江叹了口气："老大现在是不是挺不开心的？"

"也会觉得没面子的吧，"他的同桌也叹了口气，"感觉班长一直就是挺要面子的一人，但她这次考得很好啊，也没人觉得她输了丢脸。咱班除了跟她同分的付惜灵，还有上头那俩，整个年级也找不出比她分数更高的了。"

厉双江一拍桌子："她要是今天真不来了，咱们放学就去看看她吧，告诉她她就是最牛的！"

他的同桌白了他一眼："你别在这儿瞎热心了，我要是遇到这种事儿，我只想一个人待一会儿，好好静一静。"

一直到放学，陶枝都没来。

付惜灵收拾好了书包，想了想，给家里打了个电话说晚点回去，然后坐公交车去找陶枝了。

她照着记忆走到陶枝家小区门口，跟门口的门卫解释了一下，进去了。

站在陶枝家院子门口，付惜灵想了想，没给陶枝发微信，发给了季繁。

没几分钟，少年开门出来，走过来。

他穿着件睡衣，打着哈欠给她开门："进来坐坐？"

"不了，"付惜灵低着头说，"我就是想来看看，但是也不知道枝枝想不想看见我……"

"别想那么多，屁大点事儿啊。"季繁大剌剌地摆了摆手，"她这人从小就这样，一不高兴就自闭，面子比天大，不想让别人看见她狼狈，过两天就好了。"

付惜灵点了点头，坚持道："我不进了，你让她好好吃饭就行。"

季繁也没再说什么，点点头："那你等一会儿。"

两分钟后，少年拿着一张纸出来了："她今天早上让我把这个给李思佳，但她不去上学我也不想去了，一个人没意思。你帮忙转交一下。"

付惜灵应下来，拿着东西走了。

她上了公交车，找了个座位坐下，看着手里薄薄的一张折了两折的纸。

她没打开看，但她没看都知道里面写的是什么。

陶枝这个人就是这样子的。

谁输了谁写检讨谁道歉，她不会因为自己考得超过了别人的预期就赖账。

虽然在付惜灵心里，她就是赢得很漂亮，就是最厉害的。但在陶枝自己看来，输了就是输了。

付惜灵突然觉得非常非常憋屈。

凭什么啊？

凭什么她的枝枝都那么努力了，明明是别人误会她的，她们捧着一桶脏水泼在她头上，最后她还要道歉？

第二天，陶枝还是没来。

第一节课下课，付惜灵拿着季繁给她的那张纸站起来，往李思佳那边看过去。

江起淮在后头合上书，注意到她的视线，看了她一眼："这是什么？"

付惜灵愣了愣，说："枝枝给我的，让我转交给李思佳。"

教室里很静，李思佳旁边有几个女孩子在说话，声音也没收敛着，隐隐约约传过来。

"今天也没来，所以是觉得不来就可以逃掉，就不用道歉了呗，"顾娜娜说，"她倒是挺有心计的。"

"她这次考得挺好的，"吴楠说，"是我们误会了，我们有错在先。"

顾娜娜翻了个白眼，嘟哝："那谁知道她这次的分数是怎么来的，没准也作弊了呢……"

李思佳低垂着头，把桌上的书收进桌肚里。

她本来想说，陶枝上次也没有作弊。但这话说出来，她就要当众承认自己的错误，把自己阴暗的一面明明白白地暴露出来。

李思佳抿了抿唇，犹豫了一下，还是没有说话。

付惜灵听得气得不行，她咬着牙，想冲上去跟她们对质。刚要过去，她就听见后面椅子腿划着地面，发出刺耳的一声响。

她扭头看过去。

江起淮表情没变，眼睛微眯了一下。

付惜灵跟这位大佬打了两个月的交道，算是比较熟了，虽然他看着一直是没什么情绪的，但是这一刻，连她都感觉到了，江起淮也不太爽。

她都能猜到陶枝写了什么，江起淮自然也想到了。

他带着椅子往后滑了滑，站起身："给我吧。"

付惜灵"哎"了一声，想了想，把纸递给他。

江起淮直接走到李思佳的位置前，轻轻敲了一下她的桌角。

几个女孩子正在聊天。

好朋友之间秘密是藏不住的，陶枝她们是因为看见了，才知道李思佳喜欢江起淮，而李思佳平时几个玩儿得好的朋友自然也全都知道。

江起淮一过来，顾娜娜就"噢噢"着挤眉弄眼地叫了两声，吴楠也跟着笑了笑。

李思佳嗔怪地瞪了她们一眼，转过头来，小声说："有什么事儿吗？"

江起淮没说话，将手里的纸递过去。

顾娜娜在旁边直拍桌子，开始起哄。

李思佳的脸瞬间涨得通红，她接过来，结结巴巴地问："这是什么啊？"

"还能是什么？"顾娜娜在旁边兴奋地说，"男生写给女生的信呗。"

她们在那里瞎起哄，江起淮也不出声阻止，只冷淡道："我的副班长写给你的道歉信。"

李思佳的表情僵住了。

顾娜娜一瞬间就不说话了。

江起淮平静地看着她："她脸皮薄，不好意思自己给你，我代劳。但当初怎么说的她就会怎么做，不会不认，是我们输了。"

他说这话的时候不带任何情绪，只是在平静地叙述。

李思佳的表情越来越难看，手指捏着那封信一点儿一点儿收紧，没说话。

江起淮懒懒地嘲讽一般地勾了勾唇角，居高临下地看着她，轻飘飘地丢下最后一句话："你赢了，恭喜。"

他说完转身就走，背过身去的时候皱了皱眉。

李思佳绷不住了，捏着信塞进桌肚里，趴在桌子上。

付惜灵看得叹为观止，这真是字字诛心。

赵明启在旁边伸着个脑袋，还没明白是怎么回事儿："虽然还是没啥表情吧，但淮哥怎么看着像是……发火了呢？他还会发火呢？"

蒋正勋叹了口气："这叫杀人诛心。"

既表达出了他是站在陶枝那头的，又暗讽了一顿她们给别人泼完脏水还缩着头不敢道歉的事实。尤其是这话是江起淮说出来的，杀伤力加倍。

和喜欢的人对立，听着他为了维护另一个女孩子说出这些话，感觉应该不会特别好。

厉双江的情商比赵明启高点儿，他也悟了，摸着下巴沉思道："淮哥可真是，发起火来对女生也这么不客气，残忍。"

付惜灵和蒋正勋对视了一眼，都没说话。

厉双江和赵明启这种傻子看不出来，但这一段时间以来，付惜灵他们多多少少也看出了一点儿门道。

大概对于江起淮来说，人是没有性别之分的，他根本不在意这人是男是女，喜不喜欢他。

只有陶枝和其他人，这两类区别。

陶枝不知道学校里发生了什么，也不知道江起淮这个全班公认的没有感情的天外谪仙学习机器当着全班人的面第一次发火。

她在房间里自闭了两天，难过的感觉已经过去了，只觉得非常丢脸。

当着那么多人的面立下豪言壮誓的是她，输了的人也是她。她不仅输了，还灰溜溜地钻回洞里逃开了。

陶枝觉得自己太跌份儿了，输都输不起。

输了也没什么，没考过就没考过，毕竟她努力的时候别人也在努力，她想赢，李思佳也不会想输。更何况在她无所事事耗费掉的时间里，别人也在努力。

她有什么资格赢呢？

从她每天打架、逃课、和宋江他们去网吧一泡就是一天的那一刻起，她就已经没有这个资格了。

但是一想到她喜欢的人和别人并肩站在一起，她只能站在他们身后默默地看着的时候，她就觉得非常非常烦。

有人赶在她之前，追上了她的少年。

这个事实让陶枝整个人直接跌进了谷底。

正是晚饭时间，陶枝撑着脑袋，手里的筷子戳着碗里的白米饭半天也没吃下去一口。

她低气压了两天，在家里连话都少了。张姨把装了鸡翅的盘子放在桌上，小声问季繁："枝枝这两天是怎么了？饭不怎么吃，学校也不去。"

"她考试没考好，"季繁夹了块红烧肉说，"没事儿，您让她自己静静就好了。"

少年说着，把鸡翅往陶枝那边稍微推了推。

晚饭后，陶枝接到了陶修平的电话。

老陶这阵子很忙，上次来电话还是季繁刚回来的时候，陶枝把脑袋埋在沙发里，接起来，没说话。

陶修平在那边清了清嗓子。

"干吗？"陶枝开口。

"你们班王老师给我来了个电话，"陶修平顿了顿，只字未提她两天没去学校的事儿，"听说你这次英语考得挺好的。"

陶枝："好个屁！"

"别说脏话，"陶修平叹了口气，"你们王老师挺喜欢你的，一直跟我夸你。"

"夸我什么，夸我物理就考了 18 分？"陶枝闷声闷气地说。

"什么？我闺女物理现在都能考 18 分了？"陶修平的语气里充满了惊喜，"厉害啊！"

"……"

陶枝烦躁地踢了踢腿，踢得沙发垫砰砰响，没说话。

陶修平在那边笑出声："行了，多大点儿事儿呢，烦两天够了啊。我家枝枝不是会被这点儿小挫折打倒的小孩儿啊，还是说因为有喜欢的人了，觉得在人家面前丢脸了？"

陶枝的心思被自己亲爸戳得透透的，她瞬间从沙发上扑腾着抬起头来，怒视着季繁。

季繁别开眼，吹着口哨望天，不一会儿就逃上了楼。

陶枝坐在沙发上，蔫巴巴地垂着眼。好半天，她才小声说："他跟别的女生一起考第一了。"

陶修平明白了，别扭的地方原来在这儿呢。

"那你想想，你是想跟他一起考第一吗？"陶修平琢磨着该怎么顺着他闺女的脑回路说，"跟他一起考个第一你就满足了？"

陶枝想了想，也不是。

"你不得超过他让他臣服了，"陶修平佯装严肃地说，"喜欢的人，就是给你用来踩在脚下踩躏的，你跟他站在一块能有什么意思？"

一语惊醒梦中人。

　　陶枝觉得陶修平说得对，李淑妃还是没能占了她的位置，李淑妃只是其中一步终于跟上了江起淮的脚步了，仅此而已。

　　但陶枝想骑在他脑袋上。

　　想通了以后，陶枝的心情好了起来。她挂了电话，撑着脑袋在沙发上坐了一会儿。

　　两天都没怎么吃过东西，她肚子已经开始咕咕叫了，陶枝跑到厨房去看了一眼，晚饭已经凉了，她也不想再麻烦张姨起来弄。

　　她穿上外套出了门，准备去便利店买点儿热乎的吃的。

　　院门虚掩着没关，陶枝推开院门，脑袋缩进围巾里往外走，一抬头，看见前边站着个人。

　　江起淮拿着手机站在地灯边上，身形被光线自下而上笼着，显得他越发修长挺拔。

　　同时，陶枝的手机微信响了一声。

　　她从口袋里摸出来，看了一眼。

　　一个秘密：**出来**。

　　她抬起头，"一个秘密"也抬起头，远远地看着她。

　　陶枝慢吞吞地走过去，在他面前站定，垂着头，没说话。

　　才两天没见，江起淮就觉得陶枝好像看着瘦了点儿，她戴了一条红色的薄围巾，衬得小脸白白嫩嫩的。长发被围巾缠着在领口鼓起来，显得她有点儿可爱。

　　江起淮到嘴边的话顿了顿，他眸色沉沉，安静地看着她。

　　陶枝清了清嗓子，慢慢开口："我想了一下。"

　　她看着他皱了皱眉："你这个成绩，还是不行。"

　　"……"

　　江起淮："？"

　　江起淮怀疑她这个"你"是不是弄错了，好像应该是"我"。

"你才考 141 分，你怎么这么容易就被别的女生追上了？"陶枝皱着眉教育他，"你得努力学习啊，考个谁都追不上的分数，然后等着被我骑在上头。这次的这种情况，以后不许再有了。"

"……"

江起淮眼神奇异地看着她在那里说些奇奇怪怪的话，闷了好久的、莫名其妙的脾气像是终于找到了出口，蹿出来，然后散了。

半晌，他从喉咙里溢出一丝笑来，低声说："公主教训得是。"

陶枝说完，又开始琢磨着这话说得会不会有点儿太满了。

江起淮这人本来就是个变态，万一再给自己开个挂，连她也追不上了该怎么办？

她顿了顿，又摆了摆手说："也不用特别努力，你自己控制一下度就可以了，希望你心里有数。"

等了一会儿，没见江起淮应声，陶枝抬头不满道："你怎么不配合我了？"

秋天的夜风卷起落叶，江起淮抬手，拉着她外套帽子往上一兜，把她的脑袋整个罩在里面，拽着边边上的绒毛往下扯了扯："差不多行了。"

"行吧，"陶枝见好就收，从外套帽子里重新探出头来，"所以，你叫我出来干吗？"

江起淮："……"

少年沉默着，陶枝有些好奇地看着他："嗯？嗯嗯？"

江起淮没说话。

好像也没什么事情，只是在学校里看着前面那个突然空出来的座位的时候，听着付惜灵他们说她现在一定很难过的时候，就觉得非常烦。

她一直是个娇气的人，半点儿委屈都受不得。开学从他这里吃了丁点儿大的亏就得找回场子，但撞翻了他的桌子真的觉得自己做了错事儿也会别别扭扭地补救，不动声色地道歉。

　　她真的就像城堡里的公主、玻璃罩里的玫瑰，从小在疼爱和呵护下长大，有很漂亮干净的明亮灵魂，直接又鲜活，真诚而热烈，让人舍不得让她受委屈。

　　江起淮拽着她外套帽子上的绒毛往下拉，又把她的脑袋给罩进去了："哪来那么多问题？"

　　陶枝的眼睛、鼻子都被罩在帽子里，她的眼前一片昏暗，她把脑袋往外拱："行吧，我不问了！你撒手！"

　　江起淮松开手，往后退了一步。

　　陶枝赶紧把帽子揪下来，视线里的人重新出现："那……"她顿了顿，试探地说，"我先回去了？"

　　江起淮没什么反应："嗯。"

　　陶枝转身往回走。

　　她走到院门口，拉开门进去，没回头，垂着脑袋装模作样地走，脑子里想着怎么退场可以让自己的背影看起来最好看。

　　模特一般都是怎么走台步的来着？

　　算了，太蠢了。

　　陶枝在原地蹦跶了两下，走到门口，拉开门进去的时候，她侧了一点儿头，余光偷偷往刚刚江起淮站的地方扫了一眼。

　　这人早就走了。

　　陶枝撇撇嘴，脾气很大地"嘭"的一声甩上门。

　　还在那里想怎么走路好看呢！

　　人家根本就不会看！

　　她靠在门板上翻了个白眼，肚子"咕噜"一声轻轻叫了起来，她才想起自己是打算出去买吃的的。

　　结果碰见江起淮，就给忘了。

　　她也不想再出去一趟了，干脆脱掉外套进了厨房，从冰箱里翻出一盒牛奶来，撕开倒进玻璃杯后塞进微波炉里加热。

厨房里暖洋洋的。

牛奶加热后，陶枝又往里加了两勺糖。她靠在岛台上，端着牛奶杯小口小口地喝，一边摸了摸自己的脑袋。

刚刚江起淮拽她帽子的时候，手指碰到了她的额头。

冰冰凉凉的。

她站在那里发呆，季繁一边玩儿手机一边下楼，走过来打开冰箱门拿可乐，侧头看了她一眼："你一个人在这儿站着傻笑什么呢？"

陶枝下意识抬手，扯着嘴角往下拉了拉，面无表情地说："谁傻笑了？"

季繁拧开可乐，咕咚咕咚灌了两口："明天去学校吗？"

"去啊，为什么不去？我可是年级第三，"陶枝扬着下巴说，"是要去接受殊荣的。"

季繁瞅着她孔雀开屏的样子，提醒她："单科。"

陶枝把杯子里最后一点儿牛奶喝完："对了，陶老板说他过两天回国，还给你带了礼物。"

季繁的眼睛亮了亮。

"奖励你跟他打小报告的英勇行为，"陶枝眯眼看着他说，"让你以后再有任何我喜欢的那个小男生的动向都要及时跟他汇报。"

"……"

季繁一口可乐呛住，别开眼装模作样地咳嗽。

陶枝睡了个好觉，第二天一大早，消失长达两天之久的英语听力声音再次在一楼大厅回荡。

季繁打着哈欠下楼："不知道为什么，听着这个聒噪的女人在这儿念天书，小爷我竟然还有一种怀念的感觉。"

陶枝咬了一口三明治，没抬头："你就是欠虐。"

他们到学校的时候，班里的早自习刚开始。今天是语文古诗文朗读，语文课代表正在前面站着整顿纪律，后门被推开，发出"嘎吱"一声轻响。

靠在后排的人听到动静，转过头来。

陶枝含着颗奶糖，若无其事地回到座位上。厉双江听见声音转过来，看见她时，眼睛亮了亮，嘴巴刚张开："老——"

陶枝抬起食指，低声道："消声啊。"

厉双江一顿点头，放下心来，转过去继续读课文。

陶枝摘下书包，抽出语文书，一扭头，就看见付惜灵直直地看着她。

陶枝也看着她，摸摸鼻子，有些不好意思。

付惜灵的眼睛红了。

陶枝愣了愣："哎……"

小姑娘突然靠过来，抱住她的腰，闷闷地说："想你。"

陶枝抬手，犹豫了一下，摸了摸她的脑袋。

季繁在后边看得匪夷所思，他侧过头，看着自己的同桌，难以理解道："你们女的都这样？"

他同桌面无表情地看着他："我是女的？"

"哦，口误，她们。"季繁连着过了两天昼夜颠倒的幸福生活，一时间还没从自己的时区转回来，脑袋有些蒙。

第一堂课是数学，陶枝果不其然被王二批了一顿。

王二很有自己的性格，他也不管学生前两天为什么没来上课，在他眼里，成绩见真章，你没考好，有再合理的理由天王老子都不惯着你。

陶枝站起来乖乖地听训，下课又被他叫到办公室继续。

数学办公室比物理办公室要大一点儿，老师们也都刚上班，此刻泡茶的泡茶，聊天的聊天，陶枝老老实实地站在王二桌子前。

隔壁数学老师推门进来，跟王二打了个招呼，看见陶枝，笑道："这小姑娘不是你们班英语一个月考到 140 的那位？怎么了？犯事儿了？"

"139，完了数学给我考一30分，"王二跷着腿在一堆卷子里挑挑拣拣，"你这个偏科给我偏到马里亚纳海沟里去了，数学你哪怕考个英语的零头也行啊，怎么着？这9分你还看不上？"

陶枝觉得王二有些瞧不起人："您对我要求也是挺低的。"

王二气笑了："我倒是想对你要求高了，你要是数学能考英语那个分数，我倒立着上课。你们英语老师这几天嘴角都快乐到天上去了，单科年级前十和进步最快的全是她教出来的，你倒是也让我感受感受她的快乐啊。"

他一边说着，一边抽了一沓卷子丢过来："基础题，不会就问，暂时不给你那么大压力，期中考试至少给我考及格了。"

陶枝把卷子抱过来。

王二："听见没？"

陶枝老老实实地"哦"了一声。

王二一看见她装乖就头疼，面上说什么应什么，出了这个门还是怎么想怎么来，他摆了摆手："去吧，别白瞎了你的英语成绩。"

陶枝抱着卷子出去了，一回班里，就看见赵明启在那边飞奔，手里拿着个表格满教室乱窜。

她把卷子放在桌子上："这是干啥？"

"运动会。"付惜灵言简意赅。

陶枝点了点头。

实验一中的秋季运动会在第二次月考之后，十一月中上旬，是期末考试之前的最后一个大型活动。

陶枝兴致缺缺，拿起笔来开始做数学卷子。

数学和英语不一样，英语凭着语感和基础她还能自己做一做，数学、理综这种，大量知识点和公式的缺失让她有些无从下手。

她把卷子放到一边，还是决定先从看书开始，同时琢磨着让陶修平给她找个家教。

读书的时候，时间总是很神奇的存在。课如果听不下去，那一小时就过得像一个世纪那么漫长。

只要听进去了，那一天很快就过去了。

陶枝从来没觉得时间过得这么快。

实验一中的老师讲课效率非常高，重点知识抓得也很准，他们差不多会用三分之二的时间来讲课本上的知识点，剩下十几分钟让大家做提高题。陶枝有些地方听不懂，但她也没闲着，还是将听不懂的地方在书里标了出来，全部都记在笔记上。

最后一节课照常是自习，陶枝下课的时候转过头去跟季繁说了一声，两人换了个位置。

江起淮一回来，就看见陶枝坐在他旁边，桌上摊着一堆卷子，正在翻数学书。

他垂眼站在她旁边。

陶枝沉浸在自己的小世界里，好半天，才注意到他已经回来了，她仰着脑袋拍了拍他的位置。

江起淮坐下。

陶枝放下书凑过来，眼巴巴地看着他："殿下，课时费二百，工作日加钱。"

江起淮明白了，他踩着桌杠懒洋洋道："三百。"

陶枝瞪大了眼睛："你不如去抢，我找个清华的都不用这个价。"

江起淮挑眉："你就知道我考不上清华？"

"……"

你能。

你最牛了。

陶枝翻了个白眼，把数学卷子推给他。

她一整天磕磕巴巴地就写完了一张，没有答案可以对，也不知道写成了什么狗样。

果然，江起淮看了两眼，表情都凝固了。

陶枝撑着脑袋："你这个表情是什么意思？"

"意思就是，"江起淮拿起笔，不紧不慢地说，"你的提升空间大得让人敬佩。"

"……"

陶枝想把他的脑袋塞进桌肚里。

江起淮继续道："你的总成绩现在想提分非常容易，不用再像上个月一样死磕英语，每一门的基础题分数拿到，至少可以拿卷面上百分之六十到百分之七十的分数，比你英语拔高要简单很多，而且理科本来就是会就会。"

"不会就不会，不需要长期的词汇量积累。"陶枝蔫巴巴地说。

江起淮看了她一眼。

脑子还挺清楚。

他没拿书给她讲，直接从讲题开始。

每一道题涵盖了什么知识点，用了哪些公式，他列得清清楚楚。陶枝遇到不会的就直接圈出来，他再有针对性地讲一遍。

这是效率最高的一种办法。

他讲题的时候语速不急不缓，条理分明，逻辑清晰，听进去以后陶枝终于明白为什么付惜灵说听学神讲题是一种享受。

一个讲得明白，一个理解得快。只花了一节自习课，陶枝就做完了两张卷子。

陶枝飘了。

陶枝觉得就照着这样稳步学下去，她下次期中考试数学能考150分。

两张卷子做完，她放下笔伸了个懒腰，人也从刚刚紧绷的状态里放松下来，身子往后靠了靠，从斜后方看着江起淮。

少年正在看她刚刚做完的那张试卷，低垂着眼，目光沉静。

他的视线停在其中一道题目上面，笔尖在过程上一点，淡淡地开口："这道，公式用得不对。"

半天没人搭理他。

江起淮抬起头来。

小姑娘两只手臂往前一伸，上半身趴着，整个人瘫在桌子上："我累了，我脑子都冻住了，好累，无法思考。"

江起淮瞅着她，没说话。

见他没反应，陶枝两只手摆了摆，趴在桌子上耍赖："需要一点儿奖励。"

江起淮叹了口气，也不知道她是跟谁学的："什么奖励？"

陶枝侧过头来，想了想说："比如，我做对一道题，你就夸我一句。"

"……"

江起淮的眼神刻薄得明明白白：你在做什么梦？

他这个人本来就不会说话，陶枝思考了一下，让他夸人确实也是有点儿太难为他了。

她撑着脑袋直起身，人凑过去，和他拉近了距离。

江起淮没躲，垂眼看着她凑近。

两人之间的距离近到连睫毛都变得清晰起来。

陶枝仰着头，深黑色的眼睛一眨不眨地盯着他，眼神明亮又直白："或者我做对一道题，你就抱我一下。"

我很喜欢你

陶枝本来就是个干干脆脆的人，性子直，不喜欢弯弯绕绕的，心里面如果装着事儿，就会直截了当地表达出来。

既然已经确定了，既然已经明白了自己心中所想，那也没什么好瞒着的。

配不上就努力配，追不着就慢慢追。

暗恋有什么意思？暗恋又不能让人梦想成真。

如果她这边正一个人不声不响地默默恋着呢，她的少年被别人给追去了，那她后悔都找不着地方去。

她几乎是屏住呼吸，在等着江起淮的反应。话都说到这个份儿上了，他要是再听不出来，那他就是傻子。

她直勾勾地盯着他，想从他的表情里看出一丝一毫的蛛丝马迹来，惊讶或者是惊吓都行，但江起淮没反应。

他垂眼看着她，逆着窗外的夕阳，一双桃花眼被拢下一片阴影，眸色渐深。

两个人对视了半晌。

陶枝抿了抿唇，还是先忍不住了。

她小声说："你怎么没反应？"

江起淮顿了两秒才开口："我要同意吗？"

他的声线很低，带着一丝不易察觉的哑。

到底是女孩子，脸皮薄，陶枝觉得自己耳尖有点儿烫，她敛下睫："你要是同意了，我今天就把那些卷子全都做完。"

她嘟哝："我总能对上一半吧。"

陶枝想了想，只要她每张卷子能写对一半的题，就能让江起淮今天晚上抱着她不撒手。

不过这样，好像显得太痴汉了。

她琢磨着自己这个直球打得是不是过于突然，应该给他一点儿缓冲的时间的。

毕竟江起淮这个人，在男女关系上应该还是挺腼腆的。

陶枝抬眼，偷偷地看了一眼某位冷若冰霜的腼腆男子，还是退了一步："你当真了吗？我开玩笑的。"

江起淮看着她，唇角缓慢地抿成平直的一条线。

看起来好像更冷了。

陶枝有些后悔没经大脑说了这话，她手指搭在桌边抠了抠，觉得有些懊恼。

江起淮到底在想什么，她不知道。她也拿不准自己这么直白的表达他到底喜不喜欢，介不介意，会不会觉得烦。

陶枝不说话了，江起淮也没说话。他安静地帮她改完了卷子，两个人陷入了一种莫名的沉默氛围之中。

晚自习最后十分钟，赵明启走到讲台上，说起了之后运动会的事儿，呼吁大家积极报名，为班级争得荣誉。

陶枝一句话都没听进去，一直等到王褶子进来，发了今天的作业放学的时候，她才不情不愿地从季繁的位置上站起来，慢吞吞回自己的位置收拾书包。

她把东西都装好后，转过头去，江起淮还没走。他的东西也都收拾完了，他正坐在座位上滑着手机，不知道在等什么。

陶枝刚想跟他说话，季繁两步跨过来，一手拎着她的书包一手揪着她校服外套，头也不回地把她给拽走了。

陶枝趔趄着跟着他出了教室，依依不舍地回头去找江起淮。季繁步子迈得很快，几乎是拎着她往前走。

没跟江起淮最后说上话，陶枝有些恼火："你跑这么快干吗？！"

"不走等着你继续跟人家打情骂俏？"季繁放缓了脚步，翻了个白眼，"你能不能稍微收敛点儿，还在教室里呢？你是当你前面坐的俩人都是聋子是吧？"

陶枝一顿，后知后觉地脸红了。

她结结巴巴地说："你们听到了？我声音很小呢。"

"我们就坐你前边啊祖宗，"季繁一字一顿地说，"所以，你喜欢的那个人真是江起淮？"

陶枝没说话，当默认了。

"我真是无语了，"季繁看起来一副又震惊又早知如此的样子，"我之前也猜是他，跟你关系好的一共就这么几个，你总不可能喜欢厉双江那个二缺。"

陶枝气势有些弱地反驳道："怎么就不可能了？厉双江长得也还行，成绩还挺好的。"

季繁看起来有些郁闷："江起淮这人，前脚把我揍了一顿，后脚我姐就喜欢上他了，我是要在这人身上栽两次？"

"不能这么说，"陶枝纠正他，"你想没想过，可能就是因为他把你揍了一顿，我才喜欢上他的呢？"

季繁："……"

两人一路边走边说，出了校门后找车。

来接人的车子还停在老地方，但换了一辆。

季繁还没有反应过来，以为顾叔今天停到别的地方去了。陶枝眼睛一亮，直奔着那辆黑色轿车过去了。

她拉开车门的时候，陶修平正趴在方向盘上皱着眉发呆，看起来有些心事重重的样子，听见车门打开的声音蓦然回过神来。

他眉心松开，笑呵呵地看着她："这是谁家的公主放学了？"

因为季繁回来了，陶枝没有坐副驾驶，她乖乖地爬到后座坐进去："你不是过两天才回来吗？"

"这不是赶着来接我们家少爷和小姐。"陶修平抬手指了指后面，"给你买了栗子酥。小繁不爱吃太甜的，我还买了点儿肉松蛋卷，尝尝好不好吃。"

季繁也上了车，他还郁闷着："可能听说你非礼人家小男生，特地回来查岗的。"

陶修平那边刚发动了车子缓慢上路，听见这话被口水呛了一下："昨天还别扭着呢，今天都动上手了？"

季繁翻了个白眼："她让人家抱她一下。"

陶修平猛的一个急刹，车子堪堪停在学校路口的红灯前。

他直接转过头来："那小畜生抱上了？"

陶枝："……"

季繁："……"

陶修平清了清嗓子，重新转过头去，放缓了语气："爸爸的意思是，那个男生。"

"没有，人家没搭理她。"季繁幸灾乐祸地说。

陶修平暗暗地松了口气。

陶枝坐在后面捶了季繁一拳。

季繁捂着肚子弯下腰，"啊"了一声："我负伤了！"

陶枝不想搭理他，把脑袋扭到一边去，闷闷地看着车窗外。

江起淮哪里没搭理她。

季繁耳朵不行就去治，江起淮明明就是回话了的，还问了她要不要同意呢。

多么尊重她。

陶修平提前回来了。

他在家照例是他掌勺，张姨打下手。季繁坐在沙发里摆弄着陶修平从德国给他带回来的机器人，陶枝的礼物被放在旁边，她人坐在沙发上看书。

菜做得差不多后，陶修平走过。他本来以为陶枝是在看什么小说，结果垂头一看，是本语文书。

陶枝的眼睛直勾勾地盯着客厅虚空的某一点，嘴里小声念叨着，正在背古诗词。

她的注意力很集中，根本没注意到陶修平走过来。男人一脸愕然，跟他儿子来了个眼神对视：她现在天天这样?

季繁点点头，对他做口型：她喜欢的那个小畜生，年级第一。

陶修平的心情有些复杂。

既欣慰，又觉得嫉妒。

他闺女为了他都没认真学习过，现在因为另一个男生，决定重新开始好好学习了。

晚饭的时候，陶枝跟陶修平提了一句，说想要找个家教。

找家教这事儿陶修平以前说过，在陶枝初中成绩跟坐了滑翔伞似的直线下滑的时候。

陶枝当时很抵触，说了两次都不欢而散，两人之后就再没说过了。

这次她自己提出来了，陶修平立刻答应下来。

他效率很高，周六上午十点，家教上门。

对方是个大二学生，名校在读，叫蒋何生，是陶修平一个朋友的儿子。

本来陶修平是打算把季繁也给拉过来一块听课，但是少年宁死不屈，最后还是陶枝一个人上课。

蒋何生长相温和俊逸，在校期间的履历也很是漂亮——学生会副主席，校辩论队核心成员。

他讲起题来也有自己的一套方法，跟江起淮那种言简意赅多半个字废话都不会说的划分重点题型按知识点来讲题不同，他讲东西非常细腻，基础知识会翻来覆去换着花样反复地滚。陶枝问再简单的问题，他都不会不耐烦。

用他的话来说，万丈高楼平地起，地基是最重要的一环，把基础掌握好，再看很多原本不知道从哪里下手的题目会茅塞顿开。

因为是熟人，上课时间也随意了很多，没有固定。陶修平让两个孩子加了联系方式，时间他们自己安排。

一上午的家教结束，午饭过后，陶枝坐在书桌前欣赏自己上午上课的时候做完的卷子。

她拿着笔，笔尖对着题目一道一道地数，算着自己这张卷子能得到多少个抱抱。算着算着，她又有点儿坐不住了，心里发痒。

这次陶枝长了个脑子，出门的时候带上了卷子。

一回生二回熟，她在江起淮家楼下下了车，又去旁边的小超市里买了点儿东西，两只手提得满满的，凭着记忆走到了他家门口。

楼道里光线很暗。

东西特别重，陶枝两只手都勒出了红印子，她站在门口，脚步却突然停住了。

她这样好像有点儿唐突。

她甚至都没想起来跟人家打个招呼，脑袋一热直接到人家家门口来了，这算怎么回事儿？半点儿礼貌都没有。

陶枝靠在冰冷的扶手上，想了想，还是决定先回去，下次一定记得提前打个招呼。

她正要转身走，面前的防盗门"咔嗒"一声开了。江爷爷手里提着一袋垃圾站在门口，看见她，愣了一下，笑道："小陶来了？"

陶枝拎着东西眨巴了下眼，好一会儿才反应过来。

走也走不了了，她干脆上前，有点儿不好意思地说："我想吃爷爷做的菜了。"

江爷爷哈哈大笑，身子往旁边让了让："快进来，外边冷。"

陶枝进去后，将手里的东西放在旁边的餐桌上，又看见老人家手里提着的垃圾："爷爷是要去丢垃圾？给我吧。"

江爷爷连说"不用"，陶枝那边已经接过来了。

小姑娘穿着件红色的外套，蹦蹦跶跶地往下跑，看起来欢快又活泼，跟他们家的那个闷葫芦是一点儿都不一样。

江爷爷开着门等了一会儿，不多时楼道里传来脚步声，陶枝缩着脖子蹦跶回来了。

屋子里暖洋洋的，她揉了揉勒得有些发疼的掌心，换了鞋子，舒服地长长出了一口气。

江爷爷倒了一杯温水给她。

陶枝道了谢，接过来，小心地往江起淮卧室的方向看了一眼。

"阿淮没在家，得下午回来。"江爷爷说。

陶枝坐在沙发上，乖乖地捧着水杯。

江爷爷叹了口气："阿淮是个懂事儿的孩子，就是没生在一个好家庭。他性子闷，跟同龄人也很少能玩儿到一块去。他要操心的事儿多，还要照顾着我这个老头子。"他顿了顿，没往下说，只含笑抬起头来，"你能过来玩儿爷爷很高兴，跟你在一块的时候，阿淮看着要活泼些。"

陶枝点了点头，横竖也没感觉出来江起淮跟她在一起的时候到底哪里活泼了。

这人跟"活泼"这两个字完全绝缘。

她陪着老人聊了一会儿天。少女话题多，讲话又有趣，逗得老人一直笑。聊累了，两个人就各自做点儿事儿。

江起淮回来的时候临近傍晚，他进门时抬起眼，就看见客厅里多了个人。

江爷爷坐在窗边的摇椅里戴着眼镜看书；陶枝搬了一个小板凳，坐在茶几旁边，面前摊着一张卷子。

他没在家，她就没进他的卧室，直接趴在茶几上拿着笔做题。

夕阳透过玻璃窗被旧窗框切割成一块块整齐的斜方格，她的发梢被笼罩在昏黄色的余晖下，那一刹那，她整个人都非常明亮，像光一样。

江起淮恍惚了一瞬，才回过神来。陶枝刚好听见声音抬起头。

她隔着一个客厅的距离，逆光看着他，嘴角扬起了很大的笑容："你回来啦！"

她欢快地说。

江起淮的心脏跟着一跳，手指垂着蜷了蜷。

光直接穿透躯体，柔软地、不动声色地包裹着他的心脏，然后缓慢地一点儿一点儿扩张。

有什么东西混着陌生的情绪不受控制地往外涌。

他抿着唇没说话，换了鞋子走进客厅。

"我有东西给你看。"陶枝坐在小板凳上回过身，伸长手臂，从沙发上钩着带子拽过她的小包包，然后垂着脑袋在里面掏啊掏。

好半天，她抽出了一张试卷。那卷子被她塞得有些皱巴巴的，她把它展开来，迫不及待地高高举到他面前。

这张卷子是蒋何生特地给她出的，上面都是简单的基础题，陶枝从卷子下面探出脑袋，仰头看着他，眼睛亮亮的："你看，我都写对了！"

客厅里一片静谧，只有女孩子欢快的声音。江爷爷从书里抬了抬眼，悄悄往这边看了一眼，然后又若无其事地低下头，身子往旁边转了转，背对着他们。

江起淮对上她期待的眼神，唇角终于忍不住弯了弯。

他抬手，掌心停在她头顶，顿了一瞬落下来，轻轻揉了揉。

"我看到了，很厉害。"他低声说。

陶枝连呼吸都屏住了。

少年的身上还带着晚秋室外的冷气，他的手指冰凉，掌心却是温热的。

他修长的手指穿过发丝，属于他的温度在她的头顶轻飘飘地压下来。

很舒服，又有些痒。

她想伸手挠挠，但又怕她抬手，江起淮就不会摸摸她的头了。

她不受控制地微微晃了晃头，脑袋抵着他的手掌，轻轻蹭了蹭。

少女柔软的发丝缠绕着他的指尖，漆黑的发和冷白肤色纠缠在一起，形成极鲜明的对比。江起淮手指微屈，片刻后收回了手。

头顶的重量倏地卸下来，顿时空空的，陶枝有些意犹未尽。她遗憾地看着他，小声说："你不再摸摸我了吗？"

江起淮"啯"了一声。

陶枝立刻老实了："我瞎说的，我错了。"

江爷爷背对着这两个小年轻，视线落在书上，眼观鼻鼻观口，努力把自己融入客厅背景墙里，假装自己不存在。

江起淮抬头看了一眼过去。

陶枝终于想起来这客厅里还有江爷爷在，她把手里的卷子"唰"地放了下去，扒着她的小板凳默默地转回了茶几那一面，继续做卷子。

茶几桌有些矮，趴在上面的话，腿没地方放。陶枝屈着腿，下巴抵在膝盖上，整个人弓成一团小虾米，装模作样地老实巴交写卷子。

江起淮脱了外套挂在一边，侧头："怎么不去里边写？"

笔尖划过一道题干，陶枝哼哼道："你没在家呀，未经允许不擅闯私人领地，小动物都知道。"

江起淮俯身，拿上她放在沙发里的小书包，往卧室走："进去写吧。"

陶枝收拾起了自己的卷子，颠颠地跟着他。

起身的时候，她回头看了一眼江爷爷。

江爷爷也转过头来正看着她，两人视线对上，江爷爷朝她挤了一下眼睛。

陶枝揉了揉脸，有些不自在，总有种当着江爷爷的面占了人家孙子便宜的心虚感。

江起淮的房间和上次来的时候没什么差别，依然是收拾得干净简洁，床上的被子铺得整整齐齐，让陶枝想起了自己那张被子永远叠不起来的床。

她不喜欢把被子叠起来，并且也不让张姨叠。每次早上起来，她就把被子堆堆堆，堆成一坨，直到它鼓成一座小山。晚上洗好澡要睡觉的时候，她就直接把自己埋进去。

北方的十一月已经开始供暖，卧室里温暖而干燥。在夕阳柔和的光束里，能看见空气中沉浮着细细的灰尘颗粒。

陶枝将卷子放在书桌上，没坐下，又跑到门口，神秘地朝江起淮招了招手："你过来。"

江起淮跟着她走出去。

陶枝进了厨房，里面堆着两个大大的袋子，陶枝打开其中一个，从里面翻出来大大的两盒草莓，转过头献宝似的说："我买了好多草莓。"

江起淮扫了一眼台面上的东西："都是你买的？"

"总不能每次来都白吃白喝的，"陶枝将草莓盒子上的一层保鲜膜拆开，走到水池前。

江起淮已经开了水龙头洗手："我来。"

他顺手接过了她手里的盒子，陶枝也没坚持，撒了手，站在旁边看。

他从碗柜里抽出果盘，又把草莓的叶子一片片摘掉，对着水龙头冲水，一颗颗草莓洗得细致又熟练。

陶枝靠在墙上看着，突然想起这是她喜欢吃的东西，因为她喜欢，所以就也想分给他吃。

但江起淮的爱好，她一点儿都不知道。

他喜欢什么，讨厌什么，爱吃什么，这些似乎全部都是空白的，这个人的生活中好像除了学习和赚钱以外，没有任何其他的偏好。

陶枝突然觉得很不舒服，他们在相似的年纪里，过着截然不同的生活。

她什么家务都不用做，不愁吃穿和金钱，不必考虑生活的重担，每天活在陶修平的庇护之下，却依旧有那么多让她觉得难过的瞬间。

江起淮跟她比起来，这种瞬间只会多，不会少。

他会不会也有一个人觉得生活非常非常辛苦的时候？

陶枝的情绪有些低落，她抿着唇看着他："殿下，你有喜欢吃的东西吗？"

江起淮把洗好的一颗草莓装进果盘："没有。"

陶枝伸着脑袋："水果呢？也没有吗？"

"嗯。"

陶枝舔了舔嘴唇，犹豫了一下，还是大着胆子问："桃子呢？"

江起淮动作一顿，抬起头来。

她眨巴着眼看着他，一脸无辜："也不喜欢吃吗？"

水流声在厨房里哗啦啦地响，她的声音轻轻的，似乎不带有任何内涵。

江起淮看着她，桃花眼微微眯起。

陶枝就像一只机灵又狡猾的小猫咪，伸出爪子来试探性地碰他一下，又很快收回去。消停一会儿后，又忍不住伸出来扒着他轻轻、挠挠、抓抓，然后再次晃着尾巴溜开。

她倒是非常熟练，熟练得让人心里无端有些窝火。

江起淮的气压又低了两度，他端着洗好的草莓转过身来："伸手。"

陶枝乖乖地伸出手来。

江起淮把草莓盘子往她手上一搁，转身走出厨房时，声音轻飘飘的："我桃子过敏。"

陶枝："……"

陶枝把草莓分了两盘。一盘留着放在了客厅，给江爷爷；另一盘拿进卧室里，放在了书桌上。

等晚饭的时候，她继续写刚刚在客厅没做完的那张卷子。

没一会儿，江起淮又被江爷爷给赶出了厨房。老人家似乎对江起淮抢了他的表现机会非常执着、非常介意。

江起淮一进卧室，就看见陶枝正用笔戳着鼻子，对着一道题苦思冥想。

江起淮走过去，坐在床边，随手拿起了她刚刚给他看的那张，她全部写对了的卷子。

这张卷子上基本都是大题。

陶枝的字迹非常好认，他一眼就看了出来。不过，在她的解题过程旁边，不时会出现另外一行小字。

笔的颜色相同，笔迹却截然不同，那字工整而漂亮。

江起淮顿了顿。

陶枝这头一道题做不出来，就扭头看他，目光顺着他的视线落在卷面上。她指着那字开心地说："这是我的家教给我写的另一种解题方法。"

江起淮抬眼："请了家教？"

陶枝点点头，手指头比了两根出来："大二的，也是实验一中毕业出去的。我本来还觉得找学生太年轻了，想让我爸找个老师比较好，更有经验嘛，结果这个学长讲题特别细。"

学长。

江起淮点点头，没再说话。

陶枝不觉有异，继续做题。

她卡在上一道题上面了，想问问江起淮，结果这人已经从书桌上抽出了一本练习册，垂头开始写。

他笔下"唰唰"地写着，流畅又迅速。陶枝不想因为自己的问题打扰到他学习让他分心，想了想，还是跳过那道题，继续往下做。

江起淮就这么一直等到了江爷爷叫他们出去吃晚饭，陶枝都没有开口问他。

他余光瞥了一眼她的试卷，刚刚不会的那道题她直接空着了没写，下面的都做完了。

他就这么活生生地坐在她旁边，结果这个小没良心的有了她的学长家教，连一道题都不再问他了。

一道都不问了。

她是觉得他的水平不如她的学长好?

江起淮垂着嘴角，放下笔，合起练习册，起身出去。

一整个晚饭的时间，他都没再说话。

连陶枝这种神经不是特别细腻的人，都能感觉到他有点儿不对劲儿。

江爷爷瞅了一眼自己一声不吭的孙子，又看了一眼陶枝，无声地冲陶枝比了个口型：吵架啦?

陶枝摇了摇头，她抓着筷子，也不知道是哪里出了问题。

他在回到家看到她的时候，应该还是挺高兴的。他还摸了她的脑袋，说她很厉害。

陶枝有些烦躁，她觉得男生真是太难懂了。如果是平时，她肯定就直接问了，但这会儿江爷爷也在，什么话都不好说。

三个人安静地吃着饭，只有陶枝时不时跟江爷爷说笑两句，江起淮始终没什么声音。

一顿饭吃完，陶枝的情绪也有点儿低了。她没多待，帮江爷爷收好了碗筷，就装上了自己的东西告辞。

江起淮送她下楼。

楼道里安安静静的，陶枝闷着头一口气走下去，推开防盗门，冷风飕飕地顺着外套往里灌。

陶枝也开始有些赌气。

这个人的性格真的很烦。

她根本不知道自己哪里又惹到他了。

出了居民楼走到小胡同口，陶枝越想越闷，还是忍不住。她脚步一停，猛地转过头去，有些恼火地皱着眉看着他："我又哪里惹你了？"

江起淮跟在她身后，脚步差点儿没收住，身子往后偏了偏才没撞到她。

"没有。"

"那你在这里冷着脸发什么脾气？"陶枝烦躁地说，"吃饭的时候不说话，下楼了也不跟我说话，你这个人的性格怎么这么讨厌？"

江起淮没说话。

胡同里瞬间安静下来，猫咪蜷缩在墙角睡觉，时不时抬起头来，警惕地看他们一眼。

半晌，江起淮忽然没头没尾地说："我讲题你听不懂？"

陶枝的火憋在嗓子眼里，愣愣地仰着头，没听懂："啊？我听得懂啊。"

江起淮抿着唇："听不懂你不问。"

她愣了两秒，突然明白了。

学霸觉得自己被比下去了。

学霸他自尊心又受挫了。

这个人平时看起来明明挺冷酷无情的，偏偏在有些地方又让人觉得有点儿幼稚。

"那你当时不是在做题嘛，"陶枝委屈巴巴地说，"而且你也没有理我，你看到我有不会做的题都不会主动给我讲。"

小姑娘委委屈屈地看着他，江起淮跟她对视了片刻："你的学长家教会。"

"那不一样。"陶枝撇嘴。

"哪儿不一样？"

陶枝皱起眉："哪儿都不一样，家教只是家教，你跟他怎么能一样？"

他们的声音有点儿大，趴在墙角的猫咪似乎是受到了惊吓，"喵"的一声后，蹿进了胡同深处。

老旧的路灯"滋啦滋啦"地响，暗淡的光线将两个人的影子拉得很长。

江起淮垂着眼，小姑娘也低下了脑袋。她的长发柔软地披散下来，头顶有一个小小的旋。

"陶枝。"他突然叫了她一声。

陶枝抬起头来，腮帮子还不开心地鼓着。

江起淮淡淡看着她。

"你喜欢我？"

陶枝鼓着腮帮子将嘴里的一口气全撒出去，还有些没反应过来。

她本来觉得自己已经够直白的了，没想到江起淮比她还要直截了当，就这么开门见山地问了。

虽然她最近表现得挺明显的，但他这么直接地问出来还是让人有些措手不及。

陶枝屏住呼吸，低垂着的脑袋倏地抬起来，看着路灯下的他。

下一秒，她像角落里那只刚刚蹿走的猫一样，整个人在原地蹦了一下，然后后退了两步，背靠着冰冷的墙面，漆黑的眼睛睁得圆圆的，看着他。

跟刚刚那只受惊逃走的猫几乎一模一样。

江起淮问的不是"要不要做我女朋友"这种问题，而是"你喜欢我？"。

疑问句，她有两个回答：喜欢或者不喜欢。

如果她说喜欢，那江起淮也有两个回答：我也喜欢你；或者，我不喜欢你，也请你不要给我造成困扰，不要继续喜欢我。

陶枝心里其实已经有了那么一个偏向，关于这两个答案哪一个中奖的概率大点儿，但她不是特别想承认自己会被拒绝。

但是让她否认自己喜欢他，陶枝也不愿意。

至少现在来看，她的心里是很喜欢这个人的，就算只是口头上说说骗人陶枝都不想。

喜欢就是喜欢。

她皱着眉看着他，绞尽脑汁地想了好半天，才有些艰难地开口："这不好说。"

"……"

江起淮声音平缓："怎么不好说？"

"就是，不好说，"陶枝手指抵在墙上，纠结地抠了抠墙皮，吞吞吐吐地说，"我得考虑考虑，我过几天再给你答复。"

江起淮："……"

一句问话，被她瞬间反客为主了，闷着的情绪憋在那儿又被她给怼回来了，江起淮又好气又想笑，他不动声色地缓慢地往前走了一步："你喜不喜欢我这个事儿，你还得考虑考虑？"

陶枝看着他，紧张地舔了舔嘴唇。

他又往前走了一步："要我问你了，你才开始考虑？"

胡同本来就窄，两三人宽的距离，陶枝紧贴着墙壁，看着他一步一步走过来，深长的影子包围着她。

江起淮把她圈在墙壁和身体之间，上半身倾下来，低头垂眼看着她，气息一瞬间笼罩过来："你今天到底是来干什么的，跟我炫耀一下你的学长家教？"

少年的气息温暖，和室外冰冷的空气形成鲜明的对比，咫尺距离，他的声音就伏在她的耳畔，温热的吐息一股一股扑在耳郭，陶枝的呼吸有些乱，指尖发麻，大脑开始短路。

不是，我想来要个抱抱。

陶枝垂下眼睑，心脏跳得又急又快，声音大得她觉得就在她耳边怦怦作响。她忽然动了动，向前小半步。

江起淮还维持着俯身靠过来的动作，陶枝突然抬起手臂，环着他的脖颈整个人凑上去。

柔软的身体隔着外套贴上去，她额头抵着他的肩膀，轻轻抱了他一下。

鼻尖萦绕着她发丝上清甜的洗发水味道。

江起淮僵在原地。

陶枝脑袋埋在他肩头蹭了蹭，小声说："我来干这个的。"

她说完，瞬间松开手臂，重新拉开距离，顺着他和墙壁之间的空隙蹿出他的包围圈，蹦出去，头也不回地往外跑。

巷子的一端是一片昏黄，另一端是灯火通明的夜。

她逆着光的背影挑开黑暗，像是午夜钟声响起时的辛德瑞拉，有些慌乱地飞快逃走了。

江起淮站立良久，直到陶枝的影子已经彻底消失在视线中，他才抬起手臂来，手指覆上裸露在外的后颈，指腹轻轻蹭了蹭。

她的手指刚刚就拢在那块，指尖带着柔软的力度，冰凉的触感似要透过皮肤，渗进身体里。

陶枝逃回家的时候家里刚吃好晚饭，陶修平抱着笔记本坐在沙发里处理工作邮件，季繁抱着本漫画书横躺在沙发里看。

陶枝摘了包，脱掉外套丢在旁边，踩着拖鞋走进客厅，一抬眼，就看见这父子俩齐刷刷地看着她。

季繁的眼睛从漫画书上面露出来，陶修平略低着头，视线从金丝边框眼镜上方看过来。

季繁："你去哪里了？"

陶修平："晚饭都不回来吃？"

"……"

陶枝有些心虚地抓了抓鼻子，随口道："我去找及时雨，已经吃过了。"

"哦，那没事儿了。"季繁放下心来，继续看漫画。

陶修平一眼就看出她在说瞎话，也没说什么，推了推眼镜，继续工作。

陶枝松了口气，走过去，将拎着的书包丢在沙发上，在季繁旁边坐下，抽了本练习册出来。

她屈起腿，脚踩在沙发上，把练习册搁在腿上看。

陶修平噼里啪啦打着字，没抬头，状似不经意地问道："你喜欢的那个小男生，叫什么名字来着？"

季繁眼睛看着漫画书，翻了一页，懒洋洋道："小畜生。"

陶枝抬手照着他脑袋拍了一巴掌。

季繁"嗷"的一声，捂着脑袋："江起淮！行了吧。"

陶修平赞同道："姓江？名字起得不错。"

"主要是人家老爸姓得好，"季繁撇撇嘴说，"再看看咱们家的这位，姓了个水果。"

陶枝写字的笔一顿，被他这么一提醒，想起了今天下午在厨房的事儿。

江起淮对桃子过敏，然后她还姓陶。

就好像冥冥之中，俩人就注定了不是那么相配一样。

她为什么就一定得姓桃（陶）？

她就不能姓个梨、姓个杏、姓个葡萄什么的吗？

陶枝皱了皱眉，有些不开心，她抬起头来，看向陶修平："爸爸。"

陶修平抬起头："嗯？"

"我不想叫'陶枝'了。"陶枝看着他，严肃地说。

"那你想叫什么？"陶修平也很尊重她的意愿，问道，"陶小枝？陶美美？要不叫陶大胖吧，你小时候挺胖的。"

"叫什么不重要，随便叫什么都行，"陶枝有些忧郁，叹了口气，"我主要就是不想姓陶。"

陶修平点点头："你主要就是不想姓陶，我看你是想上天。"

"你可以姓季，叫季上天，"季繁说，"我们来孤立老陶。"

"行了啊你俩，没完没了了是吧？"陶修平看了他一眼，又看向陶枝，"跟爸爸说说，怎么就突然不想叫这个名儿了？是有谁说你的名字不好听了？"

"没人说，"陶枝不想承认自己是因为一个幼稚的原因才有了改名的想法，"我就是突然不想姓陶了。"

"她就是突然想上天。"季繁来劲儿地说。

陶枝随手抓了个沙发靠垫怼在他脸上。

季繁挣扎着把靠垫拽下来。

陶修平把笔记本电脑放在旁边，俯身端起茶几上的茶杯喝了一口："咱们家公主最近有很多奇思妙想啊。"

"单恋中的女生都是这样的，没办法。"季繁抱着靠垫说。

陶修平叹了口气："再过两天，爸爸就不是这个世界上最帅的男人了。"

季繁："过段时间就要开始胳膊肘往外拐了。"

"女大不中留。"陶修平说。

"留也留不住。"季繁悠悠道。

"……"

陶枝不想听这俩人在这儿一唱一和地演，脑子里乱糟糟的一片，也做不进去，干脆抱着练习册上楼回了房间。

卧室安静，陶枝抱着练习册站在床边，然后直挺挺地往前倒，一声闷响栽倒在床上。

她脑袋埋进被子里，抱着被角蹭了蹭。

陶枝突然有些后悔，自己之前过于尿了，错失了一个跟江起淮示爱的大好机会。

但陶枝也不想这么贸贸然表白，然后被拒绝，她得想个办法，让江起淮就算不同意，也不会说出拒绝的话。

一连几天，陶枝都没提起这事儿。

赵明启最近特别活跃，他平时找人出去玩儿都是聊天、打球这种不务正业的活动。临近运动会，他做任何事情都有了理由，打球是强身健体，为接下来的运动项目做准备，聊天是苦口婆心劝说同学报名参加比赛。

1 班学生的学习成绩个个都是拿得出手的，运动方面和各种课外活动却搞得一般般，除了几个男生，其余的人都兴致缺缺。赵明启连请客诱惑带零食勾引，好不容易才把所有项目的报名人数凑齐，报名表给体育老师交上去。

陶枝也在他的软磨硬泡下报了两个项目。

运动会在十一月中旬，因为学校里的室外体育场在扩建，所以临时借了旁边市二医大的场地。

陶枝前一天查了一下地图，发现这个学校离江起淮家不远，从她家去运动会现场的话刚好可以路过。

第二天，她起了个大早，爬起来洗漱完直接把季繁和陶修平也给敲醒了，提前了半小时出门。

父子俩一个接着一个地打哈欠，她神采奕奕地坐在后头，包里背着一堆零食，紧张地抿着唇。

车子驶进江起淮家的那条街。

陶枝眼睛亮了亮，直起身来，拍了拍驾驶座的座位："爸爸，停一下车。"

陶修平将车平缓地开到路边，停下，转过头来："怎么了？有东西忘了？"

"没，我去找我同学，"陶枝打开车门下车，又回过头来，"你们先走吧，我等下跟同学一起过去！"

陶修平还没来得及说话，小姑娘已经背着她的小包包跑到了人行道前，刚好是绿灯，她一步一颠地过了马路，然后一路往前跑，很快没了影子。

陶修平回头，看了一眼季繁："这小孩儿咋回事儿？"

季繁打了个哈欠，挤眉弄眼地说："还能咋回事儿？找那个谁谁谁去了呗。"

深秋的清晨霜露浓重，天气阴沉沉的，云层蔽日。

陶枝一路小跑到江起淮家的那条胡同前，停下步子，手撑着膝盖弯下腰，小口小口地喘着气，调整呼吸。

心跳很快，不知道是因为刚刚跑了一路还是什么别的因素。

陶枝站在巷子口，直起身来靠着墙面，深吸了一口气。

街道上没了晚上的热闹，整条街都空荡荡的，胡同上方天光倾洒，照亮了幽暗狭长的路。

陶枝搓着冻得有些僵了的手指，站着等了一会儿。

过了十几分钟，胡同尽头拐出一个人影。

他裹着雾气向前走，直到两个人隔着几米的距离，他脚步停了停。

陶枝抬起头看过去。

隔着晨雾，她影影绰绰地望着他。

江起淮慢慢地往前走。

陶枝站在原地，看着他越走越近，心跳又开始加速，唾液腺瞬间变得活跃起来。

他终于走到她面前。

江起淮似乎是刚洗过澡，发梢带着一点儿没吹干的潮湿，身上带着若有若无的淡淡的沐浴露的味道。

陶枝吞了吞口水，仰起头看了他一眼，又垂下头："我考虑了一下，我喜欢你。"

"很喜欢你。"她重复一遍，声音跟着冷气一起撞进江起淮的耳膜。

陶枝脚尖在水泥地面上蹭了蹭，手指紧紧地抓住外套袖口，不知是因为冷还是紧张，她觉得自己连声音都在发抖。

他是那么优秀的人。

成绩好，运动好像也还行，长得也是全世界最好看的。

唯一的缺陷就是性格有点儿犄角。

但是没关系，她性格好，她可以弥补他这无伤大雅的小小的不足，唯一的问题就是——

　　陶枝垂着眼，心里忽然涌上了一点点从未有过的自卑情绪，她觉得有些闷，心情就像这天气一样，见不到太阳。

　　她很小声地说："但是我现在考不到 700 分。"

　　江起淮看着她。

　　小姑娘鼻尖红红的，长长的睫毛垂下去，颤了颤，看起来又低落又难过。

　　让人忍不住想摸摸她的脑袋。

　　他垂手站着，没动，只问："所以呢？"

　　"所以，"陶枝舔了舔嘴唇，鼓起勇气抬起头来，看着他眨了眨眼，试探性地说，"你能不能让我多考几次？"

咕噜 17 下

"社死"瞬间

江起淮没想到陶枝会因为他之前随口说的那句拒绝"李淑妃"的话而如此执着于这个"700 分"。

还执着了这么久。

总成绩至少 700，在她那里莫名就变成了他择偶的基本条件。

并且，她似乎觉得考到这个分数只是早晚的事儿，对自己非常有信心。

风顺着胡同口呼啦啦灌进来，江起淮身子往旁边侧了侧，站到冷风吹过来的方向，将她整个人遮在里面，顺着她问道："你打算考几次？"

这问题一下子让就事情从笼统变得具体了起来，她的机会有限了，陶枝认真地想了想，这次期中考试肯定是没指望的，甚至期末考试之前都没什么可能。

她高三之前，能有一次考到这个分数，都要烧香拜佛、感谢祖宗显灵了。

陶枝有些心虚，她别开视线，干巴巴地说："就，多考几次。你不要多问。"

小姑娘心虚得眼珠子乱转，薄薄的眼皮和长睫毛也跟着动。江起淮看着她，目光深长。

她永远都是这样。

一往无前，灿烂热烈，喜欢人就去追，说过的话就努力做，坚定并且毫不迟疑，仿佛这个世界上没有什么事情能够阻挡她追求"我想要"的脚步。

他们本来不该是一个世界的人，他们分别在不同的生活环境里一天一天长大，然后成长为两种截然不同的人格。

鲜艳的玫瑰是没有办法在贫瘠的土地上盛开的。

对于江起淮来说，她是过于滚烫的一簇光，反常又突如其来，跟他平淡的生活格格不入，却又让人忍不住想要抓住那一缕光亮。

陶枝说完，偷偷地观察着他的反应，等了片刻，见江起淮还一副没反应过来的样子，准备在他回神之前开溜。

她清了清嗓子："反正我就是过来通知你一声，在我考到 700 分之前，你不可以喜欢别人哦。"

陶枝说完转身就想跑。

她扭过头，刚迈开步子，身后的少年忽然叹了口气，背上的书包被人抓住，接着传来一阵阻力。

江起淮叹道："你要从这儿走到二医大？"

陶枝转过头来："不是就十分钟的路吗？我昨天看地图了的。"

江起淮瞥她："开车是十分钟。"

"……"陶枝表情有点儿呆滞，"啊，那走过去要很久吗？"

"半小时吧，"江起淮边往外走，边侧头看着少女在后面无精打采地垂着脑袋，忍不住勾了勾唇角，他走到巷口墙边的自行车架前，转过头。

陶枝已经乖乖地跟着他过来了。

江起淮将其中一辆自行车锁打开，书包丢进车篮里，推出来，低声问她："会骑自行车吗？"

"会啊，"陶枝抬起头来，看着他有些震惊地说，"你打算让我载着你？我们是不是搞反了什么？"

江起淮指着旁边另一辆老式自行车，淡声说："我有两辆。"

"哦，"陶枝的表情瞬间一片平静，从善如流道，"那我不会骑。"

江起淮："……"

陶枝手指紧紧把着他自行车的车后座不肯撒手，伸着脑袋摇头晃脑地故意拖着声音："殿下，载我嘛。"

"……"江起淮咬着后槽牙，下颌轻微动了下，"好好说话。"

他扶着自行车往前推了推，没有去开另一辆车子的锁。

陶枝开心地跳上车后座，校服裤子很宽大，她长腿大大咧咧地叉开来踩在两头，手把着车座的边边，晃了晃腿："走吧走吧。"

江起淮推着车子上了路，然后跨上来。

运动会的时间比早自习还要早一小时，清晨车流不多，他们沿着自行车道在马路上穿行，江起淮骑得很稳，陶枝的两只手甚至不用抓着座位。

少年宽阔的背弓成一道流畅的弧度，宽大的校服外套被风鼓起来，柔软的布料擦着她的鼻尖，洗衣粉的味道自带干净整洁的感觉。

耳边晨风吹拂，陶枝坐在后面晃荡着腿，身子往前靠了靠，人渐渐放松下来。

车子骑进了二医大的校园。

实验一中已经很大了，却还是跟大学的校园没的比。江起淮似乎对这学校熟门熟路，甚至没看路边的牌子，自行车在林荫小道中穿行，车轮滚过满地橙红色的落叶。

不时可以看见穿着实验一中校服的学生三两一堆说笑着往体育场的方向走。

陶枝在前面不远的地方看见了厉双江他们。

她刚想着要不要打个招呼，江起淮的声音从前面淡淡地传来："抓紧。"

他的声音音量不大，陶枝没听清，她伸着脑袋："什么？"

"前面有个下坡。"江起淮说。

他话音刚落，车子速度陡然加快，顺着斜坡笔直地往前滑。陶枝人在后面被晃得猛地往前一斜，叫声憋在嗓子眼儿里，化成了一声慌乱的呜咽，手指下意识缠上前面人的外套，抱住他的腰，鼻尖顶着他的背，整个人贴上去。

少年脊背僵了一瞬："都告诉你抓紧了。"

"那我不是没听清楚吗？！"陶枝脑袋还抵在他背上，声音闷闷的，"大点儿声音说话就是能累着你。"

江起淮轻笑了一声，没说话。

自行车滑过斜坡，重新平缓下来。陶枝后知后觉地开始有些不自在。她手臂慢吞吞地收回来，冰凉的指尖搭上发烫的耳坠，捏了捏。

厉双江站在坡上，看着前面慢慢拉开距离的那辆自行车，有些呆滞："刚刚那是……淮哥和谁？"

蒋正勋点了点头："和副班长。"

厉双江虽然反应迟钝，但也开始觉得有些不太对劲儿："他俩怎么又一块来了啊？"

蒋正勋没说话，看着他。

"你看我干啥？"厉双江纳闷地说。

蒋正勋："我看傻子。"

"你……"厉双江不服气地说，"我上次考了 680！"

蒋正勋打了个哈欠，继续往前走："你考 780 也不耽误你是个傻子。"

厉双江："……"

陶枝到体育场的时候，里面已经热闹了起来。

实验一中的秋季运动会只有高一和高二两个年级参加，高三只剩下半年就高考了，所以停了所有娱乐活动，被关在学校里专心读圣贤书。

大学的体育场比实验一中的要大一圈，高一、高二各占一边。中间的空地上，来帮忙的大学生志愿者已经开始布置跳高、标枪等运动项目需要的设施了，田径跑道上有学生在穿梭，两边看台有老师在组织自己班的学生。

陶枝跳下自行车，江起淮把车锁在体育场门口，两个人进去找 1 班的位置。

高二 1 班因为打头，位置靠近看台。

看台的防护栏前，赵明启和几个男生正在绑条幅，红色的底配上黄色的字，被风吹得猎猎作响。

看台上，付惜灵拖着一个大袋子，给来的人挨个儿发小拍手。

她个子小，那个黑色的大袋子几乎有她半人高，非常重，小姑娘吃力地拖着往前走，旁边玩儿手机的季繁百忙之中抬起头来，有些看不下去，起身接过她手里的袋子，没怎么费劲儿就提溜起来："行了，玩儿你的去。"

付惜灵闲下来，看见陶枝到了，朝她挥了挥手。

陶枝也蹦跶着隔着场地跟她打招呼。

等人到齐，方阵列队结束，学校领导开始在主席台上讲话。太阳才迟迟地从云层中探出头来，泻下几缕冰冷日光。

场馆里热热闹闹，吃零食的吃零食，准备比赛的下去热身。陶枝作为副班长也没闲着，所有参加比赛的同学要别的号码布都在她这儿，她坐在看台第一排，腿上放着装号码布的袋子，懒洋洋地叫号："18 号，18 号在不在？"

厉双江从后面探出头来："这儿呢，老大。"

陶枝把手里的号码布递过去，又给他丢了两个别针："自己别。"

厉双江接过来，一边别号码布一边说："哎，老大，您今天怎么是和淮哥一起来的，繁哥呢？"

陶枝一个哈欠没打出去，张着嘴巴定住了。

季繁站在旁边，手里拿着个彩色的塑料小拍手晃了晃，发出"啪啦啪啦"的清脆声响，他冷笑了一声："繁哥怎么会有存在感呢，繁哥只是一个可有可无的路人罢了。"

陶枝一把抓过他手里的玩具照着他脑袋拍上去，把手里还没发掉的号码布放到一边："发你的破巴掌吧。"

季繁翻了个白眼，往后走。

号码布差不多都发完，剩了个她自己的。1 班女生普遍不太擅长运动，陶枝被赵明启软磨硬泡报了两个项目，女子四百米在上午，下午还有一个接力。

她拿着别针正垂着头往自己的衣服上别号码布，看台下有人叫了她一声。

陶枝抬起头来。

蒋何生手里拿着张表格，身上穿着二医大志愿者的统一制服，站在看台下朝她招了招手。

男生肩宽身长，志愿者那身丑丑的橘黄色衣服都被他穿得很是帅气。他平时的衣服多数是浅色，陶枝第一次见他穿了亮色，带着几分年轻人特有的活力。

陶枝站起身来，跑到护栏前，顺着楼梯跑到他面前，觉得有些新鲜："你怎么也来当志愿者了？"

"硬性规定，学生会的干部都得来。"蒋何生有些无奈。

几次课下来，两个人已经熟悉起来了，陶枝笑着朝他比了个拇指："你这不是挺适合亮色的嘛，比你穿白衬衫帅。"

"枝枝穿校服也很好看，"蒋何生看了一眼她衣服上的号码，"要去比赛了？"

陶枝点点头："女子四百米，等下应该要检录了。"

"正好我负责那边，"蒋何生抬手拍了拍她的脑袋，笑容温和，"加油。"

他旁边几个同样穿着橘色志愿者制服的男生笑嘻嘻地发出"哦哦哦"的起哄声。

不知道为什么，陶枝忽然觉得有些心虚，她下意识朝看台的方向看了一眼。

江起淮站在台子上面，毫无情绪的视线和她撞上。

场地上方广播声响起，提醒女子四百米的参赛选手到检录处检录。

蒋何生已经收回了手："走吧，一起过去？"

陶枝来不及细想，收回视线点点头，跟着他一起往前走。

江起淮就看着小姑娘走在男生旁边，两个人不知道说了什么，她笑起来，眼睛跟着弯起小小的弧度，侧脸柔和，唇边露出一颗小小的虎牙。

他轻皱了下眉，然后移开视线。

田径赛道一圈是四百米，要到赛道内侧检录。跑道起点的位置在1班的斜后头，终点就在看台下方。

陶枝在检录处填好自己的班级和号码，站在起点处做热身运动。

她脱掉了外套，只穿了一件毛衣，号码别在毛衣上，远远地看过去，就见一个雪白的小人在朱红色的赛道上蹦蹦跶跶地压着腿。

陶枝在靠里圈的第二个赛道，位置比外圈的后面一点儿。

预备枪声响起，陶枝深深吸了口气，闭上眼睛平静下来。

虽然她不喜欢跑步，长大以后也不爱运动了，但是比赛报都报了，总归还是要拿个第一回去。

随随便便的。

第二声枪响响彻天际，陶枝在听见枪声的那一瞬间整个人猛地冲出去，各个班级的欢呼呐喊声、小道具发出来的整齐清脆和加油声瞬间飘得很远，陶枝耳边只有呼呼风声。

她定定地看着跑在她前面的几个人，飞快地拉近了距离，然后一个一个超过去，一直到前面只剩下一人。两个人几乎是并排往前跑。

到中后段，陶枝开始加速，那个女生同样也开始加速。

她刚超过一点儿，又被追回去，距离始终拉不开，陶枝皱了皱眉，觉得有点儿烦躁了。

一直到最后的冲刺阶段。

　　陶枝咬牙铆着劲儿往前跑，旁边的女生似乎中段用了太多力气，速度没有跟上来。

　　厉双江扒在看台栏杆上疯狂咆哮："老大冲啊！"

　　眼见着终点的线近在眼前，陶枝半点儿余力都没留，只看着那条红色的线往前猛冲，跟第二名拉开距离，一直到终点。

　　终点线尽头忽然走过来两个女生，说笑着，正要穿过跑道。

　　陶枝速度太快，已经来不及减速了。快到终点时，那两个女生刚好走到她的赛道上，眼见着双方近在咫尺，马上就要撞上去。

　　她已经没力气喊人闪开了。

　　两个女生终于看过来，发现她在比赛，往后退了两步，但还是没躲开，陶枝迎着她们冲过去，跟外侧的人对着撞了个结结实实。

　　"砰"的一声闷响。

　　陶枝整个人被强大的冲击力撞倒在地，在摔倒之前，她迅速反应过来用手掌撑着地面卸掉了大半的力，尾椎骨却还是传来钻心的疼，脚踝也火辣辣地痛，她眼前一黑。

　　周围乱哄哄的，脚步声一阵一阵地传过来。陶枝耳畔嗡嗡响，眼前的视野一点点清晰起来。

　　有人轻轻握着她的手臂，气息干净，声音清冽："还好吗？"

　　陶枝努力地眨眨眼，回过神来，视线慢慢聚焦。

　　江起淮跪在她面前，低垂着眼看她，浅色眼眸一片晦涩的暗影。

　　他似乎是刚从看台上跑下来的，还带着轻微的喘息。

　　陶枝忽然就觉得更痛了，连带着人都矫情了起来。

　　她眼睛蒙上了一层水汽，瘪着嘴，小声地说："疼。"

　　江起淮手指紧了一瞬又放轻了力度，唇角抿得很紧，声音带着微微的哑："哪儿疼？"

　　"哪儿都疼。"陶枝吸了吸鼻子，抬起手来。她手心擦破了，伤口混着赛道上的碎沙，往外渗着血。

她哽咽着，娇气地说："手疼，脚踝疼，屁股也疼。"

江起淮人往下移了移，小心地抬起她的脚腕，指尖捏着校服裤子宽松的裤管往上卷。

陶枝瞬间顿住，含在眼眶里的眼泪直接给憋回去了，她突然意识到什么，被抓着的那只脚猛地往上缩了缩。

江起淮抬起头来。

小姑娘眼睛湿漉漉地看着他，缩着脚，一副惊慌的样子，像是他刚刚干了什么非常冒犯的事情一样。

江起淮深吸了口气："我看看。"

"不行！"陶枝拒绝得很干脆。

气氛有些僵硬。

陶枝不知道该怎么解释，因为现在温度低，她又一向很怕冷，所以穿了秋裤。

非常非常丑的秋裤。

这么丑的秋裤，怎么能被喜欢的人看见？！

更何况她早上才刚刚告白完。

少女莫名其妙的，让人无法理解的自尊心突然在奇怪的地方上线了。陶枝非常后悔，当初为什么没有随便买一条纯黑色的，偏偏听了陶修平"这条比较暖和厚实"的话买了这条。

如果被江起淮看见她穿着这种丑不啦唧的秋裤，她宁愿当场痛死。

江起淮不知道为什么她突然这么抵触，他耐着性子，放缓了语气说："我就看一下，然后送你去医务室处理。"

陶枝执拗地抱着腿，不动，无声地拒绝。

两人僵持着，几个志愿者已经从起点那头跑了过来。蒋何生跑到陶枝面前蹲下身，皱着眉，看着陶枝："哪儿受伤了吗？头撞到没？脚扭伤了？"

陶枝看着江起淮，还没反应过来，她慢吞吞地转过头去。

蒋何生不由分说，拽过她的另一只脚，一把拉起了她的裤管，低头去看她的脚踝。

陶枝毫无防备。

没了校服裤子的遮挡，她的秋裤瞬间露在众人眼前。

非常鲜艳的，饱和度高到有些刺眼的粉红色秋裤，上面还印着大朵的黄黄绿绿的花朵。裤腿的地方，一只翠绿色的兔子踩在金黄色的花上咧嘴笑，露出两颗长长的大门牙。

五色斑斓的秋裤在阳光下闪耀，十分夺人眼球。

江起淮："……"

蒋何生："……"

"……"

陶枝闭上了眼睛，心里的自尊被绝望淹没了。

就在这一瞬间，她失恋了。

她的青春彻底结束了。

体育场上人声沸腾，因为突发情况，学生和老师都已纷纷跑过来。几个志愿者搀扶着另一个女生站起来，先往医务室的方向走。

厉双江和赵明启跑得快，已经跑过来了，王褶子一路小跑着正往这边跑。

陶枝双目合严，心里一片死灰。

反正已经被江起淮看到了，剩下的人，无论再被谁看到，她都已经不在乎了。

这一瞬间，少女在她短暂又漫长的十六年里飞快地搜寻了一遍，发现在她的人生中，没有比此时更社会性死亡的时刻了。

不会有比被告白对象看到自己的丑秋裤更让人绝望的事情了。

不会有。

少女直接闭着眼躺在了赛道上，一脸的安详。

厉双江大惊失色："老大躺下了！她倒下了！繁哥呢！季繁！！！"

“他在对面检录，”赵明启说，“先送医务室吧，看看头撞没撞到，如果没撞到头只是皮外伤应该没啥事儿。”

“她都倒下了！！”厉双江吓出鸡叫，差点儿破音，“快快快，赶紧送去。”

江起淮扫了一眼少女红透了的耳朵，不动声色地将她的校服裤腿拉下去，一手揽着她的膝弯，另一只手上移，打算将人打横抱起，刚要站起来，蒋何生抬手，手指轻轻搭上来，温声道：“我来吧。”

江起淮动作顿了一下，抬眼。

蒋何生皱着眉担忧地看了一眼陶枝，抬起头：“你应该不知道医务室在哪儿。”

江起淮移开视线，直接抱着人站起来往前走：“知道，忙你的吧。”

少年的声音里带着毫不掩饰的冷硬不耐，蒋何生愣了一下，手滑下去，看着他的背影挑了挑眉。

临近正午，日光带着浅浅的温度罩在眼皮上，视野里是一片暗红。

陶枝闭着眼被少年抱在怀里，头贴在他胸腔，少年温热的体温就贴在耳际。

陶枝睫毛颤了颤，听着耳边说话的声音越来越远，周围的环境慢慢安静下来。

江起淮心脏跳动的声音隔着衣料和肌理传过来，他走得很稳，脚步起起落落。

陶枝开始思考，最近这几天她吃得多不多，有没有长胖。她正懊恼着昨天晚上是不是应该少吃点儿红烧肉的时候，江起淮低声说：“没人了，睁眼吧。”

陶枝怡然不动，垂着手缩在他怀里装死。

江起淮手臂突然松了松，作势要把她丢下去。

陶枝感觉自己整个人往下一坠，她下意识睁开眼，赶紧抬起一只手臂紧紧地钩住他后颈,生怕自己掉下去。

身体稍微往下坠了坠,又被他钩着稳稳地抱住了。

陶枝抬起眼,恼火地瞪着他:"你怎么还逗伤员玩儿啊!"

江起淮垂眸瞥了她一眼,还挺精神,看来应该是没撞到脑袋:"你怎么还装死?"

"我哪里有装死?"陶枝硬着头皮倔强道,"我刚刚就是晕过去了,我什么都不知道。"

她把手缩回去,掌心不小心蹭到了他的校服衣领,疼得"嗞"了一声。

少女的睫毛上还带着一点儿潮湿的痕迹,她可怜巴巴地把手摊开在眼前,对着掌心小心地吹了吹气。

这公主虽然有的时候小脾气很大,但并不是矫情的性子,之前打架手臂被人抓伤,她眉头都没皱一下。

看样子这次是真的摔狠了。

江起淮抿了抿唇,没有心情再开口说话。

医务室离体育场不远,江起淮抄了近道走过去。

之前横穿赛道被撞到的那个女生坐在床上。她大概是学校啦啦队的,穿着啦啦队统一的制服,长袜破了,膝盖被蹭破了一大块皮,校医正在帮她处理,一边清理伤口一边絮絮叨叨:"比赛的时候横穿赛道,你们这些小孩儿胆子是真的肥,你蹭破这点儿皮都是好的,万一撞到头怎么办?还哭,现在知道疼了?当时脑子想的是什么?"

小姑娘红着眼啪嗒啪嗒往下掉眼泪,小声道歉。

江起淮将陶枝放到另一张床上:"屁股还痛不痛?"

尾巴骨的痛感淡了不少,但被他这么问,总觉得有点儿羞耻。陶枝摇了摇头,瞥了一眼旁边的女生,人家裹着白色长筒袜的腿细长又好看,她想起自己身上这条丑不啦唧的秋裤,对比之下,伤害更甚。

她坐在床上,脚丫子晃了晃:"她腿好好看。"

　　江起淮顺着她的视线看了那女生一眼，眉心皱了皱，眉眼间有明显的不耐烦气。

　　他没说话，只是沉默地看过去。陶枝更郁闷了，男生都是视觉动物，比起漂亮的长筒袜，谁会喜欢丑秋裤呢？

　　她忽然低落地，用很小的声音说："我的腿也很好看的。"

　　江起淮转过头来，看着她。

　　她无精打采地垂着脑袋，像只蔫巴巴的小动物。

　　他抬起手臂，抓住床边垂着的白色帘子，"唰"的一声拉上，隔绝开了她和那头的视线，半蹲在床边，抓着她的脚踝，脱掉了运动鞋。

　　"她拿什么跟你比？"他声音轻淡。

　　陶枝愣愣地垂下眼来。

　　少年低着头，将她的运动鞋放在地上，然后掀起她的裤脚。

　　陶枝撑着床面，又往上缩了缩腿，有些抵触。

　　江起淮低声："别动。"

　　她不动了。

　　粉红色的秋裤再次露出来，陶枝觉得惨不忍睹，干脆移开视线，不去看。

　　江起淮动作很轻地卷起她的秋裤，一截纤细的脚踝露出来，红红的。他抬眸，看着她一脸舍身赴死的表情，不理解这小姑娘脑子里装的都是些什么奇奇怪怪的东西："这有什么不能看的？"

　　陶枝扭着头，撇撇嘴："明明就很丑。"

　　"哪儿丑？"

　　"哪儿都丑。"

　　绿色的兔子睁着圆溜溜的眼睛，两只爪子叉着腰，耀武扬威地站在花上，神态跟某个人越看越像，江起淮勾了勾唇角："那你给它取个名字。"

　　陶枝别别扭扭地扭过头："谁？"

　　"兔子，"江起淮说，"就叫丑丑吧。"

陶枝："……"

陶枝的脚踝有轻微的扭伤，不严重，几天就能好，手上蹭破的伤更深一点儿。

校医检查的动作很快，伤口清理消毒以后做了包扎。她两只手都被缠上了纱布，乍一看像是两个雪白的小馒头。

疼劲儿过去以后，少女重新活泼了起来。

江起淮跟王褶子说了一声，陶枝下午的比赛就权当弃权，四百米虽然以小组第一名进了决赛，但也没有办法参加了。

运动会还在继续，她躺在校医室的床上，跷着脚，有些无聊："殿下。"

江起淮抬眼。

陶枝百无聊赖："我没事情做。"

"那你睡觉。"

"我睡不着，"陶枝拖长了声，为难他，"你讲个故事。"

"……"

江起淮坐在床边，背靠着床尾挑了挑眉。

陶枝用眼角余光瞥他，等着这人脾气上来开始阴阳怪气地毒舌她。

等了一会儿，江起淮缓声开口："六王毕，四海一；蜀山兀，阿房出。覆压三百余里，隔离天日。骊山北构而西折，直走咸阳。"

"……"陶枝转过头来，有些一言难尽，"你这是讲故事？"

"六国覆灭，天下统一，阿房宫殿得以建成。"江起淮不紧不慢道，"这怎么不是故事？"

学神就是学神，跟他们普通人的觉悟就是不一样。

陶枝翻了个白眼，朝他抱了抱拳。

一直到运动会结束，陶枝都待在校医室。

季繁的比赛项目结束以后到校医室看她，一见到她惨兮兮的样子，少年就对她一阵嘲笑，陶枝抬手就要打他，少年又赶紧抓住她的手臂，动作很轻，皱着眉："你省着点儿闹腾，手都这样了还不闲着呢？再不老实我可给老陶打电话了啊，让他直接来把你接走。"

陶枝满不在乎地说："他才没时间，忙着呢。"

陶修平最近一段时间罕见地没有出差，只是好像也很忙，经常到晚饭时间也不见踪影。

陶枝有的时候学习到很晚，肚子饿下楼去觅食，还会碰见他回家。

他不说，陶枝也就不多问，大人的世界里总是存在很多烦恼。

更何况她现在也有了目标，每天追赶自己之前落下的那些知识点。拼命地触碰那个人已经让她觉得很吃力了。

运动会过去，高二上学期的娱乐活动宣告终结，短暂的快乐时光结束，大家重新投入机械的学习当中，准备期中考试。

蒋何生基本上一周会来上两到三节课，陶枝学得飞快，进步惊人，不仅是在校的各科老师，就连同学都明显感觉到了她的变化。

陶枝再没跟谁借过作业和卷子来抄。

她每天要补齐自己落下的功课，又不能忽略现在学校里正在进行的进度，期中考试近在眼前，她只觉得时间总是不够用，恨不得一小时劈成两小时来用。

蒋何生有些不明白她为什么要这么拼命，几次跟她说可以慢慢来，她现在才高二，还有一年半的时间，可以不用那么急。

陶枝听着，却也没说什么。

如果只是成绩重新回到正常的范围，她不用有那么大的压力。但她的目标不止这样。

江起淮站在顶点，她必须爬到顶峰去。

时间过得飞快，深秋的枯叶扫尽，冬日将至。

期中考试安排在十一月的最后一个礼拜,和月考的时候一天考完所有内容不同,为了让学生能够尽早习惯做题节奏,从高二开始,实验一中期中和期末考试完全按照高考的时间安排走,分两天时间考完。

考试前一天,连季繁都有点儿紧张,陶枝却平静下来了。

跟上一次拼命想把英语单科提升到 140 不同,她这次每一科都不能忽视。

陶枝的考场编号和上次相同,座位号比上次往前提了十几个,同考场里依然没有认识的人。

第一科的考试时间比月考的时候要晚许多,陶枝在考场外等得无聊,于是跑到第一考场去看了一眼。

第一考场里,所有人基本上都已经到了,有的在抓紧考前的最后一刻看书,有的趴在桌子上闭目养神。江起淮坐在靠门边的第一个位置上,李思佳是第一考场的最后一个。

两个人一头一尾,倒是很和谐。

陶枝撇了撇嘴,有些不开心。

她只偷偷往里面看了一眼,江起淮就看见她了。陶枝在走廊里靠墙站着,手机在口袋里振了一下。

陶枝抽出手机来,看了一眼。

一个秘密:进来。

陶枝慢吞吞地打字。

枝枝葡萄:那你怎么不出来?

她等了一会儿,竖着耳朵听。

教室里有轻微声响,江起淮走出来,看见她有些无奈:"不好好在自己考场待着,跑过来干什么?"

陶枝眨眨眼,忽然踮起脚尖、抬起手臂,指尖轻轻搭在他的额头上。

学校里已经供了暖,少女的手指暖洋洋的,指腹柔软,触感温热。

江起淮没躲,一动不动地站在她面前任由她摸,低垂着眼:"你干什么呢？"

"汲取一下学霸的神威，"陶枝闭着眼睛，神神道道地说，"毕竟我这次是要考 700 分的人。"

江起淮眯眼："这次能考到了？"

陶枝放下手，睁开眼睛摇了摇头，实在地说："我觉得不行。"

"但是你可以给我打个折，"她眼巴巴地看着他，"你补课都有亲情价，考试打个折不是合情合理？一碗水要端平，你总不能厚此薄彼，就给我打个九折吧？"

她歪理一套一套的，这话一本正经地说出来，听得人有些想笑。

江起淮侧靠着墙看她，唇角掀起，溢出一声笑来，眸色浅淡透彻："行吧。"他抬起手来，食指微微屈起，轻轻敲了一下她的额头，"给你打了，好好考。"

不纯洁的普通同学

第一科考语文，考试铃声打响，监考老师进考场拆掉了试卷封袋，将考卷发下来。

陶枝拿到手以后先扫了一眼题目。

语文也属于更看重积累的科目，急不得，所以她这段时间没有花太多时间在上面。而期中的语文试卷也没有多少以前的知识点，古诗文背诵默写和文言文翻译全部都是这个学期学过的，阅读题的答题方式和技巧课上都讲过，也可以通用，作文主要是立意精准以及素材的积累。

她目前的阶段，语文其实拉不开太大的分差，没办法一口气提高很多，只能慢慢来。

陶枝心里挺清楚，自己现在的水平想达到 700 分根本就是痴人说梦，但是如果打个九折——数、语、英各 120，理综 240 的话，加起来可以有 600。

她的理综应该是拿不到这个分数的，但英语和语文做题的时候谨慎一点儿，加起来应该可以往上拉个 30 分左右，补上这个空缺。

如果题目简单的话，在这个基础上，700 分打九折，她或许还稍微有那么一点点希望可以做做梦。

但是这样，她的数学就一定得考 120 以上，理综也不能差太多。

大概吧。

她心里又开始没底了。

陶枝有些后悔，她既然刚刚一时上头跟江起淮要折扣，干吗说九折？八折不也挺好的吗？再不济八五折也行啊。

她叹了口气，抬起手来胡乱地揉了一把脑袋，把脑子里那些乱七八糟的事情全都甩走。

算了，车到山前必有路，之后的事情之后再考虑，她现在也没那个时间分心思想这些事情。

她拿起笔，专注于眼前的考试。

期中考试时间要宽裕很多，下午的数学考试三点开始，五点结束，不允许提前交卷，考试结束桌椅不用复原，明天要继续考理综和英语。

考完试，陶枝直接出了校门，看到门口接她的车，直接拉开车门进去，跟顾叔问了声好。

等了一会儿，季繁才出来。

少年一脸困意，打着哈欠爬上来："竟然不允许提前交卷，学校还有没有人性，我睡了一天，快无聊死了。"

陶枝有些一言难尽："多写两道题就能累死你。"

"我写了好多呢，"季繁挠挠头，"我这次可没偷懒，作文我都写完了，会的也全都写上了。"

"就是会的不是很多。"陶枝悠悠道。

季繁瞥她一眼："蒋正勖他们在群里对答案呢，你不去看看？"

陶枝隔着外套捏了捏口袋里的手机，顿了顿，还是说："不了。"

反正她也没有记答案。

考过了就过了，就算知道哪题写对、哪题写错，已经扣掉的分又不能因此就回来。

第二天是个周五。英语考试结束，陶枝回班摆桌椅。

她在考场收拾东西的时候还在思考刚刚写的作文，动作有点儿慢，直到考场本班的学生回来了，她才收拾完。回教室的时候她的桌子已经被拽回来摆好了。

陶枝把书包甩在桌子上，伸手拉着椅子往后一拖，跨坐在上头看着后面的江起淮："殿下，要不你给我打个八五折，你看怎么样？"

江起淮还在找自己的桌子，闻言转头："讨价还价？"

陶枝想了想，又保守道："你要是愿意，八折也是可以的。"

江起淮眉梢扬起："还没完没了了。"

"我这叫对自己的实力有正确的认识。"陶枝一本正经地说。

江起淮找到自己的桌子，单手拽着桌边拖回来："怎么，没考好？"

陶枝叹了口气，趴在他刚扯回来的桌子上，实在地说："我不知道，我觉得应该还行吧。"她撇了撇嘴，小声说，"但我这不是本来就水平有限吗？"

用季繁的话说，会的都答了，反正卷子是填满了。

她很久没出去玩儿过了，几乎每天从早到晚都在对着书本，而这两天的考试，和之前比起来确实让她轻松不少。

那种看到某一道试题会觉得游刃有余，心里很清楚这题可以做对的感觉，让陶枝觉得非常好。

就好像这几张试卷组成的一方天地，是属于她的天下。

期中考试结束是双休日，陶枝决定给自己放个假。

她给蒋何生发了条微信，取消了这两天的家教课，久违地过了一个颓废的双休日，缩在房间里看看书，再和季繁一起打一下午的游戏。

晚饭的时候，陶修平回来了，闲聊几句之后，状似不经意地看向陶枝，问道："对了，你和你喜欢的那个小……男生，最近怎么样了？"

陶枝舀了一勺番茄丸子汤，美滋滋地说："我们俩现在是不纯洁的普通同学关系。"

"……"陶修平表情一变，看了她一眼，"怎么个不纯洁法？"

陶枝慢悠悠地说："就是，我喜欢他，他也知道我喜欢他，但是还没有在一起呗。"

陶修平长长地松了口气。老陶觉得，现在的小年轻脑子里装的这些乱七八糟的玩意儿他已经理解不了了。

他刚放下心来，也盛了碗汤喝，陶枝继续说："不过我们说好了，这次期中考试如果我能考630，我们就谈恋爱！"

季繁在旁边翻了个白眼。

陶修平一口汤差点儿没喷出来。

他举着勺子再次抬起头："多少？"

"630。"陶枝手指往前一比，严肃地说。

陶修平以为自己听错了："是630还是360？"

"……"陶枝非常不乐意，面无表情地看着他，"老爸。"

"爸爸错了，爸爸开玩笑的。"陶修平咳了两声，放下汤碗，抽出旁边的纸巾擦了擦嘴，又重新端起碗来，准备继续喝汤。

他瞥了一眼坐在对面一脸理所当然毫不担心的陶枝，顿了顿，还是没忍住，又问："你打小抄了？"

"……"

陶老板精准踩雷，陶枝炸毛了。

陶修平连哄带骗地忍着笑给她顺毛，好不容易才把这公主的脾气给哄下去了。

饭后，陶修平上楼进了书房工作，陶枝跟季繁窝在沙发里继续打游戏。

陶枝技术稀烂，全靠季繁的神仙操作带着她一路往前杀，她只负责送。打着打着队友忍不住了，开始打字喷人。

陶枝来了兴致，跷着腿开始跟对面的人不带脏字地互相切磋国骂技术，季繁眼睛盯着手机屏幕，等了一个大以后冲进红名堆里一顿飘逸操作，打了个完美的1V3后全身而退，然后开口："最近老妈联系你了没？"

陶枝正噼里啪啦地打字，没抬头："没有啊，她怎么会联系我？就算要找也肯定找你啊。"

她这话说得太过自然，连她自己都没反应过来，脱口而出之后，两个人动作齐齐顿了顿。

季繁愣愣地抬起头来，看了她一眼。

陶枝没看他。

季繁抿了抿唇，移开视线，低声说："她最近也没找我，我给她打了两次电话都没接。"

少年心思并没有那么细腻，但也不是傻子，他觉得心里有些不舒服。

小的时候，季繁总觉得季槿跟陶枝更亲一点儿。

会给她扎漂亮的辫子，会给她买喜欢的小裙子。陶枝小时候闹觉，很难哄睡，季槿就靠在床边给她讲故事。

虽然有的时候，还是会有些羡慕，但他是小男子汉，每天调皮捣蛋的，皮实一点儿也没什么，女生都是娇气鬼，更依赖妈妈，这是很正常的事情。

更何况从那个时候开始陶修平工作就很忙，经常不在家，比起相处比较少的爸爸，他们都跟季槿更亲一些。

但后来，季槿却选择了带他走。

她抛弃了陶枝。

她不要她了。

季繁不想这样，闹了好一阵子，没什么结果，后来他也再没提过。

他们走的那天，陶枝没有露面，季繁哭了。

他本来是不想哭的，他不是爱哭的性格，跟人打架受伤进医院都没有掉过眼泪，但那一天，不知道为什么，眼泪总是止也止不住。

大概双胞胎之间是真的会有一些无法解释的联系的，就像他偶尔可以非常敏感地察觉到陶枝的情绪。

那一天，季繁觉得，除了他自己以外，他还深切地感受到了另一个人的悲伤。

两天假期结束，陶枝给自己的休息时间正式拉闸。周一一大早，季繁下楼吃早餐再次听见了熟悉的英语听力。

老师们把装订好的期中试卷带回家里批改，两天的时间足够出成绩。陶枝一到班里，就感觉到了气氛的变化。

月考都是小打小闹，期中和期末的成绩才是重点，是可以作为学校里和市里各种评选加分项的。

她到的时候已经快要早自习了，江起淮的位置空着，人还没来。

他一般很少会到得太早，几乎都是掐着点儿来，陶枝没在意，坐在座位上挑出早自习打算做的卷子，垂头写题。

一直到上午几节课上完，江起淮的位置始终空着。

连季繁都问她："我同桌怎么没来？"

陶枝有些莫名其妙地看了他一眼："是你同桌又不是我同桌，我怎么知道？"

季繁抱着臂嘲笑她："这不是因为你俩是'不纯洁的普通同学'吗？情报怎么也比我这个同桌多点儿不是？"

他特地在"不纯洁"三个字上面加重了读音。

陶枝不想搭理他。

一整天过去，江起淮都没来，陶枝也憋着没去问。下午自习课，王褶子带着成绩单进了教室，随手撕了块透明胶带，把成绩单往黑板旁边一贴："我先去开个会，回来再给你们做期中总结，不多说了啊，自己看吧。"

静悄悄的。

王褶子说完，出了教室。

门关上的一瞬间，教室里瞬间沸腾，一群小孩儿也顾不上是不是在上自习课了，放下书本一窝蜂拥到成绩单前，开始了他们每个月的日常。

陶枝心里装着事儿，坐在座位上犹豫了一下才动。

她突然觉得江起淮今天没来，也许是一件挺好的事儿，如果她没考到呢？

反正让他晚一天知道她成绩不够标准也挺好的。

她慢吞吞地走到前面去，成绩单前已经围了一群人。陶枝站上讲台，眯着眼从他们的脑瓜顶看过去，她习惯性地从后往前找自己的名字，一眼扫过十几排，没找到。

陶枝心跳如鼓，身体里像是藏了一只小兔子，上蹿下跳地蹦跶。

她继续往前看。

越过了顾娜娜、赵明启，一直到班级第三十九名，她看到了自己。

陶枝屏住呼吸，视线从那长长的一条成绩条上滑过，落在最后的总成绩上面：583。

没够。

她又没有考够。

她的英语和语文跟制定的 120 标准相比确实帮她往上拉了 20 几分，但还是补不上她数学和理综上的缺。

但，是看得到希望的。

陶枝没觉得难过，甚至还莫名地有点儿开心，她已经朝着江起淮往前跨了大大的一步了。

周围的学生都在议论，蒋正勋叹了口气，看着成绩单第一行的那个熟悉的名字："真服了，这人是个妖怪吧，都这样了总分还能比月考高啊，考不过考不过。"

"跟我们根本不在一个等级，"吴楠摇了摇头，"这种题对于他来说应该没什么难度了。"

"毕竟都去集训了，"厉双江这次考得还行，他活蹦乱跳地说，"区区一个期中考试，准哥看不上眼，我们围在这儿对着成绩单唉声叹气的时候人家在准备全国奥赛呢。"

陶枝愣了愣，转过头去："什么'全国奥赛'？"

厉双江也愣了愣，有些意外："就数学竞赛啊，之前准哥不是去参加了吗？过了一试和复试，要参加冬令营集训，准备全国决赛啊。应该要去一个礼拜吧，我还以为准哥跟你说了呢。"厉双江有些兴奋地继续说，"如果决赛拿到名次，准哥可以保送吧，肯定有很多强校抢着要他。"

陶枝抿着唇，好半天，轻声说："他没有说过。"

他没有。

他什么都没有跟她讲过，好像也是合情合理的，她根本不知道决赛的事儿，也都没有问过。江起准也不会无缘无故突然来跟她说，喂，我要去集训参加竞赛决赛了。

陶枝很清楚，就算是全国决赛，江起准也一定可以拿到很好的成绩。

他又往前走了一步。

陶枝咬了咬嘴唇，垂着眼，眼睫轻轻颤了颤。

她刚刚的那一点儿开心像一缕抓不着的烟雾，缓慢地升腾，然后一点儿一点儿烟消云散了。

她以为他们之间的距离正在快速地缩短，陶枝尽了最大的努力，拼了命地想要追上他的脚步，她终于取得了一点点成果。

她抬起头，终于朝着山巅伸出手。

然后逆着光，看着她的少年踏上了云端。

奥赛冬令营集训队每年都会选择一所学校作为集训地点，今年刚好在附中举行。

决赛的内容、范围和深度通通远高于高考难度，更不是期中考试这点儿高二的知识点可以比的，这种考试，江起准确实不用在意。

他随便答题，分数就已经是陶枝现在能力的极限。

这就是他们之间的距离。

遥远又现实的差距。

说没有被打击到，那是假的，陶枝甚至有些后悔曾经荒废了三年。

每一个人在每一个阶段所做的每一件事儿，都会影响到人生的轨迹。她不知道如果回到当初，她会不会同样任性地选择自暴自弃。

陶枝想：如果命运让她早一点儿再稍微早一点点遇到江起淮就好了。

在她情窦初开的年纪，甚至根本不知道男女之间的这种喜欢是存在着的年纪，如果是他的话，她心里的那朵花一定会因为他盛开，然后喜欢上他。

这样她是不是现在就能够跟他并肩了？

她从口袋里摸出手机，点开微信，看着江起淮的头像发了一会儿呆。

在察觉到自己喜欢他的时候，她给他改了备注：一个秘密。然后置顶了。

两个人之间的对话停留在期中考试，她去第一考场找他，让他出来的时候。

陶枝手指搁在屏幕上，好半天，点进了那个头像，然后把置顶取消了。

他已经站得太高了，不可以连在社交软件里面，都高高地占据着她的顶端。

陶枝成绩提高的速度非常惊人，就连王褶子都说，她是他从教这么多年教过的进步速度最快的学生，王二特地把她叫到办公室去，送了她一个小相框作为奖励。

旁边有老师在批改作业，闻声转过头来，笑道："王老师，你上次怎么说的来着，要给你学生倒立是吧？"

另一个老师也转过来，一脸看热闹不嫌事儿大的表情："还有这种事儿？王老师，那你可不能食言啊，我们当老师的得给学生做个表率。"

王二："……"

他一扭头，看见陶枝期待地看着他："王老师，您真要倒立吗？"

"我倒个屁！"王二脸都涨红了，笑骂她，"行了啊你，这才哪儿到哪儿？考个110你还挺满足的。我可告诉你，在我这儿只能进，没有退的说法。你这点进步，对我来说才刚刚有资格开始，别被眼前这一点儿小甜头给冲昏了头。"

陶枝应了一声，抱着相框和一大堆卷子出了办公室。

她比谁都清楚，自己确实只是刚有资格开始而已。

整整一周，陶枝都没再给江起淮发过微信。

自从表明了自己的心意以后，小姑娘做事儿和说话都越发地肆无忌惮了起来，经常有事儿没事儿就骚扰一下她追求的对象，一般都是一些不痛不痒的废话，也有拍不会的题目发给他问的时候。

虽然在有了家教以后这种情况少了很多，但闲话她还是会找他说的。

结果就这么整整一周，她像是消失了一样，完全安静下来。

江起淮猜测她是因为期中考试没考好。

临决赛前一天的傍晚，他给厉双江发了条微信：成绩出来没？

实验一中晚自习临近结束，厉双江正在跟题海里的最后一道题战斗，收到消息的时候反复确认了几遍江起淮是发给他的。

厉双江：您还在意这种事儿呢？

厉双江：出来了，放心，您状元的位置屹立不倒，甚至跟第二名的分差又拉大了一截。

江起淮坐在宿舍的桌边，抿了抿唇。

此时宿舍里就他一个人，室友两个在图书馆，另一个去洗澡还没回来，寝室安静空荡，江起淮指尖悬在屏幕上，顿了顿，还是打字。

江起淮：我们副班长呢？

厉双江：成绩进步得令小的感到惊恐。

江起淮唇角无声弯了弯。

他还没有看过成绩单，也不知道陶枝考了多少，等了一个礼拜，就等着小姑娘来找他要表扬，结果怎么等都没等到，还以为她是因为考得不好才不联系自己。

江起淮想看一眼她的各科成绩。

江起淮：拍个照给我。

厉双江那边安静了一会儿，然后一张照片很痛快地发过来了。

教室里光线明亮，少女手里捏着笔趴在书桌上写卷子，眉头轻轻皱在一起，长睫低垂着，似乎是遇到了难题，表情看起来有些困扰。

江起淮："……"

他有点儿不太理解厉双江这个人的脑回路，他这个说法，正常人应该不会看不明白，他要厉双江拍的是成绩单，而不是陶枝这个人。

江起淮眉眼低垂，视线落在照片里的小姑娘上，定住。

寝室门被人推开，室友抱着书慢悠悠地走进来，他将手里的书搁在旁边的桌子上，随意扫了一眼江起淮的手机屏幕。

陆嘉珩第一眼还以为自己这个八棍子打不出一个屁来的孤狼室友正趁他们都不在的时候一个人偷偷看美少女图片。

他微微倾身，人往前凑了凑，等看清了照片，才发现这明显是一张毫无水准的直男偷拍，并且还是在教室里。

少年乐了，仿佛找到了新的乐子一般："这是你对象？"

江起淮侧头，退出微信，少女的脸在手机屏幕上消失："不是。"

陆嘉珩眯了眯眼，靠站在床边的梯架上，饶有兴致地看着他："不是你盯着人家照片看得没完没了的？脑袋都快钻屏幕里去了。"

江起淮没说话。

陆嘉珩觉得这事儿真是稀了奇了。

他们认识了一年多，关系不近但也不算远，后来江起淮转走，虽然住在一起做室友的时间只有这短短一周，但也足够摸清江起淮这人的性子了。

对人对事儿都漠不关心，没朋友、没感情、没人性，不吃软也不吃硬，非常难搞。

陆嘉珩是个对女孩子非常绅士的人，但江起淮不。

他十分地一视同仁，可能无论男女，除了他自己以外，其他人在他眼里都是垃圾。

陆嘉珩拉开旁边的椅子坐下，继续问："这小姑娘挺好看的呢，实验一中的？"

江起淮看了他一眼："你很闲吗？"

"了解一下江老板来之不易的感情生活，"陆嘉珩滑着椅子凑过来，难得有兴致，"兄弟帮你支支招？"

"离我远点儿。"

陆嘉珩又要说话，寝室门再次被打开。大冬天的，少年只穿着条四角裤，上身肌理线条流畅，他手里抓着条毛巾扣在湿漉漉的头发上走进来。

"贺老板，"陆嘉珩朝他招了招手，"你有对象没？"

"没有，"贺知峋把脑袋上的毛巾扯下来，漫不经心，"我要那玩意儿干什么？"

陆嘉珩指着江起淮说："你对床有。"

贺知峋定住，转过身来，真心实意地感到迷惑："还有人能看上他？"

"还是个漂亮妹妹。"陆嘉珩吊儿郎当地说。

贺知峋："深藏不露。"

陆嘉珩："人不可貌相。"

"……"

江起淮"咔嗒"一声把手机锁了丢在桌面上，面无表情："说了不是。"

贺知峋："没追上？"

江起淮沉默了片刻："还差点儿。"

陆嘉珩："差点儿是差多少？"

江起淮将桌上的书抽过来，拿起笔，淡道："350 分吧。"

陆嘉珩："……"

贺知峋："……"

陶枝一整个礼拜都没什么精神，在学校的时候还看不出什么，在家里就尤其明显。

一放学就钻回房间，不到吃饭的点儿都见不到人，晚饭一吃好，又一声不吭地重新跑上去了，话也不说几句。

季繁有些看不下去了。

这天吃完晚饭，陶枝刚要上楼，被他一把拽住，扯了回来。

"你怎么回事儿？"季繁皱着眉。

陶枝吃得有点儿饱，她打了个嗝："什么怎么回事儿？"

季繁："你跟江起淮吵架了？"

陶枝眨眨眼："没有啊。"

"他欺负你了？"

"没啊。"

"那你这几天半死不活的干什么？"季繁有些烦躁地说，"就因为他这一个礼拜没来学校你就思念成这样了？想见他直接去找他不就得了？"

陶枝撇撇嘴："我干吗要去找他，我分又没有考够。"

季繁难以置信地看着她："你不是吧？喜欢个人连自己什么样都忘了？你不是一直都是，想干什么就去干，天天在这儿想这么多是什么情况？"

陶枝没说话。

季繁继续说："再说江起淮要是真就看分，他直接跟李思佳在一起不就完了？还拒绝她干啥？你当他大学招生办主任呢，700 分才能报名？"

陶枝愣了愣。

季繁抬手，在她眼前挥了挥："你听见没？"

陶枝舔了一下唇角，好像是这样。

她为什么就突然钻了牛角尖，觉得自己一定要达到这样的高度，才有资格和他在一起呢？这两件事儿她明明是可以同时进行的啊。

喜欢一个人本来就是一件非常纯粹简单的事情，因为是他，所以就喜欢了，就算江起淮哪天成绩一落千丈，回回考 300 分，她也还是喜欢他。

只是因为他是江起淮，只这一点就足够了。

可以的话，她希望他也和她一样，不考虑什么别的原因和条件，只是因为她是她。

如果可以的话。

陶枝忽然抬起头来，她走到玄关门口抓起外套，踩上鞋就往外走："我出去一下，你跟爸爸说一声！"

话音未落，门"嘭"的一声已经被她关上了。

"……"季繁翻了个白眼。

今年的冬令营集训在附中，是江起淮以前的学校，和实验一中隔着几乎一个市的距离，一个在东，一个在西，离陶枝家很远。

正是晚高峰的时候，路上有点儿堵车，耽搁了一小时，陶枝到的时候已经八点多了。

因为明天就是决赛，集训队晚自习取消，所有参赛学生各自回去做准备。陶枝问了门卫，往集训队宿舍楼的方向走。

一路上安安静静的，高三的教学楼灯火通明，寒风卷起，陶枝缩着脖子顶着风往前走。

她站在宿舍楼下，摸向口袋，想给江起淮发个消息，才发现自己出门的时候走得太急，没带电话。

她犹豫了一下，直接走进宿舍楼。

附中为集训的学生临时辟出两层做宿舍楼，是混寝，二楼是男生寝室，三楼是女生寝室。

她进去的时候阿姨只扫了她一眼，大概以为她也是集训队的学生，没有说什么。

陶枝上了二楼，在楼梯间就听见有男生说话的声音传过来，她犹豫了一下，推开楼梯间的门，走进走廊。

两个男生正抱着水盆和毛巾往走廊尽头的浴室走，看见女孩子突然在楼道口出现，愣了愣。

陶枝一脸平静，十分淡定地问："打扰，我想请问一下你们认识江起淮吗？"

其中一个男生看向另一个："你们宿舍的吧？"

男生"啊"了一声，转过头来："你找他吗？"

陶枝点点头。

男生把手里的毛巾递给另一个人："我去叫他，你在这儿等一会儿啊。"

陶枝长出了口气，靠墙垂头站着，安安静静地等。

另一个男生已经抱着东西先进了浴室，走廊里空荡荡的，银灰色的暖气片就在手边，陶枝往旁边挪了挪，冰冷的手指贴在温暖的暖气上。

她舒服地长出了一口气。

走廊里一声响，其中一扇宿舍门被打开，陶枝听见声音抬起头来，明亮的灯光下，那扇门边突然冒出了一颗脑袋。

紧接着又冒出了一颗。

然后，刚刚去帮她叫江起淮的那个少年的脑袋也跟着伸了出来。

三颗男生的脑袋，就这么隔着半个走廊，扒在门边探究地看着她。

"是她？"

"嗯，照片上就是这个妹妹。"

"还真有啊。"

陶枝："……"

她直起身子，看见江起淮从那三颗脑袋后头走出来，一巴掌拍在了其中一颗头上。

脑袋们缩回去了。

江起淮回身关上门，走过来。

他踩着影子一步一步地靠近，陶枝看着两人之间的距离慢慢缩短，不受控制地紧张起来。

他直走到她面前，在她眼前打下一片阴影，扬眉："夜探男生宿舍？"

陶枝紧张得已经感觉不到暖气片的热度了，她清了清嗓子："我想了一下……"

她又想了一下。

江起淮"嗯"了一声，耐着性子："你说。"

"我这次期中考试没有考到700，打了折也没考够，但是你自己答应的，我可以考好几次。"

一回生二回熟，开了个头以后，陶枝觉得呼吸变得畅通了起来："所以你就让我考两次，如何？"

江起淮奇异地看着她问："两次就够了吗？"

"够的，"陶枝伸出两根手指来，"我上次考了350，这次考了580，加起来有930了呢。"

江起淮："……"

陶枝抬了抬眼，小心地观察他的表情："比你还高200多分。"

"所以？"江起淮继续问。

"所以，"陶枝慢吞吞地说，"我考够分数了的，你什么时候答应做我男朋友？"

片刻安静。

江起淮垂眸看着她，唇角一弯，忽然笑了。

他往前走了半步，俯下身，抬手撑着她身后的暖气靠过来。

高度降低，距离倏地拉近，暖气的温度烫着掌心往上蹿，他整个人都开始燃烧。

江起淮将她圈在身前，抬着眼，视线平直："你提醒我一下。"

少年温热的吐息近在咫尺，气息极具存在感与压迫感，铺天盖地包围过来，陶枝脑袋有些发蒙，结结巴巴地小声问："什么？"

　　江起淮直直地看着她，浅淡的眸色暗了几分，他低声说："我到底是什么时候说过，要你考够了分数才做你男朋友的？"

图书在版编目（CIP）数据

桃枝气泡 / 栖见著. — 南昌：百花洲文艺出版社，2021.9
　　ISBN 978-7-5500-4242-1

　　Ⅰ.①桃… Ⅱ.①栖… Ⅲ.①长篇小说-中国-当代 Ⅳ.① I247.5

中国版本图书馆 CIP 数据核字（2021）第 083052 号

桃枝气泡
TAOZHI QIPAO

栖见　著

出 版 人	章华荣
出 品 人	李国靖
特约监制	何亚娟　夏　童
责任编辑	黄文尹
特约策划	何亚娟
特约编辑	夏　童　张　丝　茶小贩
营销编辑	于文燕　萧　关
封面绘图	小石头 1125
内文绘图	小石头 1125
书名题字	小饼干
封面设计	大　飞
版式设计	赵梦菲　橙　子
出版发行	百花洲文艺出版社
社　　址	南昌市红谷滩区世贸路 898 号博能中心Ⅰ期 A 座 20 楼
邮　　编	330038
经　　销	全国新华书店
印　　刷	三河市金元印装有限公司
开　　本	880mm×1230mm　1/32
印　　张	11.5
字　　数	318 千字
版　　次	2021 年 9 月第 1 版
印　　次	2021 年 9 月第 1 次印刷
书　　号	ISBN 978-7-5500-4242-1
定　　价	49.80 元

赣版权登字：05-2021-167
发行电话　0791-86895108　　　　网　址　http://www.bhzwy.com
图书若有印装错误，影响阅读，可向承print厂联系调换。